Colleen Hoover
Love and Confess

Colleen Hoover

LOVE AND CONFESS

Aus dem amerikanischen Englisch
von Katarina Ganslandt

Roman

dtv

Von Colleen Hoover sind bei dtv außerdem lieferbar:
Weil ich Layken liebe | Weil ich Will liebe | Weil wir uns lieben
Hope Forever | Looking for Hope | Finding Cinderella
Love and Confess
Maybe Someday | Maybe Not | Maybe Now
Zurück ins Leben geliebt
Nächstes Jahr am selben Tag
Nur noch ein einziges Mal
Never Never (zusammen mit Tarryn Fisher)
Die tausend Teile meines Herzens
Too Late
Was perfekt war
Verity
All das Ungesagte zwischen uns
Layla
Finding Perfect
Für immer ein Teil von dir
Summer of Hearts and Souls
It Starts with Us – Nur noch einmal und für immer

MIX
Papier | Fördert gute Waldnutzung
FSC® C083411
FSC www.fsc.org

Ungekürzte Ausgabe 2022
3. Auflage 2022

Titel der amerikanischen Originalausgabe: ›Confess‹,
2015 erschienen bei Atria Paperback, an imprint
of Simon & Schuster, Inc., New York

This edition published by arrangement with the original publisher,
Atria Books, a division of Simon & Schuster, Inc, New York.

Umschlaggestaltung: dtv nach einem Entwurf von Danielle Mazzella di Bosco
Umschlagmotive: shutterstock.com
Gesetzt aus der Janson 10,5/13˙
Satz: C.H.Beck.Media.Solutions, Nördlingen
Druck und Bindung: CPI books GmbH, Leck
Printed in Germany · ISBN 978-3-423-71759-5

Es kostet Mut, seine tiefsten Geheimnisse zu offenbaren.
Sämtliche in ›Love and Confess‹ vorkommenden Geständnisse
sind echt und wurden mir anonym von Leserinnen zugeschickt.
Ihnen möchte ich diesen Roman widmen.

Prolog

AUBURN

In dem Wissen, dass ich heute zum letzten Mal hier sein werde, stoße ich die Schwingtür auf und trete in die Eingangshalle.

Ein letztes Mal drücke ich auf den Knopf am Aufzug und sehe, wie das Lämpchen aufleuchtet.

Als im dritten Stock die Türen auseinandergleiten, begrüße ich die Schwester hinter der Empfangstheke mit einem Lächeln und sie nickt mir ein letztes Mal mit mitfühlendem Blick zu.

Ein letztes Mal komme ich am Schwesternzimmer vorbei, an der Teeküche, am Andachtsraum …

Während ich weiter durch den Flur gehe, richte ich den Blick nach vorn und stähle mein Herz. Vor seiner Zimmertür bleibe ich stehen, klopfe leise und warte darauf, dass er mich ein letztes Mal hereinbittet.

»Herein.«

Mir ist unbegreiflich, wie es sein kann, dass seine Stimme immer noch so hoffnungsvoll klingt.

Als ich den Raum betrete, strahlt er mir entgegen und schlägt einladend die Decke zurück. Ich klettere zu ihm ins Bett, lege einen Arm um seine Brust und schlinge meine Beine um seine. Mein Gesicht an seinen Hals geschmiegt, dränge ich mich seiner vertrauten Wärme entgegen.

Doch heute spüre ich sie nicht.

Wie immer richtet Adam sich ein Stück auf, schiebt einen Arm unter meinen Körper und zieht mich mit dem anderen dicht an sich. Es dauert, bis er eine für ihn bequeme Position gefunden hat, und mir fällt auf, dass sein Atem noch schwerer geht als sonst.

Obwohl ich in den wenigen Stunden, die wir jeden Tag miteinander verbringen konnten, immer versucht habe, mich auf die guten Dinge zu konzentrieren, ist mir nicht entgangen, wie er immer schwächer und schwächer wurde. Seine Haut ist blasser, seine Stimme brüchiger. Er gleitet langsam davon, und ich kann nichts tun, als hilflos zuzusehen.

Seit sechs Monaten wissen wir, dass es so enden wird. Natürlich haben wir um ein Wunder gebetet, aber die Art von Wunder, die wir brauchen, gibt es im wahren Leben nicht.

Als ich Adams kühle Lippen auf meiner Schläfe spüre, schließe ich die Augen. Ich hatte mir so fest vorgenommen, nicht zu weinen. Das schaffe ich nicht, klar, aber ich kann zumindest versuchen, die Tränen so lange wie möglich zurückzudrängen.

»Ich bin so traurig«, flüstert er.

Sonst ist er immer unfassbar positiv gewesen, aber irgendwie tröstet es mich, dass er das jetzt sagt. Obwohl ich nicht will, dass er traurig ist, tut es gut, dass ich es mit ihm gemeinsam sein kann.

»Ich auch«, sage ich leise.

In den vergangenen Wochen haben wir über Gott und die Welt geredet und auch viel gelacht und herumgealbert, selbst wenn wir uns manchmal vielleicht dazu zwingen mussten. Ich möchte nicht, dass das heute anders ist, doch die Gewissheit, dass wir uns zum allerletzten Mal sehen, macht es mir unmöglich, an etwas zu denken, worüber wir lachen könnten oder auch nur reden. Am liebsten würde ich einfach bloß zusammen mit ihm darüber weinen, wie verdammt ungerecht das alles ist. Aber dann wäre das unsere letzte Erinnerung aneinander und das will ich nicht.

Adam und ich sind jetzt seit einem Jahr zusammen. Wir haben uns vor vierzehn Monaten kennengelernt, als er mit seinen Eltern von Texas nach Portland gezogen ist. Einige Zeit später wurde er dann krank. Nachdem die Ärzte verkündet hatten, dass sie nichts mehr für ihn tun könnten, beschlossen seine Eltern, ihn nach Dallas verlegen zu lassen. Nicht weil sie doch noch auf Heilung hofften, sondern weil sein älterer Bruder und ihre ganzen Verwandten hier leben.

Adam wollte zuerst absolut nicht und sagte, er würde nur nach Dallas zurückgehen, wenn ich mitkommen dürfte. Seine und meine Eltern haben sich lange dagegen gesträubt. Irgendwann hat er sie dann doch überzeugt: Er sei schließlich derjenige, der im Sterben läge, weshalb sie ihm das Recht zugestehen müssten, selbst darüber zu entscheiden, mit wem er seine wenige verbleibende Zeit verbringt.

Aber jetzt bin ich schon seit fünf Wochen hier und unser

Mitleidsbonus ist anscheinend aufgebraucht. Die Schule in Portland hat meinen Eltern angedroht, das Jugendamt einzuschalten, falls ich noch länger ohne ärztliches Attest fehle. Adams Eltern hätten mir vielleicht sogar erlaubt zu bleiben, aber Mom und Dad wollten, dass ich zurückkomme. Sie können es sich nicht leisten, Ärger mit den Behörden zu bekommen und womöglich ein Bußgeld zahlen zu müssen.

Adam und ich haben gekämpft, um das Unausweichliche so lange wie möglich hinauszuschieben, aber heute ist es endgültig so weit. Ich fliege zurück nach Portland, und es gibt rein gar nichts, was wir dagegen tun können. Als ich gestern noch einmal mit seiner Mutter gesprochen und sie unter Tränen angefleht habe, uns noch eine kleine Schonfrist zu geben, hat sie mir zum ersten Mal gesagt, was sie wirklich über mich und Adam denkt. Ich habe beschlossen, ihm nichts davon zu erzählen.

»Du bist erst fünfzehn, Auburn«, hat sie gesagt. »Ich weiß, dass du dir einbildest, Adam wirklich zu lieben, aber ihr kennt euch erst ein Jahr, und in einem Monat wirst du über ihn hinweg sein. Sein Vater und ich, sein Bruder und seine anderen Verwandten lieben ihn aber schon seit seiner Geburt, und wir werden es bis zu unserem eigenen Tod nicht verkraften, dass er so früh gehen musste. Deswegen ist es jetzt wichtiger, dass wir bei ihm sind.«

Es ist ziemlich heftig, wenn man erst fünfzehn ist und weiß, dass man eben mit hoher Wahrscheinlichkeit die grausamsten Sätze gesagt bekommen hat, die man im Leben jemals hören wird. Ich war so vor den Kopf gestoßen, dass mir nicht einfiel, was ich darauf antworten sollte. Was habe ich als Jugendliche einer so viel älteren und erfahreneren Frau schon entgegenzusetzen, die meine Gefühle nicht ernst nimmt? Oder hat sie vielleicht sogar recht? Aber nein – das glaube ich nicht. Möglicherweise ist die Liebe zwischen Adam und mir nicht exakt so wie die zwischen Erwachsenen, aber ich weiß ganz sicher, dass unsere Gefühle füreinander genauso tief sind. Und jetzt in diesem Moment fühlt es sich an, als würden sie mir das Herz zerreißen.

»Wann geht dein Flug?« Adam zeichnet mit den Fingerkuppen zum letzten Mal zarte Kreise auf meinen Arm.

»In zwei Stunden. Deine Mutter und Trey warten unten auf mich. Sie haben gesagt, dass wir in zehn Minuten losfahren müssen, um rechtzeitig am Flughafen zu sein.«

»Zehn Minuten«, wiederholt er leise. »Das reicht leider nicht, um auf dem Sterbebett noch schnell meine gesammelten Weisheiten an dich weiterzugeben. Dafür bräuchte ich mindestens fünfzehn Minuten. Ich tippe sogar eher auf zwanzig.«

Darauf reagiere ich mit dem kläglichsten Lachen, das jemals aus meinem Mund gekommen ist. Ich glaube, Adam hört die Verzweiflung darin, weil er mich noch etwas fester an sich drückt, auch wenn es nicht besonders fest ist. Es kommt mir vor, als wäre er seit gestern noch schwächer geworden. Er streichelt mir über den Kopf und drückt seine Lippen in meine Haare.

»Danke, Auburn«, flüstert er. »Ich bin dir so dankbar. Im Moment vor allem dafür, dass du genauso sauer bist wie ich.«

Ich staune darüber, dass er es immer noch schafft, Witze zu machen.

»Kannst du dich etwas konkreter ausdrücken?«, bitte ich ihn. »Ich bin nämlich gerade aus ziemlich vielen verschiedenen Gründen sauer.«

Adam zieht seinen Arm unter mir hervor, dreht sich auf

die Seite und wendet mir das Gesicht zu. Schon diese einfache Bewegung kostet ihn Kraft. Ich lege den Kopf zurück und schaue ihm in die Augen. Auf den ersten Blick könnte man denken, sie wären haselnussbraun, aber das sind sie nicht. Die Iris besteht aus braunen und grünen Ringen, die sich nicht mischen, sondern klar voneinander abgegrenzt sind. Es sind die intensivsten Augen, von denen ich je angesehen worden bin. Augen, die immer der strahlendste Teil von ihm waren und jetzt in dem Maß verblassen, in dem seine Lebenskraft schwindet.

»Wir sind beide sauer auf dieses raffgierige Arschloch von Tod, das den Hals nicht vollkriegen kann. Aber auch auf unsere Eltern. Warum kapieren sie nicht, wie wichtig es für uns ist, diese Zeit noch zusammen zu erleben? Warum tun sie nicht alles, um dafür zu sorgen, dass ich den einzigen Menschen hier bei mir haben kann, auf den es mir wirklich ankommt? Warum schicken sie dich fort?«

Ja, er hat recht, das macht mich stinksauer. Aber darüber haben wir in den letzten Tagen oft genug geredet. Sie geben uns keine Chance. Deswegen möchte ich mich jetzt lieber nicht auf die Wut in mir konzentrieren, sondern auf Adam. Solange ich noch bei ihm sein kann, will ich so viel wie möglich von dem, was ihn ausmacht, in mich aufnehmen.

»Du hast gesagt, dass du mir dankbar bist«, sage ich. »Wofür denn genau?«

Adam legt lächelnd seine Hand an mein Gesicht und streicht mit dem Daumen über meine Lippen. Mein Herz macht einen Satz, als würde es ihm in einem letzten verzweifelten Versuch entgegenspringen, um bei ihm bleiben zu können, während meine leere Hülle allein nach Portland zurückfliegt. »Für ganz vieles. Auch dafür, dass ich dein Erster sein durfte«, sagt er leise. »Und dass du meine Erste sein wolltest.«

Einen kurzen Moment lang verwandelt sich sein Gesicht von dem eines todkranken Sechzehnjährigen in das eines wahnsinnig süßen, vor Kraft und Lebendigkeit strotzenden Jungen, der an sein erstes Mal zurückdenkt.

Ich lächle, als ich mich an den Abend erinnere. Damals wussten wir noch nicht, dass er nach Dallas verlegt werden würde, aber die Ärzte hatten uns kurz vorher gesagt, dass es keine Rettung für ihn gibt. Wir versuchten irgendwie, mit diesem Gedanken klarzukommen, und redeten stundenlang über all die Dinge, die wir tun würden, wenn wir für immer zusammenbleiben könnten. Reisen, heiraten, eine Familie gründen … wir dachten uns Namen für unsere Kinder aus, stellten uns die Städte und die Häuser vor, in denen wir wohnen würden, und waren uns darüber einig, dass wir natürlich den phänomenalsten, sensationellsten Sex aller Zeiten haben würden. Jeden Morgen gleich nach dem Aufwachen, am Abend sowieso und oft auch einfach zwischendurch.

Am Anfang war es nur ein albernes Spiel, aber irgendwann wurde Ernst daraus, weil uns beiden bewusst wurde, dass das vielleicht der einzige Bereich unseres Lebens war, über den wir noch selbst bestimmen konnten. Auf unsere Zukunft hatten wir keinen Einfluss, aber uns blieb immer noch die Möglichkeit, eine einzigartige Erfahrung miteinander zu teilen, die uns keiner – noch nicht einmal der Tod – jemals nehmen konnte.

Wir sprachen nicht darüber, ob wir es tun sollten. Das war nicht nötig. Wir taten es einfach. Als Adam mich anschaute und ich meine eigenen Gedanken in seinen Augen lesen konnte, küssten wir uns und hörten nicht mehr damit auf.

Wir küssten uns, während wir uns gegenseitig auszogen und uns am ganzen Körper streichelten. Wir küssten uns, während wir uns aneinander festklammerten und mit Tränen in den Augen den kleinen Sieg feierten, den wir in dieser Schlacht gegen den Tod und die Zeit errungen hatten. Selbst hinterher, als wir uns erschöpft in den Armen lagen und er mir sagte, wie sehr er mich liebte, küssten wir uns noch.

So wie jetzt.

Seine Hand liegt in meinem Nacken, und in dem Moment, in dem seine Lippen meine berühren und sanft teilen, fühlt sich das an wie das feierliche Öffnen eines Abschiedsbriefs.

»Ich werde dich immer lieben, Auburn«, flüstert er an meinem Mund. »Selbst dann noch, wenn ich es nicht mehr kann.«

Ich schmecke meine Tränen in unserem Kuss und wünschte, ich würde es schaffen, um seinetwillen stärker zu sein. Adam löst sich von meinen Lippen und presst seine Stirn gegen meine. Plötzlich steigt in mir Panik auf, die mich ganz erfüllt und es mir fast unmöglich macht, noch klar zu denken. Ich ringe nach Luft. Die Traurigkeit breitet sich in mir aus, und je näher sie meinem Herzen kommt, desto mehr Druck baut sich in mir auf, der mich zu ersticken droht.

»Erzähl mir was über dich, das sonst keiner weiß«, sagt Adam, und jetzt sehe ich auch in seinen Augen Tränen. »Etwas, das ich für mich behalten kann.«

Er bittet mich jeden Tag darum, und jeden Tag erzähle ich ihm ein Geheimnis, das ich noch nie laut ausgesprochen habe. Es tröstet ihn, Dinge über mich zu wissen, die niemand anderes jemals hören wird. Ich schließe die Augen und denke nach, während seine Hände über jede Stelle meines Körpers gleiten, die sie erreichen können.

»Ich habe noch nie jemandem von den Gedanken erzählt, die mir nachts vor dem Einschlafen durch den Kopf gehen.«

Seine Hand bleibt auf meiner Schulter liegen. »Was sind das für Gedanken?«

Ich öffne die Augen und sehe ihn an. »Ich denke an all die Menschen, von denen ich mir wünschte, sie würden an deiner Stelle sterben.«

Er antwortet erst nicht, sondern streicht weiter meinen Arm hinab, bis seine Hand auf meiner liegen bleibt. »Ich wette, die Liste ist nicht besonders lang«, sagt er und verschränkt seine Finger mit meinen.

»Doch.« Ich lächle gepresst. »Sie ist sogar sehr lang. Oft sage ich die Namen von allen Leuten, die ich kenne, und danach die von Leuten, von denen ich nur den Namen weiß, und wenn mir kein Name mehr einfällt, erfinde ich manchmal sogar welche.«

Adam weiß natürlich, dass ich anderen Menschen nicht wirklich den Tod wünsche, aber es tut ihm gut, mich das sagen zu hören. Er wischt mir mit dem Daumen die Tränen von der Wange, und wieder macht es mich wütend, dass ich es nicht einmal geschafft habe, sie diese zehn Minuten lang zurückzuhalten.

»Tut mir leid. Ich hatte mir so fest vorgenommen, nicht zu weinen.«

Sein Blick wird weich. »Weißt du, was mich echt fertiggemacht hätte? Wenn du heute aus diesem Zimmer gegangen wärst, ohne zu weinen.«

Ich gebe den Kampf auf und verkralle meine Finger in seinem T-Shirt, während er mich an sich drückt. Durch mein

Schluchzen hindurch versuche ich, seinen Herzschlag zu hören, und verfluche zum unzähligsten Mal die Ungerechtigkeit von alldem.

»Ich liebe dich so, Auburn.« Sein Atem geht keuchend und seine Stimme ist jetzt auf einmal doch voller Angst. »Ich werde dich immer lieben«, sagt er noch einmal. »Selbst dann noch, wenn ich es nicht mehr kann.«

Meine Tränen fallen schneller. »Genau wie ich dich immer lieben werde, Adam. Selbst dann noch, wenn ich es nicht mehr sollte.«

Wir klammern uns aneinander, und die Traurigkeit, die mich zu verschlingen droht, ist so groß, dass ich nicht weiß, wie ich es schaffen soll, mit ihr weiterzuleben. Ich sage ihm, dass ich ihn liebe, weil ich die Gewissheit brauche, dass er es wirklich weiß. Um ganz sicherzugehen, sage ich es ihm gleich danach noch einmal. Und noch mal. Ich sage es öfter, als ich es je zuvor gesagt habe. Und seine Antwort ist jedes Mal: »Ich liebe dich.« Wir beteuern uns so oft hintereinander, dass wir uns lieben, bis ich nicht mehr unterscheiden kann, wer von uns es zuerst sagt und wer reagiert. Irgendwann berührt Adams Bruder mich an der Schulter und gibt mir zu verstehen, dass es Zeit ist zu fahren.

Wir sagen uns, dass wir uns lieben, als wir uns zum letzten Mal küssen. Wir halten uns aneinander fest und sagen uns noch einmal, dass wir uns lieben, als wir uns zum wirklich allerletzten Mal küssen.

Und ich sage es ihm immer noch …

Erster Teil

erstes kapitel

AUBURN

Als er mir eröffnet, wie hoch sein Stundensatz ist, sacke ich unmerklich in meinem Stuhl zusammen. Mit dem, was ich verdiene, kann ich ihn mir auf gar keinen Fall als Rechtsanwalt leisten.

»Sie haben nicht zufälligerweise günstigere Sätze für Mandanten, die finanziell nicht ganz so … gut gestellt sind?«, frage ich.

Er versucht, sich seinen Unwillen nicht anmerken zu lassen, aber die Falten um seinen Mund vertiefen sich. »Ihr Fall wird Zeit kosten.« Er faltet die Hände auf seinem Mahagonischreibtisch und drückt die Daumen aneinander. »Und Zeit ist Geld.«

Ach was.

Jetzt lehnt er sich in seinem Sessel zurück und streicht sich mit gespreizten Händen über den Bauch. »Wissen Sie, mit Anwälten funktioniert das so ähnlich wie mit Hochzeitsfeiern. Man bekommt immer nur so viel, wie man bereit ist auszugeben.«

Ich sage ihm nicht, wie geschmacklos ich diesen Vergleich finde, sondern betrachte frustriert seine Visitenkarte, die ich in der Hand halte. Er ist mir als besonders gut empfohlen worden, und ich habe damit gerechnet, dass er teuer sein würde, aber mir war nicht klar, *wie* teuer. Ich werde mir einen Zweitjob oder gleich auch noch einen Drittjob suchen müssen … am besten überfalle ich eine Bank.

»Und trotzdem können Sie mir wahrscheinlich nicht garantieren, dass das Urteil am Ende zu meinen Gunsten ausfallen wird, oder?«

»Garantieren kann ich gar nichts.« Er seufzt. »Aber ich kann Ihnen zumindest versprechen, dass ich alles in meinen Kräften Stehende tun werde, um das Gericht dazu zu bringen, in Ihrem Sinne zu entscheiden. Nachdem ich allerdings einen Blick in Ihre Unterlagen aus Portland geworfen habe, kann ich Ihnen gleich sagen, dass das keine einfache Aufgabe wird. Ich wiederhole mich nur ungern, aber ich muss es noch einmal sagen: Ihr Fall wird Zeit kosten.«

»Das ist das Einzige, von dem ich mehr als genug habe«, murmle ich und stehe auf. »Okay. Dann würde ich gerne wiederkommen, sobald ich meinen ersten Lohn habe.«

Der Anwalt schickt mich ins Vorzimmer zu seiner Sekretärin, um einen Termin zu vereinbaren, und wenig später finde ich mich draußen in der brütenden texanischen Hitze wieder.

Ich wohne jetzt seit drei Wochen in Dallas, und es ist genau so, wie ich es erwartet hatte: heiß, schwül und einsam.

Eigentlich bin ich immer davon ausgegangen, dass ich mein ganzes Leben an der Westküste in Portland, Oregon, verbringen würde, wo ich aufgewachsen bin. In Dallas bin ich vor meinem Umzug hierher erst einmal gewesen. Als Fünfzehnjährige habe ich einige Wochen hier verbracht. Und obwohl der Anlass für meinen Aufenthalt damals ein verdammt trauriger war, möchte ich keine einzige Sekunde dieser Zeit missen.

Diesmal ist es genau umgekehrt. Im Moment habe ich keinen sehnlicheren Wunsch, als so schnell wie möglich wieder nach Portland zurückfliegen zu können.

Ich ziehe meine Sonnenbrille aus den Haaren, setze sie auf und mache mich auf den Weg in die Innenstadt, die so ganz anders ist als das Stadtzentrum von Portland. Dort kann man fast alles zu Fuß erreichen. Dallas ist viel weitläufiger und unpersönlicher, auf den Straßen sind kaum Menschen unterwegs, alle fahren nur mit dem Auto und … habe ich schon erwähnt, wie unerträglich brütend heiß und schwül es hier ist? Geradezu unmenschlich. Um den Umzug zu finanzieren, musste ich meinen Wagen verkaufen, sodass mir nichts anderes übrig bleibt, als die öffentlichen Verkehrsmittel zu benutzen oder zu Fuß zu gehen. Und weil ich jeden Cent zweimal umdrehen muss, spare ich sogar an den Bustickets.

Ich bin wirklich ziemlich verzweifelt über meine momentane Situation. Weil ich mir im Salon noch keinen eigenen Kundenstamm aufbauen konnte, werde ich diesen Monat auf keinen Fall genug verdienen, um den Anwalt bezahlen zu können. Ich muss mir also tatsächlich einen Nebenjob suchen. Das Dumme ist nur, dass Lydia noch nie bereit war, sich auf mich und meine Lebensumstände einzustellen, weshalb ich keine Ahnung habe, wie ich zwei Jobs mit ihren Terminvorstellungen vereinbaren soll. Vielleicht lässt sie ja mit sich reden.

Ich ziehe das Handy aus der Tasche und wähle ihre Nummer. Als ihre Mailbox anspringt, überlege ich kurz, ob ich ihr eine Nachricht hinterlassen soll. Aber ich habe sie im Verdacht, meine Nachrichten zu löschen, ohne sie angehört zu haben, also stecke ich das Telefon wieder zurück. Die Hitze kriecht mir den Hals hinauf, meine Wangen glühen und hinter meinen Lidern spüre ich das mittlerweile vertraute Stechen. Ich habe mitgezählt: Das ist jetzt das dreizehnte Mal, dass ich unter der glühend heißen Sonne quer durch diese riesige anonyme Stadt zu Fuß nach Hause gehe, aber ich bin fest entschlossen, es diesmal bis zum Apartment zu schaffen, ohne in Tränen aufgelöst zu sein. Das wäre eine Premiere. Meine Nachbarn halten mich bestimmt jetzt schon für schwer gestört.

Leider ist es ein verdammt langer Weg. So lang, dass ich gar nicht anders kann, als über mein Leben nachzudenken, und mein Leben ist etwas, das mich unweigerlich zum Weinen bringt.

Vor einem Schaufenster bleibe ich stehen und schiebe die Brille in die Stirn, um in der Scheibe zu überprüfen, ob meine Wimperntusche verlaufen ist. Beim Anblick meines Spiegelbilds schüttle ich frustriert den Kopf. Was ich sehe, gefällt mir gar nicht.

Ich sehe ein Mädchen, das die Entscheidungen, die es in seinem Leben getroffen hat, schwer bereut.

Ein Mädchen, das seinen Beruf hasst.

Ein Mädchen, das Portland vermisst.

Und das dringend einen Nebenjob braucht, weil … *was sehe ich da?*

An der Tür hängt ein Schild.

Assistentin gesucht.
Bitte klopfen.

Ich trete einen Schritt zurück und betrachte das Gebäude, vor dem ich stehe. Auf meinem Arbeitsweg bin ich jeden Tag zweimal daran vorbeigekommen und trotzdem ist mir dieser Laden nie aufgefallen. Wahrscheinlich liegt das daran, dass ich auf dem Hinweg immer mit Lydia telefoniere und auf dem Rückweg zu viele Tränen in den Augen habe, um überhaupt irgendetwas von meiner Umgebung wahrzunehmen.

CONFESS

Das ist das Einzige, was auf dem Schild über dem Briefkastenschlitz in der Tür steht. Nur dieses eine Wort: »confess«. Soll das eine Aufforderung sein? *Gestehe!* Ist das hier womöglich gar kein Geschäft, sondern eine Art Kirche? Aber die vielen in unterschiedlichen Handschriften vollgekritzelten Zettel, mit denen die Schaufenster zugepflastert sind, sehen irgendwie nicht nach Gotteshaus aus. Es sind so viele, dass man nicht in den dahinterliegenden Laden hineinschauen kann.

Sind das Kleinanzeigen? Ich trete wieder näher und beginne zu lesen.

Ich danke dem Schicksal jeden Tag dafür, dass sich mein Mann und sein Bruder so unglaublich ähnlich sehen, weil das bedeutet, dass mein Mann wahrscheinlich niemals Verdacht schöpfen wird, unser Sohn könnte nicht von ihm sein.

Ich balle unwillkürlich die Hand und drücke sie auf mein Herz. Das liest sich tatsächlich wie ein Geständnis! Mein Blick fällt auf den Zettel daneben.

Vor vier Monaten habe ich das letzte Mal mit meinen Kindern gesprochen. Sie rufen an den Festtagen und an meinem Geburtstag an, melden sich ansonsten aber nie bei mir. Ich kann es ihnen nicht verdenken. Ich war ein schrecklicher Vater.

Ich lese den nächsten Zettel.

Bei meiner Bewerbung habe ich in meinem Lebenslauf gelogen. Ich habe gar keinen Uniabschluss. In den fünf Jahren, die ich jetzt schon in der Fima arbeite, wollte nie jemand mein Zeugnis sehen.

Ich kann nicht aufhören zu lesen, stelle mich auf die Zehenspitzen, um die Zettel in den oberen Reihen zu entziffern, und bücke mich nach denen, die weiter unten hängen. Mir ist nach wie vor völlig unklar, was das für ein Laden ist oder welche Organisation dahintersteckt. Ich kann mir nicht erklären, warum diese Geständnisse hier aushängen, sodass jeder sie sehen kann. Aber aus irgendeinem Grund gibt es mir ein gutes Gefühl, sie zu lesen. Wenn sie echt sind, dann ist mein Leben vielleicht doch nicht so verpfuscht, wie es mir manchmal vorkommt.

Nach einer Viertelstunde bin ich beim zweiten Schaufenster angelangt und habe fast alle Zettel gelesen, die rechts neben der Eingangstür kleben, als sie plötzlich mit einem Ruck aufgestoßen wird. Ich trete hastig einen Schritt zur Seite, um nicht getroffen zu werden. Leider stehe ich jetzt so, dass ich nicht in den Laden hineinschauen kann.

Das Einzige, was ich sehe, ist eine Männerhand, die das Schild abnimmt. Dann höre ich das energische Quietschen eines Markers, und als das Schild gleich darauf wieder hingehängt wird, steht da:

Assistentin ~~gesucht~~.
~~Bitte klopfen.~~
SUPERDRINGEND gesucht!
BITTE AN DIE TÜR HÄMMERN!!!

Ich muss über die radikale Änderung der Formulierung lachen und denke gleichzeitig, dass das vielleicht eine schicksalhafte Fügung ist. Ich brauche dringend einen Job, und hier ist jemand, der offensichtlich dringend Unterstützung braucht.

Im nächsten Moment öffnet sich die Tür ein Stück weiter und vor mir steht ein Typ, der ein paar Jahre älter ist als ich und mich mit großen Augen ansieht, die mich sofort faszinieren. Sie strahlen in mehr Grüntönen, als ich sie auf seinem farbverkleckten T-Shirt finden könnte. Volle schwarze Haare fallen ihm widerspenstig ins Gesicht. Nachdem er mich einen Moment lang überrascht gemustert hat, schüttelt er kurz den Kopf und stößt dann einen Seufzer aus. Es kommt mir fast so vor, als wäre er erleichtert, dass ich vor der Tür stehe.

Weil er aber trotzdem nichts sagt, sondern mich nur weiter ansieht, wende ich verlegen den Blick ab. Nicht weil es mir unangenehm wäre, sondern weil es merkwürdig tröstlich ist, von jemandem so angeschaut zu werden. Wahrscheinlich ist es das erste Mal, seit ich in Texas lebe, dass ich das Gefühl habe, jemand freut sich, mich zu sehen.

»Kann es sein, dass dich der Himmel schickt?«, fragt er, und mein Blick wird unwillkürlich wieder von seinen grünen Augen angezogen. »Komm rein.« Er strahlt mich an und hält die Tür einladend auf.

Ich werfe zögernd einen Blick auf das »Assistentin gesucht«-Schild und frage mich, was gleich passieren wird, wenn ich ihm tatsächlich in diesen Laden folge.

Das schlimmste Szenario, das mir einfällt, endet mit meiner Ermordung. Aber angesichts der hinter mir liegenden höllischen drei Wochen kann mich traurigerweise selbst diese Vorstellung nicht wirklich abschrecken.

»Bist du derjenige, der eine Assistentin sucht?«, frage ich.

»Falls du diejenige bist, die sich bewirbt?«

Er klingt total nett und irgendwie verunsichert mich das. Ich bin so nette Menschen nicht gewöhnt.

»Könnte sein, dass ich mich bewerbe. Aber vorher hätte ich noch ein paar Fragen an dich«, sage ich, stolz darauf, dass ich mich nicht einfach so von einem Mörder in den Hinterhalt locken und abschlachten lasse.

Der Typ zieht das Schild von der Scheibe, stemmt sich mit dem Rücken gegen die Tür, um sie aufzuhalten, und winkt mich herein. »Eigentlich haben wir keine Zeit, uns vorher noch lange zu unterhalten, aber ich schwöre dir, dass ich dich garantiert nicht foltern, vergewaltigen oder umbringen werde, falls dich das beruhigt.«

Seine Stimme ist unheimlich sympathisch, genau wie sein Lächeln, bei dem er zwei Reihen nahezu makelloser Zähne zeigt, wenn man von dem leicht schief stehenden linken Schneidezahn absieht. Aber womöglich ist es gerade dieser kleine Makel, der ihn mir so sympathisch macht. Ach, was soll's, eigentlich habe ich meine Entscheidung schon getroffen. Ich beschließe, auf meine Fragen zu verzichten.

Seufzend schiebe ich mich an ihm vorbei in den Laden. »Worauf lasse ich mich da nur ein?«

»Vielleicht auf etwas, aus dem du so schnell nicht mehr herauswollen wirst«, antwortet er. Die Tür fällt hinter uns ins Schloss und sperrt das Sonnenlicht aus, was nicht weiter schlimm wäre, wenn der Innenraum beleuchtet wäre. Das ist er aber nicht. Er ist stockfinster und nur durch einen Spalt in der geöffneten Tür am anderen Ende des ziemlich großen Ladenlokals fällt ein schwacher Lichtschein herein.

In dem Moment, in dem mich mein rasend schnell klopfendes Herz wissen lässt, dass ich gerade eine lebensgefährliche Dummheit begangen habe, erwachen an der Decke mehrere Leuchtstoffröhren summend zum Leben.

»Tut mir leid.« Seine Stimme ist so nah, dass ich zusammenzucke. »Normalerweise arbeite ich nicht in diesem Teil des Ateliers, deswegen lasse ich das Licht aus, um Strom zu sparen.«

Jetzt, wo der Raum erleuchtet ist, sehe ich, dass überall an den in neutralem Weiß gestrichenen Wänden große Gemälde hängen. Ich schaue mich neugierig um. »Ist das hier … eine Galerie?«

»Es als Galerie zu bezeichnen, wäre leicht übertrieben«, sagt er lachend und geht auf die Tür am anderen Ende des

Raums zu. »Was hast du für eine Klamottengröße?«, fragt er über die Schulter.

Er hat mir immer noch nicht gesagt, wobei er Hilfe braucht, und dass er jetzt meine Kleidergröße wissen möchte, beunruhigt mich etwas. Fragt er sich, welche Maße die Grube haben muss, in der er mich verscharren wird? Geht es um die Größe der Handschellen?

Okay, ich bin *sehr* beunruhigt.

»Wie meinst du das?«, frage ich und folge ihm in den Flur hinaus, obwohl es wahrscheinlich klüger wäre abzuhauen und um mein Leben zu rennen. »Wozu musst du meine Kleidergröße wissen?«

Er dreht sich um und läuft rückwärts vor mir her. »Na ja, weil …« Er zeigt auf meine Jeans und das Top, »du die Sachen da nachher schlecht anbehalten kannst.«

Vom Flur aus führt eine Treppe ins obere Stockwerk. Dieser Typ ist wirklich süß, und sein schiefer Schneidezahn ist vertrauenerweckend, aber ich habe trotzdem das starke Gefühl, dass jetzt endgültig der Moment gekommen ist, in dem ich die Reißleine ziehen sollte. Ich gehe garantiert nicht mit ihm da hoch.

»Moment«, sage ich und bleibe am Treppenabsatz stehen. Mein neuer Arbeitgeber, der schon halb hinaufgegangen ist, dreht sich mit fragender Miene um. »Kannst du mir wenigstens stichpunktartig verraten, was da oben passieren soll? Allmählich kriege ich nämlich leichte Zweifel, ob es klug ist, jemandem, den ich überhaupt nicht kenne, ins Ungewisse zu folgen.«

Er wirft einen Blick nach oben, sieht mich an und kommt wieder ein paar Schritte herunter. Etwas oberhalb von mir setzt er sich auf eine der Treppenstufen, sodass wir auf Augenhöhe sind. »Sorry.« Er stützt die Ellbogen auf die Knie und beugt sich freundlich lächelnd vor. »Du hast natürlich vollkommen recht. Also: Ich heiße Owen Gentry, ich bin Maler, und das da ist mein Studio und Verkaufsraum, in dem gleich so eine Art Ausstellung stattfindet. In einer knappen Stunde erwarte ich die ersten Besucher, und ich brauche dringend eine Assistentin, die den Verkauf meiner Bilder für mich regelt, die Adressen der Käufer notiert und so weiter, weil das einfach professioneller wirkt. Normalerweise hat den Job meine Freundin übernommen, aber … die hat sich letzte Woche von mir getrennt.«

Er ist Maler.

Er macht eine Ausstellung.

In weniger als einer Stunde.

Über die Freundin oder jetzige Exfreundin denke ich erst mal nicht nach.

»Verstehe …«, sage ich und werfe einen Blick die Treppe hinauf, bevor ich ihn wieder ansehe. »Bekomme ich vorher irgendeine Art von Einweisung?«

»Kannst du mit einem Taschenrechner umgehen?«

Ich verdrehe die Augen. »Ja.«

»Dann betrachte dich damit als eingewiesen. Ich brauche dich ungefähr für zwei Stunden und du bekommst dafür zweihundert Dollar. Sobald die Ausstellung vorbei ist, kannst du gehen.«

Zwei Stunden.

Zweihundert Dollar.

Irgendwas stimmt hier nicht.

»Wo ist der Haken?«

»Es gibt keinen.«

»Wenn du hundert Dollar pro Stunde zahlen kannst, dürftest du eigentlich kein Problem haben, jemanden zu finden, der für dich arbeitet. Aber du hast eben ziemlich verzweifelt gewirkt. Also muss es einen Haken geben.«

Owen reibt sich über sein stoppeliges Kinn, als würde er versuchen, seine Anspannung wegzumassieren. »Als meine Freundin mit mir Schluss gemacht hat, hat sie mir nicht gesagt, dass sie damit gleichzeitig auch aufhört, für mich zu arbeiten. Das habe ich erst vorhin erfahren, als ich bei ihr angerufen habe, weil sie nicht zur üblichen Zeit aufgetaucht ist. Betrachte die zweihundert Dollar als so eine Art Dringlichkeitszuschlag und freu dich drüber. Vielleicht warst du gerade zur richtigen Zeit am richtigen Ort.« Er steht auf und dreht sich um.

Ich bleibe unten an der Treppe stehen. »Du hast deine Freundin bei dir angestellt? Davon rät einem doch immer jeder ab.«

»Anders herum. Ich habe meine Angestellte zur Freundin gemacht. Das ist noch viel weniger empfehlenswert.« Er geht wieder nach oben, bleibt stehen und sieht zu mir herunter. »Wie heißt du eigentlich?«

»Auburn.«

Er runzelt die Stirn. Das kenne ich schon. Jeder denkt natürlich automatisch, ich hätte meinen Namen wegen der Farbe meiner Haare bekommen, aber sie sind nicht kastanienbraun. Ich bin blond. Mit viel gutem Willen könnte man behaupten, blond mit zartem Rotschimmer.

»Und mit vollem Namen?«

»Auburn Mason Reed.«

Owen legt den Kopf in den Nacken, sieht zur Decke und atmet langsam aus. Ich folge seinem Blick, kann da oben aber nichts als Weiß sehen. Er hebt die Hand, berührt erst seine

Stirn, dann sein Brustbein, danach die linke und dann die rechte Schulter. Was macht er da? Sich bekreuzigen?

»Du heißt mit zweitem Namen Mason?«, fragt er.

Ich nicke. Ja, okay, Mason ist vielleicht nicht gerade ein gängiger Mädchenname, aber ich finde es trotzdem übertrieben, dass er sich deswegen gleich gezwungen sieht, religiöse Rituale durchzuführen.

»Ich auch«, sagt er.

Ich sehe ihn schweigend an. »Ohne Witz?«

Er nickt und zieht seinen Geldbeutel aus der Jeans. Dann kommt er die Treppe herunter und hält mir seinen Führerschein hin. Ich greife danach. Er heißt tatsächlich mit zweitem Namen Mason. Ich muss mir ein Grinsen verkneifen, als ich seine Initialen sehe. »Owen Mason Gentry. *Oh, mein Gott* – OMG!«, kichere ich und gebe ihm das Kärtchen zurück. Das ist mir so rausgerutscht, eigentlich hatte ich es nicht laut sagen wollen.

Owen schiebt den Geldbeutel wieder in die Jeans zurück und sieht mich mit hochgezogenen Brauen an. »Wow, du hast eine schnelle Auffassungsgabe.«

Meine Schultern zucken vor unterdrücktem Lachen. Gleichzeitig fühle ich mich mies. Es tut mir echt leid, dass ich gelacht habe.

Owen verdreht die Augen und grinst. »Ich weiß schon, warum ich nie jemandem verrate, wie ich mit zweitem Namen heiße«, sagt er.

Mit schlechtem Gewissen gehe ich hinter ihm die Treppe hinauf. Hoffentlich nimmt er es mir nicht übel, dass ich mich über seine Initialen lustig gemacht habe.

Im ersten Stock angekommen, geht er auf eine Kommode zu, zieht die oberste Schublade heraus und beginnt, darin zu wühlen. Ich nutze die Gelegenheit und sehe mich in dem großen Raum um. In einer Ecke steht ein breites Doppelbett, im hinteren Teil sehe ich eine offene Küche mit einer in den Raum hineingebauten Theke. Es gibt noch zwei weitere Türen, die aber verschlossen sind.

Anscheinend wohnt er hier.

Owen dreht sich um und drückt mir ein schwarzes Kleidungsstück in die Hand. Als ich es auffalte, sehe ich, dass es ein Rock ist.

»Vielleicht hast du ja die gleiche Größe wie die Verräterin, die mich heute hängen gelassen hat. Das wäre dann so was wie ausgleichende Gerechtigkeit.« Er geht zu einem Schrank, öffnet ihn und zieht eine weiße Bluse von einem Bügel. »Hier. Schau mal, ob die dir passt. Deine Schuhe sind okay.«

Ich greife nach der Bluse und nicke in Richtung der Türen. »Hinter welcher ist das Bad?«

Er deutet auf die linke.

»Und was mache ich, falls mir die Sachen nicht passen?«, frage ich, weil ich plötzlich Angst bekomme, dass er mich wieder wegschickt, wenn ich nicht seriös angezogen bin. Ich brauche diese zweihundert Dollar unbedingt.

»Wenn sie dir nicht passen, verbrennen wir sie zusammen mit allem anderen, was sie dagelassen hat.«

Ich lache, gehe ins Bad und ziehe mich schnell um. Zum Glück haben Rock und Bluse tatsächlich meine Größe. Aber als ich mich im Spiegel betrachte, stelle ich erschrocken fest, dass meine Haare katastrophal aussehen. Zum letzten Mal habe ich sie mir heute Morgen nach dem Aufstehen gekämmt. Ich bin eine Schande für meinen Berufsstand. Als Frisörin müsste ich mich eigentlich viel sorgfältiger stylen.

Schließlich ist mein Äußeres so etwas wie meine Visitenkarte. Mithilfe von Owens Kamm und dem Haargummi, das ich zum Glück dabeihabe, binde ich sie mir im Nacken zu einem Knoten. Danach falte ich meine Jeans und das Top zusammen und lege beides auf den Waschtisch.

Als ich aus dem Bad komme, steht Owen an der Küchentheke und gießt Weißwein in zwei Gläser. Ich überlege kurz, ob ich ihm sagen soll, dass ich noch nicht einundzwanzig bin und erst in ein paar Wochen offiziell Alkohol trinken darf, entscheide mich dann aber dagegen. Ein Schluck kann nichts schaden. Vielleicht beruhigt der Wein mich ja sogar. Ich bin ziemlich nervös.

»Passt wie angegossen«, verkünde ich und drehe mich einmal im Kreis. »Und? Sehe ich adrett genug aus?«

Owen hebt den Kopf und betrachtet mich einen Moment länger als nötig. Dann räuspert er sich und blickt wieder auf die Gläser. »Die Sachen stehen dir sogar viel besser als ihr«, sagt er trocken.

Ich setze mich auf einen der Barhocker und muss mich schwer anstrengen, nicht zu breit zu grinsen. Es ist schon eine Weile her, dass mir jemand ein Kompliment gemacht hat, und ich hatte ganz vergessen, wie gut sich das anfühlt. »Ach was, das glaub ich nicht. Du bist bestimmt bloß sauer, weil sie Schluss gemacht und dich hängen gelassen hat.«

Owen schiebt mir ein Weinglas hin. »Ich bin kein bisschen sauer, sondern erleichtert, und das ist die Wahrheit.« Er prostet mir zu. »Lass uns darauf trinken, dass ich eine verflossene Freundin und eine neue Assistentin habe.«

Unsere Gläser stoßen klirrend aneinander und ich lache. »Auf jeden Fall besser als eine verflossene Assistentin und eine neue Freundin.«

Das Glas an den Lippen, hält er kurz inne und nimmt dann einen tiefen Schluck.

Als mich etwas Weiches an der Wade berührt, ist mein erster Impuls, laut aufzuschreien. Okay, vielleicht schnappe ich auch nur erschrocken nach Luft. Jedenfalls ziehe ich instinktiv die Beine hoch und schaue nach unten. Eine schwarze Katze reibt sich genüsslich schnurrend an dem Hocker, auf dem ich sitze. Ich beuge mich sofort begeistert herunter, um sie zu streicheln. Die Katze lässt es sich gefallen und erlaubt mir sogar, sie auf den Schoß zu nehmen. Die Tatsache, dass Owen eine Katze hat, lässt den letzten Rest von Misstrauen schmelzen, den ich vielleicht noch hatte. Als könnte jemand, der mit einem Haustier zusammenlebt, einem anderen Menschen niemals etwas Böses antun. Bescheuert, ich weiß, aber ich fühle mich gleich viel sicherer.

»Wie heißt sie … oder er?«

Er beugt sich vor und streicht durch das dichte Fell. »Owen.«

Ich lache über seinen Witz, aber er bleibt vollkommen ernst.

»Ohne Quatsch? Dein Kater heißt genau wie du?«

Jetzt spielt ein Lächeln um seine Mundwinkel und er zuckt fast verlegen mit den Schultern. »Irgendwie hat sie mich an mich erinnert.«

Ich muss wieder lachen. »*Sie?* Und du hast ihr einen Männernamen gegeben?«

Owen krault Owen liebevoll den Nacken. »Schsch«, flüstert er. »Mach dich nicht über sie lustig. Sie versteht alles, was wir sagen. Ich will nicht, dass sie Komplexe kriegt.«

Als hätte Owen-die-Katze tatsächlich verstanden, dass ich über ihren Namen gelacht habe, springt sie aus meinen Armen und landet anmutig auf dem Boden. Sie verschwindet blitzschnell um die Theke, und ich muss mich zwingen, mir mein dämlich seliges Lächeln aus dem Gesicht zu wischen. Ich finde es unfassbar originell, dass er seine Katze nach sich selbst benannt hat.

»Okay, *OMG*.« Ich stütze die Ellbogen auf die Theke. »Was genau erwartest du heute Abend von mir?«

Owen greift nach der Weinflasche und stellt sie in den Kühlschrank. »Ich wäre dir schon mal sehr dankbar, wenn du mich nicht OMG nennen würdest.«

Wahrscheinlich sollte ich mich schämen, aber so viel scheint es ihm dann doch nicht auszumachen, denn er lächelt immer noch.

»Wird nicht wieder vorkommen. Versprochen.«

»Darf ich dich was fragen?« Er beugt sich über die Theke und mustert mich. »Wie alt bist du eigentlich?«

»Noch nicht alt genug, um Wein trinken zu dürfen«, gestehe ich und nehme einen Schluck.

»Ups«, sagt er unbeeindruckt. »Und was machst du sonst so? Studierst du hier?« Das Kinn in die Hand gestützt, wartet er auf meine Antwort.

»Inwiefern bereiten mich diese Fragen auf meine Arbeit heute Abend vor?«

Er lächelt. Liegt es am Wein, dass er mir immer sympathischer wird? Aber schon im nächsten Moment ist er wieder ernst, nimmt mir das Glas aus der Hand und stellt es auf die Theke. »Du hast recht. Ich zeig dir, was dich nachher erwartet. Wenn du mir bitte folgen würdest, Auburn Mason Reed.«

Ich tue, was er sagt, weil ich für einen Stundenlohn von hundert Dollar alles tun würde.

Okay, *fast* alles.

Als wir wieder unten sind, stellt er sich in die Mitte des Raums und breitet die Arme aus, als wollte er mir sein Reich präsentieren. Ich drehe mich einmal um die eigene Achse und nehme alles in mich auf. Über jedem der Gemälde an den Wänden ist ein kleiner Spot angebracht, der die Aufmerksamkeit auf das jeweilige Bild lenkt. Sehr viel mehr gibt es nicht zu sehen. Nur weiße Wände, ein glänzend lackierter Betonboden und die Kunst. Die Wirkung ist trotz oder gerade wegen dieser Schlichtheit überwältigend.

»Das sind meine Arbeiten.« Owen deutet auf die Gemälde. Danach zeigt er auf eine Art Ladentheke am anderen Ende des Raums. »Und da hinten wirst du nachher die meiste Zeit stehen. Ich unterhalte mich mit den Leuten, die kommen, beantworte ihre Fragen und gebe Erklärungen zu den Bildern ab. Falls jemand eins kaufen möchte, schicke ich ihn zu dir und du schreibst dir die Adresse auf. Mehr gibt es eigentlich nicht zu sagen. Meinst du, du schaffst das?« Die Hände in die Seiten gestemmt, sieht er mich erwartungsvoll an.

»Wie alt bist du eigentlich?«, frage ich, von seiner lässigen Professionalität beeindruckt.

Seine Augen verengen sich, er neigt kurz den Kopf und schaut weg. »Einundzwanzig«, antwortet er, als wäre es ihm peinlich, dass er so jung und trotzdem schon ein so – zumindest macht es den Anschein – relativ erfolgreicher Künstler ist.

Ehrlich gesagt hätte ich ihn etwas älter geschätzt. Seine Augen wirken auf mich nicht wie die eines fast Gleichaltrigen. Sie sind unergründlich und wecken in mir das Bedürfnis, tief in sie einzutauchen, um zu sehen, was er schon alles gesehen hat.

Aber dann reiße ich mich von ihnen los und beschließe, dass es höchste Zeit ist, mir seine Kunst aus der Nähe anzuschauen. Ich gehe auf das Bild zu, das vor mir an der Wand hängt. Es sieht schon allein von der Farbgebung her interessant aus, und je näher ich komme, desto klarer wird mir, dass er ein wirklich talentierter Künstler ist. Als ich davorstehe, muss ich die Luft anhalten.

Das Bild ist wunderschön und unfassbar traurig zugleich. Es zeigt eine Frau, auf deren Gesicht sich sowohl tief empfundene Liebe als auch schmerzhafte Scham widerspiegeln und zugleich jede kleinste Emotionsfacette, die dazwischenliegt.

»Was benutzt du für Farben? Acryl?« Ich beuge mich dicht zur Leinwand und fahre mit dem Zeigefinger andächtig den kraftvollen geschwungenen Pinselstrichen nach, als ich seine Schritte hinter mir höre. Dann steht er neben mir, aber ich schaffe es nicht, den Blick von dem Bild zu lösen, weil ich so fasziniert bin.

»Nicht nur. Teilweise spraye ich auch. Im Grunde verwende ich alle Materialien, die sich mir so anbieten. Das ist von Arbeit zu Arbeit unterschiedlich.«

Plötzlich entdecke ich eine Karte mit einem gedruckten Text, die neben dem Bild an der Wand hängt, beuge mich vor und lese sie.

Manchmal frage ich mich, ob es vielleicht leichter wäre, tot zu sein, als weiterhin seine Mutter sein zu müssen.

Ich muss schlucken und richte den Blick dann wieder auf das Gesicht der Frau. »Ist das von einem der Zettel, die an den Schaufensterscheiben kleben?« Als ich mich zu Owen umdrehe, ist sein Lächeln verschwunden. Er verschränkt die Arme vor der Brust und drückt das Kinn an den Hals. Ich habe beinahe den Eindruck, als würde es ihn nervös machen, mein Urteil über seine Kunst abzuwarten.

»Ja, genau«, sagt er knapp.

Ich sehe zu den mit Zetteln vollgeklebten Schaufenstern, lasse den Blick durch den Raum schweifen und bemerke, dass neben jedem der Bilder so eine Karte hängt.

»Dann sind das alles solche … *Geständnisse*?«, frage ich. »Sind sie denn echt? Und stammen sie … von Menschen, die du kennst?«

»Nein.« Owen schüttelt den Kopf. »Sie sind anonym. Jeder, der etwas loswerden will, kann sein Geständnis durch den Briefkastenschlitz schieben.« Er zeigt zur Tür. »Ich lasse mich davon inspirieren.«

Ich gehe zum nächsten Bild und lese mir diesmal erst die Karte durch, bevor ich mir ansehe, wie Owen das, was darauf steht, umgesetzt hat.

Ich habe mich noch nie jemandem ungeschminkt gezeigt. Es ist mein schlimmster Horror, mir vorzustellen, wie ich aussehen werde, wenn ich nach meinem Tod aufgebahrt werde. Lieber lasse ich mich gleich verbrennen. Meine Komplexe sitzen so tief, dass ich sie nicht einmal im Tod ablegen kann. Danke dafür, Mutter.

Mir läuft ein Schauder über den Rücken. »Krass«, flüstere ich und betrachte das Bild. Anschließend gehe ich langsam die Längsseite des Raums ab und sehe mir die anderen Bilder an. Als ich am Schaufenster angekommen bin, fällt mir ein Zettel ins Auge, der mit roter Tinte geschrieben ist. Der Satz darauf ist zusätzlich dick mit gelbem Marker unterstrichen.

Ich habe Angst, dass ich niemals aufhören werde, mein Leben ohne ihn mit dem Leben mit ihm zu vergleichen.

Ich kann gar nicht sagen, was mich mehr berührt – Owens Kunst oder die Tatsache, dass ich die Gefühle, die hier zu Papier und auf die Leinwand gebracht worden sind, so gut nachvollziehen kann. Ich bin ein sehr verschlossener Mensch und lasse kaum jemanden in mich hineinschauen, obwohl das vielleicht manches einfacher machen würde. Diese teilweise erschütternden Lebensbeichten zu lesen und damit Einblick in die tiefsten Abgründe von Menschen zu erhalten – Abgründe, die sie höchstwahrscheinlich nie jemanden haben sehen lassen –, gibt mir das Gefühl, nicht ganz so allein zu sein. Das Gefühl, dass es andere gibt, denen es ähnlich geht wie mir.

Das alles erinnert mich an Adam.

»Erzähl mir was über dich, was sonst keiner weiß. Etwas, das ich für mich behalten kann.«

Ich kann gar nicht anders, als Adam in Gedanken automatisch immer in alles miteinzubeziehen, was ich erlebe, auch wenn ich weiß, dass es besser wäre, es nicht zu tun. Ich frage mich, wann das jemals aufhören wird – oder ob überhaupt. Mittlerweile ist es fünf Jahre her, seit ich mich von ihm verabschiedet habe. Fünf Jahre, seit er gestorben ist. Fünf Jahre …

Wird es mir so gehen wie demjenigen, der den Satz geschrieben hat, den ich eben gelesen habe? Werde ich mein Leben ohne ihn immer mit dem Leben vergleichen, das ich mit ihm hätte haben können?

Und wird jemals der Moment kommen, in dem ich vom Ergebnis dieses Vergleichs nicht enttäuscht sein werde?

zweites kapitel

OWEN

Es ist unfassbar, aber sie ist es. Ganz sicher. Ich hab sie sofort erkannt. Und jetzt steht sie plötzlich hier in meinem Atelier und schaut sich meine Bilder an. Dabei hätte ich niemals, wirklich *niemals* geglaubt, dass wir uns noch mal begegnen würden. Ich kann mich nicht einmal mehr daran erinnern, wann ich das letzte Mal an sie gedacht habe. Die Wahrscheinlichkeit, dass unsere Wege sich in diesem Leben noch einmal kreuzen könnten, war praktisch nicht vorhanden.

Aber jetzt ist sie auf einmal hier. Es liegt mir auf der Zunge, sie zu fragen, ob sie sich an mich erinnert, aber ich weiß, dass sie es nicht tut. Wie sollte sie? Wir haben ja nie auch nur ein Wort miteinander gewechselt.

Trotzdem habe ich sie nie vergessen. Ich erinnere mich noch genau an den Klang ihres Lachens, an ihre Stimme, das besondere Blond ihrer Haare … auch wenn sie damals kürzer waren. Mir wird erst jetzt klar, dass ich ihr Gesicht eigentlich nie so richtig aus der Nähe gesehen habe, obwohl ich mir immer eingebildet habe, ganz genau zu wissen, wie sie aussieht. Jetzt, wo sie vor mir steht, muss ich mich zwingen, sie nicht anzustarren. Sie ist wunderschön, aber vor allem sieht sie genau so aus, wie ich es mir immer vorgestellt hatte. Ich habe einmal versucht, sie zu malen, es dann aber wieder aufgegeben, weil meine Erinnerung einfach nicht mehr deutlich genug war. Könnte gut sein, dass ich nach heute Abend einen zweiten Versuch starte. Ich weiß auch schon, wie ich das Bild nennen werde: *»Mehr als nur einer«*.

Als sie sich umdreht, um auf ein anderes Bild zuzugehen, schaue ich hastig weg, bevor sie mich dabei ertappt, wie ich sie beobachte. Ich habe das Gefühl, sie würde mir sofort ansehen, dass ich gerade darüber nachdenke, aus welchen Farben ich ihren einzigartigen Hautton zusammenmischen oder ob ich sie mit zurückgebundenen oder offenen Haaren malen soll.

Schluss jetzt. Es gibt tausend andere Sachen, die ich im Moment dringender erledigen müsste, als solchen Gedanken nachzuhängen. Äh … was waren das noch mal für Sachen? Ach ja: duschen, umziehen und mich mental auf die Besucher vorbereiten, die gleich kommen und zwei Stunden lang unterhalten werden wollen.

»Ich muss noch schnell duschen«, sage ich. Auburn schreckt zusammen, als hätte sie vollkommen vergessen, dass ich auch noch da bin.

»Schau dich ruhig weiter um. Ich erklär dir den Rest, wenn ich fertig bin. Bin gleich wieder da.«

Als sie lächelnd nickt, denke ich an Hannah und verstehe plötzlich nicht mehr, was ich jemals in ihr gesehen habe.

Hannah, die ich ursprünglich als Assistentin eingestellt hatte und die dann auf einmal meine Freundin war. Hannah, die nicht damit klarkam, dass es Dinge in meinem Leben gibt, die mir wichtiger sind als sie, und die sich letzte Woche von mir getrennt hat.

Hoffentlich ist Auburn anders.

Aber gab es bei Hannah nicht schon von Anfang an zu vieles, was nicht wirklich gepasst hat? Hätte mir das nicht zu denken geben müssen? Zum Beispiel, dass eigentlich meistens nur oberflächliches Geplapper herauskam, wenn sie den Mund aufgemacht hat, was wahrscheinlich der Hauptgrund dafür war, dass wir nur sehr wenig miteinander gesprochen haben. Oder dass sie meinte, alle um sie herum ständig darauf hinweisen zu müssen, dass man ihren Namen sowohl vorwärts als auch rückwärts lesen kann.

»Wow. Du bist ein wandelndes Palindrom!«, habe ich gesagt, als sie es mir das erste Mal erzählt hat. Als sie mich daraufhin nur verständnislos angeschaut hat, hätte mir klar sein müssen, dass wir überhaupt nicht auf einer Wellenlänge waren. Das schöne Palindrom ist an Hannah leider verschwendet gewesen.

Aber ich weiß jetzt schon, dass Auburn nicht wie Hannah ist. Ich erkenne es an der Tiefe ihres Blicks. Ich kann sehen, dass sie meine Arbeiten wirklich versteht und im Innersten davon berührt ist, sogar so sehr, dass sie alles andere um sich herum vergisst. Ich hoffe wirklich sehr, dass sie nicht wie Hannah ist. Hannah, die Blenderin.

Sei fein, nie fies, ermahne ich mich selbst per Palindrom.

Als ich oben ins Bad komme und Auburns zusammengelegte Klamotten auf dem Waschtisch sehe, würde ich am liebsten zu ihr runtergehen und ihr sagen, dass sie wieder ihre eigenen Sachen anziehen soll. Ich würde ihr gern sagen, dass sie ruhig sie selbst sein kann, weil es mir wichtig ist, dass sie sich bei mir wohlfühlt. Dummerweise sind meine Kunden reich und elitär und erwarten, dass die Assistentinnen der Künstler, deren Bilder sie kaufen, die klassische Uniform aus schwarzem Rock und weißer Bluse tragen und nicht Jeans und pinke Tops. Die Farbe des Tops erinnert mich plötzlich an ein T-Shirt, das Mrs Dennis, bei der ich an der Highschool Kunst hatte, oft anhatte …

Mrs Dennis liebte die Kunst. Vor allem aber liebte sie Künstler. Eines Tages stellte sie sich hinter mich und sagte: »Unglaublich, wie du mit dem Pinsel umgehst, Owen«, und danach liebte sie mich.

Übrigens war Mrs Dennis zwar kein wandelndes Palindrom, aber auch ihr Name hatte einen doppelten Boden. Von hinten nach vorne gelesen ergab er das Wort *sinned* und entsprach damit ziemlich genau dem, was wir miteinander taten. Wir sündigten. Sie vielleicht ein bisschen mehr als ich. Weil ich schlecht jemandem von meinem Geheimnis erzählen konnte, ohne meine Lehrerin ans Messer zu liefern, verewigte ich unsere Tat in einem zum Bild gewordenen Geständnis, das ich *Sie sündigt mit mir* nannte. Es war eines der ersten Bilder, das ich verkaufen konnte. Halleluja.

Aber ich will jetzt nicht an meine Schulzeit oder an Mrs Dennis oder an Hannah denken, weil sie Teil meiner Vergangenheit sind, während hier gerade meine Gegenwart stattfindet und Auburn … irgendwie für beides steht. Sie wäre geschockt, wenn sie wüsste, wie sehr ihre Vergangenheit meine Gegenwart beeinflusst hat, deswegen werde ich es ihr auch nicht erzählen. Es gibt Geheimnisse, die niemals zu Geständnissen werden sollten. Das weiß ich besser als jeder andere.

Was hat es zu bedeuten, dass sie auf einmal vor meiner Tür stand und mich mit ihren großen Augen ansah? Ihr plötzliches Auftauchen in meinem Leben bringt mein ganzes Weltbild ins Wanken. Vor einer halben Stunde war ich jemand, der nur an den Zufall glaubte, nicht an Schicksal. Und jetzt? Die Vorstellung, dass es lediglich ein Zufall gewesen sein soll, der sie heute vor meine Tür geführt hat, kommt mir absurd vor.

~

Als ich frisch geduscht und umgezogen wieder nach unten komme, ist sie in die Betrachtung eines Bildes vertieft, das ich *Du existierst nicht, Gott (und falls doch, solltest du dich schämen)* genannt habe.

Den Titel habe ich mir natürlich nicht selbst ausgedacht. Das tue ich nie. Er ist das anonyme Geständnis, das mich zu dem Bild inspiriert hat. In diesem Fall dazu, meine Mutter zu malen. Nicht so, wie ich mich an sie erinnere, sondern so, wie sie vielleicht ausgesehen hat, als sie in meinem Alter war. Was mich an dem Geständnis fasziniert hat, war nicht die Glaubensfrage, sondern dass das exakt der Gedanke war, der mir in den Monaten nach ihrem Tod die ganze Zeit durch den Kopf ging.

Natürlich weiß ich nicht, ob Auburn an Gott glaubt, aber etwas in dem Bild scheint irgendwas in ihr ausgelöst zu haben. Jedenfalls sehe ich, wie ihr eine Träne über die Wange läuft. Sobald sie merkt, dass ich neben ihr stehe, fährt sie sich hastig mit dem Handrücken übers Gesicht und holt tief Luft. Schämt sie sich für ihre Rührung? Vielleicht ist es ihr auch nur peinlich, dass ich sie beobachtet habe.

Statt sie zu fragen, was sie von dem Bild hält oder warum es sie zum Weinen gebracht hat, sage ich nichts und betrachte es einfach nur stumm zusammen mit ihr. Ich habe es vor ungefähr einem Jahr gemalt und erst gestern spontan beschlossen, es in die Ausstellung zu hängen. Normalerweise behalte ich meine Arbeiten nicht so lang, aber bei dieser hier habe ich gezögert, sie zu verkaufen. Es kostet mich immer Überwindung, meine Bilder wegzugeben, und von manchen trenne ich mich schwerer als von anderen.

Möglicherweise habe ich Angst, sie aus der Hand zu geben, weil ich fürchte, ihre neuen Besitzer könnten sie missverstehen und deshalb nicht wirklich wertschätzen.

»Wow«, sagt Auburn. »Das war ja eine schnelle Duschaktion.«

Ich erkenne das sofort als Versuch, das Thema zu wechseln, auch wenn wir nicht laut darüber gesprochen haben. Das Thema, über das sie nicht reden will, sind ihre Tränen und wodurch sie hervorgerufen wurden. Das Thema ist meine unausgesprochene Frage: *Warum berührt dich dieses Bild so, Auburn?*

»Ich bin eben ein echter Blitzduscher«, sage ich und beiße mir auf die Zunge, weil das so ungefähr die dämlichste Antwort ist, die man sich nur vorstellen kann. Aber warum will ich überhaupt, dass sie mich originell findet? Ich sehe sie forschend an. Sie schaut schnell zu Boden, weil es ihr vielleicht immer noch peinlich ist, dass meine Kunst etwas in ihr ausgelöst hat. Trotzdem freue ich mich über ihre Reaktion, weil man nur dann verlegen reagiert, wenn einem die Meinung des anderen wichtig ist.

Die Tatsache, dass ich mich darüber freue, bedeutet wohl, dass mir an ihrer Meinung genauso viel liegt wie ihr an meiner. Klar, sonst würde ich ja auch nicht insgeheim hoffen, dass sie anders ist als Hannah.

Als sie den Blick hebt, denke ich fieberhaft nach, welchen witzigen Nachsatz ich meiner Antwort hinterherschieben könnte, aber da ist es schon zu spät. Sie sieht mich an und mein Kopf ist wie leer gepustet. Ich werfe einen Blick auf meine Armbanduhr – ich habe keine um! – und kratze mich an einer Stelle, an der es gar nicht juckt, um meine Nervosität zu überspielen.

»In einer Viertelstunde kommen die ersten Gäste«, sage ich und räuspere mich. »Wahrscheinlich sollte ich dir jetzt doch mal näher erklären, wie das hier gleich ablaufen wird.«

Auburn atmet hörbar aus, und ich sehe, wie sich ihre Schultern entspannen. Offensichtlich ist sie erleichtert, dass ich sie nicht auf das Bild angesprochen habe. »Stimmt. Das wäre nicht schlecht«, sagt sie.

Ich stelle mich vor *Du existierst nicht, Gott* und deute auf die Karte, die daneben an der Wand hängt. »Das Geständnis ist immer auch der Titel des Bilds. Der Preis steht jeweils auf der Rückseite der Karte. Du musst nur den Namen und die Adresse des Käufers in ein Formular eintragen, an das du dann die Karte mit dem Geständnis tackerst, damit ich weiß, welches Bild ich wohin schicken muss. Ganz einfach, oder?«

Auburn nickt und sieht zu der Karte. Ich ziehe sie aus der Halterung, mit der sie an der Wand befestigt ist, und gebe sie ihr. Nachdem sie den Text gelesen hat, dreht sie die Karte nachdenklich in den Händen. »Glaubst du, dass es auch Leute gibt, die das Bild zu ihrem eigenen Geständnis kaufen?«

Ich weiß sogar mit Sicherheit, dass es solche Leute gibt. Ich hatte schon Käufer, die mir von sich aus erzählt haben, dass sie das Geständnis geschrieben haben, das mich zu einem bestimmten Bild inspiriert hat. »Ja, ganz bestimmt. Allerdings ist es mir lieber, wenn ich es nicht weiß.«

Auburn sieht mich verwundert an.

»Warum?«, fragt sie.

Ich zucke mit den Schultern und merke, wie ihr Blick forschend über mein Gesicht wandert. Was denkt sie, wenn sie mich so ansieht?

»Kennst du das, wenn du zum ersten Mal einen Song im Radio hörst und sofort ein Bild des Sängers oder der Band vor Augen hast?«, frage ich. »Und dann siehst du irgendwann ein Foto oder ein Video, und sie sehen ganz anders aus, als du sie dir vorgestellt hast? Nicht besser oder schlechter, sondern einfach anders?«

Auburn nickt.

»So geht es mir, wenn ich ein Bild gemalt habe und mir jemand sagt, dass er oder sie das dazugehörige Geständnis geschrieben hat. Während des Malens entsteht eine Geschichte in meinem Kopf, und wenn ich dann später herausfinde, dass das Bild, das ich dabei vor Augen hatte, nicht mit dem Menschen übereinstimmt, der vor mir steht, habe ich das Gefühl irgendwie … versagt zu haben.«

Auburn lächelt und wird rot. »Kennst du die Alabama Shakes?«, fragt sie. »Die haben einen Song, der *Hold on* heißt. Ich hab ihn einen ganzen Monat lang immer wieder im Radio gehört, aber erst als ich das Video dazu gesehen habe, wurde mir klar, dass das eine Frau ist, die da singt.«

Ich nicke lachend, weil es genau das ist, was ich meine – obwohl ich die Band kenne und es mir schwerfällt zu glauben, dass irgendjemand die Stimme der Sängerin für die eines Mannes halten könnte. »Erwähnt sie nicht sogar im Refrain, dass sie Brittney heißt?«

Auburn zuckt mit den Achseln. »Ich dachte, er spricht von irgendeiner anderen Frau«, murmelt sie, als wäre sie immer noch nicht so ganz überzeugt davon, dass die Sängerin kein Mann ist.

Sie schaut zur Theke. »Kann ich mir mal ansehen, wo ich gleich arbeite?« Die Karte mit dem Geständnis hält sie immer noch in der Hand. »Hast du schon mal daran gedacht, den Käufern die Möglichkeit zu geben, anonym zu bleiben?«, fragt sie, während wir durch den Raum zur Theke gehen.

»Auf die Idee bin ich bisher nicht gekommen. Nein.«

Sie streicht mit dem Zeigefinger über die Theke, nimmt kurz den Taschenrechner in die Hand und rückt den Stapel mit den vorgedruckten Formularen zurecht. Als sie meine Visitenkarten entdeckt, die ganz schlicht sind – es steht nur mein Name und die Adresse darauf –, nimmt sie eine aus der Schachtel und dreht sie um.

»Du solltest auf die Rückseite ganz groß *Confessions* drucken lassen. Dann weiß jeder gleich, dass die Geständnisse Thema deiner Arbeiten sind.«

Im nächsten Moment beißt sie sich auf die Lippe und sieht mich an, als hätte sie Angst, ich könnte ihren Vorschlag als unpassende Einmischung empfinden.

In Gedanken bin ich immer noch bei dem, was sie vorher gesagt hat. »Inwiefern glaubst du, dass es etwas bringen würde, wenn die Leute die Bilder anonym kaufen könnten?«

»Na ja …« Auburn zögert. »Wenn ich so ein Geständnis bei dir abgelegt hätte«, sie deutet auf die Karte, die sie auf die Theke gelegt hat, »würde ich mich nicht trauen, das dazugehörige Bild zu kaufen, selbst wenn es mir total gefallen würde. Ich hätte Angst, dass du irgendwie merken könntest, dass das Geständnis von mir stammt.«

»Ich glaube, so wahnsinnig oft kommt es auch wieder nicht vor, dass die Leute, die diese Geständnisse schreiben, später in eine meiner Ausstellungen kommen.«

Auburn schiebt mir die Karte hin und stützt sich dann mit verschränkten Armen auf die Theke. »Okay, aber selbst wenn ich es nicht geschrieben hätte, würde ich mich wahrscheinlich nicht trauen, ein Bild zu kaufen, weil ich Angst hätte, du könntest denken, das Geständnis wäre von mir.«

Dieser Gedanke ist mir zwar noch nie gekommen, aber es

ist natürlich durchaus möglich, dass es Leute gibt, denen es so geht.

»Weil deine Bilder aus den Geständnissen von echten Menschen entstehen, haben sie einen ganz besonderen Grad an Wahrhaftigkeit. Wenn jemand in dein Atelier kommt und ein Bild sieht, das etwas in ihm auslöst, besteht eine gewisse Chance, dass derjenige es kauft, klar. Aber es könnte auch Leute geben, die sich dafür schämen, dass ein Bild, in dem es zum Beispiel um eine Mutter geht, die ihren eigenen Sohn nicht liebt, eine Bedeutung für sie hat. Selbst wenn sie das Bild gerne besitzen würden, kaufen sie es vielleicht nicht, weil sie damit im Grunde genommen sagen: ›Mit diesem todtraurigen Geständnis kann ich mich auf die eine oder andere Weise identifizieren.‹«

Wow. Ich versuche, mir meine Faszination nicht allzu deutlich anmerken zu lassen, aber auf einmal habe ich das dringende Bedürfnis, in den Kopf dieses Mädchens zu kriechen und mich darin eine Weile umzusehen. In ihren Gedanken zu baden.

»Interessantes Argument.«

Sie lächelt.

»Okay«, sage ich. »Lass es uns doch so machen: Wir kleben unter jedes Bild einen Zettel mit einer Nummer. Dann können die Leute, die sich für ein Bild interessieren, ohne sich outen zu wollen, dir die Nummer bringen, statt die Karte mit dem Bekenntnis. So müssen sie zumindest dir gegenüber erst mal nicht verraten, welches Bild sie kaufen.«

Als ich an Auburn vorbei nach der Schere greife, die hinter ihr in einem Behälter steckt, und ihr dabei einen Moment sehr nahe komme, richtet sie sich auf und schnappt kurz nach Luft.

Ich sehe mich um und beginne, die Bilder laut durchzuzählen.

»Es sind zweiundzwanzig«, unterbricht sie mich und wirkt fast verlegen. »Ich hab sie vorhin gezählt, als du … als du geduscht hast.« Sie nimmt mir die Schere aus der Hand, zieht ein leeres Blatt aus der Ablage und zerschneidet den Bogen in beeindruckend gleichmäßige Quadrate. »Hast du einen schwarzen Stift da?«

Ich nehme einen Marker aus der Schublade und lege ihn auf die Theke. »Warum hast du vorgeschlagen, dass ich *Confessions* auf meine Visitenkarten drucken soll?«

Sie schneidet weiter Quadrate aus und antwortet, ohne mich anzusehen: »Na ja, weil das so eine Art Alleinstellungsmerkmal von dir ist. Es ist total spannend, dass du dich von echten Geständnissen zu deinen Bildern inspirieren lässt. Wenn du das auf deine Karte druckst, machst du die Leute neugierig.«

Sie hat absolut recht. Warum bin ich nicht selbst schon längst auf diese Idee gekommen? »Sag mal, was studierst du eigentlich, Auburn?«

»Gar nichts. Ich arbeite hier in der Nähe in einem … Frisörsalon«, sagt sie leise, fast so, als würde sie sich dafür schämen. Mir tut es sofort leid, sie in Verlegenheit gebracht zu haben.

»Du solltest BWL studieren.«

Als sie nicht antwortet, habe ich Angst, sie womöglich beleidigt zu haben. »Nicht dass Frisörin kein toller Beruf wäre«, versuche ich zu retten, was zu retten ist. »Ich meine nur, dass du wirklich gute Marketing-Ideen hast.« Ich greife nach dem Marker und beginne die Ziffern 1 bis 22 auf die Zettel zu schreiben, die sie ausgeschnitten hat.

»Wie oft machst du so etwas eigentlich?«, fragt sie, ohne auf meine Bemerkung einzugehen. »Diese Ausstellungen, meine ich.«

»An jedem ersten Donnerstag im Monat.«

Sie sieht mich erstaunt an. »Nur einmal im Monat?«

Ich nicke. »Ich hab dir ja gesagt, dass das nicht wirklich eine Galerie ist. Ich stelle keine anderen Künstler aus und habe auch kein offenes Atelier, in dem ständig Leute vorbeikommen können. Auf die Idee mit den Ausstellungen bin ich gekommen, nachdem die *Dallas Morning News* eine Titelstory über mich gebracht hat. Danach sind noch ein paar andere Zeitungen und Magazine auf mich aufmerksam geworden und es gab einen kleinen Hype. Seitdem kann ich von meiner Arbeit ganz gut leben.«

»Hey, das ist echt toll«, sagt sie beeindruckt, und ich kann nichts dagegen tun, dass ich ein bisschen stolz auf mich bin. »Malst du denn so viele Bilder, dass du immer genügend hast, die du verkaufen kannst?«

»Gute Frage«, sage ich lachend. Ich finde es schön, dass sie sich so für meine Arbeit interessiert. »Das tue ich nämlich nicht. Vor drei Monaten hatte ich nur ein einziges Bild in der Ausstellung.«

Sie sieht mich überrascht an. »Warum nur eins?«

Ich zucke mit den Schultern. »Ich war nicht besonders inspiriert.«

Das ist nicht ganz die Wahrheit. Ich kam vor allem deshalb nicht zum Malen, weil Palindrom-Hannah in dem Monat meine Freundin wurde und ich viel Zeit mit ihr im Bett verbracht und mich auf ihren Körper konzentriert habe – vielleicht, um zu verdrängen, dass ich mit ihrem Geist weit weniger anfangen konnte.

»Was war das für ein Geständnis?«

Ich fühle mich ertappt. »Wie bitte?«

»Das dich zu dem einen Bild inspiriert hat, das du in dem Monat ausgestellt hast«, sagt sie.

Ich zögere. Obwohl es das Geständnis eines mir völlig fremden Menschen war, fühlt es sich an, als würde ich Auburn gleichzeitig einen Einblick in mein ganz privates Leben geben, indem ich es laut ausspreche. »*Immer wenn ich mit dir zusammen bin, denke ich an all die großartigen Dinge, die ich tun könnte, wenn wir nicht zusammen wären.*«

Auburn schaut mich mit gerunzelter Stirn an, als würde sie sich fragen, weshalb ich ausgerechnet diesen Satz ausgewählt habe und was er über mich aussagt. »Das ist ganz schön traurig«, sagt sie schließlich und lässt den Blick durch den Raum schweifen. Vielleicht ist ihr ihre Neugier unangenehm. Es ist, als würden unsere Blicke Verstecken spielen und die Bilder wären neutrales Gelände.

»Diesen Monat musst du ja extrem inspiriert gewesen sein«, sagt sie plötzlich. »Ich meine, zweiundzwanzig Bilder! Das ist echt eine Menge. Das bedeutet, dass du fast jeden Tag eins gemalt hast.«

»Die sind nicht alle neu«, sage ich. »Manchmal brauche ich einige Zeit, bis ich mich von alten Arbeiten trennen kann.« Als ich nach dem Klebeband greife, das hinter ihr liegt, streife ich unabsichtlich ihren Arm. Es ist das erste Mal, dass wir uns berühren, und obwohl dieser Körperkontakt rein zufällig ist, löst er etwas in mir aus. Ich halte inne, spüre dem Gefühl in mir nach und merke, dass ich mich nach mehr sehne.

»Hast du das eben auch gespürt?«, würde ich sie gern fragen. Aber dann denke ich, dass ich sie das gar nicht fragen muss, weil ich die Gänsehaut auf ihrem Arm sehe. Am liebsten würde ich über diese winzigen Erhebungen streichen, die ich gerade auf ihrer Haut erzeugt habe.

Auburn räuspert sich, tritt einen Schritt zurück und verwandelt die Nähe wieder in Abstand.

Ich atme beinahe erleichtert auf.

Sie wirkt, als würde sie sich plötzlich unbehaglich fühlen, was ich ihr nicht verdenken kann, weil es mir ähnlich geht. Ich habe immer noch nicht wirklich begriffen, wie es sein kann, dass sie auf einmal hier ist.

So von Nahem nehme ich sie ganz anders wahr als damals aus der Ferne. Sie macht einen ziemlich in sich gekehrten, verschlossenen Eindruck. Wie jemand, der es nicht gewöhnt ist, mit Menschen zu tun zu haben, erst recht nicht mit Fremden. Ich habe das Gefühl, dass wir uns ähnlich sind. Sie scheint eine Einzelgängerin zu sein, eine Grüblerin, jemand, der sein Leben ganz bewusst gestaltet.

Es ist, als hätte sie Angst, ich könnte ihrer inneren Leinwand Pinselstriche hinzufügen, die sie für immer verändern würden, wenn ich ihr zu nahe käme.

Und das kann ich gut nachvollziehen. Mir geht es nämlich umgekehrt genauso.

~

Die nächste Viertelstunde verbringen wir damit, die Zettel mit den Nummern unter die einzelnen Bilder zu hängen. Auburn notiert sie zusätzlich auf einer Liste hinter dem dazugehörigen Titel, damit wir sie später zuordnen können. Sie arbeitet so routiniert, als hätte sie nie etwas anderes gemacht. Vielleicht gehört sie ja zu den Menschen, die in allem, was sie anpacken, gut sind. Vielleicht ist sie das, was man »lebenstüchtig« nennt.

»Und es kommen jedes Mal auch genug Leute her?«, fragt sie plötzlich.

»Schau selbst.« Ich gehe mit ihr zur Tür und muss lächeln, weil ich mich daran erinnere, wie aufgeregt ich war, als ich vor drei Jahren meine erste Verkaufsausstellung im Atelier organisiert habe. Irgendwie finde ich es fast schade, dass ich mittlerweile so abgeklärt bin.

Ich ziehe eines der Geständnisse von der Scheibe ab, damit Auburn hinausspähen kann. Ihre Augen weiten sich, als sie die Menschenmenge sieht, die vor dem Atelier darauf wartet, dass wir öffnen. Der Andrang war natürlich nicht von Anfang an so groß, aber seit der Artikel über mich erschienen ist, bin ich so etwas wie eine feste Größe in der lokalen Kunstszene geworden. In dieser Beziehung habe ich echt wahnsinniges Glück gehabt.

»Na klar, Angebot und Nachfrage«, sagt Auburn leise zu sich selbst und tritt einen Schritt zurück.

Ich befestige den Zettel mit dem Geständnis wieder an der Scheibe. »Was meinst du damit?«

»Das ist sicher ein Faktor, der deinen Erfolg ausmacht. Dadurch, dass du nur eine gewisse Anzahl von Bildern malen kannst und die Leute nur an einem ganz bestimmten Tag im Monat die Möglichkeit haben, sie zu kaufen, erscheint ihnen deine Kunst umso wertvoller.«

Ich tue so, als wäre ich verletzt. »Willst du damit andeuten, dass ich den Erfolg nicht meinem herausragenden Talent verdanke, sondern bloß einer guten Marketingstrategie?«, frage ich.

Sie stößt mich spielerisch mit der Schulter an. »Du weißt doch genau, wie ich das meine.«

Ich wünschte, sie würde mich noch einmal so anstupsen – und vor allem dabei noch einmal so unfassbar süß lächeln. Stattdessen sieht sie sich im Raum um und holt tief Luft. Vielleicht haben die vielen Leute da draußen sie nervös gemacht.

»Bist du bereit?«

Sie nickt und lächelt tapfer. »Bin ich.«

»Okay, dann mal los.« Ich öffne die Tür und die Wartenden beginnen hereinzuströmen. Es sind sogar noch mehr Leute als sonst gekommen, und einen Augenblick lang mache ich mir Sorgen, Auburn könnte sich überfordert fühlen. Aber so zurückhaltend und beinahe schüchtern sie mir eben noch vorgekommen ist, so sehr blüht sie jetzt auf und strahlt, als wäre sie völlig in ihrem Element.

Die erste halbe Stunde vergeht damit, dass ich die Ankommenden begrüße. Auburn versorgt sie mit Getränken, zeigt ihnen die Bilder und erklärt, was es mit den Geständnissen auf sich hat. Es sind ein paar Leute da, die ich kenne, aber die meisten sehe ich hier zum ersten Mal. Auburn wirkt so entspannt, als wären das alles gute Freunde von ihr. Gerade unterhält sie sich mit einem jungen Pärchen, das sich offenbar für das Bild *Ich war zwei Wochen in China, ohne jemandem vorher davon zu erzählen. Als ich zurückkam, hatte niemand bemerkt, dass ich überhaupt weg gewesen war* interessiert. Als Auburn meinen Blick auffängt, lächelt sie mir zu und schreibt sich dann Namen und Adresse des Pärchens auf, um den ersten Verkauf des Abends klarzumachen.

Während ich durchs Atelier schlendere, hier und da Bekannten zunicke und mit den Leuten spreche, beobachte ich sie immer wieder aus dem Augenwinkel. Die Aufmerksamkeit der Besucher ist auf meine Kunst gerichtet, meine ruht ganz auf Auburn. Sie ist für mich heute Abend das faszinierendste Exponat.

»Erwarten Sie Ihren Vater heute auch noch hier, Owen?«

Ich reiße den Blick von Auburn los, um mich dem Mann zuzuwenden, der mir diese Frage gestellt hat.

»Nein«, ich schüttle den Kopf, »er hat leider keine Zeit.« Allerdings hätte er sich die Zeit sicher nehmen können, wenn es ihm wichtig gewesen wäre.

»Schade«, brummt Judge Corley. »Er hat mir nämlich empfohlen herzukommen, weil ich mir mein Büro gerade neu einrichte und noch ein passendes Bild suche. Ihr Vater meinte, ich solle mir Ihre Arbeiten ansehen.«

Corley ist Richter am hiesigen Bezirksgericht und ein typischer Vertreter der Gattung Kleiner-Mann-mit-umso-größerem-Ego. Mein Vater verbringt als Anwalt zwangsläufig viel Zeit bei Gericht und hat öfter mit Corley zu tun. Ich weiß, dass er ihn nicht sonderlich sympathisch findet, und nehme stark an, dass das auf Gegenseitigkeit beruht, auch wenn Corley gerade nach ihm gefragt hat. *Fassadenfreundschaften* nenne ich solche Beziehungen, wenn Leute nach außen hin so tun, als wären sie gute Bekannte, obwohl sie sich in Wirklichkeit gleichgültig oder sogar feindlich gesinnt sind.

Mein Dad pflegt eine ganze Reihe solcher Fassadenfreundschaften. Aber das geht wahrscheinlich auch gar nicht anders, wenn man Anwalt ist.

Ich selbst pflege fast gar keine Freundschaften. Das ist mir lieber so.

»Sie haben zweifellos Talent und einen wirklich … interessanten Stil, Owen. Obwohl ich mir nicht ganz sicher bin, ob er meinen Geschmack trifft.« Corley geht um mich herum auf eine meiner Arbeiten zu, um sie sich näher anzusehen.

Ich werfe einen Blick auf die Uhr und stelle überrascht fest, dass schon eine Stunde vergangen ist. Auburn ist ständig beschäftigt, kümmert sich um die Besucher, beantwortet Fragen, und wenn niemand etwas von ihr will, sammelt sie leere Gläser ein und sorgt im Hintergrund für Ordnung. Sie sitzt nicht bloß hinter ihrer Theke und feilt sich gelangweilt die Nägel, wie ich es von Palindrom-Hannah gewöhnt bin. Ehrlich gesagt, habe ich mich oft gefragt, wie es sein kann, dass sie überhaupt noch Nägel zum Abfeilen hatte.

Als Corley einige Zeit später mit einer Nummer in der Hand auf Auburn zukommt, sagt sie freundlich etwas zu ihm und lässt sich den Zettel geben, den er ihr unwirsch reicht. Sie wirft einen Blick darauf, und mir entgeht nicht, dass sich ihr Gesicht kurz verdüstert, bevor sie ein künstliches Lächeln aufsetzt. Ihr Blick huscht einen Moment lang zu dem Bild *Du existierst nicht, Gott*, und ich verstehe sofort, was los ist. Anscheinend möchte Corley es kaufen, und Auburn spürt instinktiv, dass er nicht der geeignete Besitzer wäre. Ich gehe schnell zu den beiden und nehme Auburn, die mich erstaunt ansieht, den Zettel aus der Hand.

»Falls Sie sich für dieses Bild interessieren, muss ich Sie leider enttäuschen, Mr Corley. Es ist nicht mehr zu haben.«

Der Richter schnauft. »Aber der Zettel mit der Nummer hing noch darunter, und das bedeutet, dass es zu verkaufen ist, oder etwas nicht?«

»Theoretisch schon, ja. Aber ich habe dieses Bild heute Morgen schon verkauft und vergessen, meine Assistentin darüber zu informieren.« Ich knülle den Zettel zusammen, stecke ihn in die Tasche meines Jacketts und deute dann auf ein anderes Bild, an dem mir nicht so viel liegt. »Wäre das da hinten vielleicht etwas für Sie?«

Corley wirft einen kurzen Blick darauf und schüttelt sofort den Kopf. »Nein«, brummt er. »Das funktioniert nicht. Das Orange von dem anderen hätte perfekt zu der neuen Couch in meinem Büro gepasst.«

Jetzt bin ich noch erleichterter, dass ich mein Bild vor ihm retten konnte.

»Ruth? Wir können gehen«, ruft er seiner Frau zu, die sich in einiger Entfernung mit einem anderen Paar unterhält. »Lass uns morgen zu diesem großen Einrichtungshaus fahren, zu *Pottery Barn*. Da verkaufen sie doch auch Bilder. Hier finde ich nichts Geeignetes.«

Nachdem die beiden sich verabschiedet haben, lächelt Auburn mich an. »Du konntest nicht zulassen, dass dir dieser Typ dein Baby wegnimmt, stimmt's?«

Ich verdrehe die Augen. »Das hätte ich mir niemals verziehen.«

Als sie über meine Schulter blickt und jemanden anstrahlt, der offensichtlich eine Frage hat, ziehe ich mich zurück und lasse sie ungestört mit ihrem Charme Wunder wirken. Eine halbe Stunde später sind fast alle Bilder verkauft.

Ich schließe die Tür hinter den letzten Besuchern ab, drehe mich um und sehe, dass Auburn an der Theke steht und leise vor sich hin summend die Zettel mit den Adressen der Käufer sortiert.

Was auch immer es war, das sie vorhin beschäftigt hat, als sie vor meiner Tür stand und keinen besonders glücklichen Eindruck machte – es scheint vergessen.

»Du hast neunzehn Bilder verkauft!«, ruft sie. »OMG! Ist

dir klar, wie viel Geld du in den letzten beiden Stunden verdient hast? Ups … und hast du gemerkt, wie ich dich gerade genannt habe, obwohl ich dir versprochen hatte, es nicht mehr zu tun?«

Ich lache, weil ich es natürlich gemerkt habe, sie dabei aber so bezaubernd aussah, dass ich es ihr nicht übel nehmen kann. Mir ist auch nicht entgangen, dass sie die perfekte Geschäftsfrau ist – ich habe es noch nie geschafft, an einem einzigen Abend neunzehn Bilder zu verkaufen.

»Wie sieht es nächsten Monat aus?«, frage ich. »Hättest du da auch wieder Zeit?« Sie darf auf keinen Fall einfach so wieder aus meinem Leben verschwinden.

Es stimmt mich hoffnungsvoll, dass ihr Lächeln noch breiter wird. »Hallo? Wenn ich hundert Dollar die Stunde verdienen kann, habe ich immer Zeit.«

Auburn legt die Scheine auf ordentliche kleine Stapel und beginnt, die Einnahmen zu zählen. Als sie fertig ist, nimmt sie zwei Hundert-Dollar-Scheine und hält sie lächelnd in die Höhe. »Und die beiden gehören mir.« Sie faltet sie zusammen und steckt sie in die Brusttasche der Bluse.

Meine Freude darüber, dass Auburn mir nicht nur unter total unwahrscheinlichen Umständen wiederbegegnet ist, sondern auch noch dazu beigetragen hat, eine der erfolgreichsten Ausstellungen meiner gesamten Karriere über die Bühne zu bringen, verwandelt sich in dem Moment in Panik, in dem mir dämmert, dass ihr Job hier beendet ist. Ich will nicht, dass sie jetzt schon geht.

»Es ist schon nach neun«, sage ich, als sie die Einnahmen in das Lederetui steckt und die Adressen der Käufer in einem Ordner abheftet. »Du hast doch bestimmt auch …«

»Schon nach neun?«, ruft sie. »Mist. Ich muss sofort los.«

Eigentlich hatte ich gehofft, sie dazu überreden zu können, mit mir noch etwas essen zu gehen, aber sie rennt aus dem Raum und stürzt, immer zwei Stufen auf einmal nehmend, die Treppe zu meiner Wohnung hoch.

Wahrscheinlich will sie sich schnell umziehen. Schade. Ich greife nach der Geldtasche, die ich nachher zur Bank bringen muss, und folge ihr. Noch auf der Treppe höre ich ihre Stimme. Sie klingt völlig aufgelöst. Anscheinend telefoniert sie mit jemandem.

»Es tut mir so leid«, entschuldigt sie sich verzweifelt. »Aber ja, natürlich weiß ich das.« Einen Moment lang ist es still, dann seufzt sie. »Okay. Alles klar. Wir reden morgen darüber.«

Erst als ich mir sicher bin, dass das Gespräch zu Ende ist, gehe ich die letzten Stufen hinauf. Auburn sitzt in sich zusammengesunken an der Theke und starrt auf das Telefon in ihrer Hand. Zum zweiten Mal an diesem Abend sehe ich, wie sie sich eine Träne aus dem Augenwinkel wischt. In mir steigt eine wahnsinnige Wut auf den Menschen auf, der dieses strahlende, energiesprühende Mädchen mit einem einzigen Telefonat in ein Häufchen Elend verwandelt hat.

Auburn legt das Handy auf die Theke, sieht mich am Treppenabsatz stehen und setzt sofort ein entspanntes Lächeln auf, als wäre nichts gewesen. »Entschuldige, ich musste nur ganz dringend was klären.«

Sie kann ihre Gefühle wirklich sehr gut verbergen. Geradezu beängstigend gut.

Ich zucke mit den Schultern. »Klar, kein Problem.«

Auburn steht auf und wendet sich Richtung Badezimmer. Aber wenn sie sich jetzt umzieht und nach Hause geht, sehe ich sie erst in einem Monat wieder – wenn überhaupt.

Wir heißen beide mit zweitem Namen Mason. Könnte das nicht vielleicht wirklich so etwas wie Schicksal sein?

»Hör zu, Auburn … Ich hab da so eine kleine Tradition«, lüge ich in der Hoffnung, dass sie es nicht übers Herz bringen wird, mir diese – nicht existierende – Tradition zu verderben. »Mein bester Kumpel hat eine Bar um die Ecke, und nach jeder Ausstellung stoße ich dort mit meiner Assistentin auf unseren Erfolg an. Ich würde mich total freuen, wenn du mitkommen würdest.«

Sie zögert und wirft noch einen Blick zum Badezimmer. Entweder geht sie nicht gern in Bars oder sie hat keine Lust, mit *mir* in eine Bar zu gehen.

»Wir könnten dort auch noch etwas essen«, schiebe ich schnell hinterher. »Es gibt zwar nur Kleinigkeiten, aber alles ist sehr lecker und … Also, ich hab jedenfalls wahnsinnigen Hunger.«

Sie anscheinend auch, denn ihre Augen leuchten sofort auf. »Haben die zufälligerweise auch frittierte Mozzarellasticks?«, fragt sie.

Ich habe zwar keine Ahnung, ob es bei Harrison Mozzarellasticks gibt, finde aber, dass mein Wunsch, noch ein bisschen Zeit mit ihr zu verbringen, eine zweite kleine Schwindelei rechtfertigt. »Haben sie. Sogar die besten der Stadt.«

Sie wirft einen Blick auf das Handy, das vor ihr liegt, und sieht mich dann unentschlossen an. »Tja also, ich …« Sie nagt an ihrer Unterlippe. »Ich müsste vorher aber meine Mitbewohnerin anrufen, damit sie weiß, wo ich stecke. Normalerweise bin ich um diese Zeit längst zu Hause.«

»Klar, mach das.«

Auburn greift nach dem Handy, wählt eine Nummer und hält es sich ans Ohr.

»Hey«, sagt sie, als sich am anderen Ende jemand meldet. »Ich bin's.« Sie lächelt mir zu. »Du, ich komme heute ein bisschen später. Ich gehe mit einem Bekannten noch was trinken.« Sie hört einen Moment zu, was ihre Freundin sagt, dann verzieht sie das Gesicht und sieht mich an. »Äh … klar, wenn du darauf bestehst. Er steht direkt neben mir.« Sie streckt mir das Handy hin. »Sie möchte mit dir reden.«

Ich greife danach.

»Hallo?«

»Wie heißt du?«, fragt eine Mädchenstimme.

»Owen Gentry.«

»Und wo willst du mit Auburn was trinken gehen?« Ihre Stimme klingt streng.

»In Harrison's Bar.«

»Und wann kommt sie nach Hause?«

»Ich weiß nicht. In zwei, drei Stunden?« Ich schaue Auburn an, aber die zuckt nur mit den Schultern.

»Nicht, dass ihr irgendwas passiert«, warnt mich das Mädchen. »Wir haben für solche Situationen ein Notfallwort, mit dem sie mir signalisieren kann, dass sie Hilfe braucht. Und wenn sie bis Mitternacht noch nicht angerufen hat, um mir zu sagen, dass es ihr gut geht, rufe ich bei der Polizei an und melde denen, dass sie ermordet worden ist.«

»Äh … alles klar.« Ich kann mir das Lachen nicht verbeißen.

»Okay. Dann gib sie mir noch mal«, befiehlt das Mädchen.

Ich reiche Auburn das Handy, das sie sich wieder ans Ohr hält.

»Notfallwort?«, fragt sie, und ihre Miene ist so entgeistert, dass ich den Verdacht habe, sie hört zum ersten Mal davon. Entweder wohnen die beiden noch nicht lange zusammen oder sie geht nie aus.

»Zwergaffenpimmel?«, ruft Auburn. »Was soll das denn für ein Codewort sein?« Sie schlägt sich die Hand vor den Mund und verzieht schuldbewusst das Gesicht. »Sorry. Du musst dir ein neues ausdenken«, sagt sie und lauscht einen Moment entgeistert. »Ist das dein Ernst? Warum nehmen wir nicht ein normales Wort wie *Rosine* oder … keine Ahnung … *Regenbogen*?« Sie schüttelt lachend den Kopf. »Okay, okay. Ich ruf dich Punkt Mitternacht an. Bis dann.«

Sie legt das Handy auf die Theke. »Emory. Sie ist ein bisschen speziell.«

Ich nicke, weil das den Eindruck bestätigt, den ich auch von ihr hatte. Auburn lächelt und deutet auf die Badezimmertür. »Ist es okay, wenn ich mich vorher noch schnell umziehe?«

»Ach so, ja klar.« Ich bin froh, dass ich sie gleich wieder in den Klamotten sehen werde, in denen sie mir wiederbegegnet ist und die viel besser zu ihr passen. Sobald sie im Bad verschwunden ist, ziehe ich mein Handy aus der Tasche und schreibe Harrison eine Nachricht.

Ich: Ich komm gleich auf einen Drink rüber. Gibt es bei euch frittierte Mozzarellasticks?
Harrison: Mozzarellasticks? Nein.
Ich: Tu mir einen Gefallen. Wenn ich gleich welche bestelle, sag nicht, dass es die bei euch nicht gibt, sondern dass sie gerade aus sind.
Harrison: Okay. Hab zwar keine Ahnung, was das soll, aber wird gemacht.

drittes kapitel

AUBURN

Verrücktes Leben.

Wenn ich darüber nachdenke, dass ich tagsüber in einem Frisörsalon gearbeitet habe, am späten Nachmittag in einer noblen Anwaltskanzlei saß, danach spontan auf einer Ausstellung Bilder verkauft habe und jetzt mit dem Maler dieser Bilder in einer Bar sitze, kann ich nur den Kopf schütteln.

Es war mir zu peinlich, Owen zu sagen, dass ich noch nie in einer Bar war, aber wahrscheinlich hat er mir meine Anspannung sowieso angemerkt, als wir vor der Tür standen. Ich habe ihn daran erinnert, dass ich noch nicht einundzwanzig bin, aber er meinte, ich solle mir keine Sorgen machen. »Falls Harrison dich nach einem Ausweis fragt, sagst du einfach, du hättest deine Tasche bei mir im Atelier vergessen. Ich bürge für dich.«

Das Innere der Bar sieht völlig anders aus, als ich es mir vorgestellt hatte – kein bisschen verrucht. Das Licht ist zwar schummrig, aber es gibt keine plüschigen Sitznischen oder zweifelhafte Gäste. An der Theke und an ein paar Tischen sitzen Leute, die sich unterhalten, und die Musik, die leise aus den Boxen dringt, gefällt mir ziemlich gut. Ich muss gestehen, dass ich fast ein bisschen enttäuscht bin.

Owen schlängelt sich mit mir zwischen den Tischen hindurch nach hinten zur Theke, zieht einen Barhocker für mich heran, deutet einladend darauf und setzt sich selbst auf den Hocker daneben.

Der Typ hinter der Bar, der gerade dabei ist, einen Cocktail zu mixen, sieht auf und nickt Owen zu. Ich nehme an, dass das Harrison ist, der Besitzer der Bar. Die Tatsache, dass er wilde rote Locken und einen blassen, sommersprossigen Teint hat und dass praktisch alles um uns herum – von den Gläsern bis zu den Servietten – mit Kleeblättern dekoriert ist, lässt mich vermuten, dass er entweder Ire ist oder zumindest gern einer wäre.

Harrison sieht aus, als wäre er Mitte oder allerhöchstens Ende zwanzig, und ich bin erstaunt, dass er in seinem Alter schon eine eigene Bar besitzt. Aber nachdem ich Owen kennengelernt habe, dürfte mich das eigentlich nicht mehr überraschen. In Dallas wimmelt es anscheinend nur so von erfolgreichen Jungunternehmern. *Toll.* Das verstärkt mein Gefühl, hier wirklich überhaupt nicht hinzugehören.

Harrison mustert mich kurz und wirft Owen dann einen verwunderten Blick zu. Keine Ahnung, was er an mir so merkwürdig findet, aber Owen reagiert nicht darauf, sondern wendet sich mir zu und stützt das Kinn in die Hand.

»Danke. Das hast du echt toll gemacht heute Abend«, sagt er lächelnd.

Ich spüre, wie es mir richtig die Mundwinkel auseinanderzieht, weil ich so breit lächle. Dabei weiß ich selbst nicht, ob ich mich über Owens Lob freue oder darüber, dass ich hier neben ihm sitze. Ich muss zugeben, dass ich ihn ziemlich umwerfend finde. Wenn er lächelt, bilden sich in seinen Augenwinkeln kleine Fältchen, die sein Lächeln irgendwie ganz besonders ehrlich wirken lassen.

»Du aber auch.« Wir lächeln uns beide an, und ich stelle erstaunt fest, dass ich mich in Bars viel wohler fühle, als ich jemals gedacht hätte. Es überrascht mich, dass Owen innerhalb von so kurzer Zeit eine Seite von mir zum Vorschein gebracht hat, die ich bis jetzt selbst nicht an mir kannte. Aber das Gefühl ist toll – und ich war schon lange nicht mehr glücklich und entspannt. Natürlich habe ich genug Probleme, auf deren Lösung ich mich konzentrieren sollte, aber ich beschließe, ausnahmsweise mal einfach alles Komplizierte zu vergessen. Nur einen Abend lang. Ein Getränk lang.

Owen und ich wenden uns einander zu, doch die beiden Hocker stehen so dicht nebeneinander, dass wir kaum Platz haben, um unsere Beine unterzubringen. Nach kurzem Hin und Her, das seltsamerweise kein bisschen peinlich ist, sitzen wir schließlich so, dass sich mein linkes Knie zwischen seinen Beinen befindet und seins zwischen meinen. Die Position hat nicht wirklich etwas Verfängliches, doch dafür, dass wir uns praktisch nicht kennen, ist sie doch ziemlich intim. Owen schaut mit einem leisen Lachen auf unsere Oberschenkel hinunter.

»Sag mal … kann es sein, dass wir miteinander flirten?«

Wir sehen uns an und grinsen, und plötzlich fällt mir auf, dass wir beide dieses Dauergrinsen im Gesicht haben, seit wir sein Atelier verlassen haben.

»Kann nicht sein.« Ich schüttle den Kopf. »Ich weiß gar nicht, wie man flirtet.«

Er sieht wieder auf unsere Beine und will gerade noch etwas sagen, als der Typ, der wahrscheinlich Harrison ist, sich lässig über die Theke lehnt.

»Na, wie ist es gelaufen?«, erkundigt er sich bei Owen.

Okay, er ist eindeutig Ire. Sein Akzent ist so stark, dass ich im ersten Moment Schwierigkeiten hatte, selbst diese kurze Frage zu verstehen.

Owen lächelt in meine Richtung. »Verdammt gut.«

Harrison nickt und sieht mich an. »Hey, du musst Hannah sein. Hallo.« Er streckt mir die Hand hin. »Ich bin Harrison.«

Owen räuspert sich, als ich Harrison die Hand schüttle. »Freut mich, dich kennenzulernen, Harrison, aber ich bin nicht Hannah, sondern Auburn.«

Harrisons Augen weiten sich. »Oh … Sorry, Auburn«, entschuldigt er sich verlegen und sieht Owen an. »Ich fürchte, ich komme bei dir nicht mehr mit, Kumpel.«

Owen winkt ab. »Kein Problem«, sagt er. »Auburn weiß von Hannah.«

Tue ich nicht. Okay, ich nehme an, dass sie das Mädchen ist, das kürzlich mit Owen Schluss gemacht hat, aber eigentlich weiß ich nur, dass es angeblich seine Tradition ist, nach jeder Ausstellung mit seiner Assistentin herzukommen und auf den Erfolg anzustoßen. Warum hat Harrison diese Hannah dann noch nicht kennengelernt, wenn sie doch für Owen gearbeitet hat? Owen bemerkt die Verwirrung auf meinem Gesicht.

»Ich war nie mit ihr hier.«

»Owen war noch nie mit irgendjemandem hier«, erklärt Harrison und sieht Owen an. »Was ist mit Hannah passiert?«

Owen schüttelt den Kopf, als würde er nicht darüber reden wollen. »Das Übliche.«

Da Harrison nicht nachfragt, was »das Übliche« ist, nehme ich an, er weiß, was mit Hannah passiert ist. Ich wünschte nur, ich wüsste es auch.

»Was kann ich dir zu trinken bringen, Auburn?«, fragt er.

»Äh …« Ich werfe Owen einen leicht überforderten Blick zu, weil ich keine Ahnung habe, was ich bestellen soll. Ich war nicht nur noch nie in einer Bar, sondern habe auch noch nie in meinem Leben irgendwo ein alkoholisches Getränk bestellt. Owen lächelt beruhigend.

»Bring uns doch zwei Jack Daniel's mit Cola«, sagt er zu Harrison. »Ach ja, und dann noch eine Portion von euren superleckeren frittierten Mozzarellasticks.«

»Alles klar. Kommt sofort.« Harrison will gerade davongehen, als er sich plötzlich noch mal umdreht und mit der flachen Hand auf die Theke schlägt. »Da fällt mir ein … die frittierten Mozzarellasticks sind heute leider schon aus. Nehmt ihr auch überbackene Pommes?«

Ich versuche, mir meine Enttäuschung nicht anmerken zu lassen und nicke, als Owen mich fragend ansieht. »Überbackene Pommes?«, sage ich. »Ja, sicher. Sehr gerne.«

»Cool.« Harrison grinst. Dann legt er den Kopf schräg und sieht mich an. »Einundzwanzig bist du schon, oder?«

Als ich hastig nicke, sehe ich einen Moment lang Zweifel in seinem Blick aufglimmen, aber dann nickt er nur und schlendert davon, ohne mich nach meinem Ausweis gefragt zu haben.

Owen lacht. »Du bist eine erbärmliche Lügnerin.«

Ich lasse langsam die Luft aus meinen Lungen entweichen. »Normalerweise lüge ich nicht.«

»Wer so schlecht lügt, sollte wahrscheinlich auch besser bei der Wahrheit bleiben.« Owen sieht mich nachdenklich an. »Erzählst du mir deine Geschichte, Auburn?«

Und da ist er auch schon. Der Moment, der mich normalerweise dazu bringt, einen Abend mit einem Typen zu beenden, bevor er richtig begonnen hat.

»Oh, oh«, sagt Owen. »Was hat dieser Blick zu bedeuten?«

Vermutlich verrät meine Miene überdeutlich, was ich von seiner Frage halte. »Dass meine Geschichte ziemlich privat ist und ich sie nicht gerne erzähle.«

Ich bin überrascht, als er nicht nachfragt, sondern grinst. »Klingt sehr nach *meiner* Geschichte.«

Zum Glück kommt Harrison in diesem Moment mit den Getränken und rettet uns davor, unseren etwas missglückten Gesprächseinstieg fortführen zu müssen. Wir greifen beide nach den Gläsern, und ich probiere einen Schluck, stelle mein Glas aber im Gegensatz zu Owen erschrocken wieder hin und muss erst mal husten. Obwohl ich noch nicht einundzwanzig bin, habe ich in Portland auf Partys auch schon mal ein Bier getrunken, aber Jack Daniel's ist eindeutig zu stark für mich.

»Tja, und was machen wir jetzt? Unterhalten geht nicht, der Drink scheint dir auch nicht zu schmecken …« Owen lächelt. »Wie wär's mit tanzen?« Er deutet auf die kleine und völlig verwaiste Tanzfläche.

»Tanzen?« Ich schüttle panisch den Kopf. »Nein. Nein, ganz bestimmt nicht.«

»Woher wusste ich nur, dass du das antworten würdest?« Owen rutscht vom Hocker und hält mir die Hand hin. »Na los, trau dich.«

Ich schüttle wieder den Kopf, und meine Stimmung, die eben doch noch so gut war, sackt in den Keller. Ich werde ganz sicher nicht vor allen Leuten mit ihm tanzen, erst recht nicht zu dem langsamen Song, der gerade läuft. Owen greift nach meiner Hand und versucht, mich vom Hocker zu ziehen, aber ich klammere mich mit der anderen Hand an der Theke fest und leiste erbitterten Widerstand.

»Du willst also wirklich nicht tanzen?«, fragt er.

»Nein«, bestätige ich. »Wirklich nicht.«

Er sieht mich ein paar Sekunden schweigend an, dann setzt er sich wieder, ohne meine Hand loszulassen, beugt sich zu mir vor und streicht mit dem Daumen leicht über meinen. Ich beuge mich ihm unwillkürlich entgegen, worauf er mir so nahe kommt, dass sein Mund auf Höhe meines Ohrs ist.

»Zehn Sekunden«, flüstert er. »Gib mir bloß zehn Sekunden auf der Tanzfläche. Wenn meine Zeit abgelaufen ist und du danach nicht mit mir weitertanzen willst, lasse ich dich sofort gehen.«

Ich spüre eine Gänsehaut am ganzen Körper. Seine Stimme ist so weich und einschmeichelnd, dass ich plötzlich nicke, bevor ich mir überhaupt klargemacht habe, worauf ich mich einlasse.

Aber es sind nur zehn Sekunden. Das geht. Zehn Sekunden schaffe ich. Zehn Sekunden sind nicht lang genug, um sich wirklich tödlich zu blamieren. Danach lässt er mich gehen, ich setze mich an die Theke, und er sieht hoffentlich ein, dass ich wirklich nicht tanzen will.

Owen lächelt, steht wieder auf und zieht mich in Richtung der Tanzfläche. Ich bin froh, dass die wenigen Gäste, die in der Bar sind, alle ins Gespräch vertieft sind und nicht auf uns achten.

Als wir die Tanzfläche erreichen, legt Owen eine Hand in meinen Rücken.

»Eins …«, flüstere ich.

Er lächelt, als ihm klar wird, dass ich tatsächlich die Sekunden zähle, nimmt mein Handgelenk und legt sich meinen Arm um den Hals.

»Zwei …«

Er schüttelt lachend den Kopf, umfasst mit der anderen Hand meine Taille und zieht mich an sich.

»Drei …«

Langsam beginnt er sich zum Rhythmus der Musik in den Hüften zu wiegen, und ich erstarre, weil ich keine Ahnung habe, was für Schritte ich machen soll. In der Hoffnung auf Inspiration schaue ich auf unsere Füße. Owen drückt seine Stirn gegen meine und sieht auch auf unsere Füße. »Du musst überhaupt nichts machen. Ich führe dich«, sagt er. Mit der Hand an meiner Taille schiebt er mich sanft in die Richtung, in die er sich bewegt.

»Vier …«, flüstere ich, während ich versuche, mich seinem Rhythmus anzupassen.

Sobald er merkt, dass ich mitmache, zieht er mich noch etwas enger an sich. Ich entspanne mich unwillkürlich und schmiege mich an seine Brust. Ohne nachzudenken, schließe ich die Augen und nehme seinen Duft in mich auf. Er riecht gut, so als wäre er gerade eben aus der

Dusche gestiegen, obwohl das schon ein paar Stunden her ist.

Verrückt. Ich glaube fast, ich tanze gern.

Was wir hier tun, fühlt sich vollkommen natürlich an, so als wäre die Lust, sich zu Musik zu bewegen, tatsächlich etwas, das uns Menschen in den Genen liegt.

Ehrlich gesagt fühlt es sich fast ein bisschen so an, wie Sex zu haben. Okay, ich habe in meinem Leben ungefähr so oft Sex gehabt, wie ich getanzt habe. Aber ich erinnere mich so deutlich daran, wie es war, wenn Adam und ich miteinander geschlafen haben, als wäre es erst gestern gewesen. Ich weiß, wie es sich anfühlt, wenn zwei Körper sich näher kommen und ganz genau wissen, was sie machen und wie sie sich bewegen müssen, um miteinander zu verschmelzen.

Mein Herz schlägt schneller, und ich spüre, wie mir heiß wird.

Ist es das Tanzen, das dieses Gefühl in mir auslöst, oder liegt es daran, dass ich mit Owen tanze? So eng umschlungen habe ich noch nie mit jemandem getanzt, deshalb fehlt mir der Vergleich. Ich kann es nur an dem messen, das Adam in mir erzeugt hat, und muss sagen … dass dieses Gefühl jetzt dem von damals ganz schön nahekommt. Es ist lange her, dass ich mich danach gesehnt habe, von jemandem geküsst zu werden.

Aber vielleicht ist es auch nur lange her, dass ich mir selbst erlaubt habe, diese Sehnsucht zu empfinden.

Owen umfasst meinen Nacken und beugt sich zu meinem Ohr. »Ich glaube, die zehn Sekunden sind vorbei«, raunt er. »Sollen wir aufhören?«

Ich schüttle unmerklich den Kopf.

Obwohl ich sein Gesicht nicht sehe, weiß ich genau, dass

er lächelt. Er zieht mich wieder an sich und legt sein Kinn auf meinen Kopf. Ich schließe die Augen, atme ihn ein, und wir tanzen, bis der Song zu Ende ist. Ich bin mir nicht sicher, ob ich Owen jetzt loslassen muss oder warten soll, bis er mich loslässt. Aber dann setzt auch schon der nächste Song ein, der zum Glück wieder langsam ist, und so können wir einfach umschlungen weitertanzen und so tun, als hätte der Song davor nie aufgehört.

Irgendwann merke ich, dass Owen seine Hand langsam meinen Rücken hinabwandern lässt. Ich spüre, wie meine Knie weich werden, und wünsche mir, er würde mich einfach hochheben und davontragen – am allerliebsten direkt aus dieser Bar hinaus, über die Straße in sein Bett.

Seine Initialen passen perfekt zu dem Gefühl, von dem ich gerade geflutet werde. Ich muss mich zusammenreißen, um nicht leise »OMG« zu seufzen.

Ich hebe den Kopf und sehe ihn an. Er lächelt nicht. Seine grünen Augen sind auf einmal unendlich viel dunkler als vorhin, und sein Blick ist so intensiv, dass ich ihn tief in meinem Innersten spüre.

Unwillkürlich löse ich meine Hände, die ich in seinem Rücken verschränkt hatte, lege sie auf seine Schultern und streife mit den Fingerkuppen seinen Hals. Er atmet leise aus, und ich spüre, wie sich die kurzen Härchen in seinem Nacken aufstellen, als er die Augen schließt und die Stirn an meine legt.

»Ich bin mir ziemlich sicher, dass ich mich gerade in diesen Song verliebt habe«, flüstert er. »Dabei hab ich ihn eigentlich immer gehasst.«

Als ich leise lache, zieht er mich an sich, und ich schmiege meinen Kopf wieder an seine Brust. Ohne ein Wort zu sprechen, tanzen wir, bis der Song vorbei ist. Der dritte Song setzt ein, und diesmal bin ich nicht bereit weiterzutanzen, weil das Stück viel zu schnell ist und man unmöglich eng umschlungen dazu tanzen kann. Als uns klar wird, dass unser Tanz damit zu Ende ist, holen wir beide gleichzeitig Luft und lösen uns voneinander.

Owen wirkt plötzlich sehr ernst und konzentriert, und so sehr ich sein Lächeln mag, merke ich, dass mir auch diese Seite an ihm gut gefällt. Wir stehen uns auf der Tanzfläche gegenüber und sehen uns etwas peinlich berührt an.

»Tja. Das Dumme am Tanzen ist …«, er verschränkt grinsend die Arme vor der Brust, »… dass es sich super anfühlt, solange man es tut, aber in dem Moment, in dem man aufhört, kommt man sich immer ein bisschen bescheuert vor.«

Es ist sehr beruhigend, dass ich offenbar nicht die Einzige bin, die gerade nicht weiß, was sie tun soll. Owen legt mir die Hand auf die Schulter und führt mich zur Theke zurück. »Wir haben noch ein Getränk, das wir austrinken müssen.«

»Und Pommes, die wir aufessen müssen«, sage ich.

~

Wir haben nicht noch mal getanzt, sondern saßen an der Theke und haben uns mit Harrison unterhalten, während ich den größten Teil der Pommes gegessen habe und Owen meinen Drink ausgetrunken hat, den ich ihm rübergeschoben habe, sobald sein Glas leer war. Jetzt stehen wir draußen auf der Straße, und in mir steigt das gleiche unbehagliche Gefühl wie vorhin auf, als der Song zu Ende war. Nur dass es diesmal der Abend ist, der zu Ende geht. Ich spüre, dass ich mich noch nicht von Owen verabschieden will. Aber ich werde garantiert nicht vorschlagen, dass wir noch mal zu seinem Atelier zurückgehen könnten.

»In welcher Richtung wohnst du?«, fragt er.

Ich sehe ihn entsetzt an. »Du kannst nicht mit zu mir kommen.«

»Auburn«, sagt er lachend. »Es ist schon ganz schön spät. Ich wollte damit nicht anregen, die Nacht bei dir zu verbringen, sondern dir anbieten, dich nach Hause zu begleiten.«

»Oh.« Ich spüre, wie mir die Röte ins Gesicht schießt. »Ungefähr fünfzehn Blocks da lang.«

Er hakt sich bei mir unter und geht in die Richtung, in die ich gezeigt habe. »Aber mal angenommen, ich hätte dich tatsächlich fragen wollen, ob ich die Nacht …«

Ich lache und versetze ihm einen leichten Stoß in die Seite. »Du kannst davon ausgehen, dass ich dich dann sofort in den Wind geschossen hätte.«

viertes kapitel

OWEN

Wäre ich jetzt noch elf Jahre alt, würde ich wahrscheinlich meinen Magic-Eight-Ball schütteln und fragen: »Mag Auburn Mason Reed mich?«

Aber ich bin mittlerweile erwachsen und den Ball gibt es nicht mehr, also muss ich mich auf mein Bauchgefühl verlassen. Und das sagt mir, dass die Antwort des Balls wahrscheinlich lauten würde: »Ja, definitiv.« Und die Anziehung beruht eindeutig auf Gegenseitigkeit.

Zum Glück wohnt Auburn ein ganzes Stück weit weg, was mir genug Zeit gibt, sie auf dem Weg dorthin noch ein bisschen besser kennenzulernen. Am meisten interessiert mich die Antwort auf die Frage, die mir im Kopf herumgeht, seit sie vorhin so überraschend vor der Tür meines Ateliers stand. *Warum ist sie nach Texas zurückgekommen?*

»Du hast mir noch gar nicht gesagt, was dich nach Texas verschlagen hat.«

Sie zuckt zusammen. »Ich habe dir vor allem noch nicht gesagt, dass ich gar nicht aus Texas bin.«

Mit einem Lächeln versuche ich, meinen Ausrutscher zu überspielen. Sie hat natürlich vollkommen recht. Ich dürfte nicht mehr über sie wissen als das Wenige, was sie mir heute Abend von sich erzählt hat. Aber ich kann ihr jetzt auf gar keinen Fall die Wahrheit sagen, weil das aussehen würde, als hätte ich sie ihr vorhin absichtlich verschwiegen. Was stimmt. »Das musstest du mir gar nicht sagen«, ziehe ich mich elegant aus der Affäre. »Dein Akzent verrät dich.«

Als Auburn mich stirnrunzelnd ansieht, ahne ich sofort, dass meine Frage heute unbeantwortet bleiben wird. Wahrscheinlich ist sie ihr schon viel zu privat. Dummerweise ist mir da meine nächste Frage – die mindestens so unbedacht ist wie die erste – schon herausgerutscht.

»Hast du eigentlich einen Freund?«

Sie wendet den Blick ab und sieht plötzlich so schuldbewusst aus, dass es mir einen Stich versetzt. Ihre Reaktion bedeutet vermutlich, dass sie einen hat – und mit Mädchen, die in einer festen Beziehung sind, sollte man auf keinen Fall so tanzen, wie ich es eben mit ihr getan habe.

»Nein.«

Ich entspanne mich sofort und lächle zum gefühlten Millionsten Mal, seit sie vorhin so unerwartet wieder in mein Leben getreten ist. Das ist eine ganz neue Erfahrung für mich. Normalerweise lächle ich nämlich eher selten.

Auburn geht stumm neben mir her und ich stupse sie an. »Willst du mich nicht fragen, ob ich eine Freundin habe?«

»Nein.« Sie lacht. »Die hat letzte Woche mit dir Schluss gemacht.«

Ach ja, ich hatte völlig vergessen, dass wir dieses Thema schon geklärt hatten. »Zum Glück.«

»Es ist aber nicht sehr nett, so was zu sagen«, schimpft Auburn. »Ich bin mir sicher, dass sie sich die Entscheidung nicht leicht gemacht hat.«

»Glaub ich kaum«, sage ich. »Bis jetzt ist die Entscheidung allen immer sehr leicht gefallen.«

Auburn bleibt einen Moment lang stehen und sieht mich an, bevor sie weitergeht. *»Allen?«*

Mir ist klar, dass ich mich damit nicht ins beste Licht gerückt habe, aber ich will Auburn auch nichts vormachen. »Na ja. Ich hatte schon ein paar Freundinnen, die mit mir Schluss gemacht haben.«

Auburn kneift die Augen zusammen und mustert mich skeptisch. »Und was glaubst du, woran das liegt?«

Ich versuche, die Wucht von dem, was ich gleich sagen werde, etwas abzumildern, indem ich meine Stimme senke, obwohl ich es am liebsten gar nicht aussprechen würde. »Vermutlich liegt es daran, dass ich kein besonders guter Freund bin.«

Auburn wendet den Blick ab, vielleicht um mich ihre Enttäuschung nicht sehen zu lassen. Mir ist der Schatten, der über ihr Gesicht gehuscht ist, trotzdem nicht entgangen.

»Und was macht dich zu so einem schlechten Freund?«, fragt sie leise.

Ich bin mir sicher, dass es da eine ganze Reihe von Gründen gibt, konzentriere mich aber auf den, der am entscheidendsten ist. »Es gibt Dinge, die mir wichtiger sind als meine Beziehung. Für die Mädchen, mit denen ich bis jetzt zusammen war, war die Tatsache, dass sie bei mir niemals an allererster Stelle stehen können, ein ausreichender Grund, mich … in den Wind zu schießen.«

Ich sehe sie an, um festzustellen, wie sie auf meine Antwort reagiert. Verachtet sie mich jetzt? Zu meiner Überraschung nickt sie nachdenklich.

»Das heißt, Hannah hat mit dir Schluss gemacht, weil du nicht genug Zeit für sie hattest?«

»Letzten Endes lief es darauf hinaus, genau.«

»Wie lange wart ihr denn zusammen?«

»Nicht lang. Ein paar Monate. Drei oder so.«

»Hast du sie geliebt?«

Ihre Frage trifft mich, und ich wende das Gesicht ab, weil sie nicht denken soll, ich würde unter der Trennung leiden. Denn das tue ich nicht. Wenn überhaupt, bin ich höchstens traurig darüber, nicht in der Lage gewesen zu sein, Hannah zu lieben.

»Na ja …«, sage ich schließlich. »Ich glaube, man kann einzelne Facetten an jemandem lieben und trotzdem nicht in den ganzen Menschen verliebt sein.«

»Hast du geweint?«

Ihre Frage bringt mich zum Lachen. »Nein. Nein, ich habe nicht geweint. Ich war sauer. Weil ich mich nämlich immer wieder mit Mädchen einlasse, die behaupten, es würde ihnen nichts ausmachen, wenn ich mich eine ganze Woche lang zum Malen im Atelier einschließe. Und sobald es dann mal passiert, streiten wir uns nur noch darüber, dass ich meine Kunst mehr liebe als sie.«

»Stimmt es denn?« Auburn geht rückwärts vor mir her, um mir ins Gesicht zu sehen. »Dass du deine Kunst mehr liebst als alles andere, meine ich.«

Diesmal sehe ich ihr fest in die Augen. »Absolut, ja.«

Um Auburns Lippen spielt ein kleines Lächeln, und ich frage mich verwundert, warum ihr diese Antwort zu gefallen scheint – die meisten Leute finden die Vorstellung eher verstörend. Ich würde ja selbst gerne jemanden treffen, den ich mehr lieben könnte als meine Kunst, aber bis jetzt ist mir so jemand noch nicht über den Weg gelaufen.

»Welches von den anonymen Geständnissen, die du bekommen hast, hat dich bis jetzt am meisten umgehauen?« Wir sind noch nicht weit gekommen, noch nicht einmal bis zur nächsten größeren Kreuzung, aber die Frage, die sie mir gerade gestellt hat, könnte in ein Gespräch münden, das mehrere Tage dauern würde.

»Das ist eine schwere Frage.«

»Hebst du sie denn alle auf?«

»Ja.« Ich nicke. »Ich habe noch kein einziges weggeworfen. Noch nicht mal die schrecklichen.«

Sie verengt die Augen. »Definiere ›schrecklich‹.«

Ich sehe über die Schulter in Richtung meines Ateliers. Bis jetzt habe ich sie noch nie jemandem gezeigt. Aber Auburn ist nicht einfach *jemand*.

Sie lächelt, als ich sie anschaue. »Wenn du willst, kannst du sie dir ansehen.«

Ihr Lächeln wird breiter, sie dreht sofort um und marschiert in Richtung meines Ateliers los.

~

Oben angekommen öffne ich die Tür neben dem Badezimmer und lasse sie in den Raum treten, den bis jetzt außer mir noch niemand von innen gesehen hat. Hier male ich. Hier bewahre ich die Geständnisse auf. Dieser Raum enthält alles, was mich ausmacht. In gewisser Weise könnte man sagen, dass es der Ort ist, an dem ich meine eigenen, ganz persönlichen Geständnisse hüte.

Es hängen nämlich mehrere Bilder hier, die noch nie jemand zu Gesicht bekommen hat. Bilder, die ich niemals ausstellen werde – zum Beispiel das, was Auburn gerade betrachtet.

Sie beugt sich zur Leinwand vor und streicht mit den Fingerkuppen vorsichtig über das Gesicht des Mannes, die Konturen seiner Augen entlang, seiner Nase, seines Mundes. »Das ist aber kein Geständnis, oder?«, sagt sie, als sie den Zettel liest, der neben dem Porträt hängt. Sie sieht mich an. »Wer ist das?«

Ich stelle mich neben sie und betrachte das Bild. »Das ist mein Vater.«

Sie schnappt leise nach Luft und streicht über die Worte, die auf dem Zettel stehen. »›Nichts als Schattierungen von Blau‹. Und was bedeutet das?«

Jetzt fährt sie mit beiden Zeigefingern die symmetrischen weißen Linien nach, die das Bild wie Messerschnitte zerteilen, und ich frage mich, ob ihr noch nie jemand gesagt hat, dass Maler es in der Regel nicht so toll finden, wenn man ihre Bilder anfasst. In meinem Fall trifft das allerdings nicht zu. Ich wünschte, sie würde jedes einzelne meiner Bilder so berühren.

Ich finde es schön, dass sie das Bedürfnis verspürt, sie nicht nur mit den Augen, sondern eben auch mit den

Händen zu erforschen und so im wahrsten Sinne zu *begreifen*.

»Das bedeutet so viel wie: Nichts als Lügen.« Bevor sie mir ins Gesicht sehen kann, drehe ich mich um und gehe zu den drei Kartons, die in der Ecke stehen. Ich stelle sie in der Mitte des Raums ab und setze mich davor auf den Boden. Auburn lässt sich – die Kartons zwischen uns – im Schneidersitz vor mir nieder. Ich nehme die beiden kleineren Kartons herunter, stelle sie neben mich und öffne dann den großen. Auburn beugt sich vor und späht hinein. Nach kurzem Zögern steckt sie die Hand in das Durcheinander aus Zetteln darin und fischt einen heraus.

»*Im vergangenen Jahr habe ich über 50 Kilo abgenommen*«, liest sie laut vor. »*Alle denken, ich hätte meinen Lebensstil radikal geändert und würde jetzt auf meine Ernährung achten und Sport treiben. Ich habe niemandem gesagt, dass ich in Wirk-*

lichkeit stark depressiv bin und deswegen immer weiter abmagere.«

Auburn legt den Zettel in den Karton zurück und zieht einen anderen heraus. »Willst du diese Geständnisse irgendwann noch mal als Inspiration für Bilder verwenden? Hebst du sie deswegen auf?«

»Nein.« Ich schüttle den Kopf. »Das sind alles welche, die ich so oder ähnlich schon mal gelesen habe. Du würdest staunen, wie wenig sich die Geheimnisse der Menschen voneinander unterscheiden.«

»*Ich hasse Tiere. Mein Mann hat jetzt schon zum zweiten Mal einen jungen Hund für unsere Kinder mitgebracht*«, liest Auburn den nächsten Zettel vor. »*Ich habe es so gemacht wie auch schon bei dem ersten Welpen. Ich habe ihn ein paar Kilometer von unserem Haus entfernt ausgesetzt und behauptet, er wäre weggelaufen.*«

»Oh Mann«, sagt sie. »Wie kann es sein, dass du nicht schon längst den Glauben an die Menschheit verloren hast, wenn du jeden Tag so was liest?«

»Ich finde es faszinierend, dass wir alle die Fähigkeit haben, anderen etwas vorzuspielen«, antworte ich nachdenklich. »Besonders denjenigen, die uns eigentlich am nächsten stehen.«

Auburn sieht mich an. »Du findest es toll, dass Menschen so gut lügen können?«

»Das nicht, nein.« Ich hole tief Luft. »Aber ich bin erleichtert, dass alle es tun. Irgendwie finde ich das tröstlich.«

Sie lächelt wortlos und zieht weitere Zettel aus dem Karton. Einige der Geständnisse bringen sie zum Lachen, andere liest sie mit leichtem Stirnrunzeln. Ich bin mir sicher, dass sie sich bei manchen wünscht, sie hätte sie nie gelesen.

»Was war das schlimmste Geständnis, das du je bekommen hast?«

Obwohl ich mit dieser Frage gerechnet habe, denke ich plötzlich, dass es besser gewesen wäre, sie anzulügen und zu behaupten, ich würde viele auch wegwerfen. Stattdessen zeige ich wortlos auf einen der kleineren Kartons. Auburn beugt sich vor und legt die Hand auf den Deckel.

»Was ist da drin?«

»Das sind die Geständnisse, die ich nie wieder lesen möchte.«

Sie zögert einen Moment, dann öffnet sie den Karton und nimmt einen der Zettel heraus. »*Das erste Mal kam mein Vater …*« Ihre Stimme erstirbt und sie schaut mich mit unendlicher Traurigkeit im Blick an. Ich sehe, wie ihr Kehlkopf sich bewegt, als sie schluckt und dann wieder auf den Zettel schaut. »*Das erste Mal kam mein Vater in mein Zimmer, als ich acht Jahre alt war. Jetzt bin ich dreiunddreißig und verheiratet und habe eigene Kinder, aber ich habe immer noch viel zu viel Angst vor ihm, um Nein zu sagen.*«

Sie legt den Zettel nicht einfach zurück, sondern zerknüllt ihn, wirft ihn in den Karton, schließt ihn und schiebt ihn dann mit einer heftigen Bewegung von sich. Ich sehe ihr an, dass ihr Widerwille gegen seinen Inhalt genauso groß ist wie meiner.

»Hier.« Ich schiebe ihr den letzten Karton hin und nehme den Deckel ab. »Lies ein paar von denen. Das ist ein gutes Gegenmittel.«

Sie nimmt zaghaft einen Zettel heraus. Bevor sie ihn liest, strafft sie die Schultern und atmet tief durch. »*Immer wenn ich im Restaurant bin, zahle ich heimlich für einen der anderen Gäste das Essen mit. Es ist nicht so, als wäre ich besonders reich, aber ich finde es einfach schön, einem mir vollkommen Fremden eine Freude zu machen, ohne eine Gegenleistung zu erwarten.*«

Auburn lächelt, aber ich sehe ihr an, dass das nicht reicht und sie dringend noch ein schönes Geständnis braucht. Ich suche einen Zettel heraus, den jemand auf blaues Bastelpapier geschrieben hat. »Hier, lies das. Das ist eines meiner persönlichen Highlights.«

»*Jeden Abend, sobald mein Sohn eingeschlafen ist, verstecke ich ein kleines Geschenk in seinem Zimmer. Wenn er morgens aufwacht und es findet, tue ich so, als wüsste ich nicht, wo es hergekommen ist. Ich bin nämlich der Meinung, dass jeden Tag Weihnachten sein sollte, und will nicht, dass mein Sohn aufhört, an Magie zu glauben.*« Auburn lacht. »Der arme Junge wird aber verdammt enttäuscht sein, wenn er das erste Mal im Studentenheim aufwacht und kein kleines Geschenk findet.« Sie legt den Zettel in die Schachtel zurück. »Sind da auch welche von dir drin?«

»Nein. Ich habe noch nie ein Geständnis abgelegt.«

Auburn sieht mich erstaunt an. »Nie?«

Ich schüttle den Kopf.

Sie denkt einen Moment nach. »Das geht aber nicht, Owen.« Dann steht sie auf und verlässt entschlossen das Zimmer. Bevor ich ihr hinterhergehen kann, ist sie auch schon wieder zurück. »Hier.« Sie hält mir ein Blatt Papier und einen Stift hin und setzt sich wieder neben mich auf den Boden. »Schreib etwas auf, das niemand über dich weiß. Etwas, das du noch nie jemandem erzählt hast.«

Ich lächle, weil es so viel gibt, das ich aufschreiben könnte.

Vieles, das sie mir wahrscheinlich nicht glauben würde, und vieles, von dem ich mir nicht sicher bin, ob ich will, dass sie es weiß.

»Okay, aber …« Ich reiße das Blatt in zwei Hälften und gebe ihr eine davon. »Du musst auch irgendwas gestehen.«

Sobald ich fertig bin, nimmt sie mir den Stift aus der Hand und schreibt, ohne zu zögern, etwas auf ihren Zettel. Sie faltet ihn zusammen und will ihn gerade in die Schachtel legen, als ich sie stoppe.

»Nicht. Jetzt müssen wir tauschen.«

Sie schüttelt den Kopf. »Du bekommst meinen nicht zu lesen«, sagt sie mit fester Stimme.

Ihre Entschlossenheit macht mich nur noch neugieriger. »Wenn niemand es liest, ist es aber kein echtes Geständnis«, erkläre ich. »Dann ist es nichts weiter als ein Geheimnis, das du mit niemandem teilst.«

Auburn steckt den Zettel in den Karton und lässt ihn inmitten der anderen verschwinden. »Du musst es aber nicht in meiner Gegenwart lesen, damit es ein echtes Geständnis ist.« Sie nimmt mir meinen Zettel aus der Hand, faltet ihn und steckt ihn ebenfalls in den Karton. »Die anderen Geständnisse liest du ja auch nicht sofort, nachdem sie geschrieben wurden.«

Sie hat recht, trotzdem finde ich es schade. Am liebsten würde ich den Karton gleich umkippen und in der Zettelflut suchen, bis ich ihren gefunden habe, aber sie steht auf und greift nach meiner Hand.

»Bringst du mich jetzt nach Hause? Es ist ziemlich spät.«

~

Wir legen den größten Teil des Wegs schweigend zurück.

Aber es ist kein unbehagliches Schweigen. Im Gegenteil.

Als wir den Apartmentkomplex erreicht haben, in dem sie wohnt, bleibt sie nicht an der Tür stehen, um sich von mir zu verabschieden, sondern schließt auf und geht einfach weiter. Ich verstehe das als Aufforderung, ihr zu folgen.

Und genau das tue ich.

Ich folge ihr durch lange Flure, bis sie schließlich vor einer Tür stehen bleibt, auf der in schmiedeeisernen Ziffern 1408 steht. Als mein Blick darauf fällt, zucke ich kurz zusammen, weil ich sofort an den Horrorfilm *Zimmer 1408* denken muss. Aber ich weise Auburn lieber nicht darauf hin, weil ich ihr keine Angst einjagen möchte.

Sie schließt die Tür auf. Bevor sie in das Apartment geht, dreht sie sich noch einmal um und zeigt auf die Ziffern. »Gruselig, was? Kennst du den Film?«

Ich nicke. »Ist mir auch gleich aufgefallen.«

Auburn seufzt. »Ich hab meine Mitbewohnerin übers Internet kennengelernt. Emory hat hier schon gewohnt, als ich eingezogen bin. Ob du es glaubst oder nicht, sie hatte die Wahl zwischen drei Apartments und hat sich für dieses hier entschieden, weil sie das mit der Nummer lustig fand.«

»Das würde mir zu denken geben.«

Auburn nickt. »Wie gesagt, sie ist … ein bisschen speziell.«

Schweigen. Sie schaut auf ihre Füße. Ich hole tief Luft, schaue zur Decke, und dann treffen sich unsere Blicke in der Mitte wieder. Ich hasse diesen Moment. Wir haben uns längst noch nicht alles gesagt und trotzdem müssen wir uns trennen. Und auch wenn es sich anfühlt wie das Ende eines ersten Dates, ist es für einen Kuss viel zu früh. Ich hasse diesen Moment, weil ich ihr leichtes Unbehagen spüre, während sie darauf wartet, dass ich mich verabschiede.

Stattdessen deute ich kurz entschlossen in die Wohnung. »Könnte ich noch schnell bei euch auf die Toilette, bevor ich gehe?«

Nicht sehr romantisch, ich weiß, aber so kann ich die Trennung wenigstens noch ein kleines bisschen hinausschieben. Auburn wirft einen Blick über ihre Schulter und zögert. Ehrlich gesagt bin ich froh, dass sie einen fremden Mann nicht einfach so in ihre Wohnung lässt.

»Ich weiß schon, dass das ein bisschen dreist ist«, sage ich. »Aber ich hab dir heute schon mal geschworen, dass ich dich ganz bestimmt nicht vergewaltigen, foltern oder ermorden werde, und das gilt immer noch.«

Keine Ahnung, ob das jetzt wirklich beruhigend ist, zumindest lacht sie. »Na gut, wenn du es schwörst.« Sie hält mir die Tür auf. »Aber ich warne dich trotzdem – nur für den Fall. Ich kann mindestens so laut schreien wie Jamie Lee Curtis in *Halloween*.«

Sie zeigt mir, wo das Bad ist. Sobald ich die Tür hinter mir zugemacht habe, stütze ich mich aufs Waschbecken und starre kopfschüttelnd in den Spiegel. Ich versuche, mir zu sagen, dass alles Zufall ist: dass sie heute vor meiner Tür stand. Dass sie meine Bilder anscheinend gut findet. Dass wir beide mit zweitem Namen Mason heißen.

Aber … es könnte auch Schicksal sein.

fünftes kapitel

AUBURN

Was ist nur in mich gefahren? Ich kenne diesen Typen gerade mal seit fünf Stunden, weiß praktisch nichts über ihn und erlaube ihm, mitten in der Nacht mit zu mir in die Wohnung zu kommen? Texas macht mich extrem leichtsinnig.

Obwohl es schon so spät ist, lege ich ein Pad in die Maschine und mache mir einen Kaffee. Nach dem verrückten Tag heute werde ich sowieso nicht schlafen können, da schadet das Koffein dann auch nicht mehr.

Als Owen aus dem Bad kommt und durchs Wohnzimmer geht, stutzt er. Er bleibt stehen und geht dann langsam auf das Bild zu, das über dem Sofa an der Wand hängt.

Ich kann ihm nur raten, jetzt nichts Negatives zu sagen,

sonst hat er es sich für immer mit mir verscherzt. Wahrscheinlich kann er sich als Maler einen kritischen Kommentar gar nicht verkneifen. Allerdings weiß er nicht, dass es das letzte Geschenk ist, das Adam mir vor seinem Tod gemacht hat, und damit mein kostbarster Besitz. Falls Owen irgendeine blöde Bemerkung macht, schmeiße ich ihn sofort raus, und der kleine Flirt zwischen uns ist schneller vorbei, als er angefangen hat.

»Ist das deins?« Er dreht sich zu mir um und deutet auf das Bild.

Ich halte kurz die Luft an.

»Nein, es gehört meiner Mitbewohnerin«, lüge ich.

Aus irgendeinem Grund möchte ich seine ehrliche Meinung hören, ohne dass er falsche Rücksicht auf meine Gefühle nimmt.

Er sieht mich ein paar Sekunden an, dann wendet er sich wieder dem Bild zu und streicht mit den Fingerspitzen über den Raum zwischen den beiden Händen, die aussehen, als wären sie eben auseinandergerissen worden. »Unglaublich«, sagt er leise, als würde er mit sich selbst sprechen.

»Ja, das war er«, sage ich ebenso leise, aber plötzlich ist es mir total egal, ob Owen es hört oder nicht. »Willst du auch einen Kaffee?«

»Kaffee wäre super, danke«, sagt er. Nachdem er das Bild eine Weile betrachtet hat, dreht er sich langsam im Kreis und sieht sich im Wohnzimmer um. Falls er hofft, etwas über mich zu erfahren, wird er enttäuscht sein. Dieses Bild ist der einzige persönliche Gegenstand von mir, der hier ist. Meine ganzen anderen Sachen sind noch in Portland.

Ich mache ihm einen Kaffee und stelle den Becher auf die Theke. Owen setzt sich auf einen der Barhocker, die davorstehen, und zieht den Becher zu sich. Ich deute fragend auf Milch und Zucker, aber er winkt ab und nimmt einen vorsichtigen Schluck.

Ich kann nicht glauben, dass er mir auf einmal hier in meiner Küche gegenübersitzt. Und noch viel mehr überrascht mich, dass ich mich so wohl damit fühle. Owen ist seit Adam der Erste, bei dem ich ein massives Kribbeln im Bauch spüre, und es ist nicht so, als hätte ich mich seit damals nie wieder mit irgendwelchen Jungs getroffen. Es gab durchaus ein paar Dates. Okay, zwei. Und nur eines davon endete mit einem Kuss.

»Du hast vorhin erzählt, dass du deine Mitbewohnerin online kennengelernt hast«, sagt er. »War das Zufall oder hast du konkret eine Wohnung hier gesucht?«

Ich bin erleichtert, dass er mir zur Abwechslung auch mal eine Frage stellt, für die ich nicht gleich mein Innerstes nach außen kehren muss. »Ich hab mich noch von Portland aus im Netz auf einen Job hier in Dallas beworben. Emory hat mich angerufen, und als klar war, dass ich den Job haben will, hat sie mir angeboten, bei ihr einzuziehen.«

Owen grinst. »Du scheinst am Telefon ja einen wahnsinnig guten Eindruck auf sie gemacht zu haben, wenn sie dich nicht nur als Kollegin, sondern gleich auch noch als Mitbewohnerin wollte.«

»Ich glaub nicht, dass es daran lag, dass sie mich so toll fand«, sage ich. »Sie hat bloß dringend jemanden gebraucht, der sich die Miete mit ihr teilt, sonst wäre sie rausgeschmissen worden.«

»Also eher ein Fall von perfektem Timing für euch beide.« Owen lacht.

»Absolut.«

»Da wir gerade von perfektem Timing sprechen …« Er grinst. »Bei uns beiden hat das ja irgendwie auch ganz gut hingehauen.«

»Stimmt«, sage ich lächelnd. Ich habe mir Künstler immer eher als wortkarge, vor sich hinbrütende und unglaublich komplizierte Menschen vorgestellt, aber Owen wirkt sehr umgänglich und im besten Sinne bodenständig. Vielleicht ist er ein bisschen reifer und selbstbewusster als andere Jungs in seinem Alter, aber das ist ja kein Wunder, wenn man bedenkt, wie viel Erfolg er mit seiner Kunst hat. Gleichzeitig macht er aber auch einen sehr entspannten Eindruck und man kann mit ihm lachen. Ich habe das Gefühl, dass er mit sich, der Welt und seinem Leben im Reinen ist, und vielleicht ist es das, was ich so anziehend finde.

Gleichzeitig spüre ich, wie meine eigene Anspannung wächst, weil natürlich abzusehen ist, wo das alles hinführen wird. Jedes andere Mädchen in meinem Alter würde sich wahrscheinlich begeistert kopfüber ins Abenteuer stürzen und ihrer besten Freundin eine aufgeregte Nachricht schreiben, sobald sie wieder allein wäre: »Hey, rate, was passiert ist?! Ich hab einen Maler kennengelernt. Supersüß, total erfolgreich und das Beste: Vollkommen *normal*!!!«

Aber meine Situation ist nun mal anders als die der meisten Mädchen in meinem Alter, und das erklärt die Zweifel, die neben meiner Nervosität immer mehr Raum in meinen Gedanken einnehmen. Trotzdem ertappe ich mich dabei, wie ich versonnen seine Lippen betrachte, seinen Hals und seine kräftigen Hände, mit denen er sicher nicht nur wunderschöne Bilder malen, sondern auch ganz andere Dinge tun kann.

Mein Zögern hat zu einem großen Teil auch mit meiner

Unerfahrenheit zu tun. Zum Beispiel wüsste ich gar nicht, was ich mit meinen eigenen Händen anstellen sollte, falls aus dem, was jetzt ist, mehr werden würde. Ich versuche, mich daran zu erinnern, wie das in Filmen ist, wenn zwei Menschen miteinander flirten und dann zu dem Punkt kommen, ab dem sie einander hautnah zeigen, *wie* toll sie sich finden. Es ist so lange her, dass ich mit Adam zusammen war, dass ich komplett vergessen habe, wie der nächste Schritt aussieht.

Natürlich habe ich nicht vor, mit Owen zu schlafen, aber ich habe mich schon lange nicht mehr so wohl mit jemandem gefühlt, dass ich auch nur in Erwägung gezogen hätte, ihn zu küssen. Es wäre mir total peinlich, wenn Owen wüsste, wie unerfahren ich bin – aber ich sollte mir nichts vormachen. Er hat es sicher sowieso schon gemerkt.

Weil mir so viel im Kopf herumgeht, fällt mir erst mit einiger Verspätung auf, dass ich schon lange nichts mehr gesagt habe und er mich nur ansieht.

Komischerweise gefällt mir das sogar. Es gefällt mir, weil es mich daran erinnert, wie es sich anfühlt, von einem anderen Menschen schön gefunden zu werden. Der intensive Blick, mit dem er mich betrachtet, ist mir sogar so angenehm, dass ich nichts dagegen hätte, den Rest der Nacht weiter von ihm angeschaut zu werden.

»Ich würde dich gern malen«, bricht er das Schweigen. In seiner Stimme schwingt das ganze Selbstbewusstsein mit, das mir fehlt.

Mein Herz hat anscheinend Angst bekommen, ich könnte vergessen haben, dass es existiert, denn es klopft zur Erinnerung so laut und schnell gegen meine Rippen, dass ich schlucken muss. »Du willst mich malen?«, frage ich und schäme mich dafür, dass meine Stimme bebt.

Owen nickt bedächtig. »Ja, sehr gerne.«

Ich lächle und versuche, mir nicht anmerken zu lassen, dass das mit ziemlicher Sicherheit der erotischste Satz war, den je ein Mann zu mir gesagt hat. »Ich weiß nicht, ich …« Ich atme tief durch und versuche, mich zu beruhigen. »Wie denn? Ich meine, wie würdest du mich … malen wollen? Nackt kriegst du mich nämlich ganz bestimmt nicht zu Gesicht.«

Ich erwarte, dass er lacht oder lächelt oder zumindest irgendetwas dazu sagt, aber er tut es nicht. Stattdessen steht er auf, greift nach seinem Becher und trinkt einen Schluck von seinem Kaffee. Ich mag es, wie er ihn trinkt, ganz bedächtig und so, als würde er dem Aroma mit allen Sinnen nachschmecken. Anschließend stellt er den Becher ab und richtet seine ganze Aufmerksamkeit wieder auf mich.

»Keine Sorge, du müsstest noch nicht mal anwesend sein, wenn ich dich male.«

Ich weiß nicht, warum er aufgestanden ist, aber es macht mich nervös. Eigentlich kann das nur bedeuten, dass er sich entweder verabschieden oder mich küssen will, oder? Und ich glaube, ich bin weder für das eine noch das andere jetzt schon bereit.

»Aber wie willst du mich malen, wenn ich gar nicht da bin?«, frage ich nervös. Ich wünschte mir so sehr, ich könnte das Selbstvertrauen, das er mit jeder Pore verströmt, zumindest vortäuschen.

Als Owen langsam um die Theke herum auf mich zugeht, steigt leichte Panik in mir auf. Wie soll ich reagieren, wenn er tatsächlich gleich den ersten Schritt tut?

Den Blick auf ihn geheftet, gehe ich wie in Zeitlupe rückwärts, bis ich die Spüle im Rücken spüre und er direkt vor mir steht. Er hebt die Hand und *– ja, ich weiß, dass du da bist, Herz, du musst nicht so wild schlagen* – streicht leicht über mein Kinn, sodass ich ihm unwillkürlich mein Gesicht entgegenhebe. Ich hole tief Luft. Sein Blick fällt auf meine Lippen und wirkt hochkonzentriert. Es ist, als wolle er sich jeden Quadratmillimeter meines Gesichts in Nahaufnahme einprägen. Ich sehe, wie sich seine Pupillen bewegen, wie sein Blick von meinem Mund über meine Wangenknochen zu den Augen und weiter zur Stirn wandert, um schließlich wieder zu meinen Augen zurückzukehren.

»Ich werde dich aus dem Gedächtnis malen«, sagt er, als er die Hand wieder sinken lässt. Er tritt zwei Schritte zurück und lehnt sich lässig an die Theke. Erst als sein Blick für einen Sekundenbruchteil auf meinen Oberkörper fällt, wird mir bewusst, wie schwer ich atme. Aber ich kann mich nicht darum kümmern, ob er mir anmerkt, wie durcheinander ich bin. Ich muss mich darauf konzentrieren, Sauerstoff in meine Lungen zu pumpen und mich wieder in die Lage zu versetzen, einen klaren Gedanken zu fassen. Ich hole zitternd Luft und erkenne, dass ich vorhin einen Fehler gemacht habe. Ich brauche keinen Kaffee, ich brauche Wasser. Eiskaltes Wasser. Abrupt drehe ich mich um, öffne den Hängeschrank, hole ein Glas heraus und halte es unter den Wasserhahn. Als ich mich wieder Owen zuwende, hat er die Ellbogen auf die Theke hinter sich gestützt, einen Fuß über den anderen geschlagen und sieht mir grinsend zu, wie ich das Wasser in einem durstigen Zug hinunterstürze.

Mit einem etwas zu dramatischen Knall stelle ich das Glas auf die Spüle und er lacht leise auf. Ich wische mir über den Mund und verfluche mich selbst dafür, dass ich so durchschaubar bin.

Sein Lachen erstirbt, als plötzlich sein Handy klingelt. Er richtet sich auf, zieht es aus der Tasche, wirft einen Blick aufs Display, stellt das Telefon auf lautlos und schiebt es wieder zurück. Sein Blick schweift noch einmal durchs Wohnzimmer, bevor er mich ansieht. »Tja, dann sollte ich jetzt wahrscheinlich langsam mal gehen.«

Na toll. Der Abend war ja ein voller Erfolg.

Ich nicke knapp, greife nach dem Kaffeebecher, den er mir hinhält, und wende mich zum Becken, um ihn abzuspülen. »Okay, dann danke für den Job«, sage ich, ohne mich noch einmal umzudrehen, während er zur Tür geht. Von mir aus soll er ruhig abhauen. »Und dafür, dass du mich nach Hause begleitet hast.«

Ich mache mir nichts vor. Meine offensichtliche Verkrampftheit hat ihn zu dem Schluss kommen lassen, dass sich die Mühe nicht lohnt, und das macht mich verdammt sauer. Allerdings nicht auf mich selbst. Sondern auf ihn. Ich bin sauer darüber, dass er mich langweilig findet, nur weil ich mich ihm nicht gleich an den Hals werfe. Ich bin sauer, weil ein einziger Anruf – wahrscheinlich von dieser Hannah – genügt, um ihn schnellstmöglich den Abgang machen zu lassen.

Und genau das ist der Grund, warum ich mich normalerweise gar nicht erst so weit auf irgendeinen Typen einlasse.

»Der Anruf gerade kam übrigens nicht von einem Mädchen«

Seine Stimme ist ganz nah. Ich drehe mich überrascht um und stelle fest, dass er wieder hinter mir steht. Weil ich nicht weiß, was ich sagen soll, presse ich nur die Lippen aufeinander. Plötzlich komme ich mir total albern und bescheuert vor, dass ich ihm sofort das Schlimmste unterstellt habe, obwohl ich doch überhaupt nicht wissen kann, wer ihn da angerufen hat.

Als er einen Schritt auf mich zumacht, weiche ich automatisch zurück und presse mich gegen die Spüle, um die dreißig Zentimeter Abstand zwischen uns zu erhalten, die ich dringend brauche, damit ich nicht völlig die Kontrolle verliere.

»Du sollst nicht denken, dass ich jetzt gehe, um mich mit irgendeinem Mädchen zu treffen«.

Eine Welle der Erleichterung steigt in mir auf und spült alle Wut mit sich davon. Vielleicht habe ich ihn doch falsch eingeschätzt. Meine verdammte Unsicherheit lässt mich manchmal auf absurde Vorstellungen kommen.

Weil er nicht merken soll, wie froh ich über das bin, was er gerade gesagt hat, drehe ich mich wieder zur Spüle.

»Es geht mich nichts an, wer dich anruft, Owen.«

Ich stehe immer noch bewegungslos da, als er rechts und links von mir die Hände auf die Arbeitsplatte stützt. Er beugt sich vor und ich spüre seinen Atem warm an meinem Hals. Mir ist unbegreiflich, wie das sein kann, aber mein Körper biegt sich ihm unwillkürlich entgegen, bis ich seinen Brustkorb im Rücken spüre. Wir sind uns nicht annähernd so nah wie vorhin, während wir getanzt haben, und trotzdem – oder vielleicht gerade deswegen – fühlt es sich unendlich viel intimer an.

Als er sein Kinn auf meine Schulter legt, schließe ich die Augen und atme tief ein. Die Gefühle, die er in mir erzeugt, überwältigen mich. Meine Knie zittern. Ich umklammere die Kante der Arbeitsplatte und hoffe, er sieht nicht, dass meine Fingerknöchel weiß hervortreten.

»Ich möchte dich wiedersehen«, flüstert er.

Ich denke nicht an all die Gründe, die dagegensprechen. Ich denke nicht daran, dass ich im Leben ganz andere Probleme habe, auf die ich mich konzentrieren sollte. Ich denke nur daran, wie gut es sich anfühlt, wenn er mir so nahe ist, und wie sehr ich mich danach sehne, mehr davon zu spüren. Die Stimme der Unvernunft in mir lässt mich laut und deutlich »Ich dich auch« sagen, während die der Vernunft zu schwach ist, um auch nur ein Wort hervorzubringen.

»Morgen Abend«, sagt er. »Bist du da zu Hause?«

Ich denke an morgen. Ein paar Sekunden lang habe ich keine Ahnung, welcher Monat überhaupt ist, und noch weniger, welcher Wochentag. Als mir wieder einfällt, wer ich bin und wo ich lebe und dass heute Donnerstag ist, woraus sich ergibt, dass morgen Freitag sein muss, komme ich zu dem Schluss, dass ich tatsächlich nichts vorhabe.

»Ja«, hauche ich.

»Gut«, sagt er, und ich bin mir ziemlich sicher, dass er dabei lächelt. Ich kann es in seiner Stimme hören.

»Aber …« Ich drehe mich zu ihm um und sehe ihm tief in die Augen. »Ich dachte, du hättest deine Lektion gelernt und eingesehen, dass man Privatleben und Beruf nicht vermischen soll. Ist das nicht genau der Grund, warum du vorhin so verzweifelt eine Assistentin gesucht hast?«

Owen lacht leise. »Dann betrachte dich hiermit bitte als gefeuert.«

Ich lächle, weil ich noch nie so glücklich war, einen Job zu verlieren. Ich verzichte liebend gern darauf, hundert Dollar pro Stunde zu verdienen, wenn ich mich dafür mit ihm treffen kann. Und das überrascht mich. Sehr.

Er geht langsam rückwärts zur Tür. »Dann also bis morgen Abend, Auburn Mason Reed.«

Wir lächeln beide und sehen uns so lange in die Augen, wie es dauert, bis er die Tür hinter sich zugezogen hat. Sobald er draußen ist, lasse ich mich vornüber auf die Theke fallen, begrabe den Kopf in den Armen und sauge all die Luft in meine Lungen, die ich heute Abend aus lauter Angespanntheit nicht geatmet habe.

OMG … Wer hätte gedacht, dass dieser Tag, der so traurig angefangen hat wie alle anderen Tage vor ihm, so enden würde?

Als es klopft, zucke ich zusammen und fahre mir hastig durch die Haare, bevor ich öffne. Owen späht ins Apartment.

»Mir wäre irgendwie wohler, wenn du die Tür hinter mir abschließen würdest. Du wohnst hier nicht gerade in der vertrauenswürdigsten Gegend von Dallas, weißt du? Ach so, und noch was«, sagt er. »Du solltest niemals mit irgendwelchen Typen, die du nicht kennst, in irgendwelche Gebäude gehen. Du machst dir keine Vorstellung, was alles passieren könnte.«

»Hallo?« Ich sehe ihn gespielt vorwurfsvoll an. »Du warst so verzweifelt, dass ich praktisch gezwungen war, dir zu helfen. Hätte ich dich hängen lassen sollen?« Ich schiebe die Tür zu und will sie gerade ins Schloss drücken, als Owen noch einmal den Kopf durch den Spalt steckt.

»Eine allerletzte Sache. Ich weiß nicht, wie das bei euch in Portland ist, aber hier in Dallas würde ich dir stark davon abraten, irgendwelche Typen einfach so nachts in deine Wohnung zu lassen.«

»Du hast mich immerhin nach Hause begleitet und musstest aufs Klo. Das hätte ich dir doch nicht verweigern können.«

Er lacht. »Stimmt, das war sehr nett von dir. Aber lass bitte keine *anderen* Männer auf euer Klo, okay?«

Ich schüttle seufzend den Kopf. »Wir haben noch nicht einmal ein offizielles Date gehabt, und du willst mir jetzt schon vorschreiben, wer bei uns aufs Klo darf und wer nicht?«

Er grinst. »Ich kann einfach nichts dagegen tun, dass ich sofort Besitzansprüche anmelden muss. Es ist eben ein echt schönes Klo.«

Ich verdrehe die Augen und drücke sanft die Tür zu. »Gute Nacht, Owen.«

»Das ist mein Ernst«, sagt er und stemmt sich dagegen. »Ihr habt diese niedlichen kleinen Muschelseifen. Auf die stehe ich total.«

Wir müssen beide lachen. Aber kaum habe ich die Tür geschlossen und die Kette vorgelegt, klopft es noch einmal. Ich mache kopfschüttelnd auf.

»Ja? Was gibt es noch?«

»Gleich ist Mitternacht!«, sagt Owen panisch durch den Türspalt. »Du musst sie anrufen! Deine Mitbewohnerin! Schnell!«

»Ach du Scheiße. Du hast recht.« Ich stürze zu meiner Tasche, um mein Handy zu holen.

»Ich wollte gerade die Polizei anrufen«, meldet sich Emory ein paar Sekunden später.

»Entschuldigung. Wir hätten es fast vergessen.«

»Musst du unser Notfallwort verwenden?«, fragt sie.

»Nein, alles okay. Ich bin schon zu Hause, habe die Kette an der Tür vorgelegt und gehe mal davon aus, dass er mich heute Nacht nicht mehr ermorden wird.«

»Schade.« Emory seufzt. »Nicht, dass du nicht ermordet wirst«, schiebt sie hastig hinterher, »aber ich hätte dich so gern mal unser Notfallwort sagen hören.«

Ich lache. »Tut mir schrecklich leid, dass ich dir nicht die Freude machen kann, in Lebensgefahr zu schweben.«

Sie seufzt wieder. »Kannst du es nicht ein einziges Mal sagen? Bitte. Tu mir den Gefallen.«

»Na gut«, stöhne ich. »*Fleischkleid*. Bist du jetzt zufrieden?«

Am anderen Ende ist es einen Moment lang still. »Ich weiß nicht. Jetzt bin ich mir plötzlich nicht sicher, ob du es gesagt hast, um mich glücklich zu machen, oder ob du nicht vielleicht doch in Gefahr bist.«

Ich lache. »Es geht mir gut, Emory. Du kannst dich selbst davon überzeugen, wenn du nach Hause kommst.« Ich lege auf. Owen sieht mich durch den Türspalt mit hochgezogener Braue an.

»Euer Notfallwort war *Fleischkleid*? Das ist aber schon ein bisschen krank, oder?«

»Genauso krank, wie eine Wohnung zu mieten, nur weil sie die gleiche Nummer hat wie der Titel eines Horrorfilms. Ich hab dir doch gesagt, dass Emory speziell ist«, sage ich schulterzuckend.

Owen nickt. »Oh ja, das ist sie.«

»Ich hatte einen wirklich schönen Abend«, sage ich.

Er lächelt. »Meiner war noch schönerer.«

Wir lehnen uns beide an den Türstock und lächeln uns an, bis ich beschließe, dass es jetzt langsam fast zu kitschig wird.

»Gute Nacht, Owen.«

»Gute Nacht, Auburn«, sagt er. »Danke, dass du meine Grammatik nicht korrigiert hast.«

»Danke, dass du mich nicht umgebracht hast«, antworte ich.

Sein Gesicht wird ernst. »*Noch* nicht.«

Ich weiß nicht, ob ich darüber lachen soll.

»War nur ein Spaß«, sagt er schnell. »Meine Witze sind

immer dann besonders lahm, wenn ich ein Mädchen beeindrucken will.«

»Keine Sorge«, beruhige ich ihn. »Ich war schon ziemlich beeindruckt, als ich vorhin in dein Atelier gekommen bin.«

Owen lächelt und schiebt seine Hand durch den Spalt in der Tür, bevor ich sie wieder zumachen kann. »Warte noch«, sagt er und wackelt mit den Fingern. »Gib mir deine Hand.«

»Warum? Damit du mir einen Vortrag darüber halten kannst, dass ich Fremden nicht die Hand geben soll, nachdem ich die Kette vorgelegt habe?«

Er schüttelt den Kopf. »Wir sind doch keine Fremden, Auburn. Gib mir deine Hand.«

Ich strecke sie ihm nur zögernd hin, weil ich nicht weiß, was er vorhat. Er lehnt wieder den Kopf an den Türstock, betrachtet meine Hand und hebt seine eigene. Atemlos sehe ich zu, wie er seine Finger ganz langsam mit meinen verschränkt.

Wir stehen einander durch eine nahezu geschlossene Tür getrennt gegenüber, und ich kann mir selbst nicht erklären, wie die schlichte Berührung unserer Finger meine Knie so weich werden lassen kann, dass ich mich anlehnen muss. Auf meinen Armen bildet sich eine Gänsehaut, und ich muss die Augen schließen, als er zart über meine Handfläche streicht und dann die Kontur jedes einzelnen Fingers nachzeichnet. Mein ganzer Körper bebt und meine Hand zittert wahrscheinlich noch viel mehr. Ich muss mich mit aller Kraft daran hindern, nicht die Tür mitsamt der Kette aufzureißen, ihn hereinzuzerren und anzuflehen, mit dem Rest von mir das zu tun, was er gerade mit meiner Hand macht.

»Spürst du das?«, flüstert er.

Ich nicke nur, weil ich weiß, dass er mich ansieht. Er sagt

nichts mehr, und irgendwann liegt seine Hand nur noch still in meiner, also öffne ich langsam die Lider. Er beobachtet mich, immer noch an den Türstock gelehnt, aber sobald meine Augen offen sind, hebt er den Kopf und lässt seine Hand sinken, sodass ich in meiner nur noch Leere spüre.

»Entschuldige.« Er richtet sich auf, fährt sich durch die Haare und reibt sich den Nacken. »Tut mir leid«, sagt er. »Ich fürchte, ich werde … albern.« Er greift nach dem Türknauf. »Jetzt gehe ich wirklich«, verkündet er lächelnd. »Bevor ich dich völlig verschrecke.«

Ich grinse. »Gute Nacht, OMG.«

Er schüttelt den Kopf und verengt die Augen in gespielter Empörung. »Du hast Glück, dass ich dich so mag, Auburn Mason Reed.«

Und dann schließt er die Tür.

OMG … Ich habe das starke Gefühl, dass ich gerade im Begriff bin, mich zu verlieben.

~

»Auburn.«

Ich stöhne im Halbschlaf und habe eigentlich nicht die Absicht aufzuwachen, als jemand mir eine Hand auf die Schulter legt und mich schüttelt.

Grob schüttelt.

»Auburn, wach auf.« Die Stimme gehört Emory. »Die Polizei ist hier.«

Ich rolle mich auf den Rücken. Emory beugt sich mit erschrockenem Gesicht über mich, ihre Wimperntusche ist verschmiert und ihre blondierten Haare stehen nach allen Seiten ab. Der Anblick meiner Mitbewohnerin macht mir ehrlich gesagt mehr Angst als die Tatsache, dass sie gesagt hat, die Polizei wäre hier. Ich setze mich im Bett auf und taste nach meinem Wecker.

»Wie viel Uhr ist es denn?«

»Kurz nach neun«, sagt Emory ungeduldig. »Hast du verstanden, was ich gerade gesagt hab? Bei uns im Wohnzimmer steht ein Polizist. Und er will mit dir reden.«

Ich quäle mich aus dem Bett und bücke mich nach meiner Jeans, die verknäult am Boden liegt. Nachdem ich sie angezogen habe, greife ich mir ein Top aus dem Schrank und ziehe es schnell über.

»Hast du irgendwas ausgefressen?«, fragt Emory leise.

»Was? Nein, natürlich nicht.« Mir fällt ein, dass sie noch ziemlich wenig über mich weiß. »Das ist nicht die Polizei«, erkläre ich. »Das ist nur Trey, mein Schwager.«

Meine Erklärung scheint Emory nicht wirklich zu befriedigen, was verständlich ist, weil ich nicht verheiratet bin und meine Geschwister zu klein sind, um es zu sein. Trey ist auch nicht wirklich mein Schwager, ich nenne ihn nur der Einfachheit halber so. Allerdings habe ich auch keine Ahnung, was er hier will, und beginne, mir Sorgen zu machen. Als ich aus dem Zimmer komme, sehe ich ihn mit einem Kaffeebecher in der Hand in der Küche stehen.

»Alles okay?«, frage ich. Er dreht sich um, und sobald ich sein Lächeln sehe, beruhigt sich mein Herzschlag wieder. Er ist anscheinend bloß so vorbeigekommen.

»Alles gut«, sagt er. »Meine Nachtschicht ist gerade zu Ende. Ich war zufällig in der Gegend und dachte, ich bringe Frühstück vorbei.« Er hält eine Papiertüte hoch und legt sie auf die Theke. Emory geht um mich herum, greift danach und wirft einen Blick hinein.

»Hey, ich hab immer gedacht, das wäre so ein Klischee aus schlechten Krimis«, sagt sie zu Trey. »Aber ihr Cops esst anscheinend wirklich die ganze Zeit Donuts.« Sie nimmt sich einen heraus und steckt ihn in den Mund, während sie zum Kühlschrank geht. Dass Trey die Augen verdreht, bekommt sie nicht mit. Ich frage mich, ob sie heute schon mal in den Spiegel geschaut hat. Aber wahrscheinlich ist es ihr völlig egal, wie sie aussieht, und genau das finde ich so toll an ihr.

»Danke, das ist nett von dir«, sage ich zu Trey und setze mich an die Theke. Ich bin etwas verwirrt, weil ich mir nicht erklären kann, warum er glaubt, es wäre okay, unangemeldet hier reinzuschneien. Und dann auch noch so früh am Morgen. Aber vielleicht bin ich auch einfach nur gereizt, weil ich so unsanft geweckt wurde, deswegen sage ich lieber nichts. »Kommt Lydia heute schon wieder aus Pasadena zurück?«

Trey schüttelt den Kopf. »Morgen Vormittag.« Er stellt den Becher auf die Theke. »Wo warst du gestern Abend?«

Ich lege den Kopf schräg. »Warum fragst du?«

Er sieht mich scharf an. »Sie hat mir erzählt, dass du dich erst mit einstündiger Verspätung bei ihr gemeldet hast.«

Jetzt verstehe ich, weshalb er hier ist. Ich seufze. »Wolltest du mir wirklich Frühstück vorbeibringen oder ist das nur eine Ausrede, um mich zu kontrollieren?«

Trey sieht so verletzt aus, dass mir mein bissiger Kommentar sofort leidtut.

»Entschuldige.« Ich atme tief durch und stütze mich auf die Theke. »Ich hab es nicht rechtzeitig geschafft, sie anzurufen, weil ich arbeiten war. Es hat sich kurzfristig ein Job in einer Galerie ergeben.«

Trey steht an genau derselben Stelle, an der Owen gestern Nacht stand. Wahrscheinlich sind die beiden sogar gleich groß, aber aus irgendeinem Grund empfinde ich Trey als viel einschüchternder. Ich weiß nicht, ob es daran liegt, dass er fast immer in Uniform herumläuft, oder an seinen kantigen Gesichtszügen. Seine dunklen Augen durchbohren einen geradezu, während ich bei Owen das Gefühl hatte, er würde niemals zu lächeln aufhören. Der Gedanke, ihn heute Abend schon wiederzusehen, hebt meine Laune sofort.

»In einer Galerie? Wo? Wie heißt sie?«

»Auf der Pearl Street, in der Nähe vom Salon. Sie heißt *Confess*.«

Trey stellt den Becher ab, und ich sehe, wie seine Kaumuskeln arbeiten. »Kenne ich. Der Typ, dem sie gehört, ist der Sohn von Callahan Gentry.«

»Muss ich wissen, wer Callahan Gentry ist?«

Er schüttelt den Kopf, greift nach dem Becher und gießt den Rest des Kaffees ins Spülbecken. »Callahan ist Anwalt«, sagt er. »Und sein Sohn ist ein Loser.«

Ich zucke zusammen, weil ich nicht verstehe, warum Trey so von Owen spricht. Er ist der letzte Mensch, den ich als Loser bezeichnen würde.

Trey nimmt seinen Wagenschlüssel, der auf der Theke liegt, steckt ihn ein und geht zur Tür. »Ich finde es nicht gut, dass du für ihn arbeitest.«

Nicht dass Trey mir irgendetwas zu sagen hätte, trotzdem ärgert mich seine Bemerkung. »Ich hatte nicht vor, mir eine neue Festanstellung zu suchen«, sage ich. »Aber du musst dir auch so keine Sorgen machen. Ich bin gestern Abend gleich wieder entlassen worden.« Mehr sage ich nicht. Wenn Trey den Grund dafür wüsste, würde ihm das sicher noch viel weniger passen.

»Umso besser«, sagt er. »Wie sieht es Sonntag aus? Kommst du zum Abendessen?«

Ich folge ihm zur Tür. »Bin ich schon jemals nicht zum Abendessen erschienen?«

Trey dreht sich noch einmal um und sieht mich an. »Normalerweise rufst du auch immer um die gleiche Zeit an.«

Eins zu null für dich, Trey.

Ich hasse es zu streiten, und kann mir gerade in meinem Verhältnis zu Trey und Lydia keine Konflikte leisten. »Tut mir leid«, entschuldige ich mich deshalb schnell. »Ich bin ein bisschen müde und gestresst. Es war ein langer Tag gestern. Danke für die Donuts. Bei deinem nächsten Besuch bin ich wieder netter. Versprochen.«

Trey lächelt und streicht mir eine Haarsträhne hinters Ohr.

Die Geste ist mir viel zu intim und wieder steigt leichte Gereiztheit in mir auf. »Schon okay, Auburn.« Er dreht sich um und tritt in den Hausflur. »Wir sehen uns am Sonntag.«

Ich schließe die Tür hinter ihm und lehne mich dagegen. Irgendwie hat sich unser Verhältnis in letzter Zeit geändert. Als ich noch in Portland gewohnt habe, hatten wir praktisch nichts miteinander zu tun, aber seit ich in Texas lebe, sehen wir uns zwangsläufig regelmäßig. Ich bin mir nicht sicher, ob wir die gleichen Vorstellungen haben, was unsere Beziehung angeht.

»Ich mag den Kerl nicht«, sagt Emory. Sie sitzt im Wohnzimmer auf der Couch, isst ihren zweiten Donut und blättert in einer Zeitschrift.

»Du kennst ihn doch gar nicht«, verteidige ich Trey.

»Den, der gestern Nacht da war, fand ich viel netter«, sagt sie, ohne von ihrer Zeitschrift aufzublicken.

»Du warst *hier*?«

Sie nickt und trinkt einen Schluck Cola. »Jep.«

Wie bitte?

»Du warst hier in der Wohnung, als ich dich um Mitternacht angerufen habe?«, hake ich noch einmal nach.

Sie nickt wieder. »Ich kann sehr leise sein, wenn ich nicht will, dass jemand mitbekommt, dass ich da bin«, sagt sie ganz sachlich, als wäre es völlig okay, andere Leute zu belauschen.

»Ach so ist das, Emory.« Ich nicke und gehe rückwärts in mein Zimmer. »Gut zu wissen.«

sechstes kapitel

OWEN

Wenn ich nicht so verdammt bescheuert wäre, würde ich jetzt bei mir zu Hause im Bad stehen und mich fertig machen.

Wenn ich nicht so verdammt bescheuert wäre, würde ich mich darauf freuen, in ein paar Stunden zu Auburn zu fahren, um den Abend mit ihr zu verbringen.

Wenn ich nicht so verdammt bescheuert wäre, würde ich jetzt nicht hier hocken und mit im Rücken gefesselten Händen auf meinen Vater warten.

Jeden Moment wird er durch diese Tür treten, und ich weiß nicht, wie ich es schaffen soll, ihm in die Augen zu sehen.

Die Tür geht auf.

Ich sehe weg.

Ich höre seine zögernden Schritte. Das Metall der Handschellen schneidet mir schmerzhaft ins Fleisch, als ich mich in meinem Stuhl zur Seite drehe. Damit mir nichts herausrutscht, das ich hinterher bereuen würde, beiße ich mir so fest auf die Unterlippe, bis ich Blut schmecke. Um ihn nicht anschauen zu müssen, starre ich auf das Poster, das vor mir an der Wand hängt. Es zeigt Fotos eines Crystal-Meth-Süchtigen, die über einen Zeitraum von zehn Jahren aufgenommen wurden und seinen erschreckenden körperlichen Verfall illustrieren. Alle Aufnahmen sind Polizeifotos, was bedeutet, dass der Mann zehn Jahre in Folge mindestens einmal jährlich festgenommen worden ist.

Neunmal hat er mir voraus.

Mein Vater hat sich mittlerweile mir gegenüber hingesetzt. Ich höre ihn seufzen. So schwer, dass ich über den Tisch hinweg seinen Atem spüren kann. Ich rutsche in meinem Stuhl ein paar Zentimeter zurück.

Es interessiert mich nicht, wie es jetzt gerade in ihm aussieht. Mir reicht es zu wissen, wie es in mir aussieht, und da ist nichts als Scham. Nicht so sehr, weil ich hier sitze, sondern weil Auburn später vergeblich auf mich warten wird. Sie hat auf mich den Eindruck gemacht, als wäre sie in ihrem Leben schon von einigen Menschen hängen gelassen worden, und es kotzt mich an, dass ich jetzt auch einer von denen bin.

Es *kotzt* mich an.

»Owen …« Mein Vater versucht, meine Aufmerksamkeit auf sich zu ziehen.

Ich verweigere sie ihm. Warte darauf, dass er weiterspricht, doch er belässt es bei meinem Namen.

Es macht mich wütend, dass er nur meinen Namen gesagt hat, weil es ganz bestimmt eine Menge Dinge gäbe, die er mir sagen will. Genauso wie es eine Menge Dinge gibt, die ich ihm sagen will. Aber Callahan Gentry und sein Sohn reden nicht mehr viel miteinander.

Damit haben die beiden an dem Tag aufgehört, von dem an Callahan Gentry nur noch einen Sohn hatte.

Dem einzigen Tag in meinem Leben, der schlimmer war als dieser. Dem Tag, wegen dem ich mich überhaupt erst in Situationen wie diese bringe. Dem Tag, wegen dem ich heute hier sitze und mich mit meinem Vater darüber unterhalten muss, welche juristischen Möglichkeiten mir bleiben.

Manchmal frage ich mich, ob Carey uns sehen kann. Oder was er wohl sagen würde, wenn er wüsste, was aus uns geworden ist.

Ich nehme den Blick von dem Meth-Poster und schaue meinen Vater an. »Glaubst du, Carey kann uns jetzt sehen?«

Das Gesicht meines Vaters bleibt ausdruckslos. Nur in seinen Augen sehe ich etwas aufglimmen. Ich glaube, es ist Enttäuschung. Weil er als Vater versagt hat? Weil ich mich in diese Situation gebracht habe? Oder weil ich es gewagt habe, Careys Namen zu erwähnen? Ich weiß es nicht.

Ich spreche nie über meinen Bruder. Mein Vater spricht nie über den anderen Sohn, den er mal hatte. Keine Ahnung, warum ich Carey jetzt ins Spiel gebracht habe.

Ich beuge mich so weit vor, wie es mir mit den gefesselten Handgelenken möglich ist, und sehe ihm fest in die Augen. »Was glaubst du, was er über mich denken würde, Dad?«, frage ich leise. Sehr leise. Wenn meine Stimme eine Farbe hätte, wäre sie weiß.

Mein Vater presst die Kiefer aufeinander. Ich rede weiter.

»Glaubst du, er wäre enttäuscht darüber, dass ich es nicht schaffe, *einfach Nein zu sagen*?«

Mein Vater atmet geräuschvoll ein und schaut zur Seite. Der Blickkontakt mit mir ist ihm unangenehm. Weil ich mich nicht noch weiter vorbeugen kann, rutsche ich mit meinem Stuhl näher an den Tisch heran, bis mein Oberkörper an die Platte stößt. Näher kann ich ihm nicht kommen.

»Was glaubst du, was Carey über dich denkt, Dad?«

Diesmal ist meine Stimme tiefschwarz.

Die Faust meines Vaters trifft den Tisch, und sein Stuhl kippt hintenüber, als er abrupt aufspringt. Er geht ein paar Schritte auf und ab und tritt dann plötzlich mit solcher Gewalt gegen den Stuhl, dass er gegen die Wand kracht. Es tut mir fast leid für ihn, dass der Raum mit seinen knapp sechs Quadratmetern so klein ist. Der Mann braucht Platz, um sich abreagieren zu können. Das müssten sie eigentlich bedenken, bevor sie Leute verhaften und dann in winzige Zellen sperren, wo sie sich mit ihrem Anwalt besprechen sollen. Man weiß schließlich nie, ob der Anwalt nicht zufälligerweise auch der Vater des Verhafteten ist.

Mein Vater holt durch die Nase tief Luft und atmet durch den Mund wieder aus. Das tut er mehrmals hintereinander, wie er es Carey und mir früher immer vorgemacht hat, wenn wir uns gestritten haben. Nicht mehr als andere Brüder auch, aber als Callahan Gentry noch ein richtiger Vater war, lag ihm viel daran, seinen Söhnen beizubringen, ihre Aggressionen in den Griff zu bekommen.

»Nur ihr habt die Kontrolle über eure Gefühle und niemand sonst«, hat er zu uns gesagt. »Ihr entscheidet, ob ihr wütend seid oder glücklich. Deswegen ist es so wichtig, dass ihr lernt, euch zu kontrollieren, Jungs.«

Ich frage mich, ob ich diese Lektion jetzt an ihn weitergeben soll.

Lern, dich zu kontrollieren, Dad.

Besser nicht. Er ist gerade zu sehr damit beschäftigt, sich einzureden, dass ich wegen meiner Verhaftung aufgebracht bin und ihn deswegen provoziere. Dass ich nicht meine, was ich sage.

Callahan Gentry ist ein Meister der Kunst, sich selbst zu belügen. Wenn ich ihn jetzt malen müsste, würde ich sämtliche Blautöne verwenden, die es gibt.

Plötzlich bleibt er stehen, beugt sich vor und presst seine Handflächen auf den Tisch. Statt mir in die Augen zu sehen, starrt er auf seine Hände. Er holt noch einmal tief Luft und lässt sie dann langsam wieder entweichen. »Ich hinterlege die Kaution, so schnell ich kann.«

Ich will, dass er denkt, es wäre mir egal, ob und wann er das Geld besorgt. Dabei ist es das nicht. Natürlich will ich hier raus, aber ich kann sowieso nichts an irgendetwas ändern.

»Kein Stress. Ist ja nicht so, als müsste ich dringend irgendwohin«, sage ich.

Stimmt doch, oder? Bis ich hier rauskomme, ist es sowieso viel zu spät, noch bei Auburn aufzutauchen, und ich könnte ihr niemals sagen, wo ich gewesen bin. Und aus welchem Grund. Außerdem hat man mir gestern Nacht unmissverständlich klargemacht, dass ich mich von ihr fernhalten soll.

Insofern interessiert mich die Kaution wirklich nicht besonders.

»Es wartet ja keiner auf mich«, setze ich nach.

Jetzt sieht mein Vater mich endlich doch an und plötzlich bemerke ich Tränen in seinen Augen. Zusammen mit diesen

Tränen keimt plötzlich eine irre Hoffnung in mir auf. Die Hoffnung, dass er jetzt vielleicht endlich den entscheidenden Punkt erreicht hat. Den Punkt, an dem ihm klar wird, dass es so nicht mehr weitergeht. Die Hoffnung, dass er sagt: »Was kann ich tun, Owen? Wie kann ich es einfacher für dich machen?«

Aber meine Hoffnung versiegt zusammen mit dem Tränenschimmer in seinen Augen.

Er dreht sich um und geht zur Tür. »Wir unterhalten uns später darüber, wie es jetzt weitergeht. Zu Hause.«

Und weg ist er.

Natürlich werden wir über das, was es zu besprechen gibt, erst zu Hause reden. Callahan Gentry würde niemals das Risiko eingehen, dass jemand etwas mitbekommen könnte.

Offene Gespräche führt er grundsätzlich nur hinter verschlossenen Türen.

~

»Scheiße, was ist denn mit dir passiert?«, fragt Harrison, als ich mich ihm gegenüber an die Theke setze. »Du sieht aus wie einmal durchgekaut und ausgespuckt.«

Ich habe seit vierundzwanzig Stunden nicht geschlafen. Nachdem die Kaution bei der Gerichtskasse hinterlegt worden war, bin ich sofort ins Atelier gefahren. Bis ich meinem Vater gegenübertreten kann, muss noch ein bisschen Zeit vergehen. So eilig ist unser Gespräch nicht.

Jetzt ist es fast Mitternacht. Auburn liegt wahrscheinlich schon im Bett und schläft oder ist zu wütend, um zu schlafen, weil ich nicht gekommen bin. Aber vielleicht ist das auch besser so. Ich muss erst mal Ordnung in mein Leben bringen, um überhaupt darauf hoffen zu können, dass sie ein Teil davon werden möchte.

»Ich bin gestern Nacht festgenommen worden.«

Harrison stellt mit einem Knall das Glas Bier ab, das er gerade für mich zapft, und sieht mich erschrocken an. »Sorry, aber … hast du gerade *festgenommen* gesagt?«

Ich nicke, beuge mich über die Theke und greife nach dem halb eingeschenkten Glas.

»Kannst du vielleicht ein bisschen mehr ins Detail gehen?«, fragt er und sieht zu, wie ich einen tiefen Schluck nehme. Ich setze das Glas ab und wische mir mit dem Handrücken über den Mund.

»Besitz von illegalen Betäubungsmitteln.«

Harrison wird bleich. »Moment mal«, sagt er und senkt seine Stimme zu einem Flüstern. »Du hast ihnen aber nicht gesagt, dass ich …?«

Es verletzt mich, dass er mir so etwas zutraut. »Natürlich nicht«, unterbreche ich ihn, bevor er den Satz zu Ende sprechen kann. »Ich habe von meinem Recht auf Aussageverweigerung Gebrauch gemacht. Leider wird mir das vermutlich das Genick brechen, wenn ich vor Gericht erscheinen muss. Ich hab gehört, sie lassen einen glimpflich davonkommen, wenn man andere verrät.« Ich schüttle lachend den Kopf. »Ganz schön heuchlerisch, oder? In der Schule bringt man den Kindern bei, dass Petzen etwas ganz Schlimmes ist, und als Erwachsener wird man dafür belohnt.«

Harrison sagt nichts, aber ich sehe ihm an, wie schwer er sich beherrschen muss, um nicht vor Wut zu explodieren.

»Harrison, entspann dich.« Ich beuge mich vor und lege ihm eine Hand auf die Schulter. »Es ist okay. Alles ist gut.

Das ist das allererste Mal, dass ich straffällig geworden bin. Die werden mich schon nicht gleich einsperren.«

Er schüttelt den Kopf. »Gar nichts ist gut, Owen! Ich hab genau gewusst, dass sie dich früher oder später deswegen drankriegen. Es macht mir echt keinen Spaß, dich daran zu erinnern, aber ich hab dir ungefähr eine Million Mal gesagt, dass du mit der Scheiße aufhören musst.«

Ich seufze. Mir jetzt auch noch diese Moralpredigt von ihm anzuhören, übersteigt meine Kräfte. Ich stehe auf, werfe einen Zehndollarschein auf die Theke und gehe.

Natürlich hat Harrison recht. Er hat es mir gesagt. Und da war er nicht der Einzige. Ich habe mir ja selbst immer wieder gesagt, dass sich das alles noch mal ganz böse rächen wird.

siebtes kapitel

AUBURN

Darf ich Ihnen noch einmal nachschenken?«

Ich lächle die Bedienung an. »Gerne«, sage ich, obwohl ich gar keinen Durst mehr habe. Eigentlich sollte ich aufstehen und gehen, aber ein kleiner Teil von mir gibt die Hoffnung nicht auf, dass Lydia doch noch kommt. Sie wird es ja wohl nicht vergessen haben … oder?

Ich überlege, ob ich ihr eine Erinnerungs-SMS schreiben soll. Wir waren vor über einer Stunde verabredet, und jetzt sitze ich immer noch hier und hoffe, dass ich nicht versetzt worden bin.

Wieder mal. Lydia wäre ja nicht die Erste, die mir das antut. Der Preis geht an Owen Mason Gentry.

Aber bei ihm hätte ich es ahnen können. Nein, wissen

müssen. Der Abend war einfach zu schön, um wahr zu sein. Und die Tatsache, dass er sich geschlagene drei Wochen später immer noch nicht bei mir gemeldet hat, um irgendetwas zu erklären, beweist, dass mein Instinkt richtig war, mich gar nicht erst auf irgendwelche Typen einzulassen.

Trotzdem tut es weh. Es tut verdammt weh, weil ich so von Hoffnung erfüllt gewesen war, als er Donnerstagnacht zum letzten Mal die Tür hinter sich zugezogen hat. Plötzlich war mir Texas gar nicht mehr so schlimm vorgekommen. Ich hatte mir allen Ernstes eingebildet, die Schicksalsgöttin wäre vielleicht ausnahmsweise mal auf meiner Seite und würde mir etwas Gutes tun wollen. Lächerlich.

Aber so weh es tut, mir klarmachen zu müssen, dass Owen ein Arschloch ist – die Tatsache, dass Lydia nicht auftaucht, verletzt mich sogar noch mehr. Owen hat mich wenigstens nicht an meinem Geburtstag versetzt.

Wie konnte sie das nur vergessen?

Aber ich werde nicht weinen. Ganz bestimmt nicht. Wegen dieser Frau habe ich schon genug Tränen vergossen.

Die Bedienung füllt mein Glas nach. Mit Cola. An meinem einundzwanzigsten Geburtstag.

Ich sitze mutterseelenallein in einem Restaurant vor einer erbärmlichen Cola und bin zum zweiten Mal innerhalb von drei Wochen versetzt worden.

»Können Sie mir dann bitte auch gleich die Rechnung bringen«, gebe ich mich geschlagen. Die Bedienung sieht mich mitleidig an, als sie mir den Bon auf den Tisch legt. Ich zahle und gehe.

Ich verachte mich selbst dafür, dass ich auf meinem täglichen Weg von der Arbeit nach Hause – oder in diesem Fall von dem Restaurant, in dem ich versetzt worden bin –

immer noch an seinem Atelier vorbeigehe. Manchmal sehe ich oben in seinem Apartment Licht brennen, und dann überkommt mich das Bedürfnis, das ganze Haus abzufackeln.

Okay, nicht das ganze Haus. Das wäre ein bisschen krass. Seine Bilder würde ich nicht verbrennen, die gefallen mir zu sehr.

Nur ihn.

Als ich das Gebäude erreiche, bleibe ich wie immer stehen und starre nach oben. Aber jetzt reicht es mir. In Zukunft nehme ich lieber einen Umweg in Kauf, statt mich immer wieder aufs Neue zu quälen. Zum Abschied sollte ich ihm vielleicht ein kleines Geständnis hinterlassen. Mit diesem Gedanken spiele ich schon seit drei Wochen, aber heute bin ich so sauer, dass ich ihn endlich in die Tat umsetzen könnte.

Entschlossen greife ich in meine Tasche und krame nach einem Stift. Ein Notizbuch oder einen Block habe ich leider nicht mit, nur die Quittung für das fantastische Geburtstagsessen, das ich gerade mit mir selbst geteilt habe. Ich drücke den Zettel an die Fensterscheibe und schreibe auf die Rückseite.

Vor drei Wochen habe ich einen echt netten Typen kennengelernt. Er hat mir beigebracht, wie man tanzt, und mich daran erinnert, wie es sich anfühlt zu flirten. Er hat mich nach Hause begleitet und mich zum Lächeln gebracht, aber dann hat sich herausgestellt, dass DU EIN ARSCHLOCH BIST, OWEN!

Ich stecke den Kuli zurück in die Tasche. Nachdem ich meine Wut zu Papier gebracht habe, geht es mir überraschenderweise ein bisschen besser. Als ich die Quittung gerade zusammenfalten will, fällt mir etwas ein, und ich hole den Kuli noch einmal heraus.

P.S.: Deine Initialen sind echt so was von peinlich.

Ha! Ich schiebe den Zettel schnell durch den Briefkastenschlitz in der Tür, bevor ich es mir doch noch mal anders überlege. Dann sage ich dem Gebäude mit einem letzten Blick endgültig Lebewohl und mache mich auf den Weg nach Hause. Ich bin erst ein paar Schritte weit gekommen, als mein Handy vibriert. Eine Nachricht von Lydia.

Entschuldige! Heute ist hier alles drunter und drüber gegangen und ich habe völlig vergessen, dass wir uns treffen wollten. Hoffentlich hast du nicht zu lang gewartet. Ich fahre morgen wieder nach Pasadena, aber du kommst doch am Sonntag zum Essen, oder?

Alles, was ich denken kann, ist: Hexe. Hexe. Hexe.

Ja, ich weiß, total unreif. Aber mal im Ernst – hätte sie mir nicht wenigstens zum Geburtstag gratulieren können?

Gott, ich habe plötzlich ganz schreckliche Kopfschmerzen.

Kaum habe ich das Handy in die Tasche gesteckt, vibriert es ein zweites Mal. Ist ihr doch noch eingefallen, was heute für ein Tag ist? Wenn sie wenigstens ein bisschen Reue zeigt, verzeihe ich ihr noch mal. Vielleicht ist sie ja doch keine solche Hexe.

Schick mir nächstes Mal bitte vorher eine Erinnerung, in der steht, wann und wo wir uns treffen. Du weißt ja, dass ich alle Hände voll zu tun habe und nicht an alles denken kann.

Hexe. Hexe. Hexe. Fiese Schlampenhexe. Ich presse die Zähne aufeinander und stoße einen unterdrückten Schrei aus. Gegen diese Frau kann ich einfach nicht gewinnen. Niemals.

Ich wundere mich über mich selbst, aber ich brauche jetzt was zu trinken. Etwas Alkoholisches. Und zum Glück weiß ich auch genau, wo ich einen Drink bekommen werde.

~

»Du hast mich angelogen.«

Harrison betrachtet stirnrunzelnd meinen Ausweis.

Anscheinend ist ihm aufgefallen, dass ich heute Geburtstag habe und deshalb noch nicht einundzwanzig gewesen sein kann, als ich mit Owen bei ihm in der Bar war.

»Owen hat mich dazu gezwungen.«

Harrison schüttelt den Kopf und gibt mir den Ausweis zurück. »Owen macht eine Menge Sachen, die er nicht machen sollte.« Er wischt vor mir über die Theke und wirft den Lappen dann zu meiner Enttäuschung in die Spüle, ohne seinen Kommentar weiter zu erläutern. »Was darf ich Ihnen bringen, Ms Reed?«, fragt er stattdessen. »Wieder einen Jack Daniel's mit Cola?«

Ich schüttle mich. »Nein danke. Irgendwas, das nicht ganz so nach Batteriesäure schmeckt.«

»Lieber eine Margarita?«

Ich nicke, obwohl ich keine Ahnung habe, was in einer Margarita drin ist. Aber der Name klingt schon mal gut.

Harrison nimmt ein paar Flaschen vom Regal und macht sich daran, mir den ersten offiziell erlaubten Cocktail meines Lebens zu mixen. Ich hoffe sehr, dass er ihn mit einem dieser kleinen Papierschirmchen dekoriert.

»Wo steckt Owen heute?«, fragt er.

Ich verdrehe die Augen. »Sehe ich aus, als wäre ich Owens Babysitter? Wahrscheinlich steckt er in Hannah.«

Harrison hebt den Kopf und sieht mich leicht geschockt an. Als ich nur mit den Schultern zucke, konzentriert er sich wieder auf meinen Drink. Ein paar Minuten später stellt er ein Glas mit einer gelbgrünen Flüssigkeit vor mich hin. Ich runzle die Stirn und sehe zu den Papierschirmchen, worauf er in den Behälter greift, einen herausnimmt und ihn neben mein Glas legt.

»So. Probier mal, ob dir der besser schmeckt.«

Ich hebe das Glas an die Lippen, lecke vorsichtig am Salzrand und nehme dann einen Schluck. Oh ja, der ist besser. Tausendmal besser als das ekelhafte Zeug, das Owen bestellt hat. Ich nicke zufrieden und signalisiere Harrison, dass er mir gleich einen zweiten mixen soll.

»Warum trinkst du nicht erst mal den aus?«, schlägt er vor.

»Nein, ich will noch einen«, sage ich und wische mir über die Lippen. »Ich habe heute Geburtstag und bin erwachsen und darf mir einen zweiten Drink bestellen, auch wenn ich den ersten noch nicht ausgetrunken habe.«

Harrison holt tief Luft und schüttelt den Kopf, mixt mir aber tatsächlich noch eine Margarita. Und das ist auch gut so, denn als er den Drink vor mich stellt, ordere ich gleich noch einen dritten. Weil ich es kann. Weil ich heute Geburtstag habe und weil ich allein bin und weil Portland so verdammt weit weg ist und ich hier in Texas sitze und weil OWEN MASON EIN RIESENARSCHLOCH IST!

Und Lydia eine Hexe.

achtes kapitel

OWEN

Ich hab jemanden hier, der zu dir gehört.«

Es dauert ein paar Sekunden, bis ich begreife, wer mich da mitten in der Nacht anruft. Ich setze mich im Bett auf und reibe mir die Augen. »Harrison?«

»Schläfst du etwa schon?« Er klingt völlig entsetzt. »Es ist noch nicht mal ein Uhr.«

Ich schwinge die Beine über die Bettkante und presse mir den Handballen an die Schläfe. »War eine harte Woche. Ich hab nicht viel geschlafen.« Stöhnend stehe ich auf und suche den Boden nach meiner Jeans ab. »Warum rufst du an?«

Am anderen Ende ist es still, dann höre ich Gläser klirren. »Nicht!«, brüllt Harrison. »Du fasst hier nichts an. Setz dich sofort wieder hin.«

Ich halte das Handy vom Ohr weg, um mein Trommelfell zu schonen.

»Owen, beweg jetzt deinen Arsch hierher. Ich muss gleich zumachen und hab das Gefühl, dass sie nicht damit einverstanden ist, dass sie nichts mehr bekommt.«

»Wovon redest du? Von *wem* redest du?«

Und dann trifft es mich.

Auburn.

»Scheiße. Bin gleich da.«

Harrison legt auf, ohne sich zu verabschieden. Ich ziehe mir ein T-Shirt über den Kopf und stürze die Treppe ins Atelier hinunter.

Warum bist du dort, Auburn? Und warum allein?

Als ich zur Tür komme, schiebe ich mit dem Fuß die Zettel zur Seite, die sich dort angesammelt haben. An normalen Wochentagen sind es höchstens zehn, aber am Wochenende sind mehr Leute in der Stadt unterwegs, und dann verdreifacht sich die Geständnisflut. Meistens sammle ich sie in einer Kiste und lese sie erst, wenn ich vorhabe, ein neues Bild zu malen. Aber einer der Zettel auf dem Boden zieht unwillkürlich meinen Blick an, weil dick und fett mein Name darauf steht. Ich bücke mich danach.

Vor drei Wochen habe ich einen echt netten Typen kennengelernt. Er hat mir beigebracht, wie man tanzt, und mich daran erinnert, wie es sich anfühlt zu flirten. Er hat mich nach Hause begleitet und mich zum Lächeln gebracht, aber dann hat sich herausgestellt, dass DU EIN ARSCHLOCH BIST, OWEN!

P.S.: Deine Initialen sind echt so was von peinlich.

Die Geständnisse sollen anonym sein, Auburn. Was du da geschrieben hast, ist alles andere als anonym. Fast bin ich versucht, über ihren kleinen Hassbrief zu lachen, aber er erinnert mich zu sehr daran, wie brutal ich sie habe hängen lassen und dass ich wahrscheinlich der letzte Mensch bin, von dem sie sich jetzt retten lassen möchte.

Ein paar Minuten später stehe ich trotzdem in der Bar, kann Auburn aber nirgends entdecken. Harrison, der gerade dabei ist, die Tische abzuwischen, nickt in Richtung der Toiletten.

»Sie versteckt sich vor dir.«

Ich massiere mir den Nacken und stöhne. »Was hat sie überhaupt hier gewollt?«

Harrison zuckt mit den Schultern. »Ihren Geburtstag feiern, schätze ich.«

Das kann nicht sein Ernst sein. Jetzt fühle ich mich noch mieser.

»Sie hat heute Geburtstag?« Ich gehe auf die Toiletten zu. »Warum hast du mich nicht früher angerufen?«

»Sie hat mich hoch und heilig schwören lassen, es nicht zu tun.«

Ich klopfe an die Tür der Damentoilette, aber es bleibt still. Als ich vorsichtig in den Raum spähe, sehe ich ihre Füße aus einer der Kabinen herausragen.

Bitte nicht, Auburn!

Ich stürme durch den Raum, bleibe aber sofort stehen, als ich erkenne, dass sie nicht ohnmächtig ist. Im Gegenteil. Sie ist hellwach und hat es sich – dafür, dass sie auf dem Boden einer Kneipentoilette hockt – fast ein bisschen zu bequem gemacht. Den Kopf an die Wand gelehnt, schaut sie stumm zu mir auf.

Es überrascht mich nicht, als ich die wütende Verachtung in ihren Augen sehe. An ihrer Stelle würde ich auch nicht mit mir reden wollen. Weil ich sie nicht dazu zwingen kann, beschließe ich, mich erst mal einfach zu ihr zu setzen.

Auburn hebt überrascht die Augenbrauen, als ich mich ihr gegenüber auf den Boden kauere und die Knie anziehe.

Sie sieht nicht weg, sagt nichts, lächelt nicht. Sie holt bloß langsam Luft und schüttelt beinahe unmerklich den Kopf.

»Du siehst total scheiße aus, Owen.«

Ich lächle, weil sie zum Glück nicht ganz so betrunken klingt, wie ich befürchtet hatte. Außerdem hat sie wahrscheinlich recht. Ich habe seit drei Tagen keinen Blick mehr in den Spiegel geworfen und mich seitdem auch nicht rasiert. So ist das immer, wenn mich die Arbeitswut packt, ich konzentriere mich dann nur aufs Malen und der Rest wird zur Nebensache.

Auburn sieht dagegen alles andere als scheiße aus und das sollte ich ihr vielleicht auch sagen. Sie sieht traurig aus und ein bisschen betrunken, aber für ein Mädchen, das auf dem Boden einer Toilette hockt, sieht sie auch verdammt süß aus.

Ich weiß, dass es das Wichtigste wäre, mich für das, was ich ihr angetan habe, zu entschuldigen. Nichts anderes zählt jetzt, aber ich habe Angst, dass sie mir dann Fragen stellt, die ich ihr nicht beantworten will. Auch wenn es hart klingt … Mir ist es definitiv lieber, sie ist enttäuscht von mir, weil ich sie versetzt habe, als dass sie erfährt, wo ich an dem Abend tatsächlich gewesen bin.

»Alles okay?«

Auburn richtet den Blick zur Decke, als wäre sie genervt, aber ich sehe Tränen in ihren Augen schimmern. Sie reibt sich mit beiden Händen übers Gesicht und seufzt, ohne mich anzusehen.

»Ich bin heute versetzt worden.«

In mir steigt sofort Eifersucht auf, obwohl ich natürlich weiß, dass ich dazu nicht das geringste Recht habe.

»Du wirst von einem Typen versetzt und gehst deswegen den Rest des Abends in eine Bar und betrinkst dich? Das passt irgendwie nicht zu dir.«

Sie drückt das Kinn an die Brust und sieht mich unter ihren langen Wimpern an. »Ich bin nicht von einem *Typen* versetzt worden, Owen«, sagt sie verächtlich. »Abgesehen davon glaube ich nicht, dass du nach dem einen Abend, den wir miteinander verbracht haben, wirklich beurteilen kannst, was zu mir passt oder nicht. Und zu deiner Information: Ich trinke sehr gern. Nur nicht die Drinks, die du mir aussuchst.«

Okay, wahrscheinlich sollte ich mich nicht so an dem einen Wort aufhängen, aber …

»Das heißt … du bist von einem Mädchen versetzt worden?«

Ich hab nichts gegen Homosexuelle, echt nicht, aber bitte sei nicht lesbisch, Auburn!

»Nein, es war kein Mädchen«, sagt sie gereizt. »Ich bin von einer Hexe versetzt worden. Einer widerlichen, alten, bösen, selbstsüchtigen Hexe.«

Obwohl an ihrer Situation eigentlich nichts lustig ist, muss ich grinsen. Die Art, wie sie eben die Nase gerümpft hat, als sie »Hexe« gesagt hat, ist einfach zu hinreißend.

Ich strecke die Beine neben ihren aus. Sie sieht genauso erledigt aus, wie ich mich fühle.

Tolles Paar, das wir da gerade abgeben.

Ich würde ihr so gern die Wahrheit sagen, aber ich weiß nun mal leider genau, dass das unsere Situation nicht im Mindesten verbessern würde. Die Wahrheit wäre für sie noch weniger zu begreifen als eine Lüge, wobei ich nicht einmal wüsste, welche ich ihr erzählen sollte.

Ich weiß nur, dass ich mich unglaublich wohl mit ihr fühle – und zwar anscheinend nicht nur, wenn sie gut drauf ist, sondern auch, wenn sie wütend, betrunken und traurig ist. Irgendetwas an ihr wirkt tröstlich auf mich. Es ist mir immer so vorgekommen, als würde ich jeden Tag meines Lebens damit verbringen, mich eine Rolltreppe, die nach unten fährt, hinaufzukämpfen. Und ganz egal, wie sehr ich mich angestrengt habe, bin ich nie einen Meter höher gekommen. An dem Abend mit ihr im Atelier und später dann bei ihr zu Hause war alles anders. Und auch jetzt fühlt es sich nicht an, als stünde ich auf einer in die falsche Richtung fahrenden Rolltreppe, sondern auf einem dieser Laufbänder, wie es sie auf Flughäfen gibt, und würde mühelos weitergetragen werden. Als könnte ich mich endlich mal entspannen und tief Luft holen, ohne den ständigen Druck zu rennen, nur um zu verhindern, dass ich wieder ganz unten lande.

Wenn ich mit ihr zusammen bin, habe ich das Gefühl, dass alles vielleicht gar nicht so schlimm ist, wie es mir immer vorkommt. Und ganz egal, wie jämmerlich wir beide jetzt mit Sicherheit aussehen, hier auf dem Boden der Toilettenkabine – im Moment gibt es keinen Ort, an dem ich lieber wäre.

»Gott echt, Owen.« Plötzlich beugt sie sich vor und zupft angewidert an meinen Haaren herum. »Du siehst total beschissen aus. Das geht gar nicht«, murmelt sie kopfschüttelnd. »Das geht echt so was von überhaupt gar nicht.« Ich weiß nicht, was sie auf einmal gegen meine Haare hat.

Sie legt mir eine Hand auf die Schulter, stemmt sich mit der anderen an der Wand ab und hievt sich auf die Füße. Als sie einigermaßen sicher steht, greift sie nach meiner Hand und zieht mich hoch. »Los, komm mit. Ich bring das in Ordnung.«

Ehrlich gesagt bezweifle ich, dass sie nüchtern genug ist, um *irgendetwas* in Ordnung zu bringen. Aber das macht mir keine Angst, weil ich nämlich immer noch auf meinem Laufband stehe und mich tragen lasse, wohin auch immer sie mit mir will.

»Aber vorher wäschst du dir die Hände, Owen. Der Boden ist ekelhaft dreckig.« Auburn führt mich zum Waschbecken, hält meine Hände unter den Seifenspender und lässt Flüssigseife hineinlaufen. Sie schaut mich streng im Spiegel an. »Einseifen«, sagt sie und reibt meine Hände, bis es schäumt.

Obwohl ihre verbissene Entschlossenheit mich ein bisschen verwirrt, halte ich es für klüger zu gehorchen. Ich weiß nicht, wie viel sie getrunken hat, aber nach der wütenden Nachricht, die ich vorhin im Atelier gefunden habe, bin ich schon mal froh, dass sie mir keine runtergehauen hat.

Schweigend waschen wir uns die Hände. Anschließend zieht sie zwei Papierhandtücher aus dem Spender und reicht mir eins davon. »Hier. Abtrocknen.«

Ich tue brav, was sie mir sagt. Als sie vom Waschbecken zur Tür geht, bemerke ich, dass sie schwankt und sich kurz an der Wand abstützen muss. Sie schaut genervt an sich herab. »Diese scheißhohen Absätze!«

Ich weise sie lieber nicht darauf hin, dass sie Espadrilles anhat, die flacher nicht sein könnten.

Als wir wieder in die Bar kommen, hat Harrison schon das Deckenlicht eingeschaltet und ist dabei, die Kasse zu machen. Er sieht uns mit hochgezogenen Augenbrauen entgegen, als wir auf ihn zukommen.

Auburn deutet mit dem Zeigefinger auf ihn. »Harrison?«

»Ja, Auburn?«, sagt er und verkneift sich ein Grinsen.

»Die Cocktails zahle ich nächstes Mal.«

Er schüttelt den Kopf. »Bei uns wird grundsätzlich nicht angeschrieben.«

Sie stemmt die Hände in die Hüften und schiebt die Unterlippe vor. »Aber ich hab meine Tasche verloren.«

Harrison bückt sich und stellt eine Umhängetasche auf die Theke. »Nein, hast du nicht.«

Auburn betrachtet die Tasche mit zusammengekniffenen Augen, als würde sie sich ärgern, sie nicht verloren zu haben.

»Okay, dann zahle ich eben doch gleich.« Sie kramt nach ihrem Portemonnaie. »Aber nur den ersten Drink. Ich bin mir nämlich sicher, dass im zweiten gar kein Alkohol war.«

Harrison schiebt ihr das Geld, das sie ihm hingelegt hat, wieder zu und grinst. »Das geht aufs Haus, Auburn. Happy Birthday. Und fürs Protokoll: Du hattest insgesamt drei Drinks und in allen war reichlich Alkohol.«

Auburn schlingt sich die Tasche über die Schulter. »Danke, Harrison. Weißt du, dass du der einzige Mensch in ganz Texas bist, der mir heute zum Geburtstag gratuliert hat?«

Ich dachte, ich hätte mich vor drei Wochen schon mies gefühlt. Jetzt weiß ich, dass man sich noch viel mieser fühlen kann.

»Warum schaust du so geknickt, Owen?«, fragt Auburn, als sie sich zu mir umdreht. »Ich hab dir doch gesagt, dass ich alles in Ordnung bringe.« Sie greift nach meiner Hand. »Gute Nacht, Harrison. Ich hasse dich dafür, dass du Owen angerufen hast!«

Harrison grinst und wirft mir einen Blick zu, der vermutlich so was wie »Viel Glück« ausdrücken soll. Ich zucke mit den Schultern und erlaube Auburn, mich hinter sich her zum Ausgang zu ziehen.

»Ich hab Geschenke aus Portland bekommen«, sagt sie zu mir. »Da gibt es nämlich Menschen, die mich lieben. Meine Eltern und meine Geschwister.«

Ich drücke die Tür auf und trete zur Seite, um sie hinauszulassen. Es ist der 1. September und für texanische Verhältnisse ein ungemütlich kühler Abend – Happy Birthday!

»Was glaubst du, wie viele von den Menschen in Texas, die behaupten, mich zu lieben, an mich gedacht haben? Dreimal darfst du raten.«

Ich will nicht raten. Die Antwort ist offensichtlich und tut mir wahnsinnig leid. Am liebsten würde ich sofort losziehen, um ihr ein Geschenk zu besorgen, aber nicht, solange sie so wütend und betrunken ist. Das wäre nicht der richtige Zeitpunkt.

»Ich hasse euer Wetter in Texas.« Sie reibt sich über die nackten Arme, auf denen sich eine Gänsehaut gebildet hat, und schaut missmutig zum Himmel. »Was soll das denn bitte für ein Klima sein? Tagsüber ist es viel zu heiß, abends wird es urplötzlich eiskalt und dazwischen ist es total unberechenbar.«

Ich verkneife mir die Bemerkung, dass zwischen tagsüber und abends nicht so viel Zeit bleibt. Irgendwie habe ich das

Gefühl, dass ich jetzt lieber keine Grundsatzdiskussion mit ihr führen sollte. Mich immer noch an der Hand hinter sich herziehend, marschiert sie die Straße entlang in eine Richtung, in der weder mein Atelier noch ihr Apartment liegen.

»Wo gehen wir eigentlich hin?«

Sie lässt meine Hand los und drosselt das Tempo. Ich würde ihr gern einen Arm um die Taille legen, damit sie auf ihren »hohen Absätzen« nicht ins Wanken gerät, bin mir aber ziemlich sicher, dass sie mich nach allem, was passiert ist, nicht mehr so nah an sich heranlassen möchte.

»Wir sind fast da«, sagt sie nach einer Weile und beginnt, in ihrer Tasche zu wühlen. Als sie stolpert, strecke ich instinktiv die Hand nach ihr aus, aber sie fängt sich im letzten Moment wieder.

»Tadaaa!« Ich zucke zusammen, als sie triumphierend einen Schlüsselbund vor meinem Gesicht baumeln lässt und beinahe meine Nase trifft. »Die Schlüssel«, sagt sie. »Hab sie gefunden.« Sie strahlt, als wäre sie stolz auf sich, also lächle ich anerkennend. Plötzlich streckt sie abrupt den Arm zur Seite und zwingt mich so, stehen zu bleiben. Sie deutet auf das Haus, vor dem wir stehen, und als ich erkenne, dass es sich um einen Friseursalon handelt, fasse ich mir unwillkürlich an den Kopf, weil mir Böses schwant.

Auburn steckt den Schlüssel ins Schloss, worauf die Tür leider sofort aufschwingt, und winkt mich herein. »Der Lichtschalter ist links neben der Tür«, sagt sie. Als ich mich nach links wende, verdreht sie die Augen. »Nein, Owen, *links* habe ich gesagt.«

Ich unterdrücke ein Grinsen, drehe mich nach rechts und

knipse das Deckenlicht an. Auburn geht auf einen der Drehstühle im vorderen Bereich des Ladens zu, schleudert ihre Tasche auf die Ablage und zeigt auf den Stuhl. »Setz dich.«

Welcher Typ, der einigermaßen bei Verstand ist, lässt ein Mädchen, das eindeutig zu viel getrunken hat, mit einer Schere an sich heran?

Antwort: Ein Typ, der das betreffende betrunkene Mädchen böse versetzt und ein wirklich verdammt schlechtes Gewissen hat.

Ich hole tief Luft und setze mich dann gottergeben in den Stuhl. Auburn dreht mich so, dass ich im Spiegel sehen kann, wie bleich ich geworden bin. Ihre Hand schwebt einen Moment über der Auswahl an Kämmen und Scheren auf dem Rollwagen neben ihr, als wäre sie eine Chirurgin, die sich überlegt, welches Instrument wohl am geeignetsten ist, um mich aufzuschlitzen.

»Du hast dich in letzter Zeit wirklich gehen lassen, Owen«, sagt sie missbilligend, zieht dann einen der Kämme aus der Ablage und fährt damit durch meine Haare. »Duschst du wenigstens?«

Ich zucke mit den Achseln. »Gelegentlich.«

Sie schüttelt angewidert den Kopf, dreht sich um und wählt eine Schere aus. Ihr Gesichtsausdruck ist hochkonzentriert, aber sobald sie sich mir mit der verdammt scharf aussehenden Schere nähert, kriege ich Panik und will aufstehen.

»Sitzen bleiben«, zischt sie und drückt mich wieder in den Stuhl zurück. Ich lache nervös und versuche ein zweites Mal, aufzustehen, aber sie schiebt mich mit Nachdruck in den Stuhl. Um mich am Aufstehen zu hindern, legt sie schließlich sogar beide Hände auf meinen Brustkorb, wodurch sich die Spitze der Schere beunruhigend nah an meinem Kehlkopf befindet.

»Du brauchst dringend einen Haarschnitt, Owen«, sagt sie, und ich merke, dass ich sie mit meinem misslungenen Fluchtversuch ein bisschen sauer gemacht habe. »Keine Sorge, ich werde dir nichts berechnen. Du kannst mein Haarmodell sein, ich muss sowieso üben.«

Sie hebt ein Bein und drückt ihr Knie in meinen Schenkel, um mich daran zu hindern, noch einmal aufzustehen. Nach kurzem Nachdenken kniet sie sich kurzerhand ganz auf meinen Schoß und macht sich endlich daran, an meinen Haaren herumzuschnippeln. »Halt still.«

Da ich jetzt endgültig keine Chance mehr habe, ihr zu entkommen, füge ich mich in mein Schicksal. Meine Augen sind genau auf Höhe ihres Oberkörpers und obwohl die Bluse, die sie trägt, fast bis oben hin zugeknöpft ist, versüßt mir die Tatsache, ihr so nahe zu sein, meine unbequeme Lage ein bisschen. Als sie schwankt und das Gleichgewicht zu verlieren droht, lege ich ihr, ohne lange nachzudenken, beide Hände um die Taille.

Auburn hält im Schneiden inne und sieht auf mich herab. Keiner von uns sagt etwas, aber mir ist nicht entgangen, dass ihr der Atem genauso stockt wie mir.

Sobald unsere Blicke sich treffen, schaut sie weg und fährt mit ihrer Arbeit fort. Es ist das erste Mal in meinem Leben, dass ich auf diese Art die Haare geschnitten bekomme, und ich muss sagen: Daran könnte ich mich gewöhnen. Bei dem Frisör, zu dem ich sonst gehe, sind die Angestellten nicht so serviceorientiert.

Auburn schnauft, während sie sich an meinem Kopf abmüht. »Du hast echt verdammt dicke Haare, Owen«, schimpft sie, als hätte ich sie mir absichtlich zugelegt, nur um es ihr schwerer zu machen.

»Sag mal«, frage ich, »werden Haare normalerweise nicht nass gemacht, bevor man sie schneidet?«

Auburn erstarrt, dann lässt sie sich ganz langsam auf ihre Unterschenkel zurücksinken, und wir sehen uns in die Augen. Mein Lächeln erstirbt, als ich sehe, wie ihre Unterlippe zittert.

Ihre Arme fallen zur Seite und Schere und Kamm kommen klirrend am Boden auf. In ihren Augen schimmern Tränen, und ich weiß nicht, wie ich sie trösten soll, weil ich nicht weiß, wodurch diese Tränen ausgelöst wurden.

»Das hab ich total vergessen«, sagt sie und schüttelt erschöpft den Kopf. »Gott, Owen. Ich bin echt die mieseste Frisörin auf der ganzen Welt.« Sie schlägt die Hände vors Gesicht und ihre Schultern beginnen zu zucken. »Alles mache ich falsch.«

Einen Moment lang weiß ich nicht, was ich tun soll, dann beuge ich mich vor und ziehe sanft ihre Hände weg. »Auburn?«

Sie hält den Kopf gesenkt und weigert sich, mich anzusehen.

»Auburn«, sage ich noch mal und lege meine Hände an ihre Wangen. Ihre Haut fühlt sich unfassbar weich an. Wie eine Mischung aus Seide und Sünde, die sich in meine Handflächen schmiegt.

Verflucht, es macht mich krank, dass ich das Schöne, was zwischen uns hätte entstehen können, so gegen die Wand gefahren habe. Es macht mich krank, dass ich nicht weiß, ob ich das jemals wieder geradebiegen kann.

Ich ziehe sie an mich und zu meiner Überraschung lässt

sie es zu. Ihre Arme hängen wieder herab, aber sie hat ihr Gesicht in meiner Halsbeuge vergraben und … *verdammt, wie konnte ich es nur so vermasseln, Auburn?*

Vorsichtig streichle ich ihr über den Kopf und senke meinen Mund an ihr Ohr. Ich wünschte, sie könnte mir verzeihen, aber wie soll ich darauf hoffen, wenn ich ihr nichts erklären kann? Das Problem ist, dass ich derjenige bin, der die Geständnisse liest – ich bin es nicht gewohnt, selbst welche zu schreiben, und erst recht nicht, sie auszusprechen. Aber Auburn muss wissen, wie sehr ich mir wünsche, unsere Situation wäre eine andere. Wie sehr ich mir wünsche, sie wäre vor drei Wochen eine andere gewesen.

Ich drücke sie an mich und hoffe, dass sie die Ernsthaftigkeit meiner Worte spürt. »Es tut mir leid, dass ich dich versetzt habe.«

Auburn verharrt einen Moment bewegungslos in meinen Armen – ich weiß nicht, ob das ein gutes oder ein schlechtes Zeichen ist –, dann lehnt sie sich langsam zurück, aber ich warte vergeblich auf eine Reaktion. Gott, sie gibt so wenig von sich preis.

Ich werfe ihr das nicht vor. Sie schuldet mir nichts.

Als sie den Kopf leicht dreht, verstehe ich das als Aufforderung, ihren Hinterkopf loszulassen. Sobald ich die Hand sinken lasse, umklammert sie die Lehnen des Stuhls und lässt sich von meinem Schoß gleiten.

»Hast du mein Geständnis gefunden, Owen?«

Ihre Stimme ist fest; von den Tränen, die ich eben noch gesehen habe, ist keine Spur darin zu hören. Sie steht vor mir, fährt sich über die Augen und wischt die Hand an der Bluse ab.

»Ja.«

Auburn nickt mit aufeinandergepressten Lippen, nimmt ihre Tasche von der Ablage und greift nach dem Schlüsselbund.

»Dann ist ja gut.« Sie geht zur Tür. Ich stehe langsam auf und wage es nicht, in den Spiegel zu schauen. Zum Glück macht sie das Licht aus, bevor ich die Chance habe, meine halb geschnittenen Haare zu sehen.

»Ich gehe jetzt nach Hause«, sagt sie und hält mir die Tür auf. »Mir ist irgendwie gar nicht gut.«

neuntes kapitel

AUBURN

Ich habe vier jüngere Geschwister, die alle erst zwischen sechs und zwölf Jahre alt sind. Meine Eltern waren noch auf der Highschool, als ich geboren wurde, und haben sich danach erst mal darauf konzentriert, im Leben Fuß zu fassen, bevor sie weitere Kinder bekommen haben. Beide haben nie eine richtige Ausbildung gemacht, und mein Vater arbeitet, seit er achtzehn ist, in einer Fabrik. Als ich klein war, hatten wir deswegen nur wenig Geld. Oder um genau zu sein: sehr wenig Geld. So wenig, dass Dad mir selbst im heißesten Sommer nie erlaubt hat, die Klimaanlage anzumachen. »Wozu haben wir Fenster?«, hat er immer gesagt.

Emory schaut auch sehr aufs Geld, seit ihre vorherige Mitbewohnerin eines Tages einfach verschwunden ist und sie um die Hälfte der Miete geprellt hat. Es gibt ja viele Leute, die sich ein Leben ohne Klimaanlage gar nicht vorstellen können, für uns allerdings ist sie keine Notwendigkeit, sondern purer Luxus.

In Portland hatte ich damit nie wirklich ein Problem, aber nachdem ich jetzt schon fast zwei Monate hier in diesem Bundesstaat mit dem gestörtesten Wetter wohne, das man sich nur vorstellen kann, musste ich meine Schlafgewohnheiten dem Klima anpassen. Statt wie früher unter einer dicken Steppdecke zu schlafen, habe ich mir angewöhnt, mehrere dünnere Decken übereinanderzulegen. Wird mir zu heiß, kann ich einfach zwei oder drei davon abwerfen oder sie mir wieder zurückholen, sobald ich anfange zu frieren.

Deswegen verstehe ich nicht, warum ich gerade das Gefühl habe, dass alles perfekt ist. Mir ist weder zu heiß noch zu kalt und ich bin wie von einer weichen, federleichten Daunendecke umhüllt. Aber eigentlich will ich gar nicht darüber nachdenken, warum das so ist, weil ich mich so kuschelwohl fühle, dass ich lieber weiterschlafen möchte. Ich fühle mich wie ein kleiner Engel, der friedlich auf seiner Wolke schlummert.

Moment mal. Wie kann es sein, dass ich mich wie ein Engel fühle? Heißt das etwa … Bin ich tot?

Ich reiße erschrocken die Augen auf. Ohne mich zu bewegen, lasse ich den Blick langsam durch den Raum wandern, um mich zu orientieren. Da ist eine Küchenzeile mit Theke, eine offene Tür, die in ein Badezimmer führt, und rechts geht es eine Treppe hinunter.

Das ist Owens Apartment.

Wie kann das sein?

Ich liege in Owens großem, unglaublich bequemem Bett.

WIE KANN DAS SEIN?

Ich drehe langsam den Kopf und spähe neben mich, aber die andere Bettseite ist leer. Keine Spur von Owen … zum Glück. Vorsichtig hebe ich die Decke an, um zu schauen, ob ich angezogen bin. Ja! Puh, Gott sei Dank.

Denk nach, Auburn. Denk nach. Denk nach.

Warum bist du hier? Warum fühlt sich dein Kopf an, als wäre jemand die ganze Nacht hindurch darin Trampolin gesprungen?

Ganz, ganz langsam kehrt die Erinnerung zurück. Erst fällt mir wieder ein, dass ich versetzt wurde. *Diese Hexe*. Dann weiß ich plötzlich wieder, dass ich mich auf der Toilette verstecken musste, nachdem Harrison – *dieser Verräter* – Owen angerufen hat. Und danach war ich mit Owen im Salon und … Oh Gott! *Im Ernst?*

Ich habe auf seinem Schoß gekniet. Ich habe auf seinem Schoß gekniet und ihm die Haare geschnitten.

Ich lege einen Arm über die Augen und stöhne. Okay. Das war's. Ich trinke nie wieder auch nur einen Tropfen Alkohol. Alkohol lässt Menschen schreckliche Dummheiten machen, und ich kann es mir nicht leisten, dabei erwischt zu werden, wie ich Dummheiten mache. Deswegen wäre es auch das Klügste, so schnell wie möglich von hier abzuhauen. Eine Entscheidung, die mir sehr schwerfällt, weil ich dieses wahnsinnig gemütliche Bett am liebsten mitnehmen würde.

Bevor ich aufstehe, bleibe ich eine Weile auf der Bettkante sitzen, bis sich die hämmernden Kopfschmerzen, die mich sofort überfallen haben, einigermaßen gelegt haben. Danach gehe ich auf Zehenspitzen ins Bad, wo ich vergeblich nach einer unbenutzten Zahnbürste suche. In meiner Not verreibe ich mir mit dem Zeigefinger Zahnpasta auf den Zähnen und spüle mit einer irrwitzigen Menge Mundwasser nach, das außerordentlich lecker schmeckt. Ich muss zugeben, dass Owen in Sachen Zahnpflegeprodukte einen wirklich guten Geschmack hat.

Wo steckt er überhaupt?

Als ich im Bad fertig bin, suche ich nach meinen Schuhen und wundere mich sehr, als ich die Espadrilles neben dem Bett liegen sehe. Komisch. Ich könnte schwören, dass ich gestern Schuhe mit Absätzen anhatte. Teufel Alkohol. Ich werde garantiert nie mehr auch nur noch einen Tropfen anrühren.

Nachdem ich erfolgreich auch noch meine Tasche entdeckt habe, gehe ich zögernd die Treppe zum Atelier hinunter. Vielleicht ist Owen ja gar nicht mehr da. Es könnte durchaus sein, dass er absichtlich weggegangen ist, bevor ich aufgewacht bin, damit wir uns nicht begegnen. Er muss seine Gründe gehabt haben, warum er vor drei Wochen nicht wie verabredet zu mir gekommen ist, und ich kann mir nicht vorstellen, dass er nach gestern Abend seine Meinung geändert hat und mich plötzlich unwiderstehlich findet.

»Du kannst mir nicht die ganze Zeit aus dem Weg gehen, Owen. Wir müssen vor dem Termin am Montag unsere Strategie besprechen.«

Ich bleibe erschrocken stehen und presse mich mit dem Rücken an die Wand. Oh nein. Owen ist also doch da und hat anscheinend auch noch jemanden zu Besuch. *Warum, warum, warum?* Wie soll ich mich jetzt rausschleichen? Am liebsten würde ich mich in Luft auflösen.

»Ich weiß auch so, welche Optionen ich habe, Dad.«

Dad? Das wird ja immer besser. Was soll sein Vater von

mir denken, wenn er mitbekommt, dass ich offensichtlich die Nacht hier verbracht habe? Als ich höre, wie sich Schritte nähern, haste ich die Stufen sofort wieder hinauf, aber kurz darauf verklingen sie wieder.

Ich bleibe stehen, die Schritte werden lauter. Ich gehe noch zwei Stufen nach oben, die Schritte entfernen sich.

Anscheinend läuft dort unten jemand auf und ab. Jetzt bleibt derjenige wieder stehen.

»Jedenfalls ist klar, dass ich das Atelier vorübergehend schließen muss«, höre ich Owen sagen. »Vorher muss ich dringend noch ein paar Dinge regeln, das hat für mich heute absolute Priorität.«

Er muss das Atelier schließen? Wieso das denn? Ich ertappe mich dabei, wie ich langsam wieder nach unten schleiche, um mitzubekommen, worüber genau sie reden. Anscheinend färbt Emory auf mich ab. Normalerweise bin ich nicht der Typ, der anderer Leute Gespräche belauscht.

»Du hast im Moment weiß Gott wichtigere Probleme als das Atelier, Owen.«

Die Schritte setzen wieder ein.

»Das Atelier und was daraus wird, ist im Moment *das Einzige*, was mir wichtig ist«, sagt Owen, der jetzt noch wütender klingt. Die Schritte verstummen wieder.

Sein Vater seufzt so schwer, dass ich mir einbilde, das Echo seines Seufzers würde bis in den Flur hinaus hallen. »Es gibt Alternativen, Owen«, sagt er nach einer langen Pause. »Ich versuche doch nur, dir zu helfen.«

Ich sollte mir das nicht anhören. Ich bin kein Mensch, der in anderer Leute Privatsphäre herumschnüffelt, und fühle mich schrecklich, weil ich es doch tue. Trotzdem bringe ich es nicht über mich, die Treppe wieder hinaufzugehen.

»Du versuchst, mir zu helfen?« Owen lacht ungläubig. »Dann tu mir einen großen Gefallen, Dad, und geh.«

Mein Herzschlag setzt einen Moment lang aus. Ich sollte jetzt wirklich abhauen. Vielleicht gibt es ja einen Hinterausgang, durch den ich ungesehen verschwinden kann.

»Owen …«

»GEH!«

In Owens Stimme liegt so viel Wut, dass ich mir unwillkürlich die Hände auf die Ohren presse. Ich weiß nicht, wer mir mehr leidtun soll – er oder sein Vater. Natürlich geht es mich nichts an, worüber die beiden streiten, aber wenn ich Owen gleich gegenübertreten muss, wäre ich gern darauf vorbereitet, in welcher Stimmung er ist.

Wieder höre ich Schritte. Diesmal die von zwei Menschen. Der eine kommt eindeutig auf mich zu, während der andere im Hintergrund zur Tür geht.

Ich kneife die Augen zu. Als ich kurz darauf langsam erst das eine und dann das andere Auge öffne, sehe ich Owen mit frustrierter Miene unten an der Treppe stehen. Ich versuche ein klägliches Lächeln. Er nimmt die blaue Baseballkappe ab, die er trägt, streicht sich durch die Haare, massiert sich den Nacken und setzt die Kappe wieder auf. Obwohl er nicht annähernd so wütend aussieht, wie er sich eben noch angehört hat, wirkt er doch deutlich angespannt. Von dem erfolgreichen Maler mit den strahlend grünen Augen, der mir vor drei Wochen überraschend einen Job angeboten hat, ist gerade nichts mehr zu entdecken.

»Entschuldige bitte«, sage ich leise und überlege fieberhaft, wie ich ihm erklären soll, warum ich hier stehe und das Gespräch mit seinem Vater belausche. »Ich wollte gerade gehen, da hab ich Stimmen gehört und …«

Als er langsam die Treppe heraufkommt, verstumme ich.

»Warum wolltest du gehen?«

Er sucht meinen Blick und sieht fast enttäuscht aus. Seine Reaktion verwirrt mich, weil ich davon ausgegangen bin, dass es ihm recht wäre, wenn ich gehen würde. Schließlich hat er nach unserem gemeinsamen Abend keinen Versuch unternommen, noch einmal Kontakt mit mir aufzunehmen, also kann ihm nicht so viel an meiner Gesellschaft liegen. Dass er mich gestern in meinem desolaten Zustand aufgenommen hat, war nett, aber deswegen erwarte ich doch nicht, dass er den ganzen restlichen Tag mit mir verbringt.

Ich zucke mit den Schultern und weiß nicht, was ich sagen soll. »Na ja, ich bin gerade … aufgewacht und jetzt … würde ich eben gerne gehen.«

»Oh nein.« Owen hebt die Hand. »Du gehst nirgendwohin.«

Ich sehe ihn empört an und versuche, mich an ihm vorbeizuschieben. Was bildet er sich ein? Als ich den Mund öffne, um ihm zu sagen, dass er mir keine Vorschriften zu machen hat, kommt er mir zuvor.

»Ich lasse dich erst gehen, wenn du meine Haare in Ordnung gebracht hast«, sagt er.

Oh.

Er nimmt die Kappe ab und neigt den Kopf. »Ich hoffe sehr, dass du besser schneidest, wenn du nüchtern bist.«

Ich muss mir die Hand auf den Mund pressen, um mein Lachen zu unterdrücken. Vorne und in der Mitte klaffen zwei tiefe Löcher in seinem dichten dunklen Haarschopf. »Oje, das tut mir leid.«

Am liebsten würde ich ihm sagen, dass wir jetzt quitt sind. Seine schöne Haarpracht so zu verschandeln, ist definitiv die gerechte Strafe dafür, dass er sich mir gegenüber vor drei Wochen wie ein Arschloch verhalten hat. Wenn ich jetzt auch noch schnell ein paar Löcher in Lydias Frisur schneiden dürfte, würde ich mich wesentlich besser fühlen.

Owen setzt die Kappe wieder auf und geht die Treppe hoch. »Kommst du?«

Eigentlich habe ich wenig Lust, heute in den Salon zu gehen. Emory hat mir sofort freigegeben, als sie gehört hat, dass ich Geburtstag habe. Natürlich hat sie angenommen, dass ich wie alle normalen Einundzwanzigjährigen das ganze Wochenende wild durchfeiern würde. Wir wohnen erst knapp zwei Monate zusammen, und anscheinend hat sie noch nicht mitbekommen, dass ich alles andere als normal bin und keine Verwendung für freie Tage habe.

Owen ist schon im Apartment verschwunden, als ich ihm langsam folge. Auf dem oberen Treppenabsatz bleibe ich stehen. Er kehrt mir den Rücken zu und zieht sich sein mit Farbe beschmiertes T-Shirt über den Kopf. Beim Anblick seiner ausgeprägten Rückenmuskeln frage ich mich, ob er sich schon einmal selbst gemalt hat.

Ich würde das Bild sofort kaufen.

Als er sich plötzlich umdreht und nach einem frischen T-Shirt greift, das über einem Stuhl hängt, ertappt er mich dabei, wie ich ihn anstarre. Ich wende mich hastig ab, wodurch natürlich nur noch offensichtlicher wird, dass ich ihn angeschaut habe, weil ich jetzt nämlich auf eine weiße Wand starre, an der es rein gar nichts zu sehen gibt. Oh Gott, am liebsten würde ich im Boden versinken.

»Ist das von dir aus okay?«, fragt er.

»Ist *was* okay?«, frage ich, erleichtert darüber, dass wir

über etwas reden können, das von seinem Adoniskörper ablenkt.

»Mit mir in den Salon zu gehen. Du weißt schon. Um meine Haare in Ordnung zu bringen.«

Er zieht das Shirt mit einem Ruck herunter, und ich bin enttäuscht, dass ich jetzt auf langweiligen grauen Stoff starren muss statt auf das beeindruckende Sixpack, das sich darunter verbirgt.

Gott, was sind das für bescheuerte Gedanken? Mir sind seine Muskeln und sein Sixpack und seine Haut, die so absolut makellos und seidenweich aussieht, dass ich seinem Vater am liebsten hinterherlaufen und ihn dafür beglückwünschen würde, so einen perfekten Sohn gezeugt zu haben, vollkommen egal.

Ich räuspere mich. »Ja klar, von mir aus können wir gleich los. Ich hab nichts anderes vor.«

Erbärmlicher geht es wohl nicht, Auburn? Klar, gib ruhig zu, dass du so dermaßen langweilig und unbeliebt bist, dass du an deinem Geburtstagswochenende nichts Besseres zu tun hast, als einem Typen die Haare zu schneiden, der sich nach eurem ersten Date nie mehr bei dir gemeldet hat.

Owen setzt sich die Baseballkappe auf und bückt sich, um seine Schuhe zu binden. »Können wir?«, fragt er dann und richtet sich wieder auf.

Ich schlucke trocken, nicke, drehe mich um und gehe vor ihm die Treppe hinunter.

Als er die Tür öffnet, strahlt die Sonne so gleißend hell, dass ich mich kurz frage, ob ich mich womöglich über Nacht in einen Vampir verwandelt habe und gleich zu Staub zerfalle.

»Gnade«, stöhne ich und schirme meine Augen mit dem Arm ab.

Wenn das, was ich fühle, ein Kater ist, dann verstehe ich nicht, wie Leute zu Alkoholikern werden können.

Owen tritt hinter mir auf die Straße und nimmt seine Baseballkappe ab. »Hier.« Er setzt sie mir auf und zieht sie mir tief in die Augen. »Besser so?«

Als er grinst, erhasche ich einen Blick auf seinen leicht schief stehenden Schneidezahn und muss automatisch lächeln, was in meinem Kopf allerdings eine Armee von Presslufthämmern in Gang setzt. Ich drücke mir das Basecap noch ein bisschen tiefer in die Stirn.

»Vielen Dank.«

Um meine Augen nicht den todbringenden Strahlen der Sonne auszusetzen, betrachte ich meine Füße, während Owen die Tür abschließt, und dann gehen wir los. Zum Glück steht die Sonne uns jetzt im Rücken, sodass ich immerhin sehen kann, wo wir entlanggehen.

»Wie fühlst du dich?«, fragt Owen.

Ich brauche sechs Schritte, bevor ich es schaffe, darauf zu antworten. »Schlecht«, stöhne ich. »Warum trinken Menschen Alkohol, wenn es ihnen dann am nächsten Tag so geht wie mir jetzt?«

Ich zähle unsere Schritte, und es dauert acht, bis er mir antwortet.

»Weil es ein Mittel zur Flucht aus der Realität ist.«

Ich sehe ihn an und schaue schnell wieder geradeaus, weil ich sofort bohrende Kopfschmerzen bekommen habe, sobald ich den Kopf gedreht habe. »Das verstehe ich ja, aber was nützt es einem, einen Abend lang zu fliehen, wenn man sich am nächsten Tag umso schlechter fühlt?«

Owen schweigt. Acht Schritte lang. Neun. Zehn. Elf.

»Ich schätze, das hängt von der Realität ab, vor der man zu fliehen versucht.«

Sehr tiefsinnig, Owen.

Ich würde behaupten, dass meine Realität ziemlich hart ist, aber sie ist definitiv nicht hart genug, als dass ich öfter diese Qualen ertragen wollte, nur um ihr ein paar Stunden lang zu entfliehen. Andererseits würde das erklären, warum manche Leute zu Alkoholikern werden. Sie trinken, um den seelischen Schmerz nicht spüren zu müssen, und am nächsten Tag trinken sie weiter, um den körperlichen Schmerz nicht spüren zu müssen. Also greifen sie immer öfter zur Flasche und trinken immer mehr, bis sie irgendwann ständig betrunken sind, was dann genauso schlimm oder sogar noch schlimmer ist als die Realität, vor der sie ursprünglich mal fliehen wollten. Und dann brauchen sie eine Flucht vor der Flucht und finden womöglich etwas, das noch stärker ist als Alkohol.

Ein Teufelskreis.

»Willst du darüber sprechen?«, fragt er.

Diesmal mache ich nicht den Fehler, mich ihm zuzuwenden. »Worüber?«

»Über das, vor dem du gestern Abend zu fliehen versucht hast«, sagt Owen.

Ich schüttle den Kopf und werde sofort mit hämmernden Schmerzen bestraft. »Nein, Owen. Will ich nicht.« Ich sehe ihn scharf an. »Möchtest du darüber sprechen, warum du das Atelier schließt?«

Meine Frage erwischt ihn völlig unvorbereitet – das sehe ich in seinen Augen, bevor er wegschaut. »Nein, Auburn. Will ich nicht.«

Mittlerweile sind wir vor dem Salon angekommen. Ich nehme die Kappe ab und setze sie ihm wieder auf, obwohl ich mich dafür auf die Zehenspitzen stellen muss. »Tolles Gespräch. Wie wäre es, wenn wir einfach aufhören zu reden und uns auf deine Haare konzentrieren?«

Er hält mir die Tür auf und lässt mir den Vortritt. »Genau das wollte ich dir gerade vorschlagen.«

Ich winke ihn gleich nach hinten durch, weil ich diesmal nicht vergesse, dass sich Haare sehr viel präziser schneiden lassen, wenn sie feucht sind. Emory schaut mich mit offenem Mund an, als wir an ihr vorbeigehen, und mir fällt siedend heiß ein, dass sie sich natürlich wahnsinnige Sorgen gemacht haben muss, nachdem ich gestern Nacht nicht nach Hause gekommen bin.

»Tut mir leid, dass ich mich nicht gemeldet hab«, entschuldige ich mich kleinlaut, als ich an ihr vorbeikomme.

Sie wirft Owen, der hinter mir geht, einen kurzen Blick zu. »Schon okay. Zum Glück hat jemand anders dafür gesorgt, dass ich erfahre, dass du noch am Leben bist.«

Ich drehe mich um und sehe Owen an, der nur lässig mit den Schultern zuckt und grinst. Wie fürsorglich von ihm. Irgendwie fällt es mir immer schwerer, sauer auf ihn zu sein.

Obwohl der hintere Raum mit den Waschbecken leer ist, gehe ich zu dem Platz, der am weitesten entfernt ist. Nachdem ich den Stuhl etwas niedriger gestellt habe, bitte ich Owen, sich zu setzen und den Kopf nach hinten in die ovale Aussparung im Becken zu lehnen. Ich vermeide es, ihn anzusehen, als ich die Temperatur prüfe und das Wasser dann über sein Haar laufen lasse, obwohl ich spüre, dass er den Blick die ganze Zeit auf mich gerichtet hält. Er behält die Augen offen, während ich Shampoo auf seine Haare laufen lasse und verknete. Ich arbeite hier jetzt schon seit fast zwei Monaten, und es sind hauptsächlich Frauen, die zu uns kommen. Bisher war mir nicht klar, wie intim es ist, einem anderen Menschen die Haare zu waschen.

Wobei andere Menschen einen normalerweise auch nicht so ungeniert anstarren, während man ihnen die Haare wäscht. Unter Owens Blick werde ich immer nervöser und spüre, wie sich mein Herzschlag beschleunigt.

»Bist du sauer auf mich?«, fragt er plötzlich leise.

Ich höre abrupt auf, seine Kopfhaut zu massieren. Was für eine kindische Frage. Als wären wir Sechsjährige, die sich gestritten haben. Aber dafür, dass es eine so einfache Frage ist, ist sie verdammt schwierig zu beantworten.

Vor drei Wochen war ich sauer auf ihn, ja. Aber im Moment bin ich es nicht. Ich ahne mittlerweile, dass es womöglich einen triftigen Grund gab, warum er nicht bei mir aufgetaucht ist und sich danach auch nicht mehr gemeldet hat. Einen Grund, der möglicherweise doch nichts damit zu tun hat, dass er das Interesse an mir verloren hat. Ich wünschte nur, er würde ihn mir verraten.

»Ich war sauer«, sage ich schulterzuckend und lasse warmes Wasser über seine Haare rinnen, um das Shampoo auszuspülen. »Aber du hattest mich ja schließlich vorgewarnt, stimmt's? Du hast gesagt, dass die Kunst für dich immer Vorrang hat, also habe ich wahrscheinlich gar kein Recht, sauer zu sein. Enttäuscht bin ich, ja. Ich finde es nicht gut, wie du dich verhalten hast. Aber ich bin nicht wirklich sauer.«

Wieso erkläre ich ihm das alles eigentlich so lang und breit? So viel Milde hat er gar nicht verdient.

Owen seufzt. »Ich habe gesagt, dass meine Arbeit in meinem Leben oberste Priorität hat, aber ich habe nie behauptet, dass ich ein Arschloch bin. Meinen Freundinnen habe ich es immer rechtzeitig gesagt, wenn ich arbeiten musste und keine Zeit für sie hatte.«

Ich sehe ihn kurz an, greife nach dem Conditioner und verreibe etwas davon in seinen Haaren.

»Ach? Den Mädchen, mit denen du schläfst, erklärst du also freundlicherweise, was bei dir so los ist, aber die, mit denen du nicht schläfst, sind dir die Mühe nicht wert?« Ich massiere den Conditioner weitaus weniger sanft in seine Haare ein als eben noch das Shampoo. Ich glaube, ich habe meine Meinung geändert … Ich bin *doch* sauer.

Owen schüttelt den Kopf, setzt sich auf und dreht sich zu mir. »Nein, so habe ich das nicht gemeint, Auburn!« Der Schaum läuft ihm an den Schläfen herab und tropft in seinen Kragen. »Ich wollte damit nur sagen, dass ich dich nicht wegen meiner Arbeit versetzt habe. Du sollst nicht denken, dass du mir nicht wichtig genug warst. Ich wäre an dem Abend wahnsinnig gerne zu dir gekommen.«

Ich beiße die Zähne aufeinander. »Du tropfst alles nass«, presse ich hervor und ziehe seinen Kopf zum Waschbecken zurück. Als ich nach der Brause greife, um den Conditioner auszuspülen, ruht sein Blick wieder die ganze Zeit auf mir, aber ich will ihn nicht ansehen. Ich will nicht hören, was er für eine Ausrede hat. Dieser Typ ist mir eindeutig zu kompliziert. Ich glaube, ich habe gerade spontan beschlossen, dass ich endgültig nichts mehr mit ihm zu tun haben möchte.

»Okay«, sage ich, als der letzte Rest Schaum im Abfluss verschwunden ist. »Du kannst dich jetzt aufsetzen.«

Ich nehme ein Handtuch vom Stapel und drücke das Wasser aus seinen Haaren. Als ich um ihn herumgehe, um das Handtuch in den Wäschekorb zu werfen, hält er mich am Handgelenk fest.

Ich sollte mich empört von ihm losmachen, aber jedes Mal, wenn er mich berührt, schlägt mein Herz schneller und ein kribbelnder Schauer läuft mir über den Rücken. Außerdem will ich jetzt vielleicht doch wissen, was er mir zu sagen hat.

»Ich habe mich …«, seine Augen verengen sich, als er tief Luft holt und den Rest des Satzes so heftig hervorstößt, als könnte er ihn gar nicht schnell genug loswerden, »ich habe mich nicht mehr bei dir gemeldet, weil ich wusste, dass das alles sowieso keinen Sinn hat. Ab nächsten Montag bin ich nämlich nicht mehr da.«

Oh. Dieses Geständnis gefällt mir nicht. Es gefällt mir ganz und gar nicht.

»Das heißt, du … du ziehst weg?«, frage ich enttäuscht. Ich fühle mich, als hätte er gerade mit mir Schluss gemacht, dabei sind wir noch nicht einmal zusammen.

»Wie? Du ziehst weg?«, höre ich Emorys Stimme.

Ich wirble herum. Emory führt gerade eine Kundin zu einer der Trockenhauben und sieht Owen entgeistert an. Owen seufzt nur. Ich gebe ihm ein Zeichen, mir in den vorderen Teil des Salons zu folgen, und deute auf den Stuhl, in dem er gestern Abend schon gesessen hat.

Keiner von uns sagt etwas, während ich durch seine feuchten Haare kämme und mich frage, wie ich das, was ich angerichtet habe, bloß wieder in Ordnung bringen soll. Auf jeden Fall wird er hinterher wesentlich kürzere Haare haben. Ich weiß nicht, ob ich das gut finde. Er wird definitiv anders aussehen.

»Leider muss ich ziemlich viel abschneiden«, warne ich ihn vor. »Ich fürchte, ich hab dich ganz schön verunstaltet.«

Owen lacht und gibt mir damit genau das, was ich in diesem Moment dringend brauche: Leichtigkeit, um die Schwere wieder etwas aufzuwiegen, die mich erfasst hat, seit ich weiß, dass er wegzieht. »Warum hast du eigentlich zugelassen, dass ich dir das antue?«

Er grinst und zuckt mit den Schultern. »Du hattest schließlich Geburtstag. Ich hätte alles getan, was du von mir gewollt hättest.«

Von einem Moment auf den anderen sitzt wieder der strahlende Owen vor mir, den ich vor drei Wochen kennengelernt habe, und das macht mich glücklich und zugleich unendlich traurig. Aber diese Gedanken schiebe ich weit weg. Stattdessen trete ich einen Schritt zurück, betrachte ihn und überlege, wie ich ihm die Haare so schneiden soll, dass sich der Schaden möglichst in Grenzen hält. Als ich entschlossen nach der Schere greife, die genau an der Stelle steckt, wo sie hingehört, fällt mir ein, dass ich sie gestern Abend einfach fallen gelassen und natürlich auch die abgeschnittenen Haare nicht weggefegt habe. Ich muss mich nachher unbedingt bei Emory dafür bedanken, dass sie aufgeräumt hat.

Ich setze die Schere an und versuche mich auf Owens Haare zu konzentrieren und nicht über ihn oder das, was er gerade gesagt hat, nachzudenken. Tatsächlich schaffe ich es, mich ganz in meine Arbeit zu versenken. Irgendwann bemerke ich, dass Emory in dem Stuhl neben uns sitzt und uns beobachtet. Sie stößt sich mit dem Fuß an der Spiegelablage ab und beginnt, sich zu drehen.

»Ziehst du für immer weg?«, fragt sie Owen.

Im Spiegel sehe ich, wie er mich ansieht.

»Ach so«, sage ich, als mir einfällt, dass sich die beiden noch gar nicht offiziell vorgestellt wurden. Ich deute auf Emory. »Owen, das ist Emory. Meine Mitbewohnerin, von der ich dir ja schon erzählt habe.«

Er nickt ihr zu, ohne den Kopf zu drehen. Ich glaube, er hat Angst, ich könnte seine Frisur noch mehr verunstalten, und bemüht sich deswegen, sich so wenig wie möglich zu bewegen.

»Ich ziehe nicht aus Dallas weg, aber ich werde ein, zwei Monate nicht hier sein. Wie lange genau, kann ich im Moment noch nicht sagen«, antwortet er. »Es geht um einen … Job.«

Emory runzelt die Stirn. »Das ist aber echt schade«, sagt sie. »Ich finde dich viel netter als ihren anderen Typen.«

»Emory!« Ich sehe sie empört an.

Owen schielt zu mir hoch. »Ihren anderen Typen?«, wiederholt er fragend.

Ich schüttle den Kopf und winke ab. »Keine Ahnung, wen sie meint. Ich hab keinen anderen Typen.« Plötzlich werde ich wütend. »Ich kann gar keinen *anderen* haben, weil ich noch nicht mal *einen* habe.«

»Also bitte.« Emory streckt den Fuß aus, bringt ihren Stuhl abrupt zum Stillstand und deutet auf Owen. »Und was ist mit ihm? So wie es aussieht, hast du die Nacht mit ihm verbracht. Ich darf ja wohl noch sagen, dass ich ihn netter finde als den anderen Kerl. Außerdem merke ich, dass du traurig bist, weil er weggeht.«

Gott, was ist bloß mit diesem Mädchen los? Anscheinend hat sie noch nie etwas davon gehört, dass andere Leute auch so etwas wie eine Privatsphäre haben. Ich spüre, dass Owen mich mustert, bin aber zu verlegen, um ihn anzusehen. Stattdessen fauche ich Emory an.

»Ich hab ja gewusst, dass du krankhaft neugierig bist, aber dass du jetzt auch noch Gerüchte in die Welt setzt, geht echt zu weit.«

»Ich setze keine Gerüchte in die Welt, wenn ich euch beiden etwas ins Gesicht sage. Was ich hier mache, nennt man *ein Gespräch führen*. Ich spreche mit euch darüber, dass ihr euch anscheinend extrem anziehend findet und auf mich wirkt wie zwei Verliebte …« Sie denkt einen Moment nach und schüttelt dann den Kopf. »Originelle Vergleiche sind leider nicht meine Stärke. Jedenfalls habe ich das starke Gefühl, dass ihr euch mögt. Und es ist nicht zu übersehen, dass du möchtest, dass er hierbleibt. Aber dank meiner krankhaften Neugier weißt du jetzt ja, dass er nur ein paar Monate weg ist und wiederkommt. Dafür kannst du mir ruhig dankbar sein. Ich hoffe nur, dass du dich in der Zeit nicht mit dem anderen Typen einlässt.«

Owen lacht, aber ich kann an der Situation nichts lustig finden und greife nach dem Fön, um Emorys Stimme in seinem Dröhnen untergehen zu lassen. Ich muss sagen, dass Owen die kurzen Haare überraschend gut stehen. Seine grünen Augen treten jetzt viel intensiver hervor und scheinen noch mehr zu strahlen. So sehr, dass es mir wirklich schwerfällt, ihn nicht anzustarren.

Sobald ich den Fön ausschalte, öffnet Emory wieder den Mund. »Ab wann bist du denn weg, Owen?«

Er antwortet ihr, sieht dabei aber mich an. »Ab Montag.«

Emory klatscht auf die Lehne ihres Stuhls. »Na, das nenne ich aber mal perfektes Timing«, ruft sie. »Auburn hat nämlich zufälligerweise heute und morgen frei. Das heißt, dass ihr beide noch das gesamte Wochenende zusammen verbringen könnt.«

Ich sage ihr nicht, dass sie die Klappe halten soll, weil ich weiß, dass das sowieso nichts nützen würde. Stattdessen versuche ich, sie mit Blicken zu töten, während ich Owen den Umhang abnehme und ihn zusammenfalte.

»Die Idee finde ich gut«, sagt Owen.

Ich habe einen Moment lang Angst, den gesamten Sauerstoffvorrat im Raum zu verbrauchen, weil ich so tief Luft holen muss. Als ich entgeistert auf Owens Spiegelbild schaue, beugt er sich vor und erwidert meinen Blick ganz ruhig.

Er hält es für eine gute Idee, dass wir das Wochenende miteinander verbringen? Das ist … Nein, das kommt überhaupt nicht infrage. Auf gar keinen Fall. Wenn ich das tue, werde ich auch andere Dinge tun, und ich weiß nicht, ob ich für diese anderen Dinge schon bereit bin. Außerdem muss ich dringend … Verdammt. Ich muss gar nichts. Lydia fährt dieses Wochenende ins Ferienhaus nach Pasadena. Ich habe keine Ausrede.

»Schau dir an, wie sie sich das Hirn zermartert, um einen Grund zu finden, warum sie das auf keinen Fall machen kann«, spottet Emory und kichert.

Die beiden sehen mich an und warten auf meine Antwort. Statt etwas zu sagen, greife ich mir Owens Baseballmütze, die auf der Ablage liegt, setze sie auf, schnappe meine Tasche und gehe zur Tür. Ich schulde Owen kein gemeinsam verbrachtes Wochenende und lasse mich von Emory ganz bestimmt nicht mit irgendjemandem verkuppeln, bloß um ihre verdrehten romantischen Fantasien zu befriedigen. Aufgebracht reiße ich die Tür auf und stapfe wütend in Richtung unseres Apartments davon, das zufälligerweise in derselben

Richtung liegt wie Owens Atelier, weshalb es mich auch nicht sonderlich überrascht, als ich kurz darauf höre, wie er mir hinterherläuft.

Wir gehen schweigend nebeneinanderher und irgendwann beginne ich, unsere Schritte zu zählen. Ob wir es wohl bis zum Atelier schaffen, ohne zu reden?

Dreizehn, vierzehn, fünfzehn …

»Was denkst du?«, fragt er leise.

Ich höre auf, meine Schritte zu zählen, weil ich keine mehr mache. Owen auch nicht. Wir sind beide stehen geblieben. Er stellt sich vor mich hin und sieht mich mit seinen strahlend grünen Owen-Augen an, die durch den neuen Haarschnitt gerade frisch zum Vorschein gekommen sind.

»Ich werde garantiert NICHT das Wochenende mit dir verbringen«, sage ich. »Ich fasse es nicht, wie du überhaupt so einen Vorschlag machen kannst.«

Er schüttelt den Kopf. »Das war nicht mein Vorschlag, sondern der deiner Mitbewohnerin, die wirklich sehr speziell ist. Ich hab nur gesagt, dass ich die Idee gut finde.«

Ich schnaube und verschränke die Arme vor der Brust. Während ich auf den Asphalt zwischen uns hinunterstarre, versuche ich, in mich zu gehen und herauszufinden, warum ich eigentlich so empört reagiere. Denn vermutlich wird es an meiner Stimmung auch nichts ändern, wenn ich mich jetzt einfach umdrehe und davongehe. Die Frage ist nämlich, auf wen ich überhaupt so wütend bin. Ich finde die Idee, ein ganzes Wochenende mit einem quasi Unbekannten zu verbringen, zwar total verrückt, muss mir aber gleichzeitig eingestehen, dass mich die Vorstellung reizt.

Gut möglich, dass ich in Wirklichkeit auf mich selbst sauer bin, weil mir kein stichhaltiges Argument einfällt, warum ich es nicht einfach tun sollte. Vielleicht hat mein Zögern etwas damit zu tun, dass ich das Gefühl habe, er schuldet mir eine Erklärung. Oder besser gesagt: eine Entschuldigung. Wenn Harrison Owen gestern Nacht nicht angerufen hätte, dann hätte ich vermutlich nie mehr etwas von ihm gehört oder gesehen. Die Funkstille zwischen uns hat mein ohnehin nicht gerade entwickeltes Selbstbewusstsein ziemlich angeschlagen, und ich verstehe nicht, warum er auf einmal so wild darauf ist, Zeit mit mir zu verbringen.

»Dann sag mir vorher erst mal eins.« Ich stemme die Hände in die Hüften. »Warum hast du mir nicht gleich erzählt, dass du für länger wegmusst, sondern dich sogar noch mit mir verabredet, obwohl du wusstest, dass du nicht kommen würdest?«

Seine Begründung von vorhin reicht mir nicht. Ich kann schon nachvollziehen, dass er keine Beziehung mit jemandem anfangen will, wenn er weiß, dass er sowieso bald nicht mehr da sein wird. Aber dann hätte er mir an dem Abend nicht sagen dürfen, dass er mich am nächsten Tag wiedersehen will.

Seine Miene verrät nicht, was in ihm vorgeht, als er einen kleinen Schritt auf mich zumacht. »Ich habe mich nicht mehr bei dir gemeldet, weil du etwas Besonderes für mich bist«, sagt er leise.

Ich schließe die Augen und lasse enttäuscht den Kopf sinken. »Das ist so eine bescheuerte Antwort«, murmle ich.

Er kommt noch einen Schritt auf mich zu und steht damit direkt vor mir. »Dass ich eine Zeit lang wegmuss, hat sich erst ergeben, als wir schon verabredet waren. Und ja, du bist etwas Besonderes für mich. Beides zusammen war eine ganz schlechte Kombination«, sagt er mit einer Stimme, die so tief ist, dass sie in meinem Magen vibriert. »Ich hätte dir an dem Abend sagen sollen, dass ich nicht kommen würde, das stimmt, aber ich hatte deine Nummer nicht.«

Netter Versuch. »Du wusstet, wo ich wohne.«

Owen seufzt zur Antwort nur, worauf ich mir endlich erlaube, ihm ins Gesicht zu schauen. Er sieht ehrlich zerknirscht aus, aber das hat nichts zu bedeuten. Behaupten kann man viel – für mich zählt, wie jemand sich verhält, und bis jetzt hat Owen sich nun mal nicht als besonders verlässlich herausgestellt.

»Ich hab es vermasselt«, sagt er. »Das tut mir leid.«

Zumindest versucht er nicht, sich herauszureden, sondern gibt offen zu, einen Fehler gemacht zu haben. Auch wenn er mir immer noch keine wirklich überzeugende Begründung geliefert hat.

Er steht jetzt sehr dicht vor mir. So dicht, dass es für einen Außenstehenden aussehen muss, als würden wir gerade streiten … oder uns küssen.

Ich trete um ihn herum und gehe wieder los. Er folgt mir schweigend. Vor seinem Atelier bleibe ich stehen, obwohl ich selbst nicht weiß, warum. Eigentlich hatte ich wirklich fest vor, nach Hause zu gehen. Stattdessen sehe ich zu, wie Owen die Tür aufschließt und dann einen Blick über die Schulter wirft, um sich zu vergewissern, dass ich noch da bin.

Ich sollte es nicht sein. Ich sollte klug genug sein, diese zwei Tage nicht mit ihm zu verbringen, auch wenn es möglicherweise die schönsten zwei Tage seit Langem werden würden. Denn ich weiß jetzt schon, dass mich danach einer der schlimmsten Montage erwartet, die ich je erlebt habe.

Wenn ich dieses Wochenende mit ihm verbringe, werde ich mich danach so erbärmlich fühlen wie nach meinem Margarita-Abend gestern. Solange ich mit ihm zusammen bin, werde ich Spaß haben und alles Traurige und Schwierige vergessen. Aber dann wird der Montag kommen, Owen wird gehen und ich werde in ein Loch fallen, das viel, viel dunkler und tiefer sein wird als alles, was mich erwartet, wenn ich jetzt einfach nach Hause gehe.

Owen öffnet die Tür zum Atelier, und die klimatisierte kühle Luft, die mir entgegenströmt, ist so verführerisch, dass ich unwillkürlich einen Schritt vortrete. Ich sehe Owen an. Wahrscheinlich bemerkt er den Zweifel in meinen Augen und greift deshalb nach meiner Hand. Er zieht mich hinter sich her in den Raum und aus irgendeinem Grund lasse ich es zu. Die Tür fällt ins Schloss und wir werden von der Dunkelheit verschluckt.

Ich lausche auf das Echo meines Herzens, das so heftig schlägt, dass Owen es wahrscheinlich hören kann. Er steht dicht vor mir, aber wir bleiben beide ganz still und rühren uns nicht. Ich kann seinen Atem hören und spüre seine Nähe, ich rieche den Conditioner, den wir im Salon verwenden, vermischt mit seinem ganz eigenen Geruch nach Frühlingsregen.

»Was ist es, das dich zögern lässt, Auburn? Ist es die Vorstellung, das Wochenende spontan mit jemandem zu verbringen, den du kaum kennst? Oder die Vorstellung, es mit *mir* zu verbringen?«

»Ich zögere nicht, weil du es bist, Owen. Im Gegenteil. Weil du es bist, denke ich ernsthaft darüber nach.«

Er tritt einen Schritt zurück. Meine Augen haben sich mittlerweile an die Dunkelheit gewöhnt, sodass ich sein Gesicht jetzt sehen kann. Er lächelt. Hoffnungsvoll. Vorfreudig. Wie kann ich da noch Nein sagen?

»Was, wenn wir erst einmal nur den Tag heute miteinander verbringen? Und dann weitersehen?«

Er lacht über meinen Vorschlag, als fände er die Vorstellung absurd, ich könnte mich noch gegen ein Wochenende mit ihm entscheiden, wenn ich erst einmal diesen einen Tag mit ihm verbracht habe.

»Das ist süß, Auburn«, sagt er. »Okay.«

Er strahlt über das ganze Gesicht, als er mich an sich zieht, um die Taille fasst und herumwirbelt. Dann setzt er mich vor der Tür wieder ab und öffnet sie.

»Los, komm. Zuallererst gehen wir mal einkaufen.«

Ich sehe ihn erstaunt an. »Einkaufen?«

Er lächelt und zieht mir die Baseballkappe tiefer in die Stirn, als er mich an den Schultern wieder in den Sonnenschein hinausschiebt. »Ich hab nicht genug im Haus, um dich ein ganzes Wochenende lang durchzufüttern.«

zehntes kapitel

OWEN

Ich hasse mich dafür, dass ich Auburn angelogen habe, aber die Wahrheit konnte ich ihr nicht sagen. Sie würde garantiert nichts mehr mit mir zu tun haben wollen, wenn sie wüsste, dass ich ab Montag nicht irgendwo einen Job antrete, sondern vor einem Richter erscheinen muss, der mich entweder für ein paar Monate in den Knast oder in eine Drogenklinik schickt.

Als mein Vater heute Morgen unerwartet im Atelier aufgetaucht ist, um zu besprechen, welche Strategie ich vor Gericht verfolgen soll, habe ich bewusst nicht viel dazu gesagt, weil ich Angst hatte, Auburn könnte von unseren Stimmen geweckt werden und etwas mitbekommen. Aber es ist mir verdammt schwergefallen, ruhig zu bleiben. Am liebsten hätte ich meinen Vater am Handgelenk gepackt und nach oben in die Wohnung gezerrt, um ihm zu zeigen, was das alles mit meinem Leben anrichtet.

»Schau sie dir an, Dad«, hätte ich gesagt und auf die schlafende Auburn gedeutet. »Schau dir an, was ich aufgeben muss, bloß weil du nur an dich denkst.«

Stattdessen habe ich getan, was ich immer tue. Ich habe an meine Mutter und Carey gedacht, die Zähne zusammengebissen und geschwiegen. Sie sind meine Ausrede dafür, ihn nicht offen mit dem zu konfrontieren, was ich wirklich über ihn denke. Umgekehrt sind sie seine Ausrede dafür, das zu tun, was er tut. So machen wir das schon seit Jahren. Und ich befürchte, dass Callahan und Owen Gentry nie wieder Vater und Sohn sein können, wenn ich nicht irgendwann endlich Klartext mit ihm rede.

Vor allem seit Auburn in mein Leben getreten ist, gärt es in mir, und mein Bedürfnis, dieser kranken Situation endlich ein Ende zu setzen, wird immer stärker. Wie oft habe ich schon daran gedacht, wie oft habe ich es schon versucht, wie oft hat mich mein Schuldgefühl schon daran gehindert … aber seit ich Auburn kenne, spüre ich, dass ich es schaffen kann. Ich muss an den ersten Satz denken, den ich zu ihr gesagt habe, als sie vor drei Wochen unverhofft vor meiner Tür stand: »Kann es sein, dass dich der Himmel schickt?«

Ist es so, Auburn?

Auf jeden Fall spüre ich, wie sich zum ersten Mal seit sehr langer Zeit wieder so etwas wie Kampfgeist in mir regt.

»Wo gehst du eigentlich hin?«, reißt sie mich aus meinen Gedanken.

Ihre Stimme ist phänomenal. Sie hat etwas an sich, das dafür sorgt, dass man sich sofort getröstet fühlt. Auburn müsste sich bloß in einen Raum voller depressiver Menschen setzen, irgendetwas Beliebiges vorlesen und alle wären schlagartig geheilt. Das ist mein Ernst.

»Hab ich doch gerade schon gesagt. Einkaufen.«

Sie knufft mich in die Seite und lacht endlich wieder. Ich bin froh, dass sie ihre Fröhlichkeit zurückgewonnen hat.

»Ich meine doch nicht *jetzt*, Owen!«, sagt sie. »Ich rede von Montag. Wo genau gehst du hin? Worum geht es bei diesem Job?«

Ich bleibe stehen und schaue die Straße hinunter.

Ich sehe zum Himmel hoch.

Ich starre auf meine Füße.

Nur ihrem Blick weiche ich aus, weil ich nicht wieder lügen will. Schon das eine Mal war zu viel.

»Auburn?« Ich greife nach ihrer Hand. Sie zieht sie nicht weg. Und allein die Tatsache, dass ich genau weiß, sie würde mir niemals erlauben, ihre Hand zu halten, wenn sie wüsste, dass ich sie angelogen habe, bestärkt mich in meinem Vorsatz, es nie wieder zu tun. Andererseits wird es immer schwieriger, ihr die Wahrheit zu sagen, je länger ich es aufschiebe. »Die Frage möchte ich ehrlich gesagt lieber nicht beantworten.«

Ich stehe mit gesenktem Kopf vor ihr, weil sie mir nicht ansehen soll, wie verrückt ich es finde, dass sie tatsächlich das Wochenende mit mir verbringt, obwohl sie etwas so viel Besseres verdient hätte als das, was ich ihr im Moment geben kann. Damit will ich nicht sagen, dass sie grundsätzlich einen Besseren als mich verdient hätte. Im Gegenteil, ich bin sogar ziemlich sicher, dass sie und ich perfekt füreinander sind. Aber ich habe in der Vergangenheit zu viele falsche Entscheidungen getroffen, und sie soll nicht unter der verfahrenen Situation leiden müssen, in die ich mich damit manövriert habe. Ich muss irgendwie einen Weg finden, das alles wieder geradezubiegen, und deswegen sind diese zwei Tage im Moment alles, was ich mir mit ihr zugestehe. Ein kleiner Trost bleibt mir allerdings: Auch wenn sie erst mal nur den einen Tag mit mir verbringen und dann entscheiden will, ob wir das ganze Wochenende zusammenbleiben, bin ich mir sehr sicher, dass das ein Bluff war. Wir wollen es beide.

»Wie du meinst.« Sie drückt meine Hand. »Aber wenn du mir nicht verrätst, warum du aus Dallas weggehst, verrate ich dir auch nicht, warum ich nach Dallas gezogen bin.«

Ich hatte darauf gehofft, ihr jede Menge Fragen stellen zu können, auf die ich dringend Antworten will. Aber daraus wird jetzt nichts, denn ich kann ihr definitiv nicht sagen, was mich ab Montag erwartet. Jedenfalls jetzt noch nicht.

»Das ist nur fair«, sage ich und schaffe es endlich wieder, sie anzuschauen.

Sie lächelt, und es zerreißt mich innerlich, weil sie so unglaublich schön und frei aussieht. Frei von Sorgen, frei von Wut, frei von Schuldgefühlen. Der Wind bläst ihr eine Haarsträhne ins Gesicht, die sie sich hinters Ohr streicht.

Genau in diesem Moment werde ich sie später malen.

Aber jetzt gehe ich erst mal einkaufen mit ihr.

Weil sie nämlich bei mir bleibt.

Das ganze Wochenende lang.

~

Ich muss zugeben, dass ich überrascht bin. Erst sagt sie, sie würde vielleicht nur einen Tag mit mir verbringen, und jetzt stapelt sie eine solche Menge an Lebensmitteln in unseren

Einkaufswagen, als hätte sie vor, für die nächsten vier Wochen bei mir einzuziehen.

Aber ich freue mich darüber, weil ich möchte, dass es das schönste Wochenende wird, das sie je erlebt hat. Und wenn sie dafür sechs Tiefkühlpizzen und vier Schachteln Cornflakes braucht, soll es mir nur recht sein.

»Okay, ich glaube, das reicht«, sagt sie und begutachtet zufrieden ihre Beute. »Verhungern werden wir schon mal nicht. Aber ich fürchte, dass wir uns ein Taxi rufen müssen. Zu Fuß schaffen wir es niemals, das alles zu dir zu schleppen.«

Als wir schon fast an der Kasse angekommen sind, fällt mir plötzlich noch etwas ein, und ich lege eine rasante Kehrtwende hin. Auburn sieht mich fragend an.

»Wir haben was vergessen«, sage ich.

»Das kann nicht sein«, antwortet sie ungläubig. »Wir haben die gesamte Lebensmittelabteilung leer gekauft.«

»Trotzdem fehlt noch was.« Ich schiebe den Wagen entschlossen wieder in die Tiefen der Regalreihen zurück. »Dein Geburtstagsgeschenk. Was wünschst du dir?«

Die meisten anderen Mädchen würden jetzt wahrscheinlich halbherzig behaupten, dass das doch gar nicht nötig sei, aber Auburn klatscht begeistert in die Hände, und ich bilde mir ein, sogar ein kleines Juchzen zu hören.

»Im Ernst, Owen?« Sie umfasst mit beiden Händen meinen Arm. »Du meinst … ich kann mir einfach was aussuchen?«

Ihre ausgelassene Freude weckt eine Erinnerung aus meiner Kindheit in mir. Mein Vater ist einmal mit Carey und mir zu Toys-R-Us gefahren, um uns Geschenke zu kaufen, weil wir beide Geburtstag hatten (Carey war zwei

Jahre älter als ich, aber unsere Geburtstage lagen nur eine Woche auseinander). Damals wusste Callahan Gentry noch, was einen richtigen Vater ausmacht: Statt uns einfach zu kaufen, was wir wollten, hatte er sich ein kleines Spiel für uns ausgedacht. Wir sollten ihm beide, ohne lange nachzudenken, zwei Zahlen nennen. Erst hinterher sagte er uns, dass die erste Zahl für eine Gangreihe und die zweite für ein Regalfach stand, aus dem wir uns etwas aussuchen dürften. Carey, der als Erster dran war, hatte Glück. In dem Gang und dem Regal, die zu seinen Zahlen passten, lagen Lego-Baukästen. Anschließend liefen wir durch den Laden, um nach dem Regal zu suchen, in dem ich mein Geschenk finden würde. Als ich atemlos um die Ecke rannte, ertrank ich in einem Meer aus Pink – meine Zahlen hatten mich geradewegs in die Barbie-Abteilung geführt. Ich war den Tränen nahe. Aber Carey erwies sich als verdammt netter großer Bruder. Als er sah, wie fassungslos ich war, sagte er zu Dad: »Könnte es nicht sein, dass Owen nur die Reihenfolge durcheinandergebracht hat? Vielleicht meinte er ja gar nicht ›Gang vier, drittes Regal‹, sondern ›Gang drei, viertes Regal‹.«

»Brillante Argumentation, Carey«, lobte unser Vater ihn. »Mach so weiter und aus dir wird noch mal ein richtig guter Anwalt.« Ich weiß nicht mehr, welches Geschenk ich letztendlich ausgewählt habe, aber dieser Tag gehört zu meinen schönsten Kindheitserinnerungen.

»Sag mir spontan zwei Zahlen«, fordere ich Auburn lächelnd auf. »Wir gehen dann zu dem Gang und dem Regal, zu dem die Zahlen passen, und du suchst dir daraus aus, was dir gefällt.«

Auburn zieht die Augenbrauen hoch und versucht, über

meine Schulter hinweg einen Blick auf die von den Decke hängenden Schilder zu erhaschen.

»Nicht schummeln«, sage ich streng und stelle mich so vor sie, dass sie nichts sehen kann.

Auburn strahlt. Es ist offensichtlich, dass ihr das Spiel gefällt.

»Okay, dann entscheide ich mich für den Gang mit der Nummer … dreizehn«, sagt sie, nachdem sie kurz überlegt hat. »Aber woher weiß ich, wie viele Fächer die Regale haben?«

»Sag einfach irgendeine Zahl, die nicht zu hoch ist.«

Sie schiebt nachdenklich ihre Unterlippe zwischen Daumen und Zeigefinger hin und her und sieht mich an. »Wäre eins das oberste oder das unterste Fach?«

»Das unterste.«

Sie lächelt. »Also gut, dann nehme ich Gang Nummer dreizehn, zweites Regalfach.«

Wir setzen uns in Bewegung, und sie ist so aufgeregt, als hätte sie noch nie im Leben ein Geschenk bekommen. Am liebsten würde ich sie in die Arme nehmen und küssen, weil ich sie so umwerfend finde.

»Freu dich nicht zu früh«, warne ich sie. »Vielleicht landen wir in der Sportabteilung oder bei den Haushaltsgeräten.«

Auburn grinst. »Ja, oder beim Schmuck.«

Oha. Das könnte das teuerste Geburtstagsgeschenk werden, das ich je jemandem gemacht habe.

»Los, Owen!« Auburn versetzt dem Wagen einen Schubs. Anscheinend bin ich ihr zu langsam.

Wenn ich gewusst hätte, dass sie sich so freuen kann, hätte ich ihr schon am ersten Tag etwas geschenkt, an dem wir uns wiederbegegnet sind. Und an allen anderen Tagen danach.

Auf unserem Weg kommen wir am Schmuck vorbei, der als Geschenk damit schon mal ausscheidet, was mir jetzt richtig leidtut. In der nächsten Abteilung werden Elektrogeräte verkauft, danach kommen die Sportsachen.

»Ich bin so gespannt!« Auburn läuft schon mal vor und biegt in den Gang mit der Nummer dreizehn. »Campingbedarf!«, höre ich sie rufen.

Als ich mit dem Wagen endlich bei ihr bin, kniet sie schon vor einem Regal und zieht einen Karton hervor, auf dem ein Zelt abgebildet ist. »Das hier«, sagt sie. »Das will ich.« Dann stellt sie den Karton doch wieder zurück und zieht einen anderen hervor. »Oder … nein. Doch lieber das Blaue«, murmelt sie. »Blau ist seine Lieblingsfarbe.«

Einen Moment lang bin ich wie versteinert.

Ich würde sie gerne fragen, warum sie sich von mir ein Zelt für jemanden schenken lässt, dessen Lieblingsfarbe Blau ist. *Blau, blau, nichts als blau.* Aber ich sage nichts, weil ich kein Recht dazu habe. Sie gibt mir zwei Tage und kein Für-immer.

Nur diese zwei Tage.

Das wird mir aber nicht reichen, Auburn. Das weiß ich jetzt schon. Dieser Kerl mit seiner Vorliebe für Blau wird garantiert niemals mit ihr campen gehen, weil ich nämlich dafür sorgen werde, dass ihr in Zukunft beim Anblick eines Zelts nur ein einziger Gedanke durch den Kopf gehen wird. Und zwar: »OMG!«

~

Nachdem ich die Tüten mit unseren Einkäufen in den Kofferraum des Taxis geladen habe, drehe ich mich nach dem Karton mit dem Zelt um, der unten im Einkaufswagen liegt. »Nicht!« Auburn klemmt ihn sich unter den Arm. »Ich muss sowieso noch mal schnell zu mir nach Hause, bevor ich zu dir kommen kann. Das Zelt nehme ich dann gleich mit hoch.«

Ich schlage die Kofferraumklappe zu. »Warum musst du noch mal zu dir?«

Auburn errötet leicht und zuckt mit den Achseln. »Nur so. Kannst du mich bei mir zu Hause absetzen? Ich komme dann später nach.«

Ich möchte nicht, dass sie zu sich nach Hause geht, weil ich Angst habe, sie könnte dann ihre Meinung ändern und das Wochenende doch nicht mit mir verbringen wollen. »Klar«, sage ich trotzdem. »Kein Problem.« Ich gehe um sie herum und öffne ihr die Tür.

Als wir im Wagen sitzen und sie dem Fahrer ihre Adresse nennt, versuche ich, mir meine Enttäuschung nicht anmerken zu lassen, und sehe aus dem Fenster.

»Owen?« Sie greift nach meiner Hand, und ihr Lächeln ist so süß, dass es wehtut. »Ich möchte einfach nur schnell duschen und ein paar Klamotten einpacken, bevor ich zu dir gehe. Aber ich verspreche dir, dass ich komme, okay?«

Ich nicke, obwohl ich nach wie vor Zweifel habe. Vielleicht ist das jetzt ihre Rache dafür, dass ich sie versetzt habe. Verdient hätte ich es.

»Owen Mason Gentry«, sagt sie mit strenger Stimme. Sie schiebt den Karton mit dem Zelt von ihren Knien und sitzt im nächsten Moment plötzlich auf meinem Schoß. Ich weiß zwar nicht, was das werden soll, kann aber nicht behaupten, dass es mir unangenehm wäre. Sie nimmt mein Gesicht in beide Hände und sieht mich fest an. »Jetzt hör bitte sofort auf zu schmollen und mir nicht glauben zu wollen.«

Ich grinse. »Hey, das reimt sich.«

Sie lacht laut auf.

Habe ich dir eigentlich schon gesagt, dass ich dich liebe, Auburn? Nein, habe ich nicht. Weil du mich dann für verrückt halten würdest.

»In Versen zu reden, fällt mir nicht schwer«, erklärt sie lächelnd. »Alles, was ich sage, reimt sich sehr.« Sie überlegt kurz, dann sagt sie: »Ich bitte dich, Owen, vertraue mir. Denn mein Wunsch, bei dir zu sein, wird stark und stärker hier.« Eine Hand auf ihr Herz gelegt, sieht sie mich treuherzig an, bevor sie losprustet.

Ich bin hingerissen, weil sie es geschafft hat, mich wieder zum Lachen zu bringen. Aber noch besser finde ich es, dass sie auch über sich selbst lachen kann.

Das Taxi hält vor ihrem Haus. Auburn greift nach dem Karton mit dem Zelt, doch bevor sie aussteigt, halte ich sie zurück und beuge mich zu ihr vor. »Bitte verlier keine Zeit, Auburn Mason Reed, denn ich bin für dich bereit«, flüstere ich ihr ins Ohr. »Ich bin jetzt schon ganz benommen, so groß ist mein Wunsch, dir nah zu kommen.«

Sie schließt einen Moment die Augen und hält die Luft an, dann fängt sie sich wieder. »Du musst immer das letzte Wort haben, oder?« Sie klettert aus dem Wagen. Wir sehen uns an, als das Taxi losfährt, aber wir verabschieden uns nicht voneinander. Ich werde mich erst am Montagmorgen von ihr verabschieden und keine einzige Sekunde vorher.

~

Ich bin kurz davor zu klingeln. Weil ich das Warten nicht mehr ausgehalten habe, bin ich kurzerhand zu ihr gefahren und stehe jetzt im Hausflur. Natürlich kann ihr die knappe Stunde, die vergangen ist, seit ich sie abgesetzt habe, unmöglich gereicht haben, um zu duschen, ihre Sachen zu packen und zu Fuß zu mir zu kommen. Aber ich fand die Vorstellung, dass sie den ganzen Weg alleine zurücklegen soll, plötzlich so traurig, dass ich beschlossen habe, sie abzuholen.

Andererseits will ich sie aber auch nicht drängen oder den Eindruck erwecken, ich hätte ihr nicht geglaubt. Vielleicht sollte ich mich ins Treppenhaus setzen und warten, bis sie herauskommt? Ja, das ist das Beste. Dann kann ich so tun, als wäre ich gerade erst gekommen, wenn sie die Tür öffnet. Und falls sie ihre Meinung geändert hat und doch zu Hause bleibt, kann ich einfach gehen, und sie wird nie erfahren, dass ich hier gewesen bin.

Aber was, wenn sie doch schon los ist und ich sie verpasst habe, weil sie ein Taxi genommen hat? Womöglich steht sie jetzt in diesem Moment bei mir vor der Tür und fragt sich, warum ich sie nicht reinlasse? Verdammt, ich glaube, es war eine total idiotische Idee von mir hierherzukommen!

»Willst du rein?«

Ich schaue überrascht auf. Emory steht in der Wohnungstür. Sie trägt eine Jacke, schlingt sich eine Umhängetasche um. Offenbar will sie gerade gehen.

»Oh, äh … Hallo«, sage ich. »Ist Auburn noch zu Hause?«

Emory nickt und hält mir die Tür auf. »Sie ist eben aus der Dusche gekommen und zieht sich an.«

Ich zögere, weil ich mir nicht vorstellen kann, dass es Auburn recht wäre, wenn ich plötzlich in der Wohnung stehe. Emory kann anscheinend Gedanken lesen.

»Hey, Auburn?«, ruft sie über die Schulter ins Apartment. »Der Typ, von dem ich finde, dass du unbedingt heißen Sex mit ihm haben solltest, ist hier! Nicht der Cop, der andere!«

Der Cop.

Emory dreht sich wieder zu mir um, grinst und nickt, als wollte sie sagen: *Bitte schön.* Ich würde ja gerne behaupten, dass ich sie sympathisch finde, aber jedes Mal, wenn ich sie sehe, redet sie von diesem anderen Kerl. Ich frage mich, ob das der Typ ist, der Blau so schön findet.

»Gott, Emory«, höre ich Auburn stöhnen. »Dir sollte wirklich dringend mal jemand beibringen, wie sich zivilisierte Menschen benehmen.«

Emory zwinkert mir zu und läuft schnell die Treppe hinunter, als Auburn in der Tür erscheint. Ihre Haare sind noch feucht und sie hat eine andere Jeans und ein anderes Top an als vorhin. Ich bin froh, dass sie sich nicht so übertrieben aufgestylt hat.

»Owen?« Sie schaut mich entgeistert an. »Es ist noch nicht mal eine Stunde her, dass du mich hier abgesetzt hast. Geduld scheint nicht gerade deine Stärke zu sein. Na los, komm rein.«

Zum Glück wirkt sie eher belustigt als genervt. »Eigentlich hatte ich vor, draußen zu warten«, sage ich, als ich das Apartment betrete.

»Moment noch. Ich hole nur schnell meine Sachen.« Sie verschwindet in ihrem Zimmer und kommt mit einem gepackten Rucksack wieder.

»Ich hab mich gelangweilt«, versuche ich noch einmal zu erklären, warum ich hier bin. »Und ich fand, dass du den ganzen langen Weg nicht allein gehen solltest. Deswegen hab ich beschlossen, dich abzuholen.«

»Owen, Owen.« Auburn schüttelt grinsend den Kopf. »Ich weiß nicht, ob du dich in die Sache mit uns nicht ein bisschen mehr reinhängst, als gut für dich ist. Wenn du so weitermachst, wirst du am Montag sehr, sehr traurig sein.«

Sie lacht, als hätte sie einen Witz gemacht – und hat keine Ahnung, wie sehr sie mit ihrer Prophezeiung ins Schwarze trifft.

»Da fällt mir ein …« Sie geht zur Couch, wo der Karton mit dem Zelt liegt. »Könntest du mir vielleicht noch helfen, das Zelt aufzubauen?« Sie deutet auf ihr Zimmer. »Das geht sicher schnell, es ist ja ganz klein.«

Obwohl es mich brennend interessieren würde, warum sie das Zelt in der Wohnung aufbauen möchte, stelle ich keine Fragen. Sie wird schon ihre Gründe haben, und ich habe mir vorgenommen, ihr an diesem Wochenende jeden Wunsch zu erfüllen.

»Hier wäre ein guter Platz.« Während sie eine Yogamatte zusammenrollt, sehe ich mich in ihrem Zimmer um. Es hängen keine Poster oder Bilder an den Wänden, und auf der Kommode, die abgesehen vom Bett das einzige Möbelstück im Zimmer ist, stehen auch keine Fotos. Offenbar hat sie nichts Persönliches aus Portland mitgebracht. Warum nicht? Ist das womöglich ein Hinweis darauf, dass sie nicht vorhat, länger zu bleiben?

Als ich ihr helfe, das Zelt auszupacken und aufzustellen, sehe ich, dass sie recht hat. Es ist tatsächlich geradezu absurd klein. Auburn geht zum Wandschrank, nimmt zwei Decken aus dem obersten Fach und krabbelt ins Zelt.

»Kannst du mir mal zwei Kissen vom Bett geben?«, ruft sie. »Wir müssen doch noch schnell austesten, wie es sich hier drin liegt, bevor wir gehen.«

Ich greife mir die Kissen, reiche sie ihr ins Zelt und krieche dann selbst hinein. Als ich mich neben sie lege, stelle ich fest, dass meine Füße zum Eingang herausschauen. Ihre aber auch.

»Ich fürchte, du hast das falsche Zelt gekauft«, sage ich. »Hier passen nur Zwerge rein.«

Auburn stützt sich auf den Ellbogen und schüttelt den Kopf. »Ich habe dieses Zelt nicht gekauft, Owen. Das warst du. Und natürlich passen wir nicht rein. Es ist ja auch ein Kinderzelt.«

Ihr Blick fällt auf eine Reißverschlusstasche an der Zeltdecke. »Oh, schau. Es gibt sogar eine Trennwand.« Sie zieht am Reißverschluss, worauf eine Art Moskitonetz zwischen uns herunterfällt. Auburn legt den Kopf auf ihren angewinkelten Unterarm und lächelt. »Ein bisschen wie in einem Beichtstuhl.«

Das Kinn auf die Hand gestützt, drehe ich mich zur Seite und sehe sie an. »Und wer von uns nimmt jetzt wem die Beichte ab?«

Sie verengt die Augen, hebt den Finger und deutet auf mich. »Wenn hier jemand der Welt ein paar Geständnisse schuldet, dann bist ja wohl du das.«

Ich tippe durch das Netz leicht gegen ihren anklagenden Zeigefinger, worauf Auburn die Hand öffnet und wir unsere Handflächen aufeinanderpressen. »Das kann aber ein paar Stunden dauern. Ich habe eine ganze Menge zu gestehen.«

Zum Beispiel könnte ich ihr sagen, dass ich sie schon lange kenne und woher. Dass ich deshalb das Bedürfnis habe, sie zu beschützen. Aber es gibt Geheimnisse, die ich mit ins Grab nehmen werde, und dieses gehört dazu.

Stattdessen beschließe ich, ihr etwas anderes zu beichten. Etwas, das nicht so schwerwiegend ist. »Ich hab nur drei Telefonnummern in meinem Handy gespeichert. Die von meinem Vater, die von Harrison und die von meinem Cousin Riley. Aber mit dem habe ich vor sechs Monaten das letzte Mal gesprochen.«

Auburn bleibt still. Klar. Was soll sie auch sagen? Jemand, der bloß drei Nummern im Handy hat, hat offensichtlich ernsthafte Probleme.

»Warum nur so wenige?«

Ich mag ihre Augen, weil sie so ausdrucksvoll sind. Sie kann sich noch so sehr bemühen, ihre Gefühle zu verbergen, ihr Blick sagt alles. Jetzt im Moment tue ich ihr leid, weil sie begreift, dass sie nicht der einzige Mensch in Dallas ist, der einsam ist.

»Nach der Highschool habe ich mein eigenes Ding gemacht und hatte dadurch nichts mehr mit den Leuten aus der Schule zu tun. Ich habe mich voll auf meine Kunst konzentriert, das war das Einzige, was mich wirklich interessiert hat. Als ich letztes Jahr mein Handy verloren hab, waren auf einmal alle Nummern weg, und mir ist klar geworden, dass ich sowieso mit kaum jemandem mehr Kontakt hatte. Meine Großeltern sind schon vor vielen Jahren gestorben und ich habe nur einen Cousin, Riley eben. Mit ihm hab ich mich früher ganz gut verstanden, aber jetzt haben wir uns nicht mehr so viel zu sagen. Außer der Nummer von meinem Vater und der von Harrison brauche ich keine.«

»Gib mir mal dein Handy«, sagt Auburn plötzlich.

Ich ziehe es aus der Tasche und reiche es ihr unter dem Netzstoff hindurch. Sie kann es gerne überprüfen. Drei Nummern, mehr stehen nicht im Verzeichnis.

Ihr Zeigefinger bewegt sich übers Display, dann gibt sie es mir wieder zurück. »So. Jetzt sind es vier.«

Ich werfe einen Blick aufs Handy und muss lachen, als ich sehe, unter welchem Namen sie ihre Nummer eingespeichert hat:

Auburn Mason-ist-der-allerschönste-
zweite-Vorname-der-Welt Reed.

Ich schiebe das Telefon in die Jeans zurück und wir legen wieder unsere Handflächen aneinander. »Jetzt du«, sage ich.

Sie schüttelt den Kopf. »Vergiss es. Du hast noch jede Menge aufzuholen. Also bitte. Ich höre.«

Ich seufze, drehe mich auf den Rücken und starre zur blauen Zeltdecke empor. Am liebsten würde ich gar nichts über mich preisgeben – noch nicht –, aber wenn wir hier noch länger liegen bleiben, werde ich wahrscheinlich gar nicht anders können, als mein ganzes Leben vor ihr auszubreiten, und ihr sogar Dinge erzählen, die sie gar nicht hören will. Andererseits wäre es vielleicht das Beste so. Wenn ich ihr die Wahrheit über meine Situation sage, kann sie selbst entscheiden, ob sie damit klarkommt oder nicht. Möglicherweise vertraut sie mir ja und glaubt mir, dass ich vorhabe, mein Leben zu ändern, sobald alles hinter mir liegt. Wenn ich ihr die Wahrheit sage, kann das, was zwischen uns wächst, vielleicht auch über den kommenden Montag hinaus Bestand haben.

»An dem Abend, an dem ich mit dir verabredet war und nicht gekommen bin …« Mein Herz klopft so schnell, dass ich Schwierigkeiten habe, klar zu denken. Ich weiß nicht, wie ich es ihr sagen soll. Ganz egal, wie ich es formuliere, sie wird auf jeden Fall schockiert sein, und das kann ich auch absolut verstehen. Aber ich will sie nicht länger belügen. Als ich gerade den Mund öffne, klingelt es an der Tür.

Fast bin ich erleichtert darüber, noch ein bisschen Aufschub zu bekommen.

Auburns verwunderter Gesichtsausdruck lässt darauf schließen, dass sie nicht oft unangemeldet Besuch bekommt. »Ich schau schnell nach, wer es ist. Wartest du hier?« Sie krabbelt aus dem Zelt, und ich atme tief durch und versuche, mich zu entspannen.

»Owen!« Ein paar Sekunden später ist sie wieder da und späht ins Zelt. Ihre Stimme klingt panisch.

Ich stütze mich auf die Ellbogen und sehe sie fragend an. »Ich muss aufmachen, aber bitte bleib hier im Zimmer, okay? Ich erkläre dir alles, sobald sie wieder weg ist, versprochen.«

Ich nicke verdutzt. Vor wem hat sie solche Angst? Warum will sie mich verstecken?

Auburn geht aus dem Raum und schließt die Tür hinter sich. Ich lasse den Kopf aufs Kissen zurückfallen und ahne, dass ich jetzt gleich etwas erfahren werde, das sie noch gar nicht bereit war, mir zu gestehen.

Die Wohnungstür wird geöffnet, Schritte sind zu hören. »Mommy, schau! Schau mal, was Nana Lydia mir gekauft hat!«, kräht die Stimme eines kleinen Kindes.

»Hey, toll!«, antwortet Auburn. »Das ist ja genau der, den du dir gewünscht hast.«

Hat das Kind sie *Mommy* genannt?

Absätze klackern, als noch jemand die Wohnung betritt. »Ich weiß, das kommt ein bisschen plötzlich«, sagt eine Frau. »Eigentlich wollte ich schon vor ein paar Stunden nach Pasadena fahren, aber jetzt ist meine Schwiegermutter ins Krankenhaus gekommen und Trey hat Dienst …«

»Oh nein!«, unterbricht Auburn sie erschrocken. »Was ist denn passiert, Lydia?«

»Ach, keine Sorge. Du kennst sie ja. Es ist bloß wieder wegen ihrem Diabetes. Wenn sie besser auf ihre Werte achten würde, wäre das alles gar kein Problem. Aber für sie ist es ja selbstverständlich, dass alle um sie herum alles stehen und liegen lassen und sich um Madame kümmern, wenn sie mal wieder unterzuckert ist.«

Ich höre, wie jemand den Knauf an der Zimmertür dreht. »Nicht, AJ«, ruft Auburn. »Du sollst nicht in Mommys Zimmer gehen.«

»Na, jedenfalls muss ich ihr jetzt Übernachtungssachen bringen«, sagt die Frau. »Und du weißt ja, dass auf der Intensivstation keine Kinder zugelassen sind, deswegen müsstest du ein paar Stunden auf ihn aufpassen.«

»Klar, total gern«, sagt Auburn. »Hier?«, fragt sie dann vorsichtig.

»Ja, ich habe keine Zeit, euch zu uns zu fahren.«

»Okay.« Auburns Stimme klingt freudig überrascht, so als würde die Frau ihr das Kind nicht so oft anvertrauen. Sie freut sich sogar so sehr darüber, dass sie anscheinend gar nicht mitbekommt, dass es jetzt doch die Tür zu ihrem Zimmer aufgemacht hat.

»Ich hole ihn dann heute Abend ab«, sagt die Frau.

»Er kann gerne auch hier schlafen«, sagt Auburn. Es kommt mir vor, als wollte sie sich nicht anmerken lassen, wie sehr sie sich das wünschen würde. »Ich kann ihn dir dann morgen bringen.«

Die Klappe am Zelt wird weggezogen und ein kleiner

Junge lugt zu mir herein. Ich stütze mich auf die Ellbogen und lächle ihn an.

»Warum liegst du in einem Zelt?«, fragt er.

Ich halte einen Finger an die Lippen. »Schsch.«

Der Junge, der vielleicht vier oder fünf ist, grinst und krabbelt zu mir ins Zelt. Seine Augen leuchten in den unterschiedlichsten Braun- und Grau- und Grüntönen. Sie sehen aus wie mit Aquarellfarben gemalt.

Er hat nicht diese einzigartig rotblonden Haare wie Auburn, sondern dunkelbraune. Vermutlich kommt er äußerlich mehr nach seinem Vater. Trotzdem erkenne ich auch ganz viel von Auburn in ihm wieder. Er strahlt die gleiche Fröhlichkeit und Neugier aus.

»Ist das Zelt geheim?«, flüstert er ehrfürchtig.

»Ja«, wispere ich zurück. »Streng geheim. Und damit niemand mitbekommt, dass es hier ist, dürfen wir keinem Menschen davon erzählen, okay?«

Der Junge nickt begeistert. »Ich kann Geheimnisse gut für mich behalten.«

»Das ist super«, sage ich. »So richtig stark ist man nämlich nicht nur, wenn man viele Muskeln hat, sondern auch, wenn man es schafft, Geheimnisse für sich zu behalten. Je mehr Geheimnisse man bewahren kann, desto stärker wird man von innen heraus.«

Er strahlt. »Ich möchte ganz stark werden.«

Ich will ihm gerade sagen, dass er ins Wohnzimmer zurückgehen soll, als sich klackernd Schritte nähern.

»Wo steckst du, AJ?«, höre ich die Frau rufen. »Komm und gib Nana Lydia einen Kuss zum Abschied.«

Der Junge sieht mich mit großen Augen an.

»Nicht, Lydia. Warte!«, ruft Auburn panisch, doch da ist

es schon zu spät. Ich habe keine Zeit mehr, die Beine anzuziehen, als ich auch schon höre, wie die Frau ins Zimmer tritt und stehen bleibt.

»AJ?« Ihre Stimme klingt streng. »Komm sofort aus dem Zelt raus.«

AJ grinst mich an und legt einen Finger an die Lippen. »Ich bin doch in gar keinem Zelt, Nana Lydia. Hier ist kein Zelt.«

»Lydia, ich … ich kann dir das erklären.« Auburn hockt sich vor den Zelteingang und winkt dem Jungen herauszukommen. »Das ist nur Owen. Er ist ein Freund von mir, der mir geholfen hat, das Zelt für AJ aufzubauen.« Jetzt taucht auch die Frau auf, die schon etwas älter ist, und bückt sich zum Zelteingang. Sie würdigt mich keines Blicks.

»Ach, so ist das. Dann gehen wir wieder.« Sie greift nach der Hand des Jungen und zieht ihn heraus. »Du bist erst seit ein paar Wochen hier in Dallas«, sagt sie schroff zu Auburn. »Ich halte es für keine gute Idee, deinen Sohn mit irgendeinem Mann alleinzulassen, den du innerhalb dieser kurzen Zeit ja wohl kaum ernsthaft als *Freund* bezeichnen kannst.«

Auburn schweigt betroffen, und auch AJ sieht enttäuscht aus, als er begreift, dass er nicht bleiben darf. Ich krieche eilig aus dem Zelt und stehe auf.

»Kein Problem, ich wollte sowieso gerade gehen«, behaupte ich. »Ich bin nur kurz vorbeigekommen, um das Zelt für AJ aufzubauen.«

Lydia mustert mich von oben bis unten, und ihre Miene zeigt deutlich, dass sie von dem, was sie sieht, ganz und gar nicht beeindruckt ist. Ich würde ihren Blick gern mit der gleichen Arroganz erwidern, andererseits will ich die Situation für Auburn nicht noch schlimmer machen. Plötzlich fällt mir ein, dass ich Lydia schon einmal gesehen habe. Es ist eine Weile her, aber abgesehen davon, dass ihre glatten dunklen Haare mittlerweile von vereinzelten grauen Strähnen durchzogen sind, hat sie sich kaum verändert. Ihre Ausstrahlung ist immer noch genauso kalt und einschüchternd wie damals.

»AJ?« Sie sieht den Jungen scharf an und wendet sich zum Gehen. »Pack dein Spielzeug ein. Wir müssen wieder fahren.«

»Bitte, Lydia, warte doch.« Auburn deutet auf mich. »Er wollte wirklich gerade gehen«, sagt sie verzweifelt. »AJ und ich verbringen den Abend ganz alleine hier, das verspreche ich.«

Lydias Hand liegt schon auf dem Türknauf, als sie sich noch einmal umdreht. »Du siehst ihn am Sonntagabend wieder, Auburn«, sagt sie und seufzt. »Mach dir keine Gedanken, es ist schon in Ordnung so. Ich hätte wissen müssen, dass ich nicht so unangemeldet bei dir reinplatzen kann.«

Sie sieht über Auburns Schulter zu dem Jungen. »Verabschiede dich von deiner Mutter, AJ.«

Ich sehe, wie Auburn kurz die Augen verdreht, aber als sie sich umdreht und sich vor AJ hinkniet, lächelt sie ihn an, als wäre nichts passiert. Sie nimmt ihn in die Arme und drückt ihn an sich. »Tut mir leid, AJ, aber du musst jetzt doch wieder mit Nana Lydia mitgehen.« Sie hält ihn an den Schultern ein Stück von sich. »Wir sehen uns dann am Sonntag, okay?«

AJ schiebt die Unterlippe vor. »Aber ich möchte viel lieber hierbleiben.«

Obwohl Auburn versucht, sich nichts anmerken zu lassen, sehe ich, wie weh es ihr tut, ihn das sagen zu hören. Sie streicht ihm zärtlich durch die Haare und lächelt. »Du kannst ein anderes Mal hier schlafen. Mommy muss morgen aufstehen und arbeiten, deswegen müssten wir ganz früh ins Bett gehen und du hättest gar keinen Spaß.«

»Doch, hätte ich wohl.« Er zeigt ins Zimmer. »Außerdem könnten wir im Zelt schlafen und …« Er sieht mich erschrocken an, als ihm klar wird, dass er gerade unser Geheimnis verraten hat. »Aber du hast ja gar kein Zelt, Mommy. Na ja, vielleicht hast du ja eins, wenn ich das nächste Mal wiederkomme.«

Der Kleine gefällt mir. Unmerklich für die anderen zwinkere ich ihm zu.

»AJ, lass uns gehen«, drängt Lydia.

Auburn umarmt ihren Sohn noch einmal. »Ich liebe dich bis in alle Ewigkeit.« Sie küsst ihn auf die Stirn, und er drückt ihr einen schmatzenden Kuss auf die Wange, bevor er nach der Hand der Frau greift. Auburn kniet immer noch am Boden und dreht sich nicht um, als Lydia hinausgeht. Ich kann es ihr nicht verdenken. Sobald die Tür hinter den beiden zugefallen ist, steht sie auf und geht direkt in ihr Zimmer. Sie schiebt den Stoff am Zelteingang zur Seite und kriecht hinein.

Kurz darauf höre ich sie leise weinen.

Alles ergibt plötzlich einen Sinn. Ich bin mir ziemlich sicher, dass »die Hexe«, die sie an ihrem Geburtstag versetzt hat, Lydia war. Auburn hatte sich wahrscheinlich darauf gefreut, den Tag mit ihrem Sohn verbringen zu können.

Mit AJ. Und Blau ist seine Lieblingsfarbe.

Jetzt begreife ich auch, warum sie nach Texas gezogen ist, obwohl sie hier so offensichtlich unglücklich ist.

elftes kapitel

AUBURN

Ich höre, wie Owen zu mir ins Zelt kriecht. Er verstaut die Trennwand wieder im Reißverschlussfach, legt mir eine Hand um die Schulter und schiebt seinen Arm unter mein Kopfkissen. Als er mich an sich zieht, will ich mich im ersten Moment wegdrehen, bin dann aber überrascht darüber, wie tröstlich es sich anfühlt, in seinen Armen zu liegen. Ich schließe die Augen. Gleich wird er mir Fragen stellen und damit alles kaputt machen, aber bis dahin werde ich einfach daliegen und das Gefühl der Geborgenheit genießen. Er streicht mir sanft über den Kopf, und ich merke, wie sich mein Herzschlag beruhigt. Nachdem wir mehrere Minuten lang schweigend so nebeneinandergelegen haben, tastet er nach meiner Hand und verschränkt unsere Finger miteinander.

»Als ich sechzehn war«, beginnt er leise zu erzählen, »sind meine Mutter und mein älterer Bruder bei einem Autounfall ums Leben gekommen. Mein Vater saß auf dem Beifahrersitz.« Er holt tief Luft. »Ich war am Steuer.«

Erschrocken halte ich die Luft an. Oh Gott, das ist … unvorstellbar. Im Vergleich dazu kommen mir meine eigenen Probleme plötzlich völlig belanglos vor.

»Mein Vater lag mehrere Wochen im Koma. Ich saß die ganze Zeit an seinem Bett im Krankenhaus. Gar nicht mal deswegen, weil ich unbedingt da sein wollte, wenn er aufwacht, sondern weil ich nicht wusste, wo ich sonst hätte hingehen sollen. Zu Hause war niemand mehr. Meine Freunde mussten in die Schule und hatten ihre eigenen Probleme. In der ersten Zeit haben sich Verwandte um mich gekümmert, aber natürlich hatten sie auch ihre Arbeit und ihre eigenen Familien, für die sie da sein mussten. Nach einer Weile war ich mit meinem Vater mehr oder weniger allein. Ich hatte wahnsinnige Angst, er könnte auch noch sterben. Dann hätte ich endgültig jeden Grund zum Weiterleben verloren.«

Ich rücke ein Stück von ihm ab, um ihn anzusehen. »Was ist dann passiert?«

Owen streicht mir eine Haarsträhne aus der Stirn. »Er hat überlebt. Du hast ja heute Morgen gehört, wie ich mit ihm gestritten habe.« Er seufzt. »Fast genau einen Monat nach dem Unfall ist er aus dem Koma aufgewacht. Und obwohl ich unfassbar erleichtert war, ist mir, glaube ich, erst in dem Moment so richtig klar geworden, dass Mom und Carey tot sind, als ich es ihm sagen musste. Er hatte überhaupt keine Erinnerung mehr an den Unfall und wie es dazu gekommen war. Als ich ihm gesagt habe, dass sie beide gestorben sind, habe ich gesehen, wie … Ich schwöre dir, ich konnte richtig sehen, wie alle Lebenskraft in seinem Blick erloschen ist. Und seitdem ist sie nicht wieder zurückgekehrt.«

Ich wische mir die Tränen aus den Augen. »Gott, Owen, das tut mir so leid.«

Er schüttelt den Kopf. »Schon okay«, sagt er. »Ich versuche, nicht so viel darüber nachzudenken. Der Unfall war nicht meine Schuld, sondern die des anderen Fahrers. Natürlich werde ich nie aufhören, die beiden zu vermissen, und ich spüre jeden Tag, dass sie nicht mehr hier sind. Aber ich weiß, dass es auch ohne sie weitergehen muss. Außerdem würden meine Mutter und Carey es mir niemals verzeihen, wenn ich ihren Tod als Ausrede benutzen würde, um mich vor dem Leben zu drücken.« Er streicht sanft mit dem Daumen über meine Wange, sieht mich dabei aber nicht an, sondern starrt ins Leere.

»Manchmal vermisse ich sie so sehr, dass es richtig körperlich wehtut. Hier.« Er ballt die Faust und presst sie sich auf den Brustkorb. »Es fühlt sich an, als würde mir jemand mit aller Gewalt das Herz zusammenquetschen.«

Ich nicke, weil ich genau weiß, was er meint. So geht es mir, wenn ich verzweifelt darüber bin, dass AJ nicht bei mir lebt.

»Ich muss dann immer an das denken, was ich am meisten an ihnen geliebt habe. Wie meine Mutter mich angelächelt hat, zum Beispiel. Egal, was war, dieses Lächeln hat mich immer getröstet. Um uns herum hätte der schlimmste Krieg toben können, sie hätte sich nur vor mich hinknien und mich anlächeln müssen und alle Angst wäre vergessen gewesen. Selbst an Tagen, an denen ich gespürt habe, dass ihr eigentlich nicht nach Lächeln zumute war, hat sie sich mir zuliebe zusammengerissen. Weil ihr nichts wichtiger war, als dass es mir gut ging. Ihr Lächeln fehlt mir. Manchmal fehlt es mir so sehr, dass es nur eins gibt, das mir helfen kann. Dann muss ich sie malen.« Er lacht leise. »Ich hab ungefähr zwanzig Bilder von meiner Mutter im Atelier. Irgendwie auch ein bisschen verrückt, oder?«

Ich lächle, aber der Gedanke daran, wie sehr er seine Mutter vermisst, versetzt meinem Herzen einen solchen Stich, dass ich unwillkürlich das Gesicht verziehe. Ob AJ wohl jemals eine so innige Bindung zu mir haben wird, obwohl ich ihm nicht die Mutter sein kann, die ich gern wäre?

»Hey.« Owen legt seine Hand an meine Wange. »Ich hab eben mitbekommen, wie du ihn angesehen hast, Auburn. Ich hab gesehen, wie du deinen Sohn angelächelt hast. Genau wie meine Mutter mich immer angelächelt hat. Es spielt keine Rolle, ob diese Frau dich für eine gute Mutter hält oder nicht. Ich kenne dich kaum, und sogar ich konnte spüren, wie sehr du diesen kleinen Jungen liebst und dass du alles für ihn tun würdest.«

Ich nehme seine Worte mit geschlossenen Augen in mich auf und lasse sie jeden Zweifel verdrängen, den ich je an meinen Fähigkeiten als Mutter hatte.

Ich habe jetzt schon seit über vier Jahren einen Sohn.

Seit über vier Jahren.

Owen ist der erste und einzige Mensch, der mir je gesagt hat, dass ich eine gute Mutter bin. Obwohl er mich kaum kennt, spüre ich, dass das kein hohles Kompliment ist, sondern dass er es wirklich glaubt.

Ich wünschte nur, das könnte ich auch.

»Meinst du, ja?« Ich öffne die Augen und sehe ihn an. »Manchmal hab ich nämlich Angst, ich …«

Er bringt mich mit einem entschiedenen Kopfschütteln zum Schweigen. »Hör auf, so etwas zu denken«, sagt er fest. »Natürlich kenne ich eure Situation nicht und werde dich auch nicht danach fragen, weil du mir sicher davon erzählt hättest, wenn du darüber würdest reden wollen. Aber ich kann dir sagen, was ich gerade beobachtet habe. Diese Frau nutzt deine Unsicherheit aus, um dein Selbstbewusstsein noch mehr zu untergraben. Du darfst ihr nicht die Macht darüber geben, wie du dich fühlst, Auburn. Du. Bist. Eine. Gute. Mutter. Das spüre ich.«

Wieder rollt mir eine Träne über die Wange und ich drehe schnell den Kopf weg. In meinem tiefsten Inneren weiß ich, dass ich es sein könnte, wenn Lydia mich nur lassen würde. Dass alles so gekommen ist, habe ich nicht vorhersehen können. Ich war erst sechzehn und komplett unvorbereitet, als AJ zur Welt kam. Mein Selbstbewusstsein ist tatsächlich nicht besonders entwickelt. Aber ich habe auch schon lange nicht mehr erlebt, wie es sich anfühlt, wenn jemand an mich glaubt.

Seit Adam gestorben ist, habe ich nie mehr jemanden gehabt, bei dem ich mich so aufgehoben gefühlt habe wie jetzt gerade bei Owen. Andere Typen in seinem Alter wären wahrscheinlich in der Sekunde abgehauen, in der sie mitbekommen hätten, dass ich ein Kind habe. Und sie hätten aus der Tatsache, dass ich offensichtlich nicht das Sorgerecht für meinen eigenen Sohn habe, garantiert falsche Schlüsse über mich gezogen. Owen hat nichts davon getan. Im Gegenteil, er hat mir Mut gemacht und versucht, mich aufzubauen.

Als ich mich wieder zu ihm drehe, liegt er mit aufgestütztem Ellbogen da und schaut mich an. Ohne groß nachzudenken, umfasse ich seinen Nacken, beuge mich ihm entgegen und küsse ihn ganz leicht auf den Mund. Er zieht den Kopf nicht weg, versucht den Kuss aber auch nicht zu vertiefen, sondern atmet nur hörbar ein. Ich denke, wir wissen beide, dass dieser Kuss eher »Ich danke dir« als »Ich will dich« bedeutet.

Als ich mich wieder von ihm löse, hat er die Augen geschlossen und sieht so getröstet aus, wie ich mich dank ihm eben gefühlt habe.

Ich lasse den Kopf aufs Kissen zurücksinken und sehe zu, wie er langsam die Augen öffnet. Er lächelt, dann legt er sich wieder neben mich und wir blicken beide zur Zeltdecke auf.

»AJs Vater war mein erster Freund«, erkläre ich meine Situation. Es fühlt sich gut an, es auszusprechen. Ich öffne mich nicht vielen Menschen, aber aus irgendeinem Grund will ich, dass Owen alles erfährt.

»Er war krank und ist gestorben, als ich fünfzehn war. Zwei Wochen später habe ich gemerkt, dass ich schwanger war. Meine Eltern haben mir geraten, das Baby zur Adoption freizugeben. Sie sind selbst noch zur Schule gegangen, als ich zur Welt kam, deshalb wussten sie aus eigener Erfahrung, was es bedeutet, als Teenager ein Kind großzuziehen. Später mussten sie außerdem auch noch für meine vier jüngeren Geschwister sorgen und schon das war in ihrer finanziellen Situation schwierig genug. Sie hatten einfach nicht das Geld, um noch ein Familienmitglied durchzubringen. Aber ich wollte mein Kind auf gar keinen Fall weggeben. Und dann hat Lydia – die Mutter von meinem Freund – mir einen Vorschlag gemacht, der mir wie die Rettung vorkam.« Ich versuche ein Lächeln. »Sie hat mir angeboten, dass ich zusammen mit AJ bei ihr wohnen könnte, wenn ich mich bereit erklären würde, ihr das Sorgerecht zu übertragen. Dann würden wir ihn zusammen großziehen. Angeblich bräuchte sie das Sorgerecht, weil es dadurch einfacher wäre, eine Krankenversicherung abzuschließen und andere Dinge zu regeln, ohne jedes Mal komplizierte Erklärungen abgeben zu müssen. Ich habe ihr das geglaubt. Ich war ja selbst fast noch ein Kind und konnte nicht ahnen, was das wirklich hieß. Ich wusste nur, dass es meine einzige Chance war, also habe ich zugestimmt. Ich hätte alles unterschrieben, was sie von mir verlangt hat, um bei ihm bleiben zu können.«

Owen hört aufmerksam zu, ohne etwas zu sagen.

»Als AJ dann da war, hat Lydia sofort die Mutterrolle übernommen und alles an sich gerissen. Ich konnte nichts richtig machen, immer hatte sie irgendwas auszusetzen. Sie hat mir das Gefühl gegeben, völlig unfähig zu sein und keine Ahnung von Babys zu haben. Nach einer Weile hab ich das selbst geglaubt. Ich war bloß Schülerin, und sie hatte immerhin schon zwei Söhne großgezogen, also war es ja wohl nur normal, dass sie sich besser auskannte als ich. Solange ich auf der Highschool war, hat Lydia sämtliche Entscheidungen für uns getroffen. Nachdem ich meinen Abschluss gemacht hatte, wollte sie, dass ich aufs College gehe. Natürlich war klar, dass AJ während dieser Zeit weiter bei ihr bleiben würde …«

Owen greift nach meiner Hand, drückt sie stumm und gibt mir die Kraft, weiterzuerzählen.

»Statt vier Jahre zu studieren, habe ich dann eine Ausbildung zur Kosmetikerin und Frisörin gemacht, weil sie nur ein Jahr dauerte. Ich dachte, wenn ich fertig wäre und eine eigene Wohnung hätte, würde Lydia mir erlauben, AJ zu mir zu holen. Aber drei Monate vor der Abschlussprüfung ist ihr Mann völlig unerwartet gestorben und sie ist nach Texas gezogen, wo ihre Familie ursprünglich herkommt und wo ihr anderer Sohn lebt … und meinen Sohn hat sie mitgenommen.«

»Verstehe.« Owen nickt. »Deswegen bist du also hier. Weil sie das Sorgerecht hat, konntest du wahrscheinlich nicht verhindern, dass sie ihn mitnimmt?«

Ich nicke. »Genau. Sie darf allein über seinen Wohnort entscheiden. Lydia war der Meinung, dass es für ihn besser wäre, in Texas aufzuwachsen, weil ihre ganze Familie hier lebt. Sie hat gesagt, wenn ich in AJs Nähe bleiben wollte, müsste ich eben auch herziehen. Freitags um fünf Uhr nachmittags habe ich in Portland mein Abschlusszeugnis in die Hand gedrückt bekommen und knappe vierundzwanzig Stunden später bin ich in dieses Apartment gezogen.«

»Aber was haben deine Eltern dazu gesagt?«, fragt Owen. »Hätten die nicht mit ihr sprechen und das verhindern können?«

Ich schüttle den Kopf. »Meine Eltern haben mich immer unterstützt, aber sie haben mir auch von Anfang an klargemacht, dass die Abmachung mit Lydia meine Sache ist und sie sich nicht einmischen werden. Weil ich auch schon während der Schwangerschaft bei Lydia gewohnt habe, konnten sie nie eine so enge Bindung zu AJ aufbauen. Außerdem haben sie auch so schon genug Probleme. Wenn ich ihnen sagen würde, wie schwierig meine Beziehung zu Lydia ist, hätten sie nur ein schlechtes Gewissen, weil sie damals zugelassen haben, dass ich bei ihr einziehe. Das will ich nicht.«

»Also tust du ihnen gegenüber so, als wäre alles in Ordnung?«

Ich nicke, und als ich zu ihm aufschaue, habe ich ein bisschen Angst vor dem, was ich in seinen Augen sehen werde. Verachtet er mich für meine Schwäche? Hält er mich für feige? Aber in seinem Blick sehe ich nichts von alldem. Nur Mitgefühl. Und vielleicht auch eine Spur von Wut.

»Ist es okay, wenn ich dir sage, dass ich diese Lydia hasse, obwohl ich sie gar nicht kenne?«

Ich lache. »Ich hasse sie auch oft. Aber sie liebt AJ genauso wie ich und er hat seine Nana Lydia sehr lieb. Ich bin froh, dass sie so für ihn da ist. Aber wenn ich gewusst hätte, wie das alles endet, hätte ich ihr niemals das Sorgerecht übertragen. Ich habe geglaubt, sie will mir helfen. Aber mittlerweile habe ich begriffen, dass sie AJ als Ersatz für den Sohn benutzt, den sie verloren hat.«

Owen beugt sich ein Stück vor, sodass er mir direkt ins Gesicht sehen kann. »Du kannst ihn dir zurückholen«, sagt er mit fester Stimme. »Wenn du vor Gericht gehst, wird jeder Richter garantiert entscheiden, dass dein Sohn zu dir gehört.«

Ich lächle, obwohl ich weiß, dass es anders kommen würde. »Ich hab mich informiert, Owen. AJ lebt seit seiner Geburt bei Lydia und wird hauptsächlich von ihr betreut. Kein Gericht der Welt würde ihr das Sorgerecht wieder absprechen, solange es nicht berechtigte Zweifel daran gibt, dass sie gut für ihn sorgt. Die gibt es aber nicht. Freiwillig wird sich Lydia niemals bereit erklären, AJ bei mir wohnen zu lassen. Im Moment bleibt mir nichts anderes übrig, als alles dafür zu tun, dass unser Verhältnis weiterhin gut bleibt, damit ich AJ wenigstens regelmäßig sehen kann. Ich habe mir einen Anwalt gesucht und mit ihm über meinen Fall gesprochen. Er hat mir zwar keine großen Hoffnungen gemacht, aber vielleicht findet er ja doch irgendeinen Weg. Ich will es auf jeden Fall versuchen und spare mein ganzes Geld, um ihn bezahlen zu können.«

Owen stützt den Kopf in eine Hand und streicht mir mit der anderen sanft über die Schläfe. Die Berührung fühlt sich so tröstlich an, dass ich am liebsten die Augen schließen würde.

»Weißt du was?«, sagt er lächelnd. »Ich habe noch nie einen Menschen kennengelernt, der so entschlossen ist wie du. Das ist eine ganz tolle Eigenschaft.«

Wir kennen uns kaum, und trotzdem weiß ich jetzt schon, dass ich mir am Montag wünschen werde, er würde hierbleiben. Ich habe das Gefühl, die Begegnung mit ihm ist das erste Gute, was mir passiert ist, seit ich nach Dallas gezogen bin.

»Ich will nicht, dass du weggehst, Owen.«

Er weicht meinem Blick aus, nimmt die Hand von meinem Gesicht und malt mit den Fingerkuppen ein unsichtbares Muster auf meine Schulter. Aus irgendeinem Grund sieht er schuldbewusst aus, und es kommt mir so vor, als hätte das nicht nur etwas damit zu tun, dass er am Montag wegmuss. Es ist, als würde ihn etwas quälen, das tiefer sitzt, und fast bilde ich mir ein, sehen zu können, dass ihm ein Geständnis auf der Zunge liegt. Aber er schweigt.

»Es geht nicht um einen Job«, spreche ich es einfach aus. »Du musst aus einem anderen Grund weg, stimmt's?«

Er sieht mich immer noch nicht an und sagt nichts, aber das muss er auch nicht. Sein Schweigen bestätigt meinen Verdacht.

»Nein«, sagt er schließlich.

»Wo gehst du hin?«

Mir entgeht nicht, dass er leicht zusammenzuckt. Wo auch

immer er hingeht – er will es mir nicht sagen. Vielleicht hat er Angst vor dem, was ich dann über ihn denken könnte. Und wenn ich ganz ehrlich bin, will ich es auch gar nicht hören. Ich habe heute schon genug Dinge erlebt, die mich runterziehen.

Als Owen mich schließlich wieder anschaut, sieht er so kleinlaut aus, dass es mir leidtut, das Thema überhaupt angeschnitten zu haben. Er öffnet den Mund, aber ich schüttle den Kopf.

»Vielleicht will ich es noch gar nicht wissen«, sage ich schnell. »Erzähl es mir hinterher.«

»Wann hinterher?«

»Wenn das Wochenende vorbei ist. Ich will jetzt keine Geständnisse hören. Ich will auch nicht über Lydia nachdenken. Lass uns die nächsten vierundzwanzig Stunden einfach so tun, als gäbe es die Realität, in der wir normalerweise leben, nicht.«

Owen lächelt erleichtert. »Die Idee gefällt mir. Sehr sogar.«

Mein Magen knurrt plötzlich laut und ich drücke verlegen eine Hand auf meinen Bauch.

»Geht mir genauso. Ich sterbe vor Hunger«, sagt Owen lachend. Er setzt sich auf und hält mir die Hand hin, um mir aus dem Zelt zu helfen. »Sollen wir hier was essen oder bei mir?«

»Hier«, sage ich. »Ich glaube, wenn wir erst zu dir gehen müssten, würde ich unterwegs verhungern.« Ich steuere die Küche an. »Hast du was gegen Tiefkühlpizza?«

~

Wir tun nichts weiter, als eine gefrorene Pizza in den Ofen zu schieben, trotzdem hatte ich seit Adam nicht mehr so viel Spaß mit jemandem. Wenn man mit fünfzehn schwanger wird, bleibt einem keine Zeit mehr, sich mit Freunden zu treffen und die Dinge zu tun, die Jugendliche normalerweise so machen. Zu sagen, dass ich im Umgang mit Jungs *unerfahren* bin, ist also wahrscheinlich noch untertrieben. Früher hat mich allein der Gedanke daran, mit einem Typen allein zu sein, total verunsichert, aber mit Owen ist das alles anders. Er gibt mir so ein gutes Gefühl, dass ich gar nicht auf die Idee komme, nervös zu werden.

Meine Mutter sagt immer, es gibt Menschen, die man kennenlernt, und solche, die man schon vom ersten Moment an kennt. Owen gehört definitiv zur zweiten Sorte. Wir ergänzen uns so perfekt, als wären wir immer schon Freunde gewesen. Bis heute habe ich nicht geahnt, wie dringend ich jemanden wie ihn in meinem Leben brauchte. Jemanden, der die Löcher füllen kann, die Lydia in mein Selbstwertgefühl gerissen hat.

»Was hättest du gern studiert, wenn du es nicht so eilig gehabt hättest, einen Abschluss zu machen?«

Da muss ich nicht lange nachdenken. »Alles«, platzt es aus mir heraus, »Hauptsache nichts mit Haareschneiden.«

Owen lacht. Er lehnt neben dem Herd und ich sitze ihm gegenüber mit dem Rücken zur Theke auf einem der Hocker. »Ich bin eine miserable Frisörin. Es nervt mich, mir die ganzen Geschichten der Leute anzuhören, die sich und ihre Probleme alle so furchtbar wichtig nehmen.«

»In der Beziehung sind sich unsere Berufe ähnlich«, sagt Owen. »Ich male Geständnisse und du musst sie dir anhören.«

Plötzlich denke ich, dass sich das, was ich gesagt habe, ein bisschen zu negativ anhört. »Natürlich gibt es auch Kundinnen, die ich total nett finde und auf die ich mich freue«, schiebe ich schnell hinterher. »Eigentlich sind es auch gar nicht die Menschen, mit denen ich nicht klarkomme, sondern die Tatsache, dass ich in einem Job arbeite, den ich mir unter normalen Umständen niemals ausgesucht hätte.«

»Hey, ich hab eine gute Nachricht für dich. Du bist noch jung! Mein Vater hat immer gesagt, dass es im Leben nichts gibt, was sich nicht wieder ungeschehen machen lässt – außer einer Tätowierung.«

»Da fallen mir aber schon noch ein paar andere Sachen ein«, sage ich lachend. »Wie ist es mit dir? Wolltest du immer schon malen?«

Der Timer piepst. Owen öffnet die Klappe, wirft einen prüfenden Blick in den Ofen und schließt sie wieder. Ich weiß, dass da bloß eine Tiefkühlpizza bäckt, aber irgendwie finde ich es sehr sexy, wenn Männer sich so lässig in der Küche bewegen.

»Ich habe mir die Malerei nicht ausgesucht.« Er richtet sich auf und stützt sich wieder mit den Ellbogen auf die Arbeitsfläche. »Es fühlt sich eher so an, als hätte sich die Malerei mich ausgesucht.«

Wow. Wenn das keine perfekte Antwort ist. Ein bisschen bin ich neidisch auf ihn. Ich wünschte, ich wäre auch mit einem besonderen Talent zur Welt gekommen und hätte eine *Berufung* gefunden, nicht bloß einen Beruf.

»Hast du denn schon mal daran gedacht, doch noch mal zu studieren?«, fragt Owen. »Irgendwas, wofür du dich wirklich interessierst?«

»Irgendwann vielleicht, ja«, antworte ich schulterzuckend. »Aber im Moment ist AJ der Wichtigste.«

Owen lächelt, als fände er meine Antwort gut. Wir schweigen beide. Ich könnte ihm jetzt noch weiter Fragen stellen, aber eigentlich will ich das gar nicht. Die Stille zwischen uns ist angenehm. Ich mag es, wie er mich ansieht. Sein Blick hüllt mich ein wie eine schützende Decke.

Plötzlich wird mir bewusst, dass ich wegschaue, weil ich Angst habe, er würde sonst merken, wie wohl ich mich mit ihm fühle. Idiotisch eigentlich, was wäre denn schon dabei?

Owen stößt sich von der Arbeitsfläche ab und geht auf mich zu. Ich beiße mir nervös auf die Unterlippe, weil es offensichtlich ist, dass er etwas vorhat. Und ich glaube nicht, dass es darum geht, mir irgendwelche Fragen zu stellen. Er legt seine Hände auf meine Knie und lässt sie dann langsam nach oben wandern, bis er meine Taille umfasst.

Als ich den Kopf hebe und ihm in die Augen sehe, verliere ich mich vollkommen darin. In seinem Blick liegt ein Verlangen, von dem ich nicht wusste, dass ich es in einem Mann überhaupt auslösen kann. Er schlingt die Arme um meine Taille und zieht mich an sich. Ich weiß nicht, was gleich passiert, aber ich bin absolut bereit, es zuzulassen.

Das leichte Lächeln um Owens Mundwinkel verschwindet, als seine Lippen sich langsam meinen nähern. Meine Lider flattern und schließen sich in dem Moment, in dem seine Lippen federzart meine streifen.

»Das wollte ich von dem Augenblick an tun, in dem ich dich das erste Mal gesehen habe«, flüstert er und legt seinen Mund dann ganz auf meinen. Anfangs ähnelt sein Kuss dem, den ich ihm vorhin im Zelt gegeben habe. Er ist weich, süß und unschuldig, aber innerhalb von Sekunden verwandelt sich die Unschuld in wildes Begehren. Owen wühlt mit beiden Händen in meinen Haaren, und seine Zunge streicht lockend über meine Lippen, bis sie sich öffnen.

Ich weiß nicht, wie es möglich ist, sich gleichzeitig so leicht und so schwer zu fühlen, aber sein Kuss gibt mir das Gefühl, eine Wolke zu sein, die bis zum Bersten mit Sehnsucht gefüllt ist. Ich streichle an seinen Armen bis zu den Schultern hinauf, umfasse seinen Nacken und versuche, seinen Kuss mit der gleichen Inbrunst zu erwidern, obwohl ich Angst habe, dass es mir niemals gelingen wird, dieselben Gefühle in ihm zu erzeugen, die er in mir wachruft.

Owen schiebt die Hände unter meine Schenkel, hebt mich mit einem Ruck hoch und trägt mich zur Couch im Wohnzimmer, ohne unseren Kuss auch nur einen Moment lang zu unterbrechen. Die Pizza verbrennt im Ofen, aber ich versuche, den Geruch zu ignorieren, weil ich nicht will, dass er aufhört.

»Die Pizza …«, flüstere ich trotzdem schwach, als Owen mich auf der Couch absetzt.

Er schüttelt den Kopf. »Ich back dir eine neue.« Wieder verschmilzt sein Mund mit meinem und die Pizza verschwindet aus meinem Bewusstsein.

Ich küsse Owen, er küsst mich, und für einige Minuten vergessen wir alles um uns herum, bis ein penetrantes Piepsen uns irgendwann aus unserer Trance reißt. Sobald uns klar wird, dass das Geräusch vom Rauchmelder in der Küche kommt, springen wir auf. Owen stürzt zum Ofen und reißt die Klappe auf, während ich auf den Hocker klettere und wie wild mit der Pizzaschachtel vor dem Melder herumwedele, um den Rauch wegzufächern.

Die Pizza ist so schwarz, dass sie nur noch als Grillkohle

durchgehen könnte. »Vielleicht sollten wir lieber in eine Pizzeria gehen und danach zu mir«, schlägt Owen vor.

Endlich hört das Piepsen auf und ich steige vom Hocker. »Oder wir essen einfach etwas von dem Jahresvorrat, den du heute im Supermarkt gekauft hast.«

Owen zieht den Ofenhandschuh aus, wirft ihn auf den Herd, zieht mich an sich und presst seine Lippen wieder auf meine.

Ich bin mir ziemlich sicher, dass sein Kuss die beste Diät ist, die es gibt, denn sobald seine Lippen meine berühren, vergesse ich meinen Hunger.

Genau in dem Moment, in dem unsere Zungen sich erneut berühren, klopft es. Wir sehen erschrocken zur Tür, die aufschwingt. Und dann steht auf einmal Trey in der Wohnung.

Ich lasse Owen los und trete wie ertappt einen Schritt zurück. Im nächsten Moment fühle ich mich mies, weil Owen jetzt bestimmt denkt, Trey und ich hätten etwas miteinander. Dabei hätte ich bei jedem so reagiert, egal wer in der Tür gestanden hätte.

»Scheiße.« Owens entsetztes Gesicht zeigt deutlich, dass er tatsächlich denkt, der Typ, der da plötzlich hereingeplatzt ist, wäre mein Freund.

Allerdings macht Trey auch nichts, um diesen falschen Eindruck zu widerlegen. Im Gegenteil, er geht mit aggressiver Miene auf Owen zu.

»Was hast du hier zu suchen?«

Owen sieht nicht ihn an, sondern mich. Er ist blass geworden. »Auburn«, sagt er. »Wir … müssen reden.«

Ich zucke zusammen, als Trey verächtlich auflacht. »Worüber denn? Hast du es ihr etwa noch nicht gesagt?«

Jetzt fällt mir ein, dass Trey schon einmal eine abfällige Bemerkung über Owen gemacht hat. Offenbar kennen sich die beiden, und ganz eindeutig mögen sie sich nicht. Ich spüre, wie ich nervös werde. Owen schließt einen Moment lang die Augen und öffnet sie dann wieder, um Trey anzusehen. »Scheiße, Trey. Kannst du mich vielleicht auch irgendwann mal in Ruhe lassen?«

Mein Herz hämmert wild gegen meine Rippen. Woher kennen die beiden sich nur?

Trey geht zwei Schritte auf Owen zu, bis ihre Gesichter nur noch Zentimeter voneinander entfernt sind. »Verschwinde aus ihrer Wohnung. Verschwinde aus ihrem Leben. Wenn du diese beiden Dinge getan hast, lasse ich dich vielleicht in Ruhe.«

»Auburn«, sagt Owen fest.

Trey schiebt sich so zwischen uns, dass er uns den Blick aufeinander verstellt. In seinen Augen sehe ich nichts als kalte Wut. Er deutet hinter sich. »Von diesem Kerl hast du dich nach Hause bringen lassen, ja? Diesen Kerl hast du in die Nähe deines Sohns gelassen? Dann gebe ich dir jetzt mal eine kleine Info, Auburn: Am Montag steht er wegen Drogenbesitz vor Gericht und landet höchstwahrscheinlich im Knast.«

Ungläubig lachend schüttle ich den Kopf. Ich weiß nicht, warum Trey solche absurden Geschichten erfindet. Er tritt zur Seite und gibt den Blick auf Owen frei.

Als ich sein Gesicht sehe, zieht sich in mir alles zusammen und mir wird einen Moment schwindelig. Seine bedauernde, schuldbewusste Miene sagt alles. Das war es, was er mir vorhin erzählen wollte. Das Geständnis, von dem ich gesagt hatte, es könnte bis Montag warten.

»Owen?« Meine Stimme ist ein Flüstern.

»Ich wollte es dir erzählen«, presst er hervor. »Es ist nicht so schlimm, wie er es darstellt, Auburn. Das schwöre ich dir.«

Er will auf mich zugehen, aber Trey packt ihn an der Schulter und schiebt ihn dann, den Unterarm an seine Kehle gepresst, gegen die Wand. »Ich gebe dir fünf Sekunden, um zu verschwinden, Gentry.«

Obwohl Trey ihm die Luft abdrückt, hält Owen den Blick unverwandt auf mich gerichtet. Er nickt. »Okay, okay. Lass mich nur noch schnell meine Sachen aus ihrem Zimmer holen, dann gehe ich.«

Trey sieht ihn einige Sekunden lang an und lässt ihn dann los. Owen verschwindet in meinem Zimmer, um seine »Sachen« zu holen.

Ich weiß genau, dass er nichts dabeihatte.

Trey dreht sich wieder zu mir. »Der Onkel deines Sohns arbeitet bei der Polizei, und du kommst nicht auf die Idee, ihn den Background der Leute checken zu lassen, die du in dein Leben lässt?«

Darauf habe ich keine Antwort. Er hat recht.

Trey schüttelt enttäuscht den Kopf. Als Owen aus dem Zimmer kommt, sieht er mich vielsagend an und verlässt dann ohne ein einziges Wort das Apartment.

Trey geht zur Tür und knallt sie hinter ihm zu. Er stemmt die Hände in die Hüften, schaut mich an und wartet auf eine Erklärung. Wüsste ich nicht genau, dass er Lydia alles brühwarm erzählt, würde ich ihm jetzt sagen, dass er gefälligst aus meiner Wohnung verschwinden soll. Stattdessen tue ich das, was ich immer tue, wenn irgendetwas passiert, das mein Verhältnis zu Trey oder Lydia zu belasten droht. Ich versuche die Wogen zu glätten.

»Tut mir leid. Das hab ich nicht ahnen können.«

Trey kommt wieder auf mich zu. Er legt mir eine Hand auf die Schulter und seine Miene ist plötzlich ganz milde. »Ich mache mir doch nur Sorgen um dich, Auburn«, sagt er. »Bitte vertraue niemandem, den du hier in Dallas kennenlernst, ohne dass ich ihn vorher überprüft habe. Ich hätte dich warnen sollen.«

Als er mich umarmt, würde ich ihn am liebsten wegschieben. Stattdessen erwidere ich seine Umarmung widerstrebend.

»Du bist die Mutter eines kleinen Jungen, Auburn. Dieser Typ ist kein Umgang für dich. Wenn du dich weiter mit ihm triffst, wird das deine Situation garantiert nicht einfacher machen.«

Ich verstehe sofort, dass das eine kaum verhüllte Drohung ist, aber statt ihn von mir zu stoßen, nicke ich nur. Trey ist genau wie seine Mutter. Die beiden nutzen meine Liebe zu AJ bei jeder Gelegenheit, um mich zu manipulieren und einzuschüchtern. Ich spüre, wie mein Selbstbewusstsein, das dank Owen vorübergehend an Stärke gewonnen hatte, wieder in sich zusammenfällt.

»Okay«, sage ich und löse mich von Trey. »Ich will sowieso nichts mehr mit ihm zu tun haben.« Es fällt mir schwer, es auszusprechen, weil ich noch gar keine Zeit hatte, zu begreifen, was überhaupt passiert ist. Aber wahrscheinlich ist es tatsächlich das Beste so. »Danke, dass du mich aufgeklärt hast.« Ich gehe zur Wohnungstür und halte sie für ihn auf. »Jetzt würde ich gern allein sein. Es war ein langer Tag.«

»Na gut.« Trey geht zur Tür. »Wir sehen uns dann wie immer am Sonntag zum Abendessen, ja?«

Ich nicke und ringe mir ein Lächeln ab, damit er endlich

abhaut. Sobald er weg ist, schließe ich die Tür ab, gehe in mein Zimmer und krieche ins Zelt. Auf meinem Kopfkissen liegt ein Zettel.

> Bitte komm heute Abend zu mir ins Atelier, wenn du kannst.
> Wir müssen reden.

Ich lese diese beiden Sätze so oft hintereinander, dass ich danach wahrscheinlich in der Lage bin, sie exakt in Owens Handschrift zu kopieren.

Erschöpft lasse ich mich nach hinten sinken, starre an die Zeltdecke und weiß nicht, was ich denken oder tun soll. Was hat Owen mit Rauschgift zu tun? Er kam mir nicht vor wie jemand, der Drogen nimmt. Aber ganz egal, was dahintersteckt – die Tatsache, dass er mir verschwiegen hat, dass er vor Gericht und möglicherweise ins Gefängnis muss, ist unverzeihlich. Und trotzdem sehnt sich mein Körper mit jeder Faser nach seiner Umarmung. Obwohl ich diesen Menschen noch weniger kenne, als ich bisher geglaubt hatte, spüre ich den vertrauten Schmerz der Faust, die mein Herz umklammert.

Ich muss ihn noch einmal sehen. Und sei es nur, um mich für immer von ihm zu verabschieden.

zwölftes kapitel

OWEN

Ich hätte es ihr sofort sagen sollen. Noch in der Sekunde, in der ich aus der U-Haft entlassen worden bin, hätte ich zu ihr fahren und ihr alles erklären sollen.

Jetzt bin ich seit über einer Stunde hier im Atelier und warte auf sie. Wie ein Raubtier im Käfig laufe ich im Ausstellungsraum auf und ab. Ich kann nicht still sitzen, wenn ich wütend bin. Und im Augenblick bin ich so wütend, dass ich nicht weiß, ob ich in meinem Leben jemals wütender gewesen bin.

Wenn ich so weitermache, habe ich bald einen Pfad in den Betonboden gelaufen.

Mittlerweile müsste Auburn meine Nachricht gefunden haben, allerdings kann es gut sein, dass sie mich einfach nie mehr wiedersehen will. Ich würde ihr keinen Vorwurf machen. Natürlich hätte ich sie gern davon überzeugt, dass Trey nicht so gut für sie ist, wie sie jetzt vielleicht denkt, und ich nicht so schlecht, wie es im Moment wahrscheinlich für sie aussieht – aber ich fürchte, dazu werde ich keine Gelegenheit mehr bekommen. Wer weiß, was er ihr über mich erzählt hat.

Als ich gerade beschließe, es aufzugeben und nach oben zu gehen, klopft es. Ich laufe nicht, ich *sprinte* zur Tür und reiße sie auf.

Sie sieht mir kurz in die Augen, wirft einen nervösen Blick über die Schulter, schlüpft herein und zieht die Tür hinter sich zu.

Verflucht, das kotzt mich an. Es kotzt mich an, dass sie Angst hat, zu mir zu kommen und dabei gesehen zu werden.

Sie vertraut mir nicht.

Es tut so weh, die Enttäuschung in ihren Augen zu sehen, als sie sich zu mir umdreht.

Wir müssen reden, aber ich will nicht riskieren, dass wir dabei gestört werden, also greife ich um sie herum und schließe die Tür ab. »Danke, dass du gekommen bist.«

Auburn antwortet nicht. Vermutlich wartet sie darauf, dass ich noch etwas sage.

»Kommst du mit nach oben?«

Sie nickt und folgt mir wortlos durch den Ausstellungsraum. Unfassbar, wie sich die Stimmung zwischen uns innerhalb von so kurzer Zeit verändert hat. Vor zwei Stunden war alles noch perfekt. Und jetzt …

Eine Wahrheit wurde ausgesprochen, und mit einem Mal hat sich eine Kluft zwischen uns aufgetan, die zu tief erscheint, um sie zu überwinden.

Ich gehe vor ihr die Treppe hinauf. Oben deute ich auf den Kühlschrank. »Hast du Durst? Kann ich dir was anbieten?« Vielleicht bleibt sie dann ja länger. Es gäbe so viel, was ich ihr erklären will und muss. Falls sie mir die Chance dazu gibt.

Aber Auburn möchte nichts trinken.

Sie ist mitten im Raum stehen geblieben und wirkt, als hätte sie Angst, mir nahezukommen. Ihr Blick schweift umher, als wäre sie zum ersten Mal hier. Ich kann es an ihrem Gesicht ablesen: Jetzt, wo sie es weiß, sieht sie mich mit anderen Augen.

Stumm beobachte ich, wie sie alles betrachtet. Irgendwann begegnet ihr Blick wieder meinem, und dann findet sie endlich den Mut, mir die Frage zu stellen, wegen der sie hier ist.

»Bist du drogenabhängig, Owen?«

Sie redet nicht um den heißen Brei herum. Ihre Direktheit lässt mich schaudern, weil die Antwort zu kompliziert ist, um sie in ein schlichtes Ja oder Nein zu fassen. Allerdings macht Auburn nicht den Eindruck, als wäre sie bereit, lange genug hierzubleiben, um sich eine ausschweifende Erklärung anzuhören.

»Wenn ich jetzt Nein sagen würde, hätten wir beide dann noch eine Chance?«

Sie sieht mich mehrere Sekunden lang schweigend an, dann schüttelt sie den Kopf. »Nein.«

Ich habe geahnt, dass ihre Antwort so ausfallen würde. Und auf einmal habe ich keine Lust mehr, ihr meine Seite der Geschichte zu schildern. Was hätte das für einen Sinn, wenn es doch nichts ändern würde? Ihr die ganze Wahrheit zu sagen, würde vermutlich alles nur noch komplizierter machen.

»Kommst du wirklich ins Gefängnis?«, fragt sie. »Hast du deswegen gesagt, dass du wegmusst?«

Ich nehme die Weißweinflasche aus dem Kühlschrank, gieße mir ein Glas ein und trinke einen großen Schluck, bevor ich nicke. »Könnte sein. Aber es ist die erste Anzeige gegen mich, deswegen rechne ich nicht damit, dass sie mich lange einsperren.«

Auburn atmet aus und schließt die Augen. Als sie sie wieder öffnet, stemmt sie die Hände in die Hüften und vermeidet jeglichen Blickkontakt mit mir. »Ich möchte das Sorgerecht für meinen Sohn, Owen«, sagt sie. »Wenn ich weiterhin mit dir Kontakt hätte, würden sie das gegen mich verwenden.«

»Wer sind *sie*?«

»Lydia und Trey.« Jetzt sieht sie mich an. »Sie würden ihn mir niemals anvertrauen, wenn sie wüssten, dass ich in irgendeiner Weise weiter mit dir zu tun hätte.«

Ich habe damit gerechnet, dass sie gekommen ist, um sich endgültig von mir zu verabschieden, aber ich habe nicht erwartet, dass ihre Stimme dabei von so viel Schmerz erfüllt sein würde. Jetzt schäme ich mich, weil ich mir nur Gedanken darüber gemacht habe, was sie von mir denken könnte. Dass der Kontakt mit mir für ihre Beziehung zu ihrem Sohn gefährlich werden könnte, war mir nicht in den Sinn gekommen.

Ich gieße mir noch ein Glas Wein ein, obwohl es nach dem, was sie jetzt über mich denkt, wahrscheinlich keine gute Idee ist, in ihrer Gegenwart so viel Alkohol zu trinken. Es würde mich nicht wundern, wenn sie sich umdrehen und gehen würde, stattdessen kommt sie zögernd auf mich zu. »Könnte es nicht sein, dass der Richter dir als Alternative vorschlägt, einen Entzug zu machen?«

Ich trinke das zweite Glas Wein in einem Zug aus. »Ich muss keinen Entzug machen«, sage ich und stelle das Glas in die Spüle.

Ich sehe, wie Enttäuschung in ihr aufsteigt. Diesen Blick kenne ich. Ich habe ihn oft genug gesehen, um zu wissen, was er bedeutet, und es gefällt mir nicht, dass ihr Begehren so schnell in Mitleid umschlägt.

»Ich habe kein Problem mit Drogen, Auburn«, sage ich und beuge mich über die Theke zu ihr. »Ich habe ein Problem damit, dass du mit Trey zu tun hast. Vielleicht bin ich schon sehr bald derjenige, der vorbestraft ist, aber er ist derjenige, vor dem du dich in Acht nehmen solltest.«

Sie unterdrückt ein Lachen. »Trey ist Polizist, Owen. Du kommst wahrscheinlich wegen Rauschgiftbesitz ins Gefängnis. Wem also sollte ich wohl vertrauen?«

»Deinem Instinkt.«

Sie sieht auf ihre gefalteten Hände, die auf der Theke liegen, und presst die Daumen aneinander. »Mein Instinkt sagt mir, dass ich das tun soll, was für meinen Sohn das Beste ist.«

»Genau davon rede ich.«

Sie hebt den Blick, und ich erkenne, wie verletzt sie ist. Ich hasse mich dafür, dass ich diese Gefühle in ihr erzeuge: Frustration, Enttäuschung, Hilflosigkeit, Angst. Es sind die Gefühle, die ich oft sehe, wenn ich in den Spiegel schaue.

»Hey.« Ich gehe um die Theke herum, greife nach ihrer Hand, ziehe sie an mich und umarme sie. Sie lässt die Berührung einen Moment lang zu, dann schüttelt sie den Kopf und stößt mich von sich.

»Ich kann nicht.«

Drei Wörter, die etwas bedeuten, das sie auch anders hätte sagen können: Es ist aus.

Sie wendet sich ab, geht durch den Raum und läuft die Treppe hinunter.

»Auburn, warte«, rufe ich.

Sie wartet nicht. Als ich die Stufen hinunterrenne, höre ich ihre Schritte schon durch den Ausstellungsraum hallen. So darf es zwischen uns nicht enden. Ich weigere mich, sie in dieser Stimmung gehen zu lassen. Es könnte sonst nämlich sein, dass sie nie mehr wiederkommt.

Ich erreiche sie, als sie gerade den Schlüssel dreht, um die Tür zu öffnen, ziehe sie zu mir herum und presse meinen Mund auf ihren.

dreizehntes kapitel

AUBURN

Owen küsst mich voller Entschlossenheit und tiefster Reue und wütender Verzweiflung, und irgendwie gelingt es ihm, all diese Emotionen in überwältigende Zärtlichkeit zu hüllen.

Als unsere Zungen sich berühren, ist es, als wäre unser Abschied für unbestimmte Zeit aufgehoben. Wir atmen beide fast unhörbar aus, weil sich dieser Kuss genau so anfühlt, wie ein Kuss sich anfühlen sollte. Und obwohl ich weiß, dass er zu nichts führen wird, erwidere ich ihn. Er kann nichts ungeschehen machen. Er kann die Fehler, die Owen begangen hat, nicht ausmerzen. Aber ich ahne auch, dass das womöglich das letzte Mal ist, dass ich eine solche Intensität spüre, und das will ich mir nicht versagen.

Owen hält mich im Arm, streicht mit der anderen Hand über meinen Nacken und meine Haare, sodass mir ein heißer Schauer über den Rücken läuft. Er neigt meinen Kopf leicht zurück, während er mich küsst, und es kommt mir vor, als würde er jedes noch so kleine Detail dieses Kusses in sich aufnehmen wollen, weil er weiß, dass die Erinnerung daran alles ist, was ihm bleibt, wenn wir uns wieder voneinander lösen.

Der Gedanke, dass das jetzt unser Abschied ist, lässt plötzlich unglaubliche Wut in mir aufsteigen. Owen war seit Adams Tod der erste Mensch, der mir Hoffnung gemacht und mir das Gefühl gegeben hat, keine Versagerin zu sein. Gleichzeitig hat er mich belogen und es Trey dadurch ermöglicht, mich mit der bitteren Wahrheit zu konfrontieren und alles, was so schön begonnen hat, zu zerstören.

Und dann beginnt der Kuss wehzutun. Nicht körperlich, sondern tief in meinem Herzen, weil mir, je länger er dauert, immer bewusster wird, was ich verliere. Die Erkenntnis, dass ich die seltene Chance hatte, einem Menschen zu begegnen, der in mir solche Gefühle wecken kann, und ihn gleich darauf wieder aufgeben zu müssen, macht mir Angst.

Ich bin es so leid, alles aufgeben zu müssen, was mir etwas bedeutet.

Irgendwann zieht Owen sich zurück und sieht mich mit schmerzerfülltem Blick an. Seine Hand gleitet von meinem Hinterkopf zu meiner Wange und er streicht mit dem Daumen zart über meine Unterlippe.

»Es tut jetzt schon weh.«

Er beugt sich wieder zu mir, legt seine Lippen samtweich auf meine und bewegt dann langsam den Kopf an meinem

Kiefer entlang, bis ich seinen Mund an meinem Ohr spüre. »Ist es das jetzt? Endet es so?«

Ich nicke, obwohl es das Letzte ist, was ich will. Aber es ist das Ende. Selbst wenn er sein Leben von jetzt an komplett ändern würde, würde das, was er getan hat, mein Leben trotzdem weiterhin beeinflussen.

»Manchmal bekommen wir keine zweite Chance, Owen. Manchmal enden die Dinge einfach.«

Er verzieht das Gesicht. »Wir haben doch noch nicht mal eine *erste* Chance gehabt.«

Ich will ihm sagen, dass das nicht meine Schuld ist. Es ist seine. Aber das weiß er selbst. Er bittet mich nicht um eine zweite Chance. Er ist bloß verzweifelt. Verzweifelt darüber, dass es vorbei ist, bevor es überhaupt angefangen hat.

Owen stützt rechts und links von mir die Hände an die Glastür. »Es tut mir leid, Auburn«, sagt er. »Du hast es sowieso schon schwer, und ich wollte, ich hätte nicht alles noch schwieriger für dich gemacht.« Nachdem er kurz seine Lippen auf meine Stirn gedrückt hat, lässt er die Arme sinken und schließt die Tür auf. Er tritt zwei Schritte zurück und nickt leicht. »Ich verstehe deine Entscheidung. Und noch mal: Es tut mir leid.«

Der Schmerz in seinem Blick und die Resignation in seiner Stimme sind schwer zu ertragen. Ich greife hinter mich und öffne die Tür, dann hole ich tief Luft, drehe mich um und gehe.

Das Geräusch der hinter mir ins Schloss fallenden Tür ist das niederschmetterndste, was ich je gehört habe. Unwillkürlich presse ich die Faust auf mein Herz und spüre wieder genau das, was er mir beschrieben hat, als er von seiner toten Mutter sprach: dieses schreckliche Gefühl des Vermissens.

Aber ich verstehe nicht, wie das sein kann, wo wir uns doch erst vor ein paar Wochen kennengelernt haben.

»Es gibt Menschen, die man kennenlernt, und solche, die man schon vom ersten Moment an kennt …«

Es ist mir egal, dass ich ihn erst so kurz kenne. Es ist mir egal, dass er mich angelogen hat. Ich werde mir trotzdem erlauben, traurig zu sein. Denn er ist der einzige Mensch, der mir je das Gefühl vermittelt hat, stolz darauf sein zu können, Mutter zu sein. Und weil ich ihn viel zu bald wieder aus meinem Leben verabschieden musste, gestatte ich mir zu weinen, ohne mich deswegen schlecht zu fühlen.

~

Ich habe etwa die Hälfte des Heimwegs zurückgelegt und meine Tränen sind halbwegs getrocknet, als ich den Wagen bemerke, der im Schritttempo neben mir herfährt. Es ist ein Streifenwagen. Als ich stehen bleibe, lässt Trey die Fensterscheibe herunter, beugt sich über den Beifahrersitz und öffnet die Tür.

»Steig ein, Auburn.«

Ich tue, was er sagt, und lasse mich von ihm nach Hause fahren. Sein Verhalten gefällt mir nicht, ich verstehe nicht, was das soll. Er benimmt sich wie ein eifersüchtiger Freund oder ein überbehütender Bruder. Dabei ist er keins von beidem.

»Warst du gerade bei ihm im Atelier?«

Ich starre aus dem Seitenfenster, während ich überlege, was ich antworten soll. Es ist klar, dass er sowieso weiß, wo ich gewesen bin. Wenn ich ihn jetzt anlügen würde, hätte ich sein Vertrauen für immer verloren. AJ zuliebe darf ich das nicht riskieren.

»Ja. Er hat mir Geld geschuldet.«

Trey sagt nichts, aber ich höre, wie er mehrmals geräuschvoll ein- und ausatmet. Kurz darauf fährt er rechts ran. »Ich habe dir vorhin gesagt, dass dieser Typ gefährlich ist, Auburn.« Er sieht mich wütend an. »Bist du total bescheuert, oder was?«

Jetzt reicht es mir. Ich reiße die Wagentür auf, steige aus und schlage sie zu. Ich bin keine drei Schritte weit gekommen, als Trey mich am Handgelenk packt und herumwirbelt.

»Er ist nicht gefährlich, Trey. Er hat Probleme. Und zwischen uns läuft nichts, ich bin bloß hin, um mir das Geld abzuholen, das er mir für den Abend geschuldet hat, an dem ich bei ihm gearbeitet habe.«

Trey betrachtet mich mit zusammengekniffenen Augen und versucht zu entscheiden, ob ich lüge oder die Wahrheit sage. Ich verdrehe die Augen.

»Wenn zwischen uns etwas laufen würde, wäre ich garantiert länger als nur ein paar Minuten in seinem Atelier geblieben.« Ich dränge mich an ihm vorbei. »Jesus, Trey. Du benimmst dich, als wärst du eifersüchtig.«

Im nächsten Moment ist er wieder vor mir und zwingt mich, stehen zu bleiben. Er sieht mich mehrere Sekunden lang an. »Ich *bin* eifersüchtig, Auburn.«

Es ist wie ein Stoß in den Magen. Ich schlucke trocken und warte darauf, dass er das, was er gerade gesagt hat, zurücknimmt. Aber er schweigt und sieht mich nur ernst an.

Er ist Adams Bruder, AJs Onkel.

Das kann ich nicht.

Er ist Trey.

Ich gehe um ihn herum und habe nur noch einen Gedanken: Ich muss so schnell wie möglich nach Hause und die Tür hinter mir zumachen. Mir ist das alles zu viel.

Es überrascht mich nicht, als ich Treys Schritte hinter mir höre, aber ich gehe stur weiter und versuche zu begreifen, was in den letzten zwei Stunden meines Lebens passiert ist. Allerdings ist es schwierig, einen klaren Gedanken zu fassen, wenn einem der eifersüchtige Bruder seines verstorbenen Freunds hinterherläuft.

Erst als ich kurz darauf endlich vor unserem Haus stehe, drehe ich mich zu ihm um. Treys Blick ist bohrend. Ich will ihm gerade sagen, dass er mich jetzt bitte allein lassen soll, als er sich direkt neben meinem Kopf gegen den Türrahmen stützt, sodass ich nicht mehr wegkann.

»Hast du nie darüber nachgedacht?«

Natürlich weiß ich genau, was er meint, tue aber so, als wüsste ich es nicht. »Worüber?«

Sein Blick fällt auf meine Lippen. »Über uns.«

Über uns.

Über mich und Trey.

Die ehrliche Antwort müsste lauten: *Nein, Trey. Nein, dieser absurde Gedanke ist mir noch nie gekommen.* Aber ich will ihn nicht noch wütender machen, deshalb schweige ich.

»Es wäre nur vernünftig, Auburn.«

Ich schüttle heftig den Kopf. »Es ist nicht vernünftig«, widerspreche ich bemüht ruhig, obwohl ich am liebsten schreien würde. »Du bist Adams Bruder. AJs Onkel. Das würde ihn nur verwirren.«

Trey rückt näher, so nah, dass ich das Gefühl habe, er nimmt mir die Luft zum Atmen.

»Ich liebe ihn wie meinen eigenen Sohn, Auburn«, sagt er.

»Ich bin die einzige Vaterfigur, die der kleine Kerl hat. Er wohnt mit seiner Großmutter bei mir und wenn du und ich …«

Ich richte mich zu meiner vollen Größe auf und straffe die Schultern. »Ich hoffe, du hast nicht vor, meinen Sohn als Druckmittel einzusetzen, um dich an mich heranzumachen.« Die Empörung in meiner Stimme überrascht mich selbst und höchstwahrscheinlich auch Trey.

Er fährt sich durch die Haare, und sein Blick wandert über meine Schulter ins Leere, während er überlegt, wie er reagieren soll. »Natürlich nicht, Auburn«, sagt er schließlich und sieht mich wieder an. »Ich kann mir vorstellen, dass es sich für dich so angehört hat, aber das würde ich nie tun. Alles, was ich sage, ist … es würde passen. *Wir* würden passen.«

Ich antworte darauf nichts, weil er nicht völlig unrecht hat. Lydia vertraut ihrem Sohn mehr als jedem anderen auf der Welt und wenn er und ich zusammen wären …

»Denk doch einfach mal darüber nach«, sagt er, als würde er jetzt sowieso keine Antwort von mir erwarten. »Wir könnten es ganz langsam angehen lassen. Schauen, ob du dir das überhaupt vorstellen kannst.« Er nimmt seine Hände vom Türrahmen, tritt einen Schritt zurück und gibt mir wieder Raum zum Atmen. »Ich schlage vor, wir reden Sonntagabend darüber. Jetzt muss ich zum Dienst. Versprichst du mir, dass du nachher die Kette vorlegst?«

Ich nicke und bereue es im nächsten Moment, weil er jetzt denkt, ich wäre auch mit all dem anderen einverstanden, was er gesagt hat.

Obwohl er in einem Punkt recht hat … möglicherweise wäre es tatsächlich die vernünftigste Lösung, jedenfalls was AJ angeht. Ich wünsche mir nichts sehnlicher, als endlich wieder richtig mit meinem Sohn zusammen sein zu dürfen, und mittlerweile bin ich an einem Punkt angelangt, an dem es mir fast egal ist, wie ich dieses Ziel erreiche. Er fehlt mir so.

Sofort schäme ich mich dafür, dass ich wirklich ernsthaft über Treys Vorschlag nachdenke. Ich empfinde nicht einmal einen Bruchteil von dem für ihn, was ich für Adam empfunden habe, und fühle mich nicht annähernd so wohl mit ihm wie mit Owen. Aber wenn ich Zeit mit ihm verbringe, rückt mich das automatisch näher an AJ, der mir wichtiger ist als jeder andere Mensch auf dieser Welt. Und, verdammt … ja, ich glaube, ich würde alles tun, um meinen Sohn wiederzubekommen.

Alles.

~

Vor meinem Umzug nach Dallas habe ich Lydia gefragt, wie lange es ungefähr dauert, um von meinem Apartment zu dem Haus zu kommen, das sie mit Trey zusammen bewohnt. »Ach, das ist gar keine Strecke«, hat sie behauptet. »Höchstens fünfzehn Kilometer …«

Was sie nicht dazugesagt hat, ist, dass es auf der Strecke keine Buslinie gibt und man mit dem Taxi durch den dichten Verkehr in der Rushhour jedes Mal etwa eine Dreiviertelstunde braucht. In der Regel komme ich nicht vor sieben Uhr abends aus dem Salon, und bis ich rausgefahren bin, liegt AJ schon im Bett. Lydia ist es deswegen lieber, wenn ich ihn unter der Woche gar nicht besuchen komme. »Für dich ist das unpraktisch und ihn macht es nur unruhig«, sagt sie.

Im Klartext bedeutet das, dass ich meinen Sohn bis auf wenige Ausnahmen nur an den Sonntagen sehe, wenn ich zum Abendessen komme. Natürlich versuche ich immer, so früh wie möglich hinzukommen. Manchmal bin ich schon zum Mittagessen da und fahre erst wieder, nachdem ich ihn ins Bett gebracht habe. Lydia lässt mich deutlich spüren, dass ihr das eigentlich nicht passt, aber das ist mir egal. AJ ist mein Sohn, und ich sehe nicht ein, dass ich um Erlaubnis betteln muss, um ihn besuchen zu dürfen.

Heute haben wir fast den ganzen Tag miteinander verbracht und ich habe jede Sekunde voll ausgekostet. Ich bin schon seit dem Frühstück hier und AJ ist mir die ganze Zeit über nicht von der Seite gewichen. Nach dem Abendessen habe ich mich mit ihm im Wohnzimmer auf die Couch gesetzt und ihm erlaubt, noch eine Folge seiner Lieblingszeichentrickserie anzuschauen, aber schon nach der Hälfte ist er auf meinem Schoß eingeschlummert. Normalerweise helfe ich nach dem Essen immer noch in der Küche, aber das habe ich Lydia heute nicht angeboten. Heute will ich einfach nur meinen kleinen schlafenden Jungen im Arm halten.

Vielleicht möchte Trey mir beweisen, was für ein toller Hausmann er ist, vielleicht sehe ich ihn auch nur in einem neuen Licht, jedenfalls hat er die ganze Küche aufgeräumt. Anscheinend ist er jetzt fertig. Ich höre, dass die Spülmaschine läuft.

Kurz darauf erscheint Trey in der Verbindungstür zwischen Küche und Wohnzimmer, lehnt sich in den Türrahmen und lächelt, als er AJ und mich auf der Couch kuscheln sieht.

Im nächsten Moment kommt Lydia herein. »Du hättest ihn nicht einschlafen lassen sollen«, sagt sie missbilligend und zerstört die Idylle mit einem einzigen Satz. »Jetzt wacht er bestimmt wieder mitten in der Nacht auf und steht dann bei mir im Zimmer.«

»Er ist gerade erst eingeschlafen«, besänftige ich sie. »Keine Sorge.«

Sie lässt sich seufzend in einen Sessel sinken und sieht Trey an, der immer noch in der Tür steht. »Hast du heute Abend nicht noch Dienst?«, fragt sie. Trey nickt und stößt sich vom Türrahmen ab.

»Doch. Ich muss langsam auch mal los.« Er sieht mich an. »Soll ich dich in die Stadt mitnehmen?«

Ich betrachte AJ, der in meinen Armen liegt, und möchte ihn noch nicht allein lassen. Abgesehen davon gibt es auch noch etwas, das ich heute hinter mich bringen will. »Eigentlich wollte ich mit deiner Mutter noch etwas besprechen, bevor ich gehe«, sage ich zu Trey.

Ich spüre Lydias Blick auf mir, sehe sie aber nicht an. Man sollte meinen, ich hätte meine Angst vor ihr verloren, nachdem ich immerhin einige Jahre lang bei ihr gelebt habe. Aber es ist schwierig, keine Angst vor jemandem zu haben, der Macht über das hat, was man mehr liebt als das eigene Leben.

»Hat das nicht bis zum nächsten Mal Zeit, Auburn?«, sagt Lydia unwillig. »Ich bin nach dem langen Tag heute erschöpft und Trey muss ja auch zur Arbeit.«

Ich streiche AJ über den Kopf. Er hat die Haare seines Vaters geerbt. Sie sind seidenweich. »Bitte hör mich kurz an, Lydia«, sage ich leise und sehe ihr fest in die Augen, obwohl ich dazu meinen ganzen Mut zusammennehmen muss. Mein Magen ist wie zugeschnürt. Es ist jedes Mal dasselbe. Sobald ich einen Versuch starte, mit ihr über AJ zu reden, kommt sie mit irgendwelchen Ausflüchten, warum es jetzt gerade gar nicht passt. Aber ich muss es endlich hinter mich bringen. »Ich würde gern noch mal mit dir über unsere Sorgerechtsvereinbarung sprechen. Und ich wäre dir sehr dankbar, wenn wir dieses Gespräch heute führen könnten, weil es mich total unglücklich macht, dass ich AJ nicht so oft sehen kann wie früher.«

Als wir noch alle zusammen in Portland gewohnt haben, war das mit dem Sorgerecht noch nicht so ein Problem, weil ich jeden Tag nach der Schule in das Haus zurückgekehrt bin, in dem auch mein Sohn lebte. Obwohl Lydia bei allem, was AJ anging, das letzte Wort hatte, hatte ich trotzdem immer das Gefühl, seine Mutter zu sein.

Aber seit sie vor ein paar Monaten mit ihm nach Texas gezogen ist, fühlt es sich immer mehr so an, als würde ich ihn langsam verlieren. Nie darf ich ihn sehen. Jedes Mal, wenn wir telefonieren, bin ich danach in Tränen aufgelöst. Vielleicht bilde ich es mir ja nur ein, aber es kommt mir fast so vor, als würde Lydia es absichtlich darauf anlegen, uns einander zu entfremden.

»Du weißt, dass du ihn sehen kannst, wann immer du willst, Auburn.«

Ich schüttle den Kopf. »Nein, das kann ich eben nicht, und genau darum geht es mir«, sage ich und hasse mich dafür, dass meine Stimme so dünn und piepsig klingt wie die eines kleinen Mädchens. »Dir ist es nicht recht, wenn ich unter der Woche abends noch vorbeikomme, und du hast mir noch nie erlaubt, ihn über Nacht bei mir zu behalten.«

Lydia verdreht die Augen. »Aus gutem Grund«, sagt sie leicht gereizt. »Ich habe kein Vertrauen zu den Freunden, die du dir hier gesucht hast. Als ich AJ das letzte Mal vorbeigebracht habe, saß ein krimineller Drogenabhängiger in deinem Schlafzimmer.«

Mein Blick fällt auf Trey, der sofort schuldbewusst wegsieht. Er weiß ganz genau, was er mir und AJ angetan hat, indem er Lydia Details über Owen erzählt hat. »Vielleicht ist es besser, wenn ich den Kleinen schon mal ins Bett bringe«, sagt er und kommt auf mich zu.

Für diesen Vorschlag bin ich ihm wiederum beinahe dankbar. Ich möchte auf keinen Fall, dass AJ wach wird und mitbekommt, dass sich die Erwachsenen seinetwegen streiten. Nachdem Trey ihn mir aus den Armen genommen hat, wende ich mich wieder an Lydia.

»Er war nur kurz da, um das Zelt aufzubauen«, verteidige ich mich. »Wenn ich gewusst hätte, dass du mir AJ vorbeibringst, hätte ich ihn natürlich gar nicht erst gebeten vorbeizukommen.«

Lydia presst die Lippen aufeinander und verengt die Augen. Ich hasse es, wenn sie mich so ansieht.

»Worum bittest du mich eigentlich konkret, Auburn? Möchtest du, dass ich dir deinen Sohn regelmäßig vorbeibringe, damit ihr bei dir fröhliche Pyjamapartys feiern könnt? Willst du jeden Abend hier mit ihm spielen, bis er so aufgedreht ist, dass er nicht einschlafen kann?« Sie steht aus ihrem Sessel auf. »Ich habe den Jungen von Geburt an aufgezogen, Auburn. Du kannst nicht von mir erwarten, dass ich begeistert Beifall klatsche, wenn du von mir verlangst, ihn dir und irgendwelchen vollkommen fremden Menschen zu überlassen.«

Ich stehe ebenfalls auf. Sie soll nicht auf mich herabsehen, als wäre sie mir in irgendeiner Weise überlegen. »Wir haben ihn *zusammen* von Geburt an aufgezogen, Lydia. Ich war immer für ihn da. AJ ist mein Sohn. Ich bin seine Mutter. Ich sollte dich nicht um Erlaubnis fragen müssen, wenn ich Zeit mit ihm verbringen möchte.«

Als Lydia mich schweigend ansieht, keimt Hoffnung in mir auf. Hat sie vielleicht endlich begriffen, was sie mir antut?

»Meine liebe Auburn.« Sie setzt ein künstliches Lächeln auf. »Ich habe bereits zwei Söhne großgezogen, bevor du deinen Sohn bekommen hast. Glaub mir, ich weiß, wie wichtig ein geregelter Tagesablauf für die Entwicklung eines Kindes ist. Wenn du ihn hier besuchen möchtest, geht das völlig in Ordnung. Aber du musst mir schon erlauben, gewisse Zeitfenster für deine Besuche zu vereinbaren, damit sie keine negativen Auswirkungen auf ihn haben.«

Um nicht die Beherrschung zu verlieren, reibe ich mir mit beiden Händen übers Gesicht und atme ein paarmal ein und aus. »Negative Auswirkungen?«, wiederhole ich mit zitternder Stimme. »Wie könnte es negative Auswirkungen haben, wenn seine Mutter ihn abends ins Bett bringt?«

»Er braucht nun mal klare Strukturen, Auburn …«

»Genau das ist es, was ich ihm *geben* will, Lydia!«, sage ich laut und erstarre im gleichen Moment. Ich habe sie noch nie angeschrien. Noch nie.

Trey kommt ins Wohnzimmer zurück.

»Lass dich von ihm nach Hause fahren«, sagt Lydia kurz angebunden. »Es ist schon spät.«

Ohne ein Wort des Abschieds dreht sie sich um und geht aus dem Zimmer. Sie hat offensichtlich entschieden, dass unser Gespräch beendet ist.

Ich stöhne unterdrückt auf und kann nicht fassen, dass sie es wieder mal geschafft hat, mich knallhart gegen die Wand fahren zu lassen. Eigentlich hatte ich ihr sagen wollen, dass es mir am liebsten wäre, wenn AJ ganz bei mir aufwachsen könnte, aber dazu hat sie mir erst gar keine Gelegenheit gegeben. Es ist mir ja nicht einmal gelungen, auch nur die allerkleinste Verbesserung durchzusetzen. Lydia redet immer von Strukturen und einem regelmäßigen Tagesablauf, als hätte ich vor, AJ um Mitternacht aus dem Bett zu reißen, um Pfannkuchen zu backen. Dabei will ich nichts weiter, als ihn öfter zu sehen. Mir kommt es wirklich immer mehr so vor, als würde sie meinen Sohn benutzen, um den zu ersetzen, den sie verloren hat. Wieso sieht sie nicht, wie weh sie mir damit tut? Sie sollte sich vielmehr darüber freuen, dass ich AJ eine gute Mutter sein will.

Als Trey plötzlich leise lacht, sehe ich ihn erstaunt an. Wenn es einen Moment gibt, in dem ein Lachen wirklich völlig unangebracht ist, dann ist es dieser. Am liebsten würde ich ihm in sein grinsendes Gesicht schlagen.

Statt sich zu entschuldigen, schüttelt er den Kopf und nimmt sein Holster mit der Waffe darin aus dem Garderobenschrank. »Wie du meine Mutter gerade angebrüllt hast.« Er schnallt das Holster um und zieht seine Jacke an. »Wow.«

»Schön für dich, dass du meine Situation so lustig findest«, sage ich tonlos, dränge mich an ihm vorbei zur Haustür hinaus und gehe schon mal zum Wagen. Sobald ich die Tür hinter mir zugeschlagen habe und allein in der Dunkelheit sitze, breche ich in Tränen aus.

Ich erlaube mir, so laut und so hemmungslos zu schluchzen, wie ich will, aber als ein paar Minuten später Trey aus dem Haus tritt, halte ich sofort die Luft an, um mich zu beruhigen, und wische mir die Tränen aus dem Gesicht. Nachdem er eingestiegen ist und die Tür zugemacht hat, sehe ich ihn nicht an, sondern starre aus dem Seitenfenster.

Anscheinend kapiert er, dass ich nicht in der Stimmung bin, ihn weiter zu amüsieren, denn er sagt die ganze Fahrt über keinen Ton. Wir kommen schnell durch, weil um diese Zeit kaum noch jemand unterwegs ist, aber selbst zwanzig Minuten können sich sehr lang anfühlen, wenn man sich anschweigt.

Vor dem Haus angekommen, steigt er mit aus, um mich zum Apartment zu begleiten, wie er es immer tut. Ich bin nach wie vor wütend auf ihn, aber bevor ich wortlos in der Wohnung verschwinden kann, packt er mich am Arm.

»Es tut mir leid«, entschuldigt er sich. »Ich habe nicht über deine Situation gelacht, Auburn.«

Ich schüttle stumm den Kopf, weil ich einfach keine Kraft mehr habe, etwas dazu zu sagen. Immerhin sieht er ein, dass sein Verhalten unpassend war.

»Es ist nur … Ich hab noch nie erlebt, dass jemand meine Mutter angeschrien hat, und fand es ziemlich … witzig.« Er macht einen Schritt auf mich zu und legt die Hand an den Türrahmen. »Um genau zu sein …«, sagt er leise, »… fand ich es sogar sehr sexy. Ich wusste gar nicht, dass du so heißblütig bist.«

Ich sehe ihn angewidert an. »Das meinst du jetzt nicht ernst, Trey, oder?« Falls es jemals auch nur den Hauch einer Chance gab, dass ich ihn anziehend hätte finden können, hat er es sich mit diesem einen Kommentar für immer mit mir verscherzt.

Er tritt einen Schritt zurück und hebt beide Hände. »Sorry. Das sollte keine Anmache sein«, sagt er. »Ich wollte dir ein Kompliment machen, aber du bist offensichtlich nicht in der Stimmung, also verschieben wir das vielleicht lieber auf ein anderes Mal.«

»Gute Nacht.« Ich schlüpfe in die Wohnung, ziehe die Tür hinter mir zu und lehne mich dagegen.

Es klopft. »Auburn«, höre ich Trey leise rufen. »Mach noch mal kurz auf. Bitte.«

Ich verdrehe die Augen, öffne ihm dann aber. Er steht mit hängenden Armen vor mir, lehnt den Kopf an den Türrahmen und sieht mich flehend an. Ich muss daran denken, wie schön der Abend war, an dem Owen so vor mir stand. »Ich werde noch mal mit Mom reden«, sagt Trey.

Ich sehe ihn erstaunt an.

»Du hast völlig recht damit, dass du mehr Zeit mit AJ verbringen solltest. Sie macht dir das Leben echt schwer.«

»Du willst mit ihr reden? Ernsthaft?«

Trey richtet sich auf. »Es tut mir wirklich leid, dass ich gelacht habe«, sagt er. »Das war ein missglückter Versuch, die Stimmung ein bisschen aufzulockern, weil ich natürlich merke, wie sehr dich das alles runterzieht. Aber ich sehe ein, dass das wohl die falsche Methode war. Sei nicht sauer, okay? Ich glaube nicht, dass ich es ertrage, wenn du sauer auf mich bist.«

Ich schlucke und schüttle den Kopf. »Ich bin nicht sauer, Trey. Ich bin nur …« Ich hole tief Luft. »Deine Mutter macht mich manchmal echt fertig.«

»Glaub mir, ich weiß genau, was du meinst.« Er lacht leise. »Leider muss ich jetzt zur Arbeit, aber ich würde gern bald mal in Ruhe mit dir reden, okay?«

Ich nicke und diesmal ist mein Lächeln echt. Wenn er wirklich bereit ist, mit Lydia zu sprechen, bin ich bereit, ihm seinen miesen Spruch von eben zu verzeihen. Trey macht ein paar Schritte rückwärts, dann hebt er die Hand und geht. Ich schließe die Tür, drehe mich um und bekomme fast einen Herzinfarkt. Emory steht im Wohnzimmer und hält eine Katze im Arm.

Eine Katze, die mir sehr bekannt vorkommt.

»Was … äh … wie …?«

Emory sieht auf die Katze herunter und zuckt mit den Schultern. »Owen ist vor einer Stunde hier gewesen«, sagt sie. »Er hat die hier und eine Nachricht für dich dagelassen.«

Ich schüttle verwirrt den Kopf. »Er hat die Katze hiergelassen?«

Emory dreht sich um und setzt sich mit Owen-der-Katze auf die Couch. »Ja, genau. Und er hat eine Nachricht für dich in dein Zimmer gelegt. Er hat gesagt, du wüsstest schon, wo.«

Ich laufe in mein Zimmer, lasse mich vor dem Zelt auf die Knie fallen und krabble hinein. Auf meinem Kissen liegt ein gefalteter Zettel.

Auburn,

ich weiß, es ist ein bisschen unfair, dich quasi vor vollendete Tatsachen zu stellen und zu bitten, ein paar Tage auf Katze Owen aufzupassen, aber ich habe gerade niemand anderen, dem ich sie anvertrauen könnte. Mein Vater leidet unter einer starken Katzenhaar-Allergie (was möglicherweise der Grund dafür war, warum ich Owen angeschafft habe) und Harrison musste kurzfristig ein paar Tage weg und kommt erst Dienstag wieder. Danach kannst du sie jederzeit zu ihm bringen.
Es ist mir wichtig, dir noch mal zu sagen, wie leid es mir tut, dass alles so gekommen ist. Du hast jemanden verdient, der

dir geben kann, was du brauchst ... leider bin ich dazu im Moment nicht in der Lage. Wenn ich gewusst hätte, dass du eines Tages vor meiner Tür stehst, hätte ich alles anders gemacht.
Alles.
Bitte erlaube niemandem, dir das Gefühl zu geben, weniger zu sein, als du bist.
Pass gut auf dich auf.

Owen

PS: Es lässt sich wahrscheinlich nicht verhindern, dass du irgendwann einmal jemandem erlauben musst, euer Bad zu benutzen. Kannst du mir einen großen Gefallen tun und dann die süßen kleinen Muschelseifen wegpacken? Der Gedanke, dass derjenige die Seifen so süß finden könnte wie ich, ist kaum zu ertragen.

PPS: Futter hab ich mitgebracht. Du musst ihr nur einmal täglich den Napf füllen, sie bedient sich dann selbst. Owen ist ziemlich leicht am Leben zu halten.
Danke, dass du dich um sie kümmerst. Ganz egal, für wie lange (oder kurz), ich weiß, dass sie bei dir in guten Händen ist, weil ich erlebt habe, was für eine Mutter du bist.
Nämlich eine verdammt gute.

Ich bin selbst schockiert, als ich merke, dass mir Tränen übers Gesicht laufen. Ich wische sie weg, falte den Brief zusammen und gehe ins Wohnzimmer, wo ich Emory wortlos die Katze aus dem Arm nehme. Wieder zurück in meinem Zimmer, schließe ich die Tür hinter mir und lege mich aufs

Bett. Owen-die-Katze schmiegt sich an mich und schnurrt zufrieden, als wäre sie genau da, wo sie hingehört.

Ich kümmere mich gern um sie, solange Owen weg ist, weil es sich anfühlt, als wären wir auf diese Weise immer noch miteinander verbunden. Aus irgendeinem Grund, über den ich im Moment gar nicht so genau nachdenken will, brauche ich dieses Verbindungsglied zu Owen. Es hilft mir, den Schmerz in meiner Brust, wenn ich an ihn denke, ein wenig leichter zu ertragen.

vierzehntes kapitel

OWEN

Mein Vater steht mit offensichtlich schlechtem Gewissen in der offenen Tür zum Haftraum, in den man mich im Anschluss an die Urteilsverkündung gebracht hat. Ich sitze an einem Tisch, der dem sehr ähnlich ist, an dem ich vor drei Wochen saß, als ich verhaftet wurde. Nur dass ich diesmal den Preis für diese Verhaftung zahle.

Ich schaue auf meine Hände und schiebe die Handschellen etwas höher, weil sie an den Gelenken scheuern. »Was nützt dir dein tolles Jurastudium, wenn du es jetzt noch nicht mal schaffst, deinen Sohn hier rauszuholen?«

Ich weiß, dass das unfair ist, aber ich bin wütend. Frustriert. Stehe unter Schock. Die Tatsache, dass ich gerade zu neunzig Tagen Gefängnis verurteilt worden bin, obwohl es das erste Mal war, dass ich straffällig geworden bin, hat mir den Boden unter den Füßen weggezogen. Ich bin mir sicher, dass das harte Urteil vor allem etwas damit zu tun hat, dass der Richter mit Nachnamen Corley hieß. Aber das passt zu dem Glück, das ich in der letzten Zeit habe. Eigentlich dürfte es mich nicht wundern, dass ausgerechnet einer von Dads Fassaden-Freunden über mein Schicksal entschieden hat.

Mein Vater zieht die Tür zu. Das ist jetzt das letzte Mal, dass wir uns sehen, bevor ich ins Gefängnis überführt werde. Ehrlich gesagt, wäre ich im Moment lieber allein.

Er geht zögernd ein paar Schritte auf mich zu. »Warum zum Teufel hast du dich geweigert, in eine Klinik zu gehen?«

Ich schließe die Augen, weil ich nicht begreife, warum er es nicht begreift. »Weil ich keinen Entzug machen muss.«

»Ein paar Wochen Therapie und du wärst wieder draußen gewesen, Herrgott. Jetzt steht für immer in deiner Akte, dass du drei Monate in Haft warst. Willst du dir dein Leben ruinieren?«

Er ist wütend. Er brüllt. Schon im Vorfeld hat er die ganze Zeit gedrängt, ich soll mich zu einem freiwilligen Entzug bereit erklären, aber ich bin mir sicher, es ging ihm vor allem darum, sein schlechtes Gewissen zu beruhigen. Es wäre natürlich einfacher für ihn, er könnte sich mich in einem netten Zimmer in einer Entzugsklinik vorstellen statt in einer kargen Gefängniszelle. Und ich gebe zu, dass es durchaus sein kann, dass ich mich genau aus diesem Grund für die Haftstrafe entschieden habe.

»Ich kann versuchen, noch mal mit Corley zu reden. Wenn ich ihm sage, dass du deine Entscheidung bereust, gibt es vielleicht eine Möglichkeit, das Strafmaß zu reduzieren und dich einen Teil der Haftzeit in einer Klinik verbringen zu lassen.«

Ich schüttle den Kopf. »Wie wäre es, wenn du mich einfach in Ruhe lässt und gehst, Dad?«

Seine Miene bleibt regungslos.

»Geh!«, wiederhole ich etwas lauter. »Verschwinde! Ich will nicht von dir besucht werden. Ich will nicht von dir angerufen werden. Ich will überhaupt nicht mit dir sprechen, während ich im Gefängnis bin. Und ich kann nur hoffen, dass du das, was du anderen Leuten rätst, endlich selbst tust.«

Als er sich nicht von der Stelle rührt, stehe ich auf, gehe zur Tür und hämmere dagegen, bis ein Gerichtsbeamter öffnet. »Ich bin jetzt so weit!«, sage ich.

Mein Vater legt mir eine Hand auf die Schulter, aber ich schüttle sie ab. »Nicht, Dad. Lass mich einfach, okay … Ich kann jetzt nicht.« Der Beamte führt mich den Flur hinunter, ohne dass ich mich noch einmal nach meinem Vater umdrehe.

In meiner Zelle angekommen, werden mir die Handschellen abgenommen und die Tür schließt sich hinter mir. Ich lasse mich auf die Pritsche sinken, stütze den Kopf in die Hände und denke an den Abend zurück, an dem ich verhaftet wurde. Den Abend, an dem ich alles hätte anders machen sollen. Hätte ich damals nur geahnt, dass meine Entscheidung niemanden schützt. Niemandem hilft.

Ich habe nichts weiter getan, als einen Zustand aufrechtzuerhalten, der von Anfang an nur ins Verderben führen konnte. Wie schon seit Jahren.

Und jetzt zahle ich den ultimativen Preis dafür. Denn es kostet mich dich, Auburn.

DREI WOCHEN VORHER

Ich ziehe mein Handy aus der Tasche, werfe einen Blick aufs Display und spüre Genervtheit in mir aufsteigen, als ich die Nummer meines Vaters erkenne. Wenn er mich um diese Uhrzeit anruft, kann das nur eins bedeuten.

»Tja, dann sollte ich jetzt wahrscheinlich langsam mal gehen«, sage ich, stelle das Telefon stumm und stecke es in die Jeans zurück. Ich halte Auburn die Kaffeetasse hin und sehe, wie ihr Gesicht zu einer Maske erstarrt, als sie nickt und sich hastig umdreht, um ihre Enttäuschung zu verbergen.

»Okay, dann … danke für den Job«, sagt sie. »Und dafür, dass du mich nach Hause begleitet hast.«

Ich atme tief durch und reibe mir mit beiden Händen übers Gesicht, obwohl ich mir am liebsten eine runterhauen würde. Klar, dass der Anruf meines Vaters genau in dem Moment kommen muss, in dem es gerade so schön zwischen uns war. Und genauso klar, dass Auburn mein Verhalten völlig falsch interpretiert.

Offensichtlich denkt sie, ich würde gehen, um mich mit einem Mädchen zu treffen, dabei könnte nichts weiter von der Realität entfernt sein. Allerdings muss ich gestehen, dass ich mich über ihre Reaktion auch ein bisschen freue. So enttäuscht ist man nur, wenn einem etwas am anderen liegt.

Wortlos macht sie sich daran, meine Kaffeetasse zu spülen. »Der Anruf gerade kam übrigens nicht von einem Mädchen«, sage ich leise. Sie wirbelt erschrocken herum, sieht mich mit großen Augen an, sagt aber nichts. Ich gehe einen Schritt auf sie zu. »Du sollst nicht denken, dass ich jetzt gehe, um mich mit irgendeinem Mädchen zu treffen.«

Sie weicht zurück, aber ich sehe die Erleichterung in ihren

Augen und das kleine Lächeln, das sich in ihre Mundwinkel schleicht. Ganz schnell dreht sie sich wieder zum Spülbecken, als würde sie hoffen, dass ich es dann nicht bemerke.

»Es geht mich nichts an, wer dich anruft, Owen.«

Ich grinse, auch wenn sie es nicht sehen kann. Natürlich geht es sie nichts an, aber ich glaube, sie wünscht sich, es würde sie etwas angehen – genau wie ich. Ich zögere einen Moment, dann stemme ich rechts und links von ihr die Hände auf die Spüle und lege mein Kinn auf ihre Schulter. Am liebsten würde ich mein Gesicht an ihren Hals drücken und ihren Duft tief einatmen, aber ich widerstehe der Versuchung. Es fällt mir noch schwerer, mich zu beherrschen, als sie sich leicht zurücklehnt.

Es gibt so vieles, was ich in diesem Moment gern tun würde. Ich möchte meine Arme um sie schlingen, möchte sie küssen, sie hochheben und zum Bett tragen. Ich möchte, dass sie die Nacht mit mir verbringt. Ich möchte ihr all die Dinge gestehen, die ich vor ihr zurückhalte, seit sie vor meiner Tür stand.

Das alles möchte ich so sehr, dass ich dafür bereit bin, das zu tun, was ich am allerwenigsten möchte – nämlich mich in Geduld zu üben und es ganz langsam angehen zu lassen, um sie nicht zu verschrecken.

»Ich möchte dich wiedersehen.«

Als sie leise »Ich dich auch« sagt, muss ich mich zusammenreißen, um sie nicht um die Taille zu fassen, herumzudrehen und zu küssen. Irgendwie schaffe ich es, ruhig zu bleiben, als sie mich zur Tür begleitet und wir uns verabschieden.

Als sie dann – nach mehreren Anläufen – die Tür zum allerletzten Mal hinter mir schließt, möchte ich am liebsten noch einmal klopfen. Möchte, dass sie mir ein viertes Mal öffnet, damit ich meine Lippen auf ihre legen kann und ein

Gefühl für das bekomme, was die Zukunft hoffentlich für uns bereithält.

Ich überlege noch, ob ich endgültig gehen und bis morgen warten oder noch mal klopfen soll, damit sie die Tür öffnet und ich sie heute Abend noch küssen kann, als mir die Entscheidung abgenommen wird: Das Handy in meiner Hosentasche vibriert. Ich verlasse das Apartmentgebäude und nehme den Anruf meines Vaters entgegen.

»Alles in Ordnung bei dir?«, frage ich.

»Owen … Verdammt, der Wagen …«

Ich erkenne sofort, dass er getrunken hat. Er murmelt noch irgendetwas Unverständliches, danach herrscht Stille.

»Dad?«

Nichts. Ich presse die Hand auf mein anderes Ohr, um den Verkehrslärm auszublenden und besser hören zu können.

»Dad!«, rufe ich panisch.

Rascheln. Dann Gemurmel. »Ja, ja, ich hätte nicht … Tut mir leid, Owen, ich … ich hab's einfach mal wieder …«

Ich schließe die Augen und zwinge mich, ruhig zu bleiben.

»Sag mir, wo du bist. Ich bin gleich bei dir.«

Er murmelt den Namen einer Straße in dem Vorort, in dem er wohnt. Ich sage ihm, dass er bleiben soll, wo er ist, und lege den ganzen Weg zum Atelier im Laufschritt zurück, um meinen Wagen zu holen.

Ich habe keine Ahnung, was mich erwartet, und kann nur hoffen, dass er nicht betrunken hinter dem Steuer von der Polizei aufgegriffen wird. Bis jetzt hatte er unwahrscheinliches Glück, aber irgendwann ist immer das erste Mal.

~

Als ich in die abgelegene Straße einbiege, die er mir genannt hat, sehe ich im ersten Moment nur ein paar Häuser, die alle dunkel daliegen. Erst nach einigen Minuten entdecke ich seinen Wagen. Die Rücklichter brennen, aber es sieht aus, als wäre er in einen Graben gefahren.

Ich halte am Straßenrand, steige aus und laufe zu ihm. Auf den ersten Blick kann ich keine Unfallschäden erkennen. Mein Vater sitzt übers Lenkrad gebeugt da und reagiert nicht. Ich versuche, die Tür zu öffnen, aber sie ist verschlossen.

»Dad!« Ich hämmere gegen die Scheibe, bis er endlich aufwacht. Er schaut verwirrt um sich, dann drückt er in dem Versuch, die Türverriegelung zu lösen, fahrig auf den Knöpfen herum und lässt schließlich die Fensterscheibe halb runter.

»Falscher Knopf.« Ich greife durchs offene Wagenfenster, um die Tür von innen aufzumachen. »Rutsch rüber«, sage ich zu ihm. Er lehnt den Kopf zurück und sieht mich erschöpft an.

»Ich bin okay«, murmelt er. »Musste bloß ein bisschen schlafen.«

Ich zwänge mich in den Wagen und schiebe ihn mit der Schulter Richtung Beifahrersitz. Er rutscht stöhnend zur Seite und fällt gegen die Tür. Leider sind solche nächtlichen Rettungsaktionen nicht die Ausnahme. Das ist in diesem Jahr schon das dritte Mal, dass ich ihm zu Hilfe kommen muss. Früher, als es nur die Schmerztabletten waren, war es noch nicht so dramatisch, aber in letzter Zeit trinkt er zusätzlich exzessiv, und das macht es schwieriger, seinen Zustand zu verheimlichen.

Ich versuche, den Wagen zu starten, aber die Automatik

steht noch auf D. Ich schiebe sie auf P und lasse den Motor an. Danach fahre ich problemlos im Rückwärtsgang auf die Straße.

»Wie … wie hast du das geschafft?«, fragt mein Vater stammelnd. »Bei mir hat sich nichts getan.«

»Der Schalthebel stand auf D, Dad. Du kannst nicht starten, solange er auf D steht.«

Meinen eigenen Wagen lasse ich am Straßenrand stehen. Ich werde Harrison bitten müssen, mich herzufahren, sobald ich meinen Vater sicher nach Hause gebracht habe.

Nach ein paar Kilometern beginnt er zu weinen. Er drückt den Kopf an die Scheibe der Beifahrertür und sein ganzer Körper wird von Schluchzern geschüttelt. Früher hat es mich angegriffen, wenn er geweint hat, aber mittlerweile bin ich immun dagegen. Wobei ich die Tatsache, dass ich gegen seine Tränen unempfindlich bin, schrecklicher finde als die Tränen selbst.

»Es tut mir so leid, Owen«, wimmert er. »Ich hab's versucht … du weißt es. Immer wieder hab ich's versucht und versucht und versucht …« Jetzt weint er so heftig, dass ich ihn kaum noch verstehen kann. »Bloß noch ein paar Monate. Die brauch ich, um wieder halbwegs auf die Beine zu kommen. Danach hole ich mir Hilfe. Ehrlich. Ich versprech's. Aber … Herrgott, Owen, es tut so verflucht weh.«

Das ist das Härteste für mich. Ich kann seine Stimmungsschwankungen ertragen, die Rückfälle, die Scham, die Telefonanrufe, die mich mitten in der Nacht aus dem Schlaf reißen, das alles ertrage ich seit Jahren.

Es ist diese unermessliche Traurigkeit, die mich in die Knie zwingt. Zu sehen, dass seit dem Abend damals anstelle seines Herzens immer noch eine tiefe Wunde klafft. Die nackte Verzweiflung in seinem Schluchzen ist es, die mich immer wieder dazu bringt, alle seine Ausreden und Versprechungen zu akzeptieren. Mit jeder Träne, die er vergießt, kehrt der Horror jenes Abends zurück, und so sehr ich ihn für seine Schwäche hassen möchte, bewundere ich ihn doch gleichzeitig dafür, dass er noch da ist. Ich bin mir nicht sicher, ob ich an seiner Stelle den Willen hätte weiterzuleben.

Als plötzlich gleißende Helligkeit ins Wageninnere dringt, hört er schlagartig auf zu schluchzen. Ich bin oft genug von der Polizei kontrolliert worden, um zu wissen, dass das um diese Uhrzeit, wo nur noch wenige Autofahrer unterwegs sind, Routine ist. Allerdings macht mich der Zustand meines Vaters doch etwas nervös.

»Dad, lass mich das übernehmen.« Ich fahre an den Straßenrand und stelle den Motor ab. »Sobald du den Mund aufmachst, kriegt er mit, dass du betrunken bist.«

Er nickt und sieht unruhig zu dem Polizisten, der auf unseren Wagen zugeht.

»Hast du deine Papiere dabei?«, frage ich, als der Cop ans Fenster tritt. Mein Vater wühlt im Handschuhfach, während ich die Scheibe herunterlasse.

Das Gesicht kommt mir bekannt vor, aber ich weiß nicht sofort, wo ich es hinstecken soll. Erst als sich der Polizist vorbeugt und in den Wagen sieht, erkenne ich ihn. Trey …? Ja, ich glaube, so hieß er. Ich kann selbst nicht fassen, dass ich mich noch an seinen Namen erinnere.

Großartig. Der einzige Typ, mit dem ich mich jemals geprügelt habe, ist Polizist geworden und hält mich ausgerechnet an dem Abend an, an dem ich mit meinem völlig betrunkenen Vater im Wagen sitze.

Er scheint sich allerdings nicht an mich zu erinnern, was

mich beruhigt. »Führerschein und Fahrzeugpapiere«, blafft er.

Ich ziehe meinen Führerschein aus dem Portemonnaie und reiche ihn ihm zusammen mit dem Fahrzeugschein, den mein Vater mittlerweile gefunden hat. Trey betrachtet das Foto in meinem Führerschein länger als notwendig, dann grinst er dreckig.

»Owen Gentry?« Er klopft mit der Karte gegen das Wagendach und lacht. »Wow. Ich hätte nicht gedacht, dass wir uns noch mal wiedersehen.«

Ich schüttle unmerklich den Kopf. Er hat mein Gesicht also nicht vergessen. Nicht gut.

Trey hebt seine Taschenlampe, leuchtet in den Wagen, lässt den Lichtkegel über die Rückbank gleiten und richtet ihn zuletzt auf meinen Vater, der seine Augen mit dem Unterarm vor dem grellen Schein schützt.

»Callahan Gentry? Sind Sie das?«

Mein Vater nickt, sagt aber nichts.

Trey lacht wieder. »Na, das ist ja mal eine Überraschung.«

Mein Vater ist ein ziemlich bekannter Strafverteidiger, deswegen kennt Trey wahrscheinlich seinen Namen, aber ich bezweifle, dass das in dieser Situation von Vorteil ist. Die wenigsten Polizisten haben etwas für die Anwälte übrig, die die Verbrecher, die sie verhaftet haben, davor bewahren, ins Gefängnis zu kommen.

Trey senkt die Taschenlampe und tritt einen Schritt zurück. »Steigen Sie bitte aus, Sir.« Seine Worte sind an mich gerichtet, also tue ich, was er sagt. Sobald ich draußen stehe, packt er mich an der Schulter und dreht mich blitzschnell um. Ich leiste keinen Widerstand, sondern hebe freiwillig die Arme über den Kopf und beuge mich über die Motorhaube. Trey durchsucht meine Taschen und tastet mich am ganzen Körper routiniert ab.

»Haben Sie etwas bei sich, von dem ich wissen sollte?«, erkundigt er sich in sachlichem Tonfall.

Ich schüttle unwillig den Kopf. »Nein. Ich bringe nur meinen Vater nach Hause.«

»Haben Sie Alkohol zu sich genommen?«

Ich denke an die beiden Whiskey Cola, die ich vorhin bei Harrison getrunken habe, aber das ist Stunden her und ich weiß nicht, ob ich sie überhaupt erwähnen soll. Als ich nicht gleich antworte, dreht Trey mich grob um und leuchtet mir mit seiner Taschenlampe direkt in die Augen. »Wie viel haben Sie getrunken?«

Geblendet wende ich den Kopf zur Seite. »Nur zwei Drinks. Ist auch schon etwas her.«

Er tritt zurück, sodass ich mich wieder aufrichten kann, und befiehlt meinem Vater auszusteigen. Zum Glück schafft er es diesmal ohne Probleme, die Tür zu öffnen.

»Kommen Sie bitte um das Fahrzeug herum«, sagt Trey und sieht mit hochgezogenen Augenbrauen zu, wie mein Vater zu uns nach vorne wankt und sich dabei am Wagen abstützen muss. Es ist offensichtlich, dass er betrunken ist, aber das kann Trey egal sein, schließlich saß ich am Steuer.

»Habe ich Ihr Einverständnis, den Wagen zu durchsuchen?«

Ich sehe meinen Vater fragend an, doch der lehnt mit geschlossenen Augen am Wagen und sieht aus, als würde er gleich einschlafen. Ich überlege kurz, ob ich die Erlaubnis verweigern soll, aber dann würde Trey nur misstrauisch werden. Mein Vater weiß genau, wie riskant es ist, verbotene Substanzen bei sich zu haben. Er war zwar leichtsinnig genug, sich betrunken ans Steuer zu setzen, aber ich bezweifle stark, dass er sich mit etwas erwischen lassen würde, das seine Karriere für immer zerstören könnte. Also zucke ich gespielt gleichmütig mit den Schultern.

»Klar, kein Problem.« Ich möchte, dass Trey seine kleine Racheaktion so schnell wie möglich hinter sich bringt und uns weiterfahren lässt.

Er weist uns an, hinter den Wagen zu treten und dort zu warten, während er sich mit seiner Taschenlampe in den Innenraum beugt. Mein Vater ist jetzt plötzlich hellwach und beobachtet angespannt, wie der Lichtschein durch den Wagen wandert. Er knetet die Hände und in seinen Augen steht die nackte Angst. Mir wird schlecht, als ich begreife, dass Trey höchstwahrscheinlich etwas finden wird.

»Gott, Dad«, stöhne ich. Er bleibt stumm und ich sehe Ratlosigkeit und tiefes Bedauern in seinem Blick.

Ich kann gar nicht mehr zählen, wie oft mein Vater mir schon versprochen hat, sich Hilfe zu holen. Ich fürchte, jetzt wird sich gleich herausstellen, dass er es ein bisschen zu lange aufgeschoben hat.

Als Trey ein paar Minuten später langsam auf uns zukommt, schließt mein Vater kurz die Augen. Trey stellt triumphierend drei weiße Pillendöschen auf das Autodach und öffnet sie nacheinander, um den Inhalt zu begutachten.

»Tja …« Er rollt eine der Tabletten zwischen Daumen und Zeigefinger. »Ich tippe auf Oxycodon. Starkes Schmerzmittel. Wirkt wie Heroin. Fällt unter das Betäubungsmittelgesetz.« Er sieht erst mich an und dann meinen Vater. »Kann mir einer von Ihnen ein Rezept dafür vorlegen?«

Ich werfe meinem Vater einen Blick zu und hoffe wider

jede Vernunft, dass er ein Rezept hat. Aber natürlich weiß ich, dass das pures Wunschdenken ist.

Trey grinst. *Der Bastard freut sich, als wäre er auf eine Goldader gestoßen.* Er lässt die Pillen eine nach der anderen wieder in das Döschen zurückfallen. »Sie wissen ja wahrscheinlich«, er betrachtet die Pillen, »dass Oxycodon zur Gruppe der illegalen Rauschmittel gezählt wird, falls es unrechtmäßig erworben wurde.« Jetzt sieht er mich an. »Ich weiß, dass Sie kein Anwalt sind wie Ihr Vater, deswegen erkläre ich das Ganze mal so, dass es auch ein Laie versteht.« Er drückt die Deckel auf die Behälter und lässt sie in einen Klarsichtbeutel fallen. »Wenn Sie in Texas mit diesen Pillen erwischt werden, gilt das automatisch als schwere Straftat.«

Ich schließe die Augen und atme langsam aus. Wenn mein Vater zusätzlich zu allem anderen auch noch sein berufliches Ansehen verliert, wird er das nicht überleben.

»Bevor einer von Ihnen sich dazu äußert, sollten Sie vielleicht bedenken, was einem Strafverteidiger blüht, der wegen einer solchen schweren Straftat angeklagt wird. Ich bin mir fast sicher, dass ihm nach einer Verurteilung seine Zulassung entzogen werden würde.«

Trey tritt zwischen uns und mustert meinen Vater, der mit gesenktem Kopf dasteht, von oben bis unten. »Man stelle sich nur mal vor, diese Tabletten würden Ihnen gehören«, sagt er genüsslich. »Ein Anwalt, der Kriminelle verteidigt, wird selbst zum Kriminellen. Wie nennt man das so schön? Ironie des Schicksals?« Er wendet sich an mich. »Haben Sie heute gearbeitet, Gentry?«

Die Frage verwirrt mich. Was hat meine Arbeit damit zu tun?

»Sie haben doch dieses Atelier in der Innenstadt, oder?

War heute nicht einer dieser Abende, an denen Sie für Publikum geöffnet haben?«

Es gefällt mir gar nicht, dass er von meinem Atelier weiß.

Ich nicke. »Ja, wie an jedem ersten Donnerstag des Monats.«

»Das habe ich mir schon gedacht«, sagt er. »Ich habe gesehen, wie Sie das Atelier am späten Abend in Begleitung eines Mädchens verlassen haben.«

Hat er mich beobachtet? Aber warum? Und weshalb fragt er nach Auburn?

Mein Hals wird trocken. Natürlich! Ich kapiere nicht, wieso ich nicht schon früher zwei und zwei zusammengezählt habe. Trey kennt Auburn. Höchstwahrscheinlich ist seine Familie sogar der Grund für ihren Umzug nach Texas.

»Das ist richtig«, sage ich, ohne mir anmerken zu lassen, was in mir vorgeht. »Sie ist meine neue Assistentin. Ich habe sie nach Hause begleitet.«

Treys Augen verengen sich. »Neue Assistentin, ja?«, sagt er. »Ich sag Ihnen mal was: Es gefällt mir nicht, dass sie für jemanden wie Sie arbeitet.«

Mir ist bewusst, dass er ein Cop ist und ich mich nicht mit ihm anlegen sollte, aber in diesem Moment sehe ich vor allem ein Arschloch vor mir. Sein Blick fällt auf meine Hände, die ich unwillkürlich zu Fäusten geballt habe. »Was meinen Sie mit *Jemandem wie Sie*?«

Er lacht. »Na ja, man kann nicht behaupten, dass wir beide in der Vergangenheit gut miteinander klargekommen wären. Ich hab nicht vergessen, dass unsere erste Begegnung für mich eher schmerzhaft endete. Aber vielleicht kriege ich heute Abend ja eine Chance zur Wiedergutmachung. Als ich Sie vorhin rausgewunken habe, haben Sie sofort zugegeben, dass Sie getrunken hatten …« Er wirft einen Blick auf die Tüte mit den Pillendöschen. »Jetzt finde ich die da in dem Wagen, den Sie fahren.«

Mein Vater tritt einen Schritt vor. »Die gehören …«

»Nicht!«, unterbreche ich ihn scharf, bevor er einen Fehler begeht, den er später mit Sicherheit bereut. Er ist zu sehr mit Alkohol und Schmerzmitteln zugedröhnt, um zu begreifen, dass er damit seine Karriere unwiderruflich zerstören würde.

Trey lacht wieder. Ich kann seine dreckige Lache schon jetzt nicht mehr hören. »Damit eins klar ist.« Er sieht mich kalt an. »Wenn das Mädchen jemanden braucht, der sie nach Hause begleitet, dann bin das ich.« Er hält die Tüte mit den Pillen in die Höhe. »So. Wem von Ihnen beiden gehören die Tabletten denn jetzt?«

Mein Vater sieht mich an, aber ich gebe ihm gar nicht erst die Möglichkeit, seinen Fehler von vorhin zu wiederholen.

»Sie gehören mir«, sage ich fest.

Ich schließe die Augen und denke an Auburn. Nach dem, was ich eben zu Trey gesagt habe, und seiner indirekten Warnung, mich von ihr fernzuhalten, weiß ich, dass wir keine Chance mehr haben.

Was habe ich getan?

Im nächsten Moment spüre ich das kalte Metall des Wagens an meiner Wange.

»Sie haben das Recht zu schweigen …«

Meine Arme werden brutal nach hinten gerissen, und ich höre, wie die Handschellen zuschnappen.

Zweiter Teil

fünfzehntes kapitel

AUBURN

Es ist achtundzwanzig Tage her, seit Owen zu drei Monaten Gefängnis verurteilt wurde. In achtundzwanzig Tagen kann sich eine Menge verändern.

Ich ziehe AJ die Bettdecke bis zum Kinn und drücke ihm einen Kuss auf die Stirn. »Wir sehen uns morgen wieder, okay?«

Er lächelt zu mir auf, und wie jedes Mal schmelze ich dahin, wenn er mich so ansieht.

»Essen wir dann alle wieder zusammen Pizza?«

Ich nicke und umarme ihn ein letztes Mal. Es fällt mir immer unglaublich schwer, mich von ihm loszureißen und in mein einsames Apartment zurückzukehren. Wenn alles so wäre, wie es sein sollte, würde ich ihn zu Hause ins Bett bringen und dann nach nebenan gehen.

Aber ich will mich nicht beschweren. Was auch immer Trey zu Lydia gesagt hat – es hat funktioniert. In den vergangenen Wochen bin ich öfter auch werktags hergekommen und bis jetzt hat sie sich noch nicht beschwert.

»Können wir?«, fragt Trey hinter mir.

»Gute Nacht, AJ. Ich liebe dich bis in alle Ewigkeit.«

Er strahlt. »Gute Nacht, Mommy. Ich lieb dich auch bis in alle Ewigkeit.«

Ich knipse das Licht aus, gehe auf Zehenspitzen aus dem Zimmer und lehne die Tür an. Trey greift nach meiner Hand und zieht mich Richtung Wohnzimmer. Ich sehe auf unsere ineinander verschränkten Finger hinab und komme mir vor wie eine Betrügerin. Ich weiß immer noch nicht, ob ich es jemals schaffe, Treys Gefühle so zu erwidern, wie er sich das wünscht.

Lydia sitzt auf dem Sofa und liest. Als sie uns Händchen haltend ins Zimmer kommen sieht, huscht ein Lächeln über ihr Gesicht. Laut Trey hat sie sich zwar nicht groß dazu geäußert, als er ihr letzte Woche von unserem ersten offiziellen Date erzählt hat. Aber ich bin mir ziemlich sicher, dass sie sich freuen würde, wenn wir zusammenkämen. Denn auch wenn die Gefahr nicht groß ist, müsste sie dann weniger Angst haben, ich könnte eines Tages wieder nach Portland zurückgehen und AJ mitnehmen.

»Hast du heute Dienst?«, fragt sie.

Trey nickt, lässt meine Hand los und schließt den Garderobenschrank auf, in dem er seine Dienstwaffe aufbewahrt. »Die nächsten drei Wochen habe ich Nachtschicht«, sagt er und schiebt die Pistole ins Holster.

Mein Blick fällt auf das große Foto von Adam, das im Wohnzimmer an der Wand hängt und ihn als Vierzehnjährigen zeigt. Normalerweise vermeide ich es, das Bild zu betrachten, weil es einfach zu wehtut, aber diesmal kann ich plötzlich nicht mehr wegschauen, weil mir zum ersten Mal bewusst wird, wie unglaublich ähnlich AJ ihm sieht. Abgesehen davon, dass seine dunklen Haare einen leichten Rotstich haben, ist er das Ebenbild seines Vaters. Je größer er wird, desto mehr von Adam erkenne ich in ihm wieder. Ich frage mich, wie Adam wohl als erwachsener Mann ausgesehen hätte. Wenn er jetzt noch leben würde, würde er dann Trey ähnlich sehen? Wird AJ Trey ähnlich sehen?

»Auburn?«

Seine Stimme ist so nah hinter mir, dass ich zusammenzucke. Mir fällt auf, wie er kurz missmutig zu dem Foto von Adam hinsieht und sich dann zur Haustür dreht. Aus irgendeinem Grund fühle ich mich sofort schuldig. Es muss hart für ihn sein, dass ich immer noch etwas für seinen Bruder empfinde. Wenn er wüsste, *wie* viel ich auch jetzt noch für Adam empfinde, wäre es noch härter für ihn.

»Gute Nacht, Lydia«, sage ich, als ich ebenfalls zur Tür gehe.

Sie lächelt mir zu, aber wie immer ist da ein Zug um ihren Mund, der ihr Lächeln falsch wirken lässt. Fast so, als würde sie mir irgendetwas übel nehmen. Vielleicht bilde ich es mir ja auch nur ein, aber ich könnte mir vorstellen, dass sie es nie verwunden hat, dass ich vor Adams Tod so viel Zeit mit ihm verbracht habe. Als wäre sie neidisch darauf, dass er mich geliebt hat.

Das lässt mir keine Ruhe. Ich frage mich, wie sie sich verhalten würde, wenn es hart auf hart käme. Im Moment hält sie still, weil es ihr wahrscheinlich ganz gut in den Kram passt, dass ich drauf und dran bin, Familienmitglied zu werden. Aber was, wenn das mit Trey und mir nichts wird? Ich traue ihr einfach nicht über den Weg und habe das Gefühl, dass ich auf alles vorbereitet sein muss.

~

Trey begleitet mich noch bis zur Tür. Ich weiß, dass er seit unserem Date letzte Woche darauf wartet, dass ich ihn hereinbitte, aber so weit bin ich noch nicht. Ich kann nicht einmal sagen, ob dieser Moment überhaupt jemals kommt, aber gestern habe ich ihm zum ersten Mal erlaubt, mir einen Abschiedskuss zu geben, obwohl ich das eigentlich nicht vorhatte. Ich hatte gerade die Tür aufgeschlossen und mich zu ihm umgedreht, um mich zu verabschieden, als er plötzlich seine Lippen auf meine drückte. Es wäre mir lieber, ich könnte sagen, dass ich den Kuss genossen habe, aber die Wahrheit ist, dass ich mich dabei – aus einer ganzen Reihe von Gründen – ziemlich unwohl gefühlt habe.

Es verunsichert mich einfach, dass ich seinen jüngeren Bruder geliebt habe, immer noch liebe und wahrscheinlich niemals aufhören werde zu lieben. Schließlich war Adam der erste und einzige Mann, mit dem ich jemals geschlafen habe, und er ist der Vater meines Sohns. AJ kennt Trey seit seiner Geburt als seinen Onkel. Würde es ihn nicht total verwirren, wenn dieser Onkel plötzlich mein Freund werden würde?

Und dann ist da noch etwas, das mich nervös macht. Trey ist definitiv ein gut aussehender, gepflegter Mann. Er ist selbstbewusst und hat einen ehrenwerten Beruf, aber es gibt etwas, das für mich entscheidender ist als ein durchtrainierter Körper oder ein perfekter Haarschnitt. Und genau in diesem Punkt spüre ich bei ihm etwas ganz anderes als bei Adam.

Adam hat für mich immer zu den Guten gehört. Er strahlte eine besondere Ruhe und Gelassenheit aus. Bei ihm habe ich mich aufgehoben gefühlt.

Dasselbe Gefühl hatte ich bei Owen. Ich glaube sogar, dass es das war, was mich instinktiv zu ihm hingezogen hat. Wenn ich jetzt so darüber nachdenke, muss ich sagen, dass er mich in vielerlei Hinsicht an Adam erinnert hat.

Bei Trey habe ich bisher vergeblich nach diesem Gefühl der Geborgenheit gesucht. Er hat etwas Unberechenbares. Eine latente Aggressivität, die in ihm brodelt. Ist es vernünftig, sich an jemanden zu binden, von dem man sich nicht hundert Prozent sicher ist, dass er ein guter Mensch ist? Aber vielleicht tue ich ihm auch Unrecht. Vielleicht hat dieses Gefühl gar nichts mit Trey selbst zu tun, sondern damit, dass ich ihn mit Lydia in Verbindung bringe, die mir so lange das Leben schwer gemacht hat. Möglicherweise beurteile ich ihn ungerechtfertigt hart, und in Wahrheit ist seine Mutter diejenige, die ich nicht für einen guten Menschen halte?

Vorstellbar ist das schon. Deshalb möchte ich versuchen, mich der Idee zu öffnen, dass sich meine Gefühle für ihn vielleicht erst noch entwickeln müssen. Deswegen habe ich den Kuss auch zugelassen, obwohl ich innerlich noch nicht bereit dafür war. Wenn wir uns körperlich näher kommen, macht es das uns vielleicht einfacher, auch eine seelische Verbindung zu knüpfen.

Ich schließe die Tür auf und atme tief durch, bevor ich mich umdrehe. Ich versuche, mich in eine Stimmung zu versetzen, in der ich Trey küssen möchte. Ich stelle mir vor, dass sein Kuss sich gut anfühlt und erregend, obwohl ich weiß, dass ich nur einen Bruchteil dessen empfinden werde, was ich bei Owens Kuss gespürt habe.

Das war ein Kuss.

Ich schließe die Augen und versuche, jeden Gedanken an Owen aus meinem Kopf zu verbannen, aber das fällt mir schwer. Ich glaube, das liegt daran, dass zwischen uns sofort eine Verbindung da war. Obwohl er mich verletzt und Dinge getan hat, in die ich auf keinen Fall reingezogen werden möchte, schaffe ich es nicht, ihn zu vergessen. Vielleicht liegt das daran, dass der Mensch, den ich kennengelernt habe, ein ganz anderer war als derjenige, als der er sich schließlich entpuppt hat. Wie es ihm wohl im Gefängnis geht? Hoffentlich übersteht er die Zeit gut. Ich frage mich, wie wir das mit der Übergabe von Owen-der-Katze machen sollen, wenn er entlassen wird.

Trey habe ich erzählt, dass sie Emory gehört.

Er glaubt, dass sie Sparkles heißt.

»Musst du morgen arbeiten?«, fragt er hinter mir. Jetzt drehe ich mich zu ihm um. Er ist so viel größer als ich und das schüchtert mich manchmal ein.

Ich nicke. »Von neun bis vier.«

Er lächelt, dann beugt er sich vor und legt mir eine Hand in den Nacken. Ich schließe die Augen und gebe mir Mühe, es zu genießen, als er seinen Mund auf meinen presst. Einen Moment lang stelle ich mir sogar vor, er wäre Owen, und hasse mich in derselben Sekunde dafür.

Diesmal ist es nur ein kurzer Kuss, weil Trey spät dran ist und zum Dienst muss. Dadurch bleibt es mir auch erspart, ihn ein weiteres Mal enttäuschen zu müssen, indem ich ihn nicht hereinbitte.

»Das ist jetzt das zweite Mal, dass ich dich küssen durfte.« Trey lächelt auf mich herunter.

Ich erwidere sein Lächeln etwas verkrampft.

»Ruf mich an, wenn du morgen nach Hause kommst«, sagt er. »Du weißt ja. Aller guten Dinge sind drei.«

Ich nicke und sehe ihm hinterher, als er davongeht. In dem Moment, in dem ich die Tür hinter mir zumachen will, ruft er meinen Namen und kommt noch einmal zurück. »Schließ bitte gleich die Tür ab, okay?«, sagt er ernst. »Ich hab gehört, dass dieser Gentry vorzeitig entlassen wurde, und würde es ihm glatt zutrauen, dass er bei dir vorbeikommt, um sich an mir zu rächen.«

Mir stockt der Atem, aber ich reiße mich schnell zusammen, weil Trey auf keinen Fall merken soll, was seine Worte in mir angerichtet haben. »Klar«, sage ich betont gleichmütig. »Aber warum sollte er sich an dir rächen wollen?«

»Weil ich das habe …«, er grinst und streicht mir über die Wange, »was er nicht haben kann.«

Es gefällt mir nicht, dass Trey glaubt, mich zu »haben«. Und das ist ein weiterer Unterschied zwischen ihm und Owen. Ich bin mir sehr sicher, dass Owen so etwas niemals sagen würde.

»Ich schließe ab. Versprochen.«

Trey nickt, hebt die Hand zum Abschied und geht den Gang hinunter. Ich ziehe die Tür hinter mir zu, lege die Kette vor und …

… nehme sie wieder heraus.

Owen-die-Katze streicht schnurrend um meine Beine. Ich hebe sie hoch und trage sie in mein Zimmer. Danach gehe ich ins Bad und tue das, was ich auch gestern als Erstes getan habe, nachdem Trey mich geküsst hat: Ich putze mir die

Zähne. Es ist absurd, aber irgendwie fühle ich mich, als hätte ich Owen betrogen.

Als ich aus dem Bad komme, verschwindet Owen-die-Katze gerade im Zelt. Ich habe es noch immer nicht übers Herz gebracht, es abzubauen. Außerdem bin ich mir sicher, dass AJ darin schlafen will, wenn er zum ersten Mal hier bei mir übernachtet. Vielleicht ist das jetzt der Ort, an dem ich am besten über das nachdenken kann, was Trey mir gerade gesagt hat.

Ich krieche hinein, drücke die Katze an mich und streichle über ihr weiches Fell. Obwohl ich äußerlich ruhig bin, ist in mir alles in Aufruhr. Pures Adrenalin sprudelt durch meine Adern, wenn ich daran denke, dass ich Owen im Laufe der nächsten Tage sehen werde – schließlich muss er seine Katze ja irgendwie zurückbekommen. Ich habe keine Ahnung, was passieren wird oder wie ich mich ihm gegenüber verhalten soll. Aber es irritiert mich zutiefst, dass ich der Begegnung mit Owen mit viel mehr Vorfreude entgegensehe, als ich sie jemals vor einem Treffen mit Trey empfunden habe.

Mein Handy vibriert. Owen-die-Katze sieht mich empört an, steht auf und stolziert mit erhobenem Schwanz aus dem Zelt. Ich ziehe das Telefon aus der Jeans und werfe einen Blick aufs Display.

Fleischkleid.

Die Nachricht ist von Owen. Ich krieche aus dem Zelt, renne durch die Wohnung und reiße die Tür auf. In dem Moment, in dem unsere Blicke sich treffen, ist es, als würde eine Faust mein Herz umklammern. Und ich sehe ihm an, dass es ihm genauso geht.

Gott, ich habe ihn so vermisst.

Er macht einen Schritt auf mich zu und zögert, lässt mir die Zeit, mich auf die Situation einzustellen.

Ich sage nichts, öffne nur die Tür weit. Um Owens Mundwinkel spielt ein erleichtertes Lächeln, als er hereinkommt und die Tür leise hinter sich zuzieht. Er dreht mir den Rücken zu, legt die Kette vor und wendet sich mir wieder zu. In seinem Blick liegt ein Schmerz, als wüsste er nicht, ob er nur seine Katze holen und einfach wieder gehen oder mich in die Arme nehmen soll.

Irgendwie wünschte ich mir, er könnte beides tun.

sechzehntes kapitel

OWEN

Ich wollte, sie wüsste, wie oft ich an sie gedacht habe. Dass ich mich jeden Abend gefragt habe, ob die Enge in meiner Brust bedeutet, dass ich sie wirklich vermisse, oder ob das Gefühl daher kommt, dass wir keinen Kontakt haben dürfen. Mir ist bewusst, dass man sich manchmal genau nach dem sehnt, was man nicht haben kann, und es leicht mit tieferen Gefühlen verwechseln kann.

Aber woher auch immer das Gefühl kommt, es ist da. Der Schmerz, der Druck, der sich in mir aufbaut und mich drängt, sie in die Arme zu nehmen und sie zu küssen. Ich hätte es längst getan, wenn ich nicht gerade gesehen hätte, wie Trey aus dem Haus gekommen ist und in seinen Wagen stieg. Zum Glück habe ich ihn rechtzeitig bemerkt und konnte mich noch schnell in einem Hauseingang verstecken, bevor er mich entdeckt hat. Was hat er um diese Uhrzeit noch bei Auburn gemacht?

Letzte Woche war er bei mir im Gefängnis. Als man mich aus meiner Zelle geholt und gesagt hat, ich hätte Besuch, war ich mir sicher, es wäre mein Vater. Insgeheim habe ich wohl auch gehofft, Auburn wäre gekommen. Ich hab nicht wirklich erwartet, dass sie mich besucht, aber die Hoffnung, sie würde es vielleicht doch tun, hat mir Kraft gegeben.

Als ich Trey im Besucherraum stehen sah, bin ich im ersten Moment gar nicht auf die Idee gekommen, er könnte meinetwegen da sein. Erst als mich sein kalter Blick traf, habe ich es begriffen. Wir haben uns einander gegenüber an den Tisch gesetzt, und dann hat er mich – ungelogen – minutenlang einfach nur angeschaut, ohne einen Ton zu sagen.

Ich starrte stumm zurück. Keine Ahnung, was das sollte. Vielleicht dachte er, seine bloße Gegenwart würde mich einschüchtern. Das Ganze dauerte ungefähr zehn Minuten, aber ich habe nicht mit der Wimper gezuckt. Ein paarmal musste ich mir sogar das Lachen verkneifen, weil die Szene so bizarr war. Irgendwann stand er auf und schaute auf mich herunter.

»Halt dich von meinem Mädchen fern, Gentry.«

Das war der Moment, in dem ich den Blick abwenden musste. Nicht, weil ich Angst hatte, sondern weil mich seine Worte wie ein Schlag in den Magen trafen. Die Tatsache, dass er Auburn als »sein Mädchen« bezeichnete, erzeugte in mir sofort Brechreiz. Und zwar nicht aus Eifersucht, sondern einfach, weil ich einen instinktiven Widerwillen gegen diesen Typen verspüre.

Ich gebe zu, dass ich ziemlichen Mist gebaut und es Auburn damit praktisch unmöglich gemacht habe, eine Beziehung mit mir einzugehen. Aber die Vorstellung, dass sie womöglich mit Trey zusammenkommen könnte, ist mir unerträglich. Weil sie etwas Besseres verdient hat, verdammt. Etwas viel Besseres.

Ich wünschte nur, sie wüsste das.

Als ich sie jetzt anschaue, habe ich das Gefühl, sie würde mich gern umarmen oder vielleicht sogar küssen. Ich könnte mir nichts Schöneres vorstellen.

Stattdessen aber umklammert sie mit der rechten Hand ihren linken Oberarm und schaut auf ihre Füße.

»Dir geht es gut.« Ihre Stimme ist extrem leise und unsicher. Ich weiß nicht einmal, ob das eine Frage war oder eine Feststellung. Als ich nicke, atmet sie erleichtert aus. Ich bin überrascht, weil ich nicht damit gerechnet habe, dass sie sich Sorgen um mich gemacht hat. Ja, okay, ich hatte es gehofft – aber es zu hoffen und zu sehen, dass es tatsächlich so ist, sind zwei verschiedene Dinge.

Ich weiß selbst nicht, was in dieser Sekunde passiert, aber wir machen beide unwillkürlich einen Schritt aufeinander zu, und im nächsten Moment liegen wir uns in den Armen und klammern uns verzweifelt aneinander fest.

Ich drücke das Gesicht in ihre Haare und atme ihren Geruch ein. Wenn er eine Farbe hätte, wäre er pink. Süß, sanft und unschuldig wie Rosenblüten.

Nach einer langen und zugleich viel zu kurzen Umarmung löst sie sich von mir, tritt einen Schritt zurück und greift nach meiner Hand. Sie zieht mich durch die Wohnung in ihr Zimmer, und mein Blick fällt auf das blaue Kinderzelt, das immer noch neben ihrem Bett steht. Ich muss lächeln, als ich sehe, dass sie es nicht abgebaut hat. Auburn schließt die Tür hinter uns, nimmt ein paar Kissen vom Bett, wirft sie ins Zelt und kriecht hinterher.

Kurz darauf liege ich neben ihr. Wir sehen uns an und tun eine ganze Weile lang nicht mehr als das. Irgendwann streiche ich ihr eine Haarsträhne aus der Stirn. Als sie fast unmerklich zusammenzuckt, ziehe ich meine Hand schnell zurück.

Mir kommt der Verdacht, dass sie vielleicht auch deswegen nichts sagt, weil ihr klar ist, dass wir uns als Allererstes über Trey unterhalten müssen. Es macht mir keinen Spaß, sie in Verlegenheit zu bringen, andererseits muss ich wissen, wie sie zu ihm steht. Also räuspere ich mich und stelle dann die Frage, deren Antwort ich eigentlich gar nicht hören will.

»Bist du jetzt mit ihm zusammen?«

Es sind die ersten Worte, die ich zu ihr sage, seit wir uns vor einem Monat verabschiedet haben, und es tut mir selbst weh, dass sie nicht »Ich hab dich vermisst« oder »Du bist so schön« lauten.

Sie weicht meinem Blick aus. »Es ist kompliziert.«

Wenn sie nur wüsste *wie* kompliziert.

»Liebst du ihn?«

Sofort schüttelt sie den Kopf. Einerseits bin ich erleichtert, andererseits ist es so fast noch schwerer zu ertragen.

»Warum bist du dann mit ihm zusammen?«

Jetzt sieht sie mich wieder an, aber ihr Gesichtsausdruck ist härter geworden. »Aus dem gleichen Grund, aus dem ich mit dir nicht zusammen sein kann.« Sie holt tief Luft. »Wegen AJ.«

Das macht alles noch schlimmer für mich, weil es das Einzige ist, worauf ich keinen Einfluss habe.

»Er ermöglicht es dir, AJ nahe zu sein, während es bei mir genau das Gegenteil wäre?«

Sie nickt unmerklich.

»Aber … empfindest du etwas für ihn? Irgendetwas?«

Sie schließt die Augen, als würde sie sich schämen. »Wie gesagt … es ist kompliziert.«

Ich greife nach ihrer Hand, ziehe sie an meinen Mund und küsse sie. »Auburn, sieh mich an.«

Als sie wieder aufschaut, würde ich mich so gerne vorbeugen und sie küssen, aber ich tue es nicht. Das würde alles nur noch schwieriger machen.

»Es tut mir leid«, flüstert sie.

Ich schüttle den Kopf. Sie muss sich nicht bei mir entschuldigen. Ich bin derjenige, der dafür verantwortlich ist, dass wir nicht zusammen sein können. Ich ganz allein.

»Ich verstehe deine Situation. Glaub mir, ich möchte niemals schuld daran sein, dass jemand einen Keil zwischen dich und deinen Sohn treiben kann. Trotzdem glaube ich nicht, dass Trey die Lösung ist. Er ist … er ist kein guter Mensch, und ich kann mir nicht vorstellen, dass du willst, dass AJ jemanden wie ihn zum Vorbild hat.«

Auburn dreht sich auf den Rücken und starrt an die Zeltdecke. Es gefällt mir nicht, dass sie so von mir abgewandt liegt, aber ich bin mir ziemlich sicher, dass ich ihr gerade nichts gesagt habe, was sie nicht selbst schon gespürt hat. Sie muss wissen, was für ein Mensch er ist.

»Er liebt AJ. Er ist sehr geduldig mit ihm.«

»Fragt sich bloß, wie lange noch«, sage ich. »Er muss die Fassade aufrechterhalten, um dich für sich zu gewinnen. Aber glaub mir, Auburn … Irgendwann wird er sein wahres Ich zeigen.«

Sie presst beide Hände aufs Gesicht und ihre Schultern beginnen zu zittern. Ich lege einen Arm um sie und ziehe sie an mich. Als ich hergekommen bin, hätte ich mir nie vorgestellt, dass ich sie zum Weinen bringen würde.

»Es tut mir leid«, flüstere ich. »Aber ich sage dir damit doch nichts Neues, oder? Ich bin mir sicher, dass du dir alles gut überlegt hast und zu dem Schluss gekommen bist, dass das deine einzige Möglichkeit ist, um bei AJ sein zu können. Das verstehe ich. Und trotzdem finde ich das ganz schlimm für dich.«

Ich streichle ihr über die Haare, küsse sie auf die Schläfe und genieße jede einzelne Sekunde, die sie mir erlaubt, sie so zu halten. Denn wir beide wissen, dass das Nächste, was sie zu mir sagen wird, Abschiedsworte sein müssen.

Weil ich nicht will, dass sie sie jetzt schon sagt, küsse ich sie auf den Scheitel, küsse sie auf die Wange, streiche mit dem Finger leicht über ihr Gesicht, bis sie es mir zuneigt, und drücke meine Lippen auf ihre. Dann lasse ich sie los und krieche aus dem Zelt.

Auburn hat ihre Entscheidung getroffen, und obwohl wir beide nicht glücklich damit sind, ist es die einzige Lösung, die für sie in ihrer Lage funktioniert. Das muss ich akzeptieren.

~

Ich setze die Katze im Atelier ab und beschließe, zu meinem Vater zu fahren, obwohl es schon nach Mitternacht ist. Er hat meine Bitte, mich während meiner Haft nicht zu besuchen oder anzurufen, überraschenderweise tatsächlich respektiert. Ich habe die – wenn auch sehr schwache – Hoffnung, dass er sich deswegen nicht gerührt hat, weil er es vielleicht endlich geschafft hat, sich Hilfe zu suchen.

Im Laufe der Jahre habe ich zwar gelernt, dass es besser ist, nicht zu viel von ihm zu erwarten, aber das hat mich nicht daran gehindert, es mir zu wünschen.

Das Haus liegt dunkel da, als ich in der Einfahrt parke. Entweder er ist schon im Bett oder tatsächlich in einer Entzugsklinik. Aber als ich das Haus betrete, flimmert im Wohnzimmer der Fernseher. Mein Vater liegt mit dem Gesicht nach unten auf der Couch, ein Arm hängt zu Boden. Als ich ihn so sehe, verhärtet sich alles in mir vor Enttäuschung – es hat sich also nichts geändert. Selbst der Gedanke, er könnte womöglich tot sein, erschreckt mich im ersten Moment nicht. Dann aber setze ich mich auf den Couchtisch, beuge mich zu ihm vor und rüttle leicht an seiner Schulter.

»Dad?«

Er stöhnt leise, wacht aber nicht auf. Ich bücke mich nach dem Pillendöschen, das neben ihm auf dem Boden liegt. Nicht einmal die Tatsache, dass ich gerade ihm zuliebe einen ganzen Monat im Gefängnis verbracht habe, hat ihn dazu gebracht, endgültig damit aufzuhören. Verflucht, am liebsten würde ich aufstehen, aus dem Haus gehen und einfach nie mehr wiederkommen.

Mein Vater ist ein guter Mensch, dem etwas Schlimmes passiert ist, das weiß ich. Wenn dem nicht so wäre, würde es mir leichter fallen, ihn einfach seinem Schicksal zu überlassen. Ich hätte es schon längst getan. Aber er hat sich nicht unter Kontrolle. Schon seit Jahren nicht mehr.

Seine Verletzungen durch den Unfall waren so schwer,

dass er nach dem Erwachen aus dem Koma unter massiven Schmerzen litt, die er nur mit einem starken Medikament ertragen konnte: Oxycodon. Die Pillen waren das Einzige, was ihm half. Sie linderten nicht nur den körperlichen, sondern auch den seelischen Schmerz. Leider hat Oxycodon die ungute Nebenwirkung, extrem schnell abhängig zu machen. Als die Ärzte begannen, die Dosis allmählich zu verringern, war es schon zu spät. Mein Vater brauchte mehr, als sie bereit waren, ihm zu verschreiben.

Mehrere Wochen lang sah ich zu, wie er litt. Morgens kam er nicht aus dem Bett, hockte den ganzen Tag apathisch im Sessel und schaffte es nicht, zur Arbeit zu gehen. Damals konnte ich mir nicht vorstellen, dass mein Vater, den ich immer als so stark und souverän empfunden hatte, diesen kleinen Pillen so viel Macht über sich geben könnte – mittlerweile weiß ich, wie naiv das war. Aber ich war erst sechzehn und sah einen Mann, der Schmerzen hatte und Hilfe brauchte. Meine Hilfe. Dazu kam, dass ich derjenige gewesen war, der den Wagen gesteuert hatte, in dem sein Sohn und seine Frau ums Leben gekommen waren. Ich habe mich lange für den Unfall verantwortlich gefühlt, obwohl mein Vater mir von Anfang an immer wieder versichert hat, dass ich nichts dafürkonnte. Dass er das getan hat, rechne ich ihm auch heute noch hoch an.

Trotzdem hatte ich Schuldgefühle und wollte etwas für ihn tun. Anfangs habe ich behauptet, ich hätte starke Rückenschmerzen – was mir die Ärzte nach dem schweren Unfall anstandslos glaubten –, und ließ mir selbst Oxycodon verschreiben, das ich an ihn weitergab. Aber im Laufe der Monate wurde sein Bedarf so groß, dass ihm auch die Pillen, die ich ihm zusätzlich besorgte, nicht mehr reichten.

Irgendwann weigerte sich mein Hausarzt, mir weitere Rezepte auszustellen. Im Nachhinein glaube ich, dass er ahnte, was los war, und die Sucht meines Vaters nicht auch noch unterstützen wollte.

Damals hatte ich noch einen ziemlich großen Freundeskreis in der Highschool, in dem es ein paar Jungs gab, die bereit waren, mir zu helfen: Sie gaben mir Schmerzmittel, die sie selbst verschrieben bekamen, oder plünderten die Medikamentenvorräte ihrer Eltern. Nach einer Weile wurde ihnen das allerdings zu heikel und später gingen alle an unterschiedliche Colleges und wir verloren uns aus den Augen. Irgendwann habe ich dann Harrison kennengelernt. Er ist kein Dealer, hat aber als Barkeeper zwangsläufig Kontakt zu Suchtkranken, über die er mir die Tabletten relativ risikolos besorgen konnte.

Harrison kennt meine Geschichte und weiß, dass ich die Pillen nicht für mich selbst brauche, sonst würde er sie mir niemals geben. Aber jetzt ist auch diese Quelle versiegt. Seit er erfahren hat, dass ich ins Gefängnis gegangen bin, um den Kopf meines Vaters zu retten, weigert er sich, mir Nachschub zu organisieren. Ich hatte gehofft, mein Vater würde jetzt, wo sein Vorrat zur Neige geht, endlich über einen Entzug nachdenken, aber da habe ich mich anscheinend geirrt. Irgendwoher hat er sich die Pillen offensichtlich besorgt. Es macht mich verdammt nervös, dass jetzt jemand anderes außer mir und Harrison über seine Situation Bescheid weiß. Das bedeutet, dass er inzwischen so weit ist, für seine Sucht alles zu riskieren.

Ich habe schon so oft versucht, meinen Vater dazu zu bewegen, in eine Klinik zu gehen, aber er hat zu viel Angst davor, dass ihm die Mandanten wegbleiben, falls sein Zustand bekannt werden würde. Bis jetzt hat die Sucht sein Privatleben zerstört, aber mittlerweile ist er an einem Punkt angekommen, an dem auch seine Karriere in Gefahr gerät. Es ist nur noch eine Frage der Zeit. Sein Alkoholismus nimmt bedrohliche Formen an. Die Situationen, in denen ich ihm helfen muss, weil er es völlig betrunken und zugedröhnt nicht mehr nach Hause schafft, häufen sich. Irgendetwas muss passieren. Entweder kämpft er aktiv gegen seine Abhängigkeit an oder er überlässt der Sucht die Oberhand, und eines Tages löst sich das Problem dann von selbst. Im Moment kämpft er jedenfalls nicht.

Ich öffne das Döschen und lasse die Pillen in meine Hand fallen.

»Owen?«, murmelt mein Vater und hievt sich stöhnend in eine sitzende Position. Als er die Tabletten in meiner Hand sieht, interessiert ihn das offenbar weit mehr als die Tatsache, dass ich vorzeitig entlassen wurde.

Ich schütte die Pillen zurück, stelle das Döschen auf den Couchtisch und sehe ihn an.

»Ich würde gern mit dir reden, Dad«, sage ich lächelnd. »Ich hab nämlich kürzlich ein Mädchen kennengelernt.«

Mein Vater runzelt verwirrt die Stirn.

»Sie heißt Auburn.« Ich stehe auf und gehe zum Kamin, auf dessen Sims unser letztes gemeinsames Familienfoto steht. Es ist über zwei Jahre vor dem Unfall aufgenommen worden, und es quält mich, dass wir kein neueres Bild haben. Erinnerungen verblassen nämlich noch schneller als Fotos, weshalb meine Mutter und mein Bruder für mich immer so aussehen werden wie auf diesem Bild – und nicht so, wie sie wirklich aussahen, als sie noch lebten.

»Das freut mich wirklich sehr für dich, Owen«, sagt mein

Vater müde. »Aber es ist schon nach Mitternacht. Hättest du mir das nicht auch morgen erzählen können?«

Ich kehre zur Couch zurück und sehe auf den Mann hinab, der einmal mein Vater gewesen ist.

»Glaubst du an Schicksal, Dad?«

Er zwinkert irritiert.

»Bis sie vor mir stand, hab ich nicht daran geglaubt. Aber das hat sich auf einen Schlag geändert, als sie mir ihren Namen gesagt hat.« Ich lege eine Pause ein, bevor ich weiterrede, weil ich ihm Zeit geben will, alles in sich aufzunehmen. »Wir heißen beide mit zweitem Vornamen Mason.«

Er zieht eine Braue hoch. »Dass sie mit zweitem Namen wie du heißt, macht es nicht gleich zur schicksalshaften Begegnung, Owen. Aber ich freue mich, dass du glücklich bist.«

Er massiert sich die Nasenwurzel. Es ist offensichtlich, dass er nicht versteht, weshalb ich hier bin. Klar, welcher Sohn weckt seinen betrunkenen und unter Schmerzmitteln stehenden Vater schon mitten in der Nacht, um ihm von einem Mädchen vorzuschwärmen?

»Und weißt du, was toll ist?«

Mein Vater zuckt die Achseln. Ich sehe ihm an, dass er mir am liebsten sagen würde, ich solle ihn gefälligst schlafen lassen. Aber selbst in seinem Zustand weiß er noch, dass es ziemlich unhöflich wäre, jemanden wegzuschicken, der für ihn gerade einen Monat im Gefängnis gesessen hat.

»Sie hat einen Sohn.«

Jetzt sieht er schlagartig wacher aus. »Ist es deiner?«

Darauf antworte ich erst mal nicht. Wenn er mir zugehört hätte, wüsste er, dass ich sie erst vor Kurzem kennengelernt habe. Offiziell jedenfalls.

Ich setze mich in einen Sessel und sehe ihm fest in die Augen. »Nein«, sage ich dann. »Es ist nicht meiner. Aber eines kann ich dir sagen: Wenn es mein Sohn wäre, würde ich ihm niemals zumuten, was du mir die letzten Jahre zugemutet hast.«

Mein Vater sieht zu Boden. »Owen«, murmelt er. »Ich habe dich nie gebeten …«

»Du hast mich aber auch nie gebeten, es NICHT zu tun!«, brülle ich und springe auf. Ich habe noch nie eine solche Wut ihm gegenüber empfunden wie jetzt.

Ich greife nach den Pillen und gehe damit in die Küche, wo ich sie ins Spülbecken schütte und den Wasserhahn anstelle, bis sie gurgelnd im Abfluss verschwunden sind. Danach stürme ich in sein Arbeitszimmer. Ich höre, wie mein Vater panisch hinter mir herläuft, als ihm klar wird, was ich tue.

»Owen!«, brüllt er.

In der Schreibtischschublade finde ich ein weiteres halb volles Tablettendöschen. Meinem Vater ist klar, dass er zu schwach ist, um mich aufzuhalten, und versucht es daher erst gar nicht.

»Owen, du weißt, dass ich sie brauche«, fleht er. »Du weißt, was passiert, wenn ich sie nicht nehme.«

Ich gehe wieder in die Küche, schütte die Pillen ins Spülbecken und schiebe ihn einfach aus dem Weg, als er mich jetzt doch daran hindern will.

»Das kannst du nicht machen!« Verzweifelt stochert er im Abfluss, rettet tatsächlich noch eine Tablette und schiebt sie sich gierig zwischen die Lippen. Mir wird übel. Zu sehen, wie ihm die Sucht auch noch den letzten Rest seiner Würde raubt, ist schwer zu ertragen.

Er stützt die Ellbogen auf die Theke und vergräbt den Kopf in den Händen, als würde er sich zu sehr schämen, um mich auch nur anzusehen.

»Weißt du, was mich an dem Mädchen, von dem ich dir eben erzählt habe, besonders beeindruckt?«, sage ich ganz ruhig. »Ich habe sie mit ihrem Sohn erlebt und gesehen, was sie ihm zuliebe alles zu opfern bereit ist. Sie hat mir gezeigt, was Eltern auf sich nehmen können, um sicherzustellen, dass es ihrem Kind so gut geht, wie es eben möglich ist. Und als ich das gesehen habe, musste ich an dich und mich denken, Dad, und mir ist klar geworden, wie falsch das bei uns alles läuft … seit dem Unfall damals. Die ganze Zeit über habe ich gehofft, dass du an den Punkt kommst, an dem du es schaffst, dich selbst aus dem Loch zu ziehen. Aber das ist nicht passiert. Du hast dich immer nur noch tiefer reinfallen lassen. Und jetzt kann ich nicht mehr, Dad. Ich kann nicht weiter mitansehen, wie du dich kaputt machst. Du betreibst Selbstmord auf Raten, und ich bin nicht mehr bereit, mit dazu beizutragen. Ich bin nicht mehr bereit, mir einzureden, ich würde dir helfen, nur weil ich es nicht ertragen kann, dich leiden zu sehen.«

Ich gehe ins Wohnzimmer, nehme das Bild vom Kamin und stecke es in meine Jackentasche. Auf dem Weg zur Haustür komme ich noch einmal an der Küche vorbei.

»Owen, warte!«

Ich drehe mich um. Mein Vater steht mit hängenden Schultern vor mir und sieht mich nur stumm an. Als ich in seine leblosen Augen blicke, steigen wieder Schuldgefühle in mir hoch.

»Warte«, sagt er noch einmal.

Ich bezweifle, dass er überhaupt weiß, was er von mir will.

Ich glaube, er weiß nur, dass er diese Seite an mir noch nie gesehen hat. Meine entschlossene Seite.

»Ich *kann* nicht mehr warten, Dad. Ich warte seit Jahren. Ich habe keine Kraft mehr.«

Und dann gehe ich an ihm vorbei hinaus und schlage die Tür hinter mir zu.

siebzehntes kapitel

AUBURN

»Welchen Mix sollen wir nehmen, AJ? Den mit Schokostückchen oder lieber den mit Blaubeeren?«

Wir stehen zusammen bei Target in der Lebensmittelabteilung: AJ, Trey und ich. Es ist zufälligerweise derselbe Supermarkt, in dem ich damals mit Owen einkaufen war. Das ist jetzt schon eine ganze Weile her. Fast drei Monate.

Nicht, dass ich die Tage gezählt hätte.

Wem will ich hier was vormachen? Und *wie* ich sie gezählt habe.

Ich wollte es nicht. Wirklich nicht. Ich habe versucht, jeden Gedanken an ihn zu verdrängen und mich auf Trey einzulassen. Aber ich kann nichts dagegen tun, dass ich ihn insgeheim die ganze Zeit mit Owen vergleiche. Obwohl ich kaum Zeit hatte, ihn kennenzulernen, hat er tief in mir etwas berührt, zu dem seit Adam niemand mehr vorgedrungen ist. Ja, er war wegen Drogenbesitz im Gefängnis und ja, er hat mich belogen, aber ich weiß trotzdem ganz genau, dass er einer von den Guten ist. Und auch wenn ich den Schmerz in meiner Brust ignoriere, den ich jedes Mal spüre, wenn ich an ihn denke, ist er doch da, und ich weiß einfach nicht, was ich tun soll, damit er vergeht.

»Mommy?« AJ zupft an meinem Ärmel. »Darf ich?«

Ich schrecke aus meinen Gedanken. »Darfst du was?«

»Mir was zum Spielen aussuchen?«

Ich will den Kopf schütteln, aber bevor ich dazu komme, hat Trey ihm schon geantwortet. »Prima Idee. Lass uns mal schauen, was es tolles Neues gibt.« Er zwinkert mir zu. »Du findest uns in der Spielwarenabteilung, wenn du fertig bist.« Die beiden gehen grinsend ein paar Schritte rückwärts und drehen sich dann um.

Ich sehe ihnen hinterher. Sie lachen und AJ hat seine kleine Hand vertrauensvoll in die große von Trey gelegt. Ich schäme mich dafür, immer noch solche Vorbehalte gegen ihn zu haben. Er liebt AJ ganz offensichtlich, und ich merke AJ an, wie sehr er seinen Onkel bewundert. Trey gibt sich große Mühe, und ich komme mir total egoistisch vor, dass ich das nicht zu schätzen weiß, sondern immer noch Owen nachtrauere. Ich sage mir die ganze Zeit, dass ich ihn gar nicht richtig kenne. Wir haben zwei mickrige Tage miteinander verbracht, mehr nicht. Wenn wir uns länger gekannt hätten, hätte ich garantiert auch an ihm Seiten entdeckt, die mich gestört hätten. Wahrscheinlich haben meine Gefühle weniger mit dem wahren Owen zu tun als mit einer Wunschvorstellung.

Irgendwie beruhigt es mich, es so zu betrachten. Okay, Trey und ich brauchen vielleicht etwas länger, um uns einander anzunähern. Aber ich spüre, dass wir auf dem Weg dahin sind. Besonders durch die Art, wie er mit AJ umgeht. Jeder, der mein Kind glücklich macht, macht mich glücklich.

Ich glaube, das ist das erste Mal, dass ich beim Gedanken an Trey lächle. Vielleicht wird doch noch alles gut. Ich schiebe den Wagen durch die Gänge, arbeite die Punkte auf der Einkaufsliste ab und nehme dann die Abkürzung durch die Sportabteilung zur Spielwarenabteilung. Als ich um die Ecke biege, bleibt mir fast die Luft weg.

Falls das ein Witz sein soll, den sich das Schicksal für mich ausgedacht hat, ist es ein ganz mieser.

Owen sieht das anscheinend ähnlich, jedenfalls starrt er mich genauso entgeistert an, wie ich mich fühle. Innerhalb eines Sekundenbruchteils ist alles, was ich mir eingebildet hatte, für Trey zu empfinden, wie eine Seifenblase zerplatzt, und der Schmerz in meiner Brust ist intensiver denn je. Ich umklammere den Griff des Einkaufswagens und überlege fieberhaft, wie ich reagieren soll. Wäre es sehr schlimm, wenn ich mich einfach umdrehen und in die entgegengesetzte Richtung davonstürzen würde, ohne etwas zu sagen? Er würde es verstehen. Da bin ich mir sicher.

Es sieht aus, als würde auch Owen einen inneren Kampf ausfechten. Zu einem Ergebnis kommen wir wohl beide nicht, denn wir stehen wie angewurzelt voreinander. Sagen nichts.

Sehen uns nur an.

Ich spüre seinen Blick in meinem gesamten Körper und es zieht mich mit jeder einzelnen Faser zu ihm hin. Sämtliche Zweifel, die ich wegen Trey und mir hatte, starren mir ins

Gesicht, und ich weiß wieder, wie es sich anfühlen muss, wenn man wirklich etwas für jemanden empfindet.

Als Owen lächelt, kommt mir der Gedanke, dass es vielleicht besser wäre, wenn wir im Gang mit den Reinigungsmitteln stehen würden, weil ich gerade zu einer Pfütze zerschmelze.

Er sieht nach links und nach rechts, bevor er den Blick wieder auf mich richtet.

»Gang dreizehn«, stellt er mit einem Grinsen fest. »Muss wohl Schicksal sein.«

Ich lächle, aber dann erstarre ich, als ich eine Stimme höre.

»Mommy, schau!« AJ wirft zwei Lego-Packungen in den Wagen. »Trey hat gesagt, ich darf beide haben.«

Trey.

Trey, der wahrscheinlich jetzt hinter mir steht, wenn ich Owens Reaktion richtig deute. Er ist jedenfalls plötzlich bleich geworden und schaut über meine Schulter.

Ich spüre, wie mir jemand einen Arm um die Taille legt und mich an sich zieht. Im nächsten Moment berühren Lippen meine Wange. Ich schließe die Augen, weil ich den Ausdruck auf Owens Gesicht nicht sehen will.

»Lass uns gehen, Babe«, sagt Trey. Er hat mich noch nie »Babe« genannt, und ich weiß genau, dass er es nur tut, um Owen glauben zu machen, wir wären ein Paar.

Das sind wir nicht – nicht wirklich –, trotzdem protestiere ich nicht, als er mich mit sich davonzieht.

Während wir die restlichen Sachen von meiner Einkaufsliste zusammensuchen, spricht Trey kein Wort mit mir. AJ gegenüber tut er so, als wäre nichts. Ich weiß nicht, was das bedeutet, und werde immer nervöser.

Trey straft mich weiter mit Nichtachtung, während wir

zur Kasse und anschließend zu seinem Wagen auf den Parkplatz gehen. Ich schnalle AJ in seinen Kindersitz, schließe die Tür und komme dann nach hinten, wo Trey die Einkäufe im Kofferraum verstaut hat. Er lehnt mit verschränkten Armen am Wagen und blickt mir stumm entgegen. Ich kann nicht einmal erkennen, ob er atmet, so steif steht er da.

»Habt ihr gesprochen?«

Ich schüttle den Kopf. »Nein. Ich war gerade erst um die Ecke gebogen, als du mit AJ kamst.«

Treys Kiefermuskeln arbeiten. Er blickt mehrere Sekunden über meine Schulter ins Leere, bevor er mich wieder ansieht.

»Hat er dich gefickt?«

Ich bin so geschockt, dass mir der Atem stockt. Instinktiv schaue ich zu AJ, der aber zum Glück gerade seine neuen Lego-Figuren auspackt und gar nicht auf uns achtet. Als ich Trey wieder ansehe, bin ich, glaube ich, wütender als er.

»Du kannst mir keinen Vorwurf daraus machen, dass mir im Supermarkt zufällig jemand über den Weg läuft, Trey. Ich habe keinen Einfluss darauf, wer dort einkauft und wer nicht.«

Ich will mich an ihm vorbeischieben und zur Beifahrerseite gehen, aber er packt mich am Arm und drückt mich gegen den Wagen. Während ich wie erstarrt dastehe, stützt er sich mit einer Hand neben meinem Kopf ab und beugt sich vor. Mein Herz hämmert wild.

»Antworte mir, Auburn.« Sein Mund ist ganz dicht an meinem Ohr und seine Stimme ein bedrohliches Flüstern. »Er war in deinem Apartment. Er war in deinem Zimmer. Er war mit dir in diesem beschissenen Zelt. Ich will wissen, ob er auch jemals in *dir* war.«

Ich schüttle fassungslos den Kopf und versuche gleichzeitig verzweifelt, die Ruhe zu bewahren, weil AJ auf keinen Fall etwas davon mitbekommen soll. Trey umklammert mein Handgelenk und möchte offensichtlich ein Ja oder ein Nein hören. Obwohl sich alles in mir sträubt, bin ich bereit, ihm zu sagen, was er hören muss, um zu verhindern, dass er hier auf dem Supermarktparkplatz durchdreht.

»Nein«, presse ich hervor. »So war das nicht. Ich hab ihn doch kaum gekannt.«

Trey zieht sich ein Stück zurück und sieht mir in die Augen. »Das ist gut«, sagt er. »So wie er dich angeschaut hat, sah es für mich nämlich anders aus.« Er drückt mir einen Kuss auf die Stirn, lächelt und lockert dann den Griff um mein Handgelenk. Sein Lächeln soll mich vermutlich beruhigen, hat aber genau die gegenteilige Wirkung. Dass seine Stimmung von einem Moment zum anderen so umschlagen kann, macht mir Angst. Er zieht mich in seine Arme und presst sein Gesicht in meine Haare.

»Tut mir leid«, flüstert er. »Lass uns fahren.«

Als wäre nichts gewesen, geht er zur Beifahrertür und hält sie mir auf. Ich setze mich in den Wagen und atme tief durch, nachdem er die Tür zugeschlagen hat. Ich bin erleichtert, dass der Wutanfall vorüber ist, aber ich weiß auch, dass seine Reaktion sämtliche Alarmglocken in mir zum Schrillen bringen sollte.

Als ich den Blick hebe, sehe ich am anderen Ende des Parkplatzes Owen neben einem Wagen stehen. Er schaut in meine Richtung, und seine Miene zeigt deutlich, dass er die Szene zwischen Trey und mir gerade beobachtet hat. Allerdings könnte es von Weitem für ihn durchaus ausgesehen haben wie ein kurzer Austausch von Zärtlichkeiten. Das würde auch zu dem erschütterten Ausdruck auf seinem Gesicht passen.

In dem Augenblick, in dem Trey hinters Steuer rutscht, öffnet Owen die Wagentür, aber bevor er einsteigt, legt er einen kurzen Moment lang die geballte Faust auf sein Herz. Ich denke daran, wie er den Schmerz beschrieben hat, den er empfindet, wenn er an seine Mutter und an seinen Bruder denkt. *»Manchmal vermisse ich sie so sehr, dass es hier richtig wehtut. Es fühlt sich an, als würde jemand mit aller Gewalt mein Herz zusammenquetschen.«*

Trey setzt aus der Parklücke. Als wir an Owen vorbeifahren, presse ich kurz meine eigene Faust an die Brust. Wir schauen uns an, bis wir uns nicht mehr sehen.

~

Über den Zwischenfall im Supermarkt haben wir nicht mehr gesprochen. Die beiden waren gestern noch den ganzen Nachmittag bei mir und Trey hat mit AJ Pancakes mit Schokochips gemacht und so getan, als wäre alles in bester Ordnung. Er war sogar auffallend guter Laune. Ich weiß nicht, ob das nur gespielt war, um mich sein Verhalten vergessen zu lassen, oder ob er die Zeit mit uns beiden wirklich so genießt.

Es könnte auch etwas damit zu tun gehabt haben, dass er nicht im Unfrieden von mir weggehen wollte. Ab heute ist er nämlich bei einer Fortbildung in San Antonio und wir sehen uns vier Tage lang nicht. Als er sich gestern verabschiedet hat, habe ich ihm angemerkt, wie schwer es ihm fällt, mich allein zu lassen. Er hat mehrmals nachgefragt, wann genau ich arbeite und ob ich schon Pläne fürs Wochenende hätte. Lydia ist mit AJ ins Ferienhaus nach Pasadena gefahren. Ich wäre mitgekommen, wenn ich heute nicht arbeiten müsste. Die Vorstellung, dass ein ganzes freies Wochenende vor mir liegt und ich keine konkreten Pläne habe, hat Trey eindeutig nervös gemacht. Anscheinend traut er mir, was Owen angeht, nicht über den Weg.

Und sein Misstrauen ist berechtigt. Gerade mal zwei Stunden, nachdem er nach San Antonio gefahren ist, stehe ich vor Owens Atelier. Und das nicht zum ersten Mal in den letzten Wochen. Ich bin immer mal wieder diesen Weg zur Arbeit gegangen und habe sicher schon an die zwanzig Zettel mit Geständnissen in den Briefkastenschlitz geschoben. Aber bei Owen landen jeden Tag so viele davon auf dem Fußboden, dass er bestimmt nicht auf die Idee kommt, einige davon könnten von mir stammen. Außerdem schreibe ich über Dinge, die nichts mit ihm und mir zu tun haben. Oft geht es um meine Gefühle für AJ und natürlich erwähne ich keine verräterischen Details. Sobald ich die Zettel eingeworfen habe, fühle ich mich getröstet. Aufzuschreiben, was ich niemandem sagen kann, funktioniert fast wie eine Art Therapie.

Bei dem Geständnis heute ist es anders. Bevor ich das Papier zusammenfalte, lese ich noch einmal, was darauf steht.

Jedes Mal, wenn er mich küsst, denke ich nur an dich.

Danach schiebe ich den Zettel durch den Schlitz in der Tür. Seit ich Owen gestern im Supermarkt wiedergesehen habe, ist es, als könnte ich ihn immer noch spüren. Und alles in mir drängt danach, noch einmal seine Stimme zu hören. Sein Lächeln zu sehen. Ich versuche, mir einzureden, dass es mir nur darum geht, mich endgültig zu verabschieden, um mich voll und ganz auf Trey einlassen zu können. Aber wenn ich ehrlich bin, geht es mir wohl einzig und allein darum, meine Sehnsucht zu befriedigen.

Ich reiße noch ein Blatt Papier aus meinem Notizbuch und schreibe, ohne nachzudenken.

> Er ist dieses Wochenende nicht in der Stadt.

Sobald der Zettel durch den Schlitz gefallen ist, bereue ich es. Das war kein Geständnis – das war eine Einladung. Eine Einladung, die ich sofort wieder rückgängig machen muss.

Was habe ich mir nur dabei gedacht?

Mit zitternden Fingern reiße ich noch ein Blatt aus dem Notizbuch.

> Ignorier den Zettel von eben. Bitte versteh das nicht als Einladung. Ich weiß selbst nicht, warum ich das geschrieben habe.

Nachdem auch dieser Zettel unwiederbringlich durch den Schlitz gefallen ist, möchte ich mir am liebsten eine runterhauen. Obwohl ich weiß, dass ich das Notizbuch und den Stift zu meinem eigenen Schutz vernünftigerweise in den nächsten Mülleimer werfen sollte, schreibe ich noch eine Nachricht.

> Ich finde, du solltest den Leuten die Möglichkeit geben, ihre Geständnisse wieder zurückzuholen, Owen. Wer seinen Zettel nach zwanzig Sekunden Bedenkzeit wiederhaben will, sollte ihn bekommen.

Ich schiebe den Zettel in den Schlitz und stecke Notizbuch und Stift in meine Tasche zurück.

Scheiße.

Seufzend hänge ich mir die Tasche wieder um und gehe zum Salon, weil ich jetzt ja doch nichts mehr daran ändern kann. Gott, das war mit Abstand die dämlichste und peinlichste Aktion, die ich in meinem ganzen Leben je gebracht habe. Ich kann nur hoffen, dass Owen meine Nachrichten erst am Montag liest, wenn sowieso alles zu spät und Trey wieder hier ist.

~

Seit meinem Anfall geistiger Umnachtung von heute Morgen sind acht Stunden vergangen. Ich hatte viel Zeit, darüber nachzudenken, wie um alles in der Welt ich es jemals für eine gute Idee halten konnte, diese Botschaften zu schreiben. Es war ganz klar Schwäche meinerseits, aber vor allem habe ich inzwischen begriffen, wie unfair es Owen gegenüber war. Falls er in der kurzen Zeit, die wir gemeinsam hatten, tatsächlich tiefere Gefühle für mich entwickelt haben sollte, muss es hart für ihn gewesen sein, als ich ihm gesagt habe, dass wir nicht zusammen sein können. Er hat ja keine Möglichkeit, irgendetwas an meinem Entschluss zu ändern. Und was tue ich? Statt ihn in Ruhe zu lassen, werfe ich immer wieder kleine Botschaften durch den Türschlitz – auch wenn die von heute die ersten waren, die er eindeutig mir zuordnen kann – und mache ihm damit alles nur unnötig schwer.

Tatsache ist, dass ich zu meiner Entscheidung stehen

muss. Obwohl meine Gefühle für Trey – besonders nach dem, was gestern passiert ist – nicht so tief sind wie seine für mich, würde ich ihn niemals hintergehen. Wir sind zwar noch nicht fest zusammen, aber wir haben darüber gesprochen, dass wir uns nicht mit anderen treffen, bis klar ist, ob ich mir eine Beziehung mit ihm vorstellen kann.

Und das bedeutet, dass ich den Willen aufbringen muss, über Owen hinwegzukommen. Ich muss endlich aufhören, mir vorzustellen, was aus uns hätte werden können, wenn die Umstände andere gewesen wären. Ich muss aufhören, immer wieder an seinem Atelier vorbeizugehen, und stattdessen meine ganze Energie darauf richten, Trey eine echte Chance zu geben. AJ zuliebe.

Immerhin hat Trey sich ihm und mir gegenüber bisher total fürsorglich gezeigt. Natürlich hat mir der Ausraster gestern auf dem Parkplatz Angst gemacht, aber das war das erste Mal und ich kann ihm seine Eifersucht nicht vorwerfen. Es ist nur normal, dass es ihn verunsichert hat, als er Owen und mich auf einmal zusammen gesehen hat. Er spürt ja selbst, dass er sich meiner Gefühle nicht sicher sein kann. Aber das Wichtigste für mich ist und bleibt, dass er sich liebevoll um AJ kümmert und es mir ermöglicht, ihm die Mutter zu sein, die ich sein will. Im Grunde ist alles genau richtig so, wie es ist. Wäre es nicht total egoistisch von mir, wenn ich diese Chance verspielen würde, nur um einer Schwärmerei für einen Typen mit einem Drogenproblem nachzugeben?

»Ich gehe.« Donna späht um die Ecke. »Schließt du dann später ab?«

Sie arbeitet erst seit etwa zwei Wochen hier, hat aber schon jetzt mehr Kunden als ich, und ich muss zugeben, dass sie viel besser schneidet. Es ist nicht so, als wäre ich völlig unfähig, aber ich bin nun mal auch nicht besonders gut in meinem Job. Es ist schwierig, etwas gut zu machen, das man hasst.

Lächelnd sehe ich vom Waschbecken auf, in dem ich gerade die Schüsseln spüle, die wir zum Anmischen der Haarfarben verwenden. »Klar, kein Problem.«

Kurz nachdem sie gegangen ist, bimmelt das Glöckchen über der Tür. Ich gehe aus dem hinteren Raum in den Laden, um zu sagen, dass wir schon zuhaben, aber mir bleibt die Stimme weg.

Er steht in der Tür und sieht sich um. In dem Moment, in dem sein Blick auf mich fällt, endet der Song, der gerade aus dem Lautsprecher kam, und Stille erfüllt den Raum.

Wenn ich für Trey auch nur einen Bruchteil von dem empfinden könnte, was ich empfinde, wenn Owen mir einfach nur gegenübersteht, wäre alles gut.

Aber das tue ich nicht. Ich empfinde es nur für Owen.

Ohne etwas zu sagen und ohne die geringste Spur von Unsicherheit geht er auf mich zu. Ich rühre mich nicht von der Stelle. Ich könnte nicht einmal sagen, ob mein Herz noch schlägt. Ich weiß nicht, ob meine Lungen noch arbeiten, weil ich kein einziges Mal Luft geholt habe, seit ich ihn in der Tür gesehen habe.

Ein paar Schritte von mir entfernt bleibt er stehen. Er sieht mir unverwandt in die Augen, und jetzt merke ich, dass ich doch atme. Meine Brust hebt und senkt sich, während ich nach Luft ringe. Seine bloße Gegenwart bringt alles in mir in Aufruhr.

»Hey«, sagt er. Seine Miene ist undurchdringlich. Er gibt nichts preis, aber dass er hier ist, muss bedeuten, dass er die

Zettel gelesen hat. Oder? Als ich es nicht schaffe zu antworten, wirft er einen kurzen Blick über die Schulter zur Tür, fährt sich durch die Haare und sieht mich wieder an.

»Hast du noch Zeit für einen schnellen Haarschnitt?«

Erst jetzt fällt mir auf, dass seine Haare in den Monaten, die wir uns nicht gesehen haben, tatsächlich wieder ziemlich gewachsen sind.

»Sag bloß, du vertraust mir?« Ich bin selbst überrascht über den neckenden Unterton in meiner Stimme. Sogar in einer Situation wie dieser fühlt sich mit ihm alles so vertraut und einfach an.

»Hängt davon ab, ob du was getrunken hast. Hast du?«

Erleichtert darüber, dass er mir meine albernen Botschaften anscheinend nicht übel nimmt, schüttle ich lächelnd den Kopf und deute in den hinteren Raum.

»Hier entlang bitte.«

Als Owen auf mich zukommt, gehe ich um ihn herum zur Tür, um sie abzuschließen. Ich kann jetzt niemanden brauchen, der hereinplatzt und uns womöglich zusammen sieht.

Kurz darauf komme ich nach hinten, wo er bereits in dem Stuhl sitzt, in dem ich ihm vor ein paar Monaten die Haare gewaschen habe. Genau wie beim letzten Mal lehnt er sich so weit zurück, dass er mich ansehen kann. Ich prüfe die Wassertemperatur, bevor ich die Brause über seinen Kopf halte, und arbeite das Shampoo in seine nassen Haare ein. Während ich ihm den Kopf massiere, schließt er einen Moment lang die Augen, und ich nutze die Gelegenheit, um sein Gesicht zu betrachten, das ich so lange nicht von Nahem gesehen habe. Aber sobald er die Augen aufschlägt, schaue ich schnell wieder weg.

Ich wünschte, er würde etwas sagen. Es muss doch einen

Grund geben, warum er hergekommen ist, denn ich glaube kaum, dass er bloß hier ist, um mich anzusehen.

Als ich fertig bin, drücke ich ihm die Haare mit einem Handtuch aus und führe ihn dann schweigend nach vorn in den Laden. Owen setzt sich in den Stuhl, ich lege ihm einen Umhang um und beginne zu schneiden. Vor lauter Anspannung vergesse ich beinahe zu atmen, versuche aber, mich nur auf seine Haare zu konzentrieren und nicht auf ihn. Im Salon ist es noch nie so still gewesen.

Und noch nie so laut.

In mir tobt ein Gewitter aus Gedanken und Erinnerungsblitzen.

Ich denke daran, wie es war, von ihm geküsst zu werden. Denke daran, wie es sich anfühlte, als er mich in die Arme nahm. Daran, wie unbeschwert wir vom ersten Moment an miteinander waren, wie mühelos sich Gespräche zwischen uns ergaben, so locker, dass ich mir gewünscht habe, sie würden niemals enden.

Nachdem ich seinen Nacken ausrasiert habe, kämme ich ihm ein letztes Mal durch die Haare, nehme ihm den Umhang ab, schüttle ihn aus, falte ihn und lege ihn in die Schublade.

Owen steht auf, zieht sein Geld aus der Tasche und legt mir einen Fünfzig-Dollar-Schein hin. »Danke.« Er wendet sich lächelnd zur Tür und schließt sie auf.

Ich schüttle stumm den Kopf. Ich will nicht, dass er schon wieder verschwindet. Wir haben doch noch nicht darüber gesprochen, warum ich die Zettel geschrieben habe. Er hat doch noch nicht gesagt, warum er hergekommen ist.

»Warte«, rufe ich, als er schon halb draußen ist. Er bleibt stehen und dreht sich zu mir um. Verzweifelt überlege ich, was ich sagen soll, aber dann kommt nichts von dem heraus, was ich gern sagen würde. Mein Blick fällt auf den Geldschein. Ich greife danach und halte ihn hoch. »Das ist … viel zu viel, Owen.«

Er sieht mich einen Moment lang stumm an, dann geht er hinaus und zieht die Tür hinter sich zu.

Ich lasse mich in den Stuhl fallen und verstehe mich selbst nicht. Was habe ich denn erwartet? Dass er den ersten Schritt macht? Wollte ich etwa, dass er mich bittet, mit ihm in sein Atelier zu kommen?

Die Sache ist: Ich hätte es sofort getan. Jetzt schäme ich mich für meine Enttäuschung darüber, dass es nicht passiert ist.

Ich betrachte den Schein in meiner Hand und stutze, als ich bemerke, dass mit schwarzem Marker etwas darauf geschrieben steht.

Gib mir wenigstens eine einzige Nacht mit dir. Bitte.

Meine Lungen weiten sich, um mehr Raum für Sauerstoff zu schaffen, und mein Herz klopft wie rasend. Ich balle die Faust und drücke sie an meine Brust.

Einen Moment lang sitze ich wie betäubt da, bis ich wieder denken kann, dann werfe ich den Schein auf die Ablage und begrabe den Kopf in den Händen.

Oh mein Gott.

OMG.

Ich habe mich noch nie in meinem Leben so sehr danach gesehnt, das Falsche zu tun.

~

Als ich wenig später vor dem Atelier stehe, kommen mir wieder Zweifel. Soll ich tatsächlich etwas tun, von dem ich heute schon weiß, dass ich morgen nicht stolz darauf sein werde? Es ist klar, was passieren wird, wenn ich jetzt hineingehe. Und nur weil Trey nicht in der Stadt ist und höchstwahrscheinlich nie davon erfahren wird, heißt das noch lange nicht, dass es okay ist.

Andererseits ist mir das im Moment ziemlich egal. Noch nicht einmal der Gedanke, er könnte es herausfinden, kann mich schrecken.

Bevor ich eine Entscheidung treffe, geht die Tür auf, Owen greift nach meiner Hand und zieht mich hinein. Ich warte darauf, dass meine Augen sich an die Dunkelheit gewöhnen und mein Bewusstsein die Tatsache verarbeitet hat, dass ich jetzt hier bin. Bei ihm.

»Du solltest nicht da draußen rumstehen«, sagt er. »Jemand könnte dich sehen.«

»Er ist übers Wochenende nicht in der Stadt.«

Owen steht weniger als einen halben Meter von mir entfernt und sieht mich mit geneigtem Kopf an. Um seine Lippen spielt ein leichtes Lächeln. »Ja, darüber bin ich informiert worden.«

Ich sehe verlegen auf meine Füße, schließe die Augen und versuche, mir die ganze Sache auszureden. Mit dem, was ich hier tue, riskiere ich, mein Kind zu verlieren. Wenn ich es nur schaffen würde, die Bilder in meinem Kopf auszublenden, dann würde ich klar sehen, dass ich im Begriff bin, eine riesengroße Dummheit zu begehen. Ganz egal, ob Trey dahinterkommt oder nicht. Wenn ich die Nacht mit Owen verbringe, wird das nichts einfacher machen. Im Gegenteil, es verkompliziert alles nur noch, weil ich mich danach höchstwahrscheinlich noch mehr nach ihm sehnen werde. Da mache ich mir nichts vor.

»Ich hätte nicht herkommen dürfen«, sage ich mit belegter Stimme.

Owen sieht mich wieder mit diesem Blick an, der nichts von seinen Gedanken verrät. »Aber du bist hier.«

»Nur weil du mich an der Hand gepackt und reingezogen hast, ohne mich zu fragen.«

Er lacht leise. »Du standest vor meiner Tür und hast überlegt, ob du reinkommen sollst oder nicht. Ich hab dir nur geholfen, eine Entscheidung zu treffen.«

»Ich habe immer noch keine Entscheidung getroffen.«

»Oh doch, das hast du, Auburn«, widerspricht er. »Du hast sogar schon eine ganze Menge Entscheidungen getroffen. Du hast entschieden, dass du auf lange Sicht lieber mit Trey zusammen sein willst. Und heute hast du entschieden, diese eine Nacht mit mir zu verbringen.«

Ich grabe meine Zähne in die Unterlippe und wende den Blick ab. Es gefällt mir nicht, dass er es so offen ausgesprochen hat, auch wenn es letztendlich wahr ist. Aber so schwarz-weiß, wie er es darstellt, ist es auch nicht, und das tut weh.

»Du bist unfair.«

»Nein, höchstens egoistisch«, sagt er ruhig.

»Das ist in dem Fall dasselbe.«

Er macht einen Schritt auf mich zu. »Nein, Auburn, ist es nicht. Unfair wäre es, dir ein Ultimatum zu setzen. Das hier, das ist egoistisch …« Im nächsten Moment legt er die Hände um mein Gesicht und küsst mich, als würde er jeden einzelnen Kuss nachholen wollen, den er mir in der Vergangenheit nicht geben konnte, und einen Vorgeschmack auf jeden einzelnen Kuss liefern, den die Zukunft für uns bereithalten könnte.

Alle zusammen vereint in einem.

Seine Hände gleiten durch meine Haare, über den Rücken zu meinen Schenkeln hinunter und er presst mich noch fester an sich. Ich habe keine Ahnung, wo meine eigenen Hände sind. Ich glaube, ich kralle mich mit der Verzweiflung einer Ertrinkenden an ihm fest, weil ich so überwältigt bin, dass meine Beine mich nicht mehr tragen. Es ist, als wäre alles Gefühl in mir auf meinen Mund konzentriert. Ich spüre nichts als seine weichen Lippen auf meinen, seine lockende Zunge an meiner. Nur diesen einen ultimativen Kuss, der alles ist, woran ich denken will.

Und trotzdem kann ich nichts dagegen tun, dass Trey sich mit Gewalt wieder in meine Gedanken drängt. Ganz egal, wie stark meine Gefühle für Owen sind, Trey hat es nicht verdient, so hintergangen zu werden. Owen hat Dinge getan, durch die ich gezwungen war, eine Entscheidung zu treffen. Mit den Konsequenzen müssen wir jetzt beide leben.

Irgendwie finde ich die Kraft, ihn von mir zu schieben. Unsere Lippen liegen nicht mehr aufeinander, aber unter meinen Handflächen spüre ich, wie sich seine Brust hebt und senkt, und die Erkenntnis, dass er genau dasselbe fühlt wie ich, reicht beinahe, mich alles vergessen zu lassen und meinen Mund wieder hungrig auf seinen zu pressen.

»Trey …«, keuche ich atemlos. »Ich bin jetzt mit Trey zusammen.«

Owen schließt die Augen, als würde die bloße Nennung dieses Namens ihm Schmerzen bereiten. Er holt tief Luft, bevor er sie wieder öffnet und den Blick auf mich richtet. »Dein Pflichtgefühl ist der einzige Teil von dir, der bei Trey ist.« Er legt seine Hand auf mein Herz. »Jeder andere Teil von dir ist hier. Bei mir.«

Dieser eine Satz bringt mich endgültig ins Taumeln, mehr noch als der Kuss von eben. Ich ringe nach Luft, aber die Hand, die sich auf mein Herz presst, lässt das nicht zu. Ohne sie wegzunehmen, zieht Owen mich wieder an sich.

»Bei ihm fühlst du hier drin nicht das, was du jetzt fühlst, Auburn. Bei ihm schlägt dein Herz nicht so wild, als würde es versuchen, aus deiner Brust zu springen.«

Ich schließe die Augen und beuge mich ihm instinktiv entgegen. Es ist, als würde mein Körper die Entscheidung treffen – mein Verstand hat jedenfalls eindeutig alle Verantwortung abgegeben. Das Gesicht an seine Halsbeuge gedrückt, lausche ich unseren Atemzügen, die nicht langsamer werden. Je länger wir hier so stehen und je mehr er sagt, desto stärker wird unser Verlangen. Ich fühle es im Beben seines Körpers, an den er mich presst. Ich höre es im Drängen seiner Stimme. Ich spüre es in jedem Heben und Senken seines Brustkorbs.

»Ich verstehe, warum du dich für ihn entscheiden musstest«, sagt er in meine Haare. »Ich finde es nicht gut, aber ich verstehe es. Ich weiß auch, dass diese eine Nacht, die du mir gibst, nichts daran ändert, dass du dich ihm vielleicht für immer geben wirst. Aber ich habe es eben schon mal gesagt … ich bin egoistisch. Und wenn diese eine Nacht mit dir alles ist, was ich bekomme, dann nehme ich sie mir.« Er greift mir in die Haare und zwingt mich sanft, ihn anzusehen. »Ich nehme, was du bereit bist, mir zu geben, weil ich mir einer Sache ganz sicher bin: Falls du jetzt zu dieser Tür hinausgehst, dann werden wir in zehn und auch noch in zwanzig Jahren wünschen, wir hätten damals auf unsere Herzen gehört, wenn wir an diese Nacht zurückdenken.«

»Genau das ist es, was mir Angst macht«, sage ich. »Wenn ich diesmal auf mein Herz höre, werde ich danach vielleicht nie mehr in der Lage sein, es wieder zu ignorieren.«

Owen nähert seine Lippen meinen. »Wenn es doch nur so wäre«, flüstert er, und als sein Mund diesmal mit meinem verschmilzt, spüre ich seinen Kuss in jeder Zelle meines Körpers. Ich schlinge die Arme um ihn und dränge mich ihm mit derselben Intensität entgegen, mit der er mich umfangen hält. Seine Lippen sind auf einmal überall, und ich spüre seine Erleichterung, weil er begreift, dass dieser Kuss bedeutet, dass ich mit allem einverstanden bin, worum er mich bittet. Dass ich diese Nacht nur ihm gehöre.

»Du musst mit nach oben kommen«, sagt er heiser. »Ich brauche dich. Jetzt sofort.«

Ineinander verschlungen und ohne Finger und Lippen voneinander zu lösen, bewegen wir uns wie in Zeitlupe durch den Ausstellungsraum. Sobald wir die Treppe erreichen, beginnt Owen, sie rückwärts hochzugehen, ohne unseren Kuss zu unterbrechen. Irgendwann muss er einsehen, dass wir so nicht weiterkommen, greift nach meiner Hand und zieht mich mit sich, bis wir in seinem Apartment stehen.

Als sein Mund meinen endlich wieder trifft, ist der Kuss ein ganz anderer als alle vorangegangenen. Owen nimmt mein Gesicht in beide Hände und beginnt, mich unendlich langsam mit Lippen und Zunge zu liebkosen. Zart und suchend erst, dann immer drängender, leidenschaftlicher und wilder.

Ich fühle mich, als wäre ich eine noch weiße Leinwand, die er Millimeter für Millimeter in Besitz nimmt.

Während wir uns küssen, verschränkt er unsere Finger miteinander, und dann – seine Stirn an meine gepresst – lässt er diesen einmaligen Kuss ganz allmählich ausklingen, bis wir uns schwer atmend gegenüberstehen und uns nur noch in die Augen sehen.

Noch nie habe ich durch einen einzigen Kuss jemals so viel gefühlt. Nicht einmal bei Adam. Ist dieses Gefühl womöglich so einzigartig, dass ich es nach heute Nacht nie mehr spüren werde? Der Gedanke macht mir Angst und besiegelt meinen Entschluss hierzubleiben. Was zwischen Owen und mir passiert, ist etwas Besonderes, das ich genießen muss. Es wäre undankbar, mich diesem Gefühl zu verschließen, selbst wenn ich es aus Rücksichtnahme gegenüber Trey tun würde. Und es ist mir vollkommen egal, ob mich das zu einem schlechten Menschen macht.

»Ich habe Angst, dass ich so etwas vielleicht mit niemandem sonst je wieder erleben werde«, flüstere ich.

Er drückt meine Hände. »Und ich habe Angst, dass du es mit einem anderen erleben könntest.«

Ich lehne mich leicht zurück und sehe ihm in die Augen, weil er wissen soll, dass meine Gefühle für Trey niemals an das herankommen werden, was ich für ihn empfinde. »So etwas wie das werde ich mit ihm nie haben, Owen. Nicht einmal annähernd.«

Ich hätte gedacht, er würde sich darüber freuen, aber das Gegenteil scheint der Fall zu sein. »Ich wünschte, du könntest es«, sagt er. »Ich will mir gar nicht vorstellen, dass du dein Leben mit jemandem verbringen musst, der dich nicht verdient hat.« Er zieht mich wieder an sich.

»Damit hab ich nicht gemeint, dass er mich weniger verdient hätte«, verteidige ich Trey. »Sondern dass ich mit dir eine ganz andere … Verbundenheit spüre.«

Owen umfasst meinen Nacken und beugt sich zu meinem Ohr hinunter. »Aber *ich* habe es ganz genau so gemeint, Auburn.« Er packt mich am Po, hebt mich hoch, trägt mich durch den Raum und setzt mich auf sein Bett. Sobald ich mich nach hinten fallen lasse, hockt er sich über mich und stützt sich zu beiden Seiten meines Gesichts mit den Unterarmen auf. Erst küsst er mich hauchzart auf die Stirn, dann auf die Nasenspitze. Sein Blick ist eindringlich und es liegt so viel Ernsthaftigkeit und Aufrichtigkeit darin wie nie zuvor. »Niemand hat dich so verdient wie ich.«

Seine Hände wandern nach unten und knöpfen meine Jeans auf, während er mich, die Lippen an meinem Hals, weiter davon zu überzeugen versucht, dass wir genau das Richtige tun. »Niemand sieht dich so wie ich.«

Ich schließe die Augen, lausche seiner Stimme, lasse mir die Jeans ausziehen und warte mit angehaltenem Atem darauf, ihn auf meiner nackten Haut zu spüren. Seine Hände gleiten meine Beine hinauf und er senkt die Lippen wieder auf meine. »Niemand versteht dich so wie ich.«

In dem Moment, in dem seine Zunge zwischen meine Lippen gleitet, presst er sich auf mich. Ich stöhne und alles um mich herum beginnt, sich zu drehen. Seine Stimme zu hören und ihn gleichzeitig mit allen Sinnen zu spüren, ist, als würde jemand Benzin auf ein Feuer gießen. Ich stehe in Flammen. Owen hebt meine Arme über den Kopf und streift mir nacheinander T-Shirt und BH ab. Wie hypnotisiert liege ich da und lasse alles geschehen.

»Keiner bringt dein Herz so zum Rasen wie ich.«

Wieder küsst er mich und hört nur kurz auf, um sich sein eigenes T-Shirt über den Kopf zu ziehen. Ich bin selbst überrascht, als ich merke, dass ich wohl aus meiner Trance erwacht sein muss, weil ich plötzlich wie wild an seiner Jeans zerre, um endlich seine Haut an meiner zu spüren.

Owen legt eine Hand auf meine Brust, genau dahin, wo mein Herz wie wild klopft. »Und niemand, der nicht vorher hier durchgelassen wurde, hat es verdient, jemals in dir zu sein.«

Seine Worte sind wie Regentropfen, die auf meine Lippen fallen. Er küsst mich zart, dann richtet er sich auf. Ich habe die Augen geschlossen, höre aber, wie seine Jeans zu Boden fällt, und kurz darauf das Knistern einer Folie, die aufgerissen wird. Im nächsten Moment sind seine Hände an meinen Hüften, und er schiebt die Finger unter meinen Slip, um ihn mir auszuziehen. Erst als ich sein Gewicht wieder auf mir spüre, finde ich die Kraft, die Augen zu öffnen.

»Sag es mir.« Er sieht auf mich herab. »Ich will, dass du mir sagst, dass ich dich verdient habe.«

Ich streichle seine Arme hinauf, lasse meine Hände über die glatte Wölbung seiner Schultern gleiten und vergrabe meine Finger in seinem dunklen Haarschopf, ohne einen Moment lang den Blick von ihm zu nehmen. »Du verdienst mich, Owen.«

Er drückt seine Stirn an meine, hebt mit einer Hand mein Bein an und legt es sich um die Hüfte. »Und du verdienst mich, Auburn.«

Als er tief in mir versinkt, weiß ich nicht, was lauter ist – sein Stöhnen oder das »Oh mein Gott«, das ich unwillkürlich ausstoße.

Lächelnd hält er inne. »Hast du das gesagt, weil sich das, was ich gerade mit dir tue, so gut anfühlt, oder machst du dich wieder über meine Initialen lustig?«

Ich ringe nach Atem. »Beides.«

Wir grinsen uns an, doch dann bricht auch schon die nächste Lustwelle über mich herein, weil er beginnt, sich ganz langsam in mir zu bewegen. Sein Gesicht ist dabei dicht über meinem, so nah, dass sich unsere Lippen beinahe berühren, und doch weit genug voneinander entfernt, dass wir uns dabei in die Augen sehen können. Während er federleichte Küsse um meine Mundwinkel haucht, dringt er immer wieder in mich ein und zieht sich zurück, anfangs fast unmerklich, dann zunehmend kräftiger. Ich höre, wie ein Stöhnen aus mir herausbricht, und widerstehe dem Bedürfnis, die Augen zu schließen, weil ich diesen Blick, mit dem er mich jetzt gerade ansieht, niemals vergessen möchte.

Owen zieht sich zurück, und exakt in dem Moment, in dem er sich erneut mit mir vereint, verschmelzen seine Lippen mit meinen zu einem leidenschaftlichen Kuss. Unsere Körper finden ihren Rhythmus, und seine Stöße und Küsse wechseln einander ab, ohne dass er mich dabei jemals aus den Augen lässt.

»Das ist es, woran du dich erinnern sollst, Auburn«, sagt er rau. »Du sollst dich nicht nur daran erinnern, wie es sich anfühlt, wenn ich in dir bin. Sondern vor allem daran, wie es sich anfühlt, wenn ich dich ansehe.«

Seine Lippen streifen meine so hauchzart, dass ich nur ein heißes Prickeln spüre. »Du sollst dich daran erinnern, wie dein Herz jedes Mal zu rasen beginnt, sobald ich dich küsse.«

Ich lausche ihm mit angehaltenem Atem und versuche das, was ich fühle und was er sagt, unauslöschlich in meine Erinnerung einzubrennen. Mit beiden Händen streicht er durch meine Haare, hebt meinen Kopf leicht an, und wieder treffen sich unsere Münder zu einem tiefen Kuss.

Als wir uns keuchend voneinander lösen, sieht er mir in die Augen. »Du sollst dich an die Berührung meiner Hände erinnern und daran, wie sie nicht von deinem Körper lassen können.«

Mit zartesten Küssen wandern sein Lippen langsam an meinem Hals aufwärts, bis sie mein Ohr erreichen. »Und du sollst wissen, dass man mit jedem Sex haben kann – aber dass ich der Einzige bin, der es verdient hat, Sex mit dir zu haben.«

Ich schlinge die Arme um seinen Nacken, hebe ihm meine Lippen entgegen und verschließe seinen Mund mit einem Kuss. Im selben Augenblick dringt er wieder in mich ein und ich würde am liebsten laut schreien. Schluchzen. Ihn unter Tränen anflehen, bitte niemals damit aufzuhören. Aber noch mehr sehne ich mich nach seinem Kuss. Ich will mich an jedes Detail erinnern. Seine Süße nie mehr vergessen.

Was danach folgt, ist ein Kaleidoskop aus Seufzern, Händen, Stöhnen, Küssen, Schweiß, Berührungen und Mündern. Er ist auf mir, dann ich auf ihm und danach er wieder über mir. Als ich die Hitze seiner Lippen auf meinen Brüsten spüre, vergesse ich mich endgültig. Mein Kopf fällt nach hinten, meine Augen schließen sich, und ich glaube, mein Herz springt ihm entgegen – direkt in seine geöffneten Hände.

Ich kann nicht einmal genau sagen, wann es vorbei ist, weil ich viel zu aufgewühlt bin. Mir ist schwindelig, und ich bin unfassbar dankbar dafür, mich entschieden zu haben, herzukommen und zu bleiben. Schwer atmend liege ich da und horche auf das Klopfen meines Herzens. Ich weiß nicht, ob die Tatsache, dass ich zusammen mit Owen einen Höhepunkt erreicht habe, automatisch bedeutet, dass es jetzt unausweichlich wieder abwärts geht. Denn auch bei ihm zu liegen und langsam wieder ins Hier und Jetzt hinüberzugleiten, ist ein unglaublich inniger Moment.

Von seinen Armen umfangen schmiege ich den Kopf an seine Brust und denke, dass ich dieses Gefühl kenne und niemals damit gerechnet hätte, es noch einmal zu erleben. Das Gefühl, da zu sein, wo ich hingehöre, und gleichzeitig zu wissen, dass ich unter keinen Umständen bleiben darf.

Ich erinnere mich an den Tag, an dem ich mich von Adam trennen musste. Was wir füreinander empfanden, ging so viel tiefer, als es sich irgendjemand um uns herum vorstellen konnte. Es hat eine Ewigkeit gedauert, bis ich es geschafft habe, halbwegs darüber hinwegzukommen, dass man uns auseinandergerissen hat, bevor wir für den Abschied wirklich bereit gewesen sind.

Und jetzt passiert genau das Gleiche mit Owen. Ich bin nicht bereit, mich von ihm zu trennen. Ich habe Angst.

Aber auch wenn es höllisch wehtut, ich muss es tun.

Ich wünschte, ich wüsste, wie ich meine Tränen zurückhalten kann. Ich will nicht, dass er sieht, dass ich weine. Ich will nicht, dass er weiß, wie unendlich traurig es mich macht, dass wir nicht jeden Tag unseres Lebens so zusammenliegen können. Ich will nicht, dass er mich fragt, was los ist.

Als meine Tränen auf seine Brust fallen, fragt er nicht, was los ist. Er hält mich nur noch ein bisschen fester, drückt seine Wange an meinen Kopf und streicht sanft durch meine Haare.

»Ich weiß, Auburn«, flüstert er. »Ich weiß.«

achtzehntes kapitel

OWEN

Es war klar, dass sie weg ist, wenn ich aufwache. Ich habe letzte Nacht gespürt, wie weh ihr der Gedanke tut, sich von mir verabschieden zu müssen, deswegen bin ich nicht überrascht darüber, dass sie gegangen ist, ohne mich zu wecken.

Was mich überrascht, ist der gefaltete Zettel, der auf dem Kissen liegt. Ich greife danach, aber bevor ich lese, was sie geschrieben hat, rutsche ich auf ihre Seite des Betts hinüber. Wenigstens ihr Duft ist geblieben.

Dann falte ich das Papier auf.

> Ich werde mich immer an diese Nacht erinnern, Owen. Selbst dann noch, wenn ich es nicht sollte.

Ich lege unwillkürlich die Hand auf die Brust und balle die Faust.

Ich vermisse sie schon jetzt so sehr, dass es wehtut, dabei ist sie wahrscheinlich erst seit einer Stunde weg. Und dann lese ich den Zettel noch einmal. Und noch einmal. Es ist das schönste Geständnis, das ich je gelesen habe, aber auch das schmerzhafteste.

Irgendwann stehe ich auf, gehe nach nebenan ins Atelier und trage das unvollendete Porträt von ihr zur Staffelei in der Mitte des Raums. Auf einem kleinen Tischchen baue ich die Farben und Pinsel auf, die ich brauche, dann stelle ich mich vor die Leinwand. Ich lese den Zettel in meiner Hand und versuche mir auszumalen, wie sie in dem Moment aussah, in dem sie ihn geschrieben hat. Dann endlich habe ich die Inspiration, die ich brauche, um das Porträt zu vollenden.

~

Ich kann gar nicht sagen, wie viel Zeit vergangen ist. Ein Tag. Zwei? Ich glaube mich zu erinnern, dass ich mindestens drei Pausen eingelegt habe, um etwas zu essen. Es ist dunkel draußen. Das ist alles, was ich weiß.

Und dass ich fertig bin.

Es geht mir selten so, dass ich das Gefühl habe, ein Bild sei wirklich fertig. Da gibt es immer noch eine Kleinigkeit, die ich gern hinzufügen würde, ein paar Pinselstriche hier, ein anderer Farbton dort.

Trotzdem kommt bei jedem Bild der Punkt, an dem ich mir sagen muss, dass jetzt Schluss ist. Der Punkt, an dem ich akzeptieren muss, dass es ist, was es ist.

Mit dem Bild von Auburn bin ich jetzt an diesem Punkt angelangt. Es ist vielleicht das realistischste Porträt, das ich jemals auf eine Leinwand gebracht habe.

Ihr Gesicht sieht genau so aus, wie ich mich an sie erinnern möchte. Nicht glücklich, sondern traurig. Ich möchte mir vorstellen, dass es der Ausdruck ist, den es hat, wenn sie an mich denkt. Weil sie mich vermisst. Auch wenn sie es nicht tun sollte.

Ich hebe das Bild von der Staffelei und hänge es an die Wand. Das Geständnis, das sie mir auf dem Kissen hinterlassen hat, hänge ich daneben. Dann hole ich den Karton, in dem ich die Zettel aufbewahre, die sie mir in den letzten Wochen geschrieben hat, und befestige sie rings um das Bild.

Zuletzt trete ich einen Schritt zurück und betrachte sehr lange das Einzige, was mir jetzt noch von ihr bleibt.

~

»Was ist eigentlich aus dir und Auburn geworden?«, erkundigt sich Harrison.

Ich zucke mit den Schultern.

»Das Übliche?«

Ich schüttle den Kopf. »Nicht mal annähernd.«

Er zieht eine Augenbraue hoch. »Wow«, sagt er. »Das ist ja mal was ganz Neues. Ich bin mir ziemlich sicher, dass ich gern die ganze Geschichte hören würde.« Er zapft noch ein Bier und stellt es vor mich auf die Theke. »Aber vielleicht erzählst du mir lieber die Kurzfassung. Ich muss in ein paar Stunden schließen.«

Ich lache. »Kein Problem, kann ich machen. Sie ist der Grund für alles, Harrison.«

Er sieht mich verwirrt an.

»Na ja, du wolltest, dass ich dir die Kurzfassung erzähle«, sage ich. »Das ist die ganze Geschichte in einem Satz.«

Harrison schüttelt den Kopf. »Okay, in dem Fall ändere ich meine Meinung und will doch die ausführliche Version hören.«

Ich grinse und werfe einen Blick auf mein Handy. Es ist schon nach zehn. »Vielleicht nächstes Mal. Ich muss los.« Ich trinke mein Bier in einem Zug aus, lege einen Geldschein auf die Theke und stehe auf. Harrison hebt die Hand. »Wir sehen uns.«

Das Bild, das ich von ihr gemalt habe, müsste mittlerweile trocken sein. Auf dem Rückweg zum Atelier kommt mir der Gedanke, dass es möglicherweise die erste meiner Arbeiten sein wird, die ich mir übers Bett hänge.

Als ich den Schlüssel ins Schloss stecke, erstarre ich. Die Tür ist nicht abgeschlossen.

Ich gehe nie weg, ohne abzuschließen.

Angespannt trete ich in den Raum. Mir stockt der Atem. Ich sehe nach links, sehe nach rechts, gehe ein paar Schritte und versuche zu begreifen, was passiert ist.

Rot an den Wänden, auf dem Boden, über jedes einzelne Bild gespritzt. Ich stürze auf eines der Bilder zu, berühre die Farbe, die über die Leinwand geronnen ist, und stelle fest, dass sich schon eine dünne elastische Schicht darauf gebildet hat. Wahrscheinlich hat derjenige, der das getan hat, draußen gewartet, bis ich das Atelier verlasse, um sich gleich darauf an sein Zerstörungswerk zu machen.

Trey? Trey! Panik steigt in mir auf. Ich stürme die Treppe hoch und gehe mit großen Schritten auf den Raum zu, in dem ich male. Aufs Schlimmste gefasst, öffne ich die Tür. Die Hände auf die Knie gestützt, beuge ich mich vor und atme erleichtert aus.

Ihr Bild ist unversehrt.

Wer auch immer hier war, das Porträt hat er nicht angerührt. Nachdem ich ein paarmal tief ein- und ausgeatmet habe, richte ich mich auf und sehe mich um. Alles in Ordnung, hier war er anscheinend nicht.

Irgendetwas ist trotzdem anders …

Und dann sehe ich es. Der Zettel, den sie aufs Kopfkissen gelegt hatte und den ich mit allen anderen neben das Bild gehängt habe.

Er ist nicht mehr da.

neunzehntes kapitel

AUBURN

»Erwartest du noch jemanden?«, frage ich Emory erstaunt, als es bei uns klingelt. Ich werfe einen Blick auf ihr Handy, das auf dem Couchtisch liegt. Es ist nach zehn.

Sie sieht von ihrem Buch auf und schüttelt den Kopf. »Das ist garantiert nicht für mich. Ich bin nicht so beliebt.«

Ich lache und gehe zur Tür. Als ich durch den Spion spähe und Trey im Gang stehen sehe, entfährt mir ein Seufzen.

»Klingt enttäuscht«, sagt Emory trocken. »Dann muss es wohl dein Freund sein.« Sie steht auf und verzieht sich mit dem Buch in ihr Zimmer. Halleluja! Hat sie etwa endlich verstanden, dass andere Leute auch so etwas wie Privatsphäre brauchen?

Ich hole kurz tief Luft, dann öffne ich die Tür, um Trey

hereinzulassen. Eigentlich hatte ich ihn erst morgen zurückerwartet.

»Hey, Baby.« Er küsst mich auf die Wange. »Ich begrüße dich gleich ausgiebiger, aber darf ich vorher ganz schnell mal euer Bad benutzen?«

Ich sehe verwundert, wie er seine Jacke auszieht und seine Waffe, die Handschellen und die Wagenschlüssel auf die Theke legt. Er wirkt irgendwie nervös und auf seiner Stirn stehen kleine Schweißtröpfchen.

»Klar darfst du. Bitte.« Ich deute auf die Badezimmertür.

Als er darauf zugeht, fällt mir plötzlich etwas ein. »Moment noch!«, rufe ich fast panisch und laufe ihm hinterher. Ich nehme schnell das Körbchen mit den Muschelseifen vom Waschbeckenrand und schiebe mich dann wieder an ihm vorbei nach draußen.

Trey runzelt die Stirn. »Und womit soll ich mir jetzt die Hände waschen?«

»Im Unterschrank steht eine Flasche mit Flüssigseife«, sage ich und hebe verlegen das Körbchen mit den Seifen hoch. »Die … äh … gehören Emory.«

Als ich mit den Seifen in mein Zimmer gehe, komme ich mir ziemlich bescheuert vor. Warum habe ich das getan?

Ich setze mich aufs Bett und greife nach meinem Handy, das auf dem Nachttisch liegt. Das Display zeigt mehrere neue Nachrichten an. Eine ist von meiner Mutter, die anderen sind alle von Owen. Fieberhaft beginne ich bei der ersten und arbeite mich dann schnell aufwärts.

Ruf mich an.
Alles okay bei dir?
Es ist wichtig.

Fleischkleid!
Bitte ruf mich an!
Wenn ich nicht innerhalb der nächsten fünf
Minuten von dir höre, komme ich zu dir.

Ich schreibe sofort zurück.

Komm nicht. Trey ist gerade hier. Bei mir ist
alles okay und bei dir?

Es dauert nur ein paar Sekunden, als auch schon seine Antwort zurückkommt.

Bei mir ist heute jemand eingebrochen und
hat alles mit Farbe bespritzt.

Meine Hand fliegt zum Mund.

Der Zettel mit deinem Geständnis ist
verschwunden, Auburn.

Was …? Mir schlägt das Herz bis zur Kehle. Ich werfe einen nervösen Bick zur Tür. Trey darf mich auf keinen Fall in diesem aufgewühlten Zustand am Handy sehen, sonst weiß er sofort, wem ich schreibe. Mit zitternden Fingern tippe ich noch eine Nachricht ein.

Hast du die Polizei alarmiert?

Ich höre, wie die Badezimmertür aufgeht.

Die Polizei? Wozu? Um zu sagen, dass sie das Chaos in Ordnung bringen sollen, das einer von ihnen angerichtet hat?

Das Chaos, das einer von ihnen angerichtet hat?

Hastig lösche ich alle Nachrichten, lege das Handy auf den Nachttisch, greife nach einer Zeitschrift, die auf dem Bett liegt, und tue so, als würde ich lesen. Während ich auf die Seiten schaue, ohne irgendetwas zu sehen, geht mir die letzte Nachricht von Owen nicht mehr aus dem Kopf. Denkt er etwa, Trey hätte bei ihm eingebrochen?

Ich wünschte, ich wäre mir sicher, dass er sich irrt. Ich wünschte, ich könnte sagen, dass Trey niemals in der Lage wäre, so etwas zu tun. Aber ich weiß nicht mehr, wem ich was glauben soll.

Als Trey kurz darauf ins Zimmer kommt, schaue ich ihn verstohlen an, aber ich könnte genauso gut auf eine Wand starren. Sein Blick verrät nichts.

»Hey.« Ich versuche, mir meine Besorgnis nicht anmerken zu lassen, und lächle ihn an. »Bist du früher zurückgekommen?«

Er erwidert mein Lächeln nicht. Hat er womöglich tatsächlich mitbekommen, was zwischen Owen und mir passiert ist? Mein Herz hämmert gegen die Rippen.

Er setzt sich neben mich aufs Bett und zieht seine Schuhe aus. »Was ist denn aus der Katze geworden?«, fragt er. »Wie hieß sie noch mal? Sparkles?«

Ich schlucke trocken. Warum fragt er nach Owens Katze?

»Sie ist … weggelaufen«, antworte ich. »Emory war eine Woche lang total fertig.«

Er nickt. Seine Kaumuskeln arbeiten. Dann legt er mir einen Arm um die Schulter und zieht mich an sich. Ich habe das Gefühl, dass ich steif wie ein Brett gegen seine Brust falle. Er drückt mir einen Kuss auf den Scheitel.

»Ich bin früher zurückgekommen, weil ich dich vermisst habe.«

Er ist nett, aber ich bleibe trotzdem misstrauisch.

»Ich hab übrigens tolle Neuigkeiten«, sagt er.

»Ach ja? Welche?«

Er streicht mir durch die Haare. »Ich hab ein Haus gefunden.«

Ich löse mich von ihm. »Ich wusste gar nicht, dass du eins suchst«, sage ich erstaunt.

Er lächelt. »Ich dachte, es könnte nichts schaden, wenn ich was eigenes kaufe. Dann kann Mom im Haus wohnen bleiben, schließlich hat sie früher schon dort gelebt, und eigentlich gehört es ihr. Und für uns wäre es besser, wenn wir ein bisschen mehr Platz hätten. Das neue Haus hat einen richtig tollen Garten und in der Nähe gibt es gleich mehrere große Parks.«

Ich weiß nicht, was ich sagen soll. Das hört sich an, als hätte er das Haus für *uns* gefunden, und ich muss gestehen, dass mir der Gedanke eine Höllenangst einjagt.

»Mom ist zu dem Besichtigungstermin mitgekommen und fand es auch sehr schön. Sie ist sich sicher, dass AJ sich dort sehr wohlfühlen würde.«

»Echt? Das hat sie wirklich gesagt?«, frage ich ungläubig, weil Lydia bisher noch nie bereit war zuzugeben, dass AJ sich irgendwo anders wohlfühlen könnte als bei ihr.

»Doch, ja.« Trey nickt. »Sie findet die Idee gut.«

Ich versuche, mir vorzustellen, wie es wäre, endlich wieder

mit AJ zusammenzuwohnen. In einem schönen großen Haus mit Garten, ohne Lydia, die sich ständig in alles einmischt. Natürlich werde ich Trey niemals so lieben können, wie ich Adam geliebt habe, und niemals eine solche Nähe zu ihm spüren können wie zu Owen, aber dafür gibt es etwas, das nur er mir ermöglichen kann. Ein Leben mit meinem Kind.

»Was willst du damit wirklich sagen, Trey?«

Als er mich anlächelt, bin ich mir ganz sicher, dass Owen mit seinem Verdacht falsch liegt. Wenn derjenige, der sein Atelier verwüstet hat, tatsächlich Trey gewesen wäre, dann wäre er jetzt nicht hier und würde mit mir entspannt über unsere gemeinsame Zukunft reden. Wenn er den Zettel mit meinem Geständnis gefunden hätte, würde er jetzt vor Wut schäumen.

»Ich will damit sagen, dass es mir mit dir sehr ernst ist, Auburn. Ich liebe AJ, und ich würde gerne wissen, ob du dir vorstellen kannst, es mit mir zu versuchen.«

Er beugt sich über mich und presst seine Lippen auf meine. Obwohl das mit uns jetzt schon seit über zwei Monaten geht, habe ich bisher nichts zugelassen, was über Küssen hinausgeht. Ich bin einfach noch nicht so weit, mit ihm zu schlafen, obwohl ich weiß, dass er darauf wartet und langsam ungeduldig wird.

Während er mir seine Zunge tiefer in den Mund stößt und stöhnt, kneife ich die Augen zu und schäme mich dafür, dass ich so tue, als wäre alles okay, obwohl sich alles in mir sträubt. Mir geht nicht aus dem Kopf, dass Owen geschrieben hat, mein Geständnis sei verschwunden. War es womöglich doch Trey, der in seinem Atelier gewütet hat? Und was, wenn Owen trotz meiner Warnung auf dem Weg hierher ist?

Treys Berührungen werden fordernder. Er küsst sich an

meinem Hals herunter und macht sich gleichzeitig an den Knöpfen meiner Bluse zu schaffen. Ich möchte ihm sagen, dass er aufhören soll, habe aber Angst, eine Zurückweisung könnte ihn wütend machen. Erst als er auch noch meine Jeans aufknöpft und seine Finger in meinen Slip zwängt, wird es mir zu viel. Ich schiebe ihn von mir und versuche aufzustehen.

Trey sieht mich erstaunt an, aber dann schlingt er entschlossen die Arme um meine Taille, zieht mich wieder zu sich aufs Bett herunter und presst seinen Mund auf meinen. Da ich nicht ausdrücklich *Nein* gesagt habe, bedeutet meine Reaktion für ihn anscheinend so viel wie ein unausgesprochenes *Mach ruhig weiter*. Ich stemme beide Hände gegen seine Brust.

»Trey, nicht.«

Er hört auf, mich zu küssen, rollt sich von mir herunter und stöhnt frustriert auf. Ich sitze wie ein Häufchen Elend neben ihm und fühle mich schrecklich.

Als er sich plötzlich aufsetzt und seine Hand wieder in meine Jeans drängt, stoße ich ihn erneut weg. Mit einem Mal hockt er über mir, drückt mich an den Schultern auf die Matratze und sieht mich mit wutverzerrtem Gesicht an. Seine Augen blitzen, aber es ist nicht die Wut, die mich vor Angst erstarren lässt.

Es ist seine Verachtung.

»Du hast dich von meinem kleinen Bruder ficken lassen, als du fünfzehn warst, und jetzt machst du bei mir einen auf prüde Jungfrau?«

Seine Worte schmerzen. Sie schmerzen so sehr, dass ich mich wegdrehen und die Augen schließen muss.

»Ich habe mit Adam nicht gefickt«, presse ich hervor. Ich

drehe den Kopf langsam wieder und sehe ihm direkt in die Augen. Diesmal ist meine Stimme ganz fest. »Adam und ich haben uns geliebt.«

Trey bringt seinen Mund an mein Ohr. Die Hitze seines Atems lässt einen Schauer über meinen Rücken laufen. »Und was war, als Owen dich in seinem Bett gefickt hat, habt ihr euch da auch geliebt?«

Ich schnappe nach Luft.

Mein Körper versteift sich. Ich weiß genau, dass jeder Versuch zu fliehen zwecklos wäre. Trey ist viel stärker als ich. Wenn ich weglaufe, wird er mir wahrscheinlich richtig wehtun.

Ich habe noch nie in meinem Leben solche Angst gehabt.

Trey hockt immer noch über mir, sein Mund an meinem Ohr. Er sagt nichts, aber das muss er auch nicht. Seine Hand, die sich entschlossen wieder in meine Jeans schiebt, macht seine Absichten deutlich.

Ich werde panisch. Einen Moment lang schießt mir der Gedanke durch den Kopf, ob ich es nicht einfach zulassen soll. Ob ich nicht stillhalten und ihm erlauben soll, sich zu nehmen, was er will. Vielleicht verzeiht er mir dann, was mit Owen passiert ist. Es darf nicht sein, dass ich deswegen jetzt meinen Sohn verliere.

Aber diese Gedanken durchzucken mich bloß ganz kurz, denn noch schlimmer wäre es, wenn AJ mit einer Mutter aufwachsen müsste, die sich von einem Mann auf diese Weise erniedrigen lässt.

»Geh runter von mir.«

Er tut es nicht. Stattdessen hebt er den Kopf und sieht mit einem Grinsen auf mich herab, das so kalt ist, dass ich eine

Gänsehaut bekomme. Ich weiß nicht, wer dieser Mensch ist. Diese Seite habe ich noch nie an ihm gesehen.

»Trey, bitte. Hör auf.«

Ich presse die Schenkel zusammen, aber er schiebt brutal die Hand dazwischen und zwängt sie wieder auseinander. Er ist so viel stärker als ich, dass ich ihm hilflos ausgeliefert bin. Als er seinen Mund über meinen stülpt und ich versuche, den Kopf wegzudrehen, beißt er mich in die Lippe.

Ich schmecke Blut.

Er beginnt, seine eigene Jeans aufzuknöpfen, und ich höre mich schluchzen.

Das darf nicht sein. Es darf einfach nicht sein, dass das gerade wirklich passiert.

»Aufhören hat sie gesagt.«

Trey wendet den Kopf und erstarrt. Emory steht breitbeinig in der Tür. Sie hält in beiden Händen eine Pistole, mit der sie in unsere Richtung zielt. Trey hebt die Arme.

»Ist dir bewusst, dass du gerade eine geladene Waffe auf einen Polizeibeamten richtest?«, fragt er ruhig.

Emory lacht. »Ist dir bewusst, dass ich gerade dabei bin, eine Vergewaltigung zu verhindern?«

Sie hebt die Waffe noch ein Stück höher und zielt genau auf seinen Kopf.

»Ich habe keine Ahnung, was das soll, aber wenn du mir meine Waffe nicht sofort aushändigst, kann ich dir garantieren, dass du richtig Ärger bekommst.«

Emory sieht mich an, ohne die Pistole zu senken. »Was glaubst du, wer Ärger bekommt, Auburn?«, fragt sie mich. »Der Cop, der dich vergewaltigen wollte, oder deine Mitbewohnerin, die ihm den Schwanz weggeschossen hat?«

Zum Glück ist das eine rein rhetorische Frage, denn

ich bin so in Tränen aufgelöst, dass ich nicht antworten kann.

Treys Blick irrt zwischen Emory und der Waffe hin und her, als würde er fieberhaft überlegen, wie er sich aus der Situation retten kann.

»Du wirst jetzt aufstehen, aus der Wohnung gehen und draußen am Ende des Flurs warten«, sagt Emory mit fester Stimme. »Ich werde deine Waffe, deine Autoschlüssel und deine anderen Sachen vor der Wohnungstür auf den Boden legen. Du kannst sie dir dann holen – aber erst, nachdem ich wieder reingegangen bin und die Tür zugemacht habe, verstanden?«

Ich spüre, dass Trey mich ansieht, bringe es aber nicht über mich, ihm den Kopf zuzuwenden. Er streicht über meinen Arm. »Du weißt, dass ich dir nie etwas antun würde, Auburn. Sag ihr, dass sie die Situation völlig missverstanden hat.« Er streichelt mir über die Wange, lässt die Hand aber sofort wieder sinken, als Emory losbrüllt.

»Verdammt noch mal! VERPISS DICH!«

Wieder hebt Trey die Hände. Dann steht er widerstrebend auf, knöpft seine Jeans zu und bückt sich nach seinen Schuhen.

»Lass sie liegen«, faucht Emory. »Und jetzt raus.«

Er geht aus dem Zimmer, ohne sich nach mir umzudrehen. Emory folgt ihm, die Waffe die ganze Zeit auf seinen Rücken gerichtet. Ich höre, wie die Wohnungstür geöffnet wird, und dann seine Schritte im Flur.

»Ganz bis ans Ende«, sagt Emory. Kurz darauf ruft sie: »Bringst du mir bitte seine Schuhe, Auburn.«

Wie in Trance greife ich danach, gebe sie ihr und sehe zu, wie sie die beiden Schuhe zu seinen anderen Sachen vor die

Wohnungstür stellt. Trey behält sie dabei die ganze Zeit im Auge. Zuletzt legt sie die Waffe auf den Boden und schließt dann schnell die Tür. Nachdem sie die Kette vorgelegt hat, dreht sie sich zu mir um.

»Ich hab dir gleich gesagt, dass ich den anderen Typen viel netter fand.«

Irgendwie schaffe ich es, trotz der Tränen ein ersticktes Lachen auszustoßen. Emory breitet lächelnd die Arme aus und zieht mich fest an sich. Sie ist vielleicht speziell, aber gleichzeitig ist sie auch einer der tollsten Menschen, die ich kenne.

»Danke, Emory. Ich bin so froh, dass du uns belauscht hast«, sage ich erstickt.

Sie lacht. »War mir ein Vergnügen.« Sie hält mich ein Stück von sich weg und sieht mich an. »Alles okay, Auburn? Was ist mit deiner Lippe?«

»Nicht so schlimm.« Ich streiche darüber und stelle fest, dass sie immer noch blutet. Emory geht in die Küche, reißt ein paar Blätter Küchenpapier von der Rolle und hält sie unters fließende Wasser. Als sie die Wunde gerade behutsam abtupft, klopft es an der Tür.

Wir schrecken zusammen.

»Auburn«, höre ich Trey rufen. »Auburn, es … es tut mir leid. Bitte glaub mir, das wollte ich nicht.«

Er weint. Möglicherweise ist er aber auch einfach nur ein guter Schauspieler.

»Lass uns darüber reden. Bitte.«

Ich habe panische Angst, dass Owen tatsächlich auf dem Weg hierher sein könnte, und ein einziger Gedanke hämmert in meinem Kopf: *Die beiden dürfen sich unter keinen Umständen begegnen.*

Zögernd gehe ich zur Tür und presse die Hände gegen das Holz. »Wir können morgen darüber reden«, rufe ich. »Ich muss jetzt erst mal allein sein.«

Stille. Nach ein paar Sekunden höre ich ihn »Okay, dann morgen« sagen. Und dann geht Trey.

zwanzigstes kapitel

OWEN

Als ich um die Ecke biege, sehe ich einen Streifenwagen davonfahren. War das Trey? Gott, hoffentlich ist mit Auburn alles in Ordnung. Zur Sicherheit parke ich in der Tiefgarage des gegenüberliegenden Apartmentkomplexes. Falls das tatsächlich Trey war und er noch mal zurückkommt, darf er auf keinen Fall mein Auto vor dem Haus stehen sehen. Mit klopfendem Herzen sprinte ich über die Straße, laufe die Treppe zu ihrem Apartment hoch und hämmere gegen die Tür.

»Auburn!«, rufe ich atemlos. »Auburn, ich bin's, Owen. Lass mich rein!«

Ich höre, wie die Kette aus der Halterung genommen wird, und werde immer nervöser. Es kommt mir vor, als würde es eine Ewigkeit dauern. Als sie schließlich die Tür öffnet und scheinbar unversehrt vor mir steht, habe ich das Gefühl, dass mein gesamter Körper, vor allem mein Herz, erleichtert aufatmet. Erst mit einem Moment Verzögerung bemerke ich die verlaufene Wimperntusche.

Und die Wunde an ihrer Unterlippe.

Die zerwühlten Haare.

Die halb offene Bluse.

»Gott, Auburn, was hat er getan?« Ich ziehe sie an mich.

»Alles okay. Mir geht es gut«, versichert Auburn mir, aber ihre Stimme klingt nicht so, als würde es ihr gut gehen.

Sie klingt, als hätte sie Todesangst.

Mit mir kann er meinetwegen machen, was er will. Aber nicht mit ihr. »Scheiße, was hat er getan, Auburn?«, frage ich noch einmal lauter und halte sie an den Schultern ein Stück von mir weg.

Sie schüttelt nur stumm den Kopf. Tränen fließen ihr übers Gesicht, aber sie scheint nicht in der Lage zu sein, etwas zu sagen. Als ich mich umdrehe und hinausstürmen will, um mir dieses brutale Schwein vorzuknöpfen, hält sie mich am Arm zurück.

»Nein«, schluchzt sie. »Bitte, Owen. Tu das nicht.«

Sie schiebt sich an mir vorbei, stellt sich vor mich und legt mir die Hände auf den Brustkorb. »Du bist viel zu wütend, Owen. Bitte beruhig dich erst mal«, fleht sie. »Bitte!«

»Okay, okay.« Ich atme tief durch und versuche tatsächlich, mich zu beruhigen. Aber nur, weil sie mich darum gebeten hat. Nur ihr zuliebe.

Auburn zieht mich wieder ins Apartment zurück. Ich drücke die Tür zu und bringe die Kette an. Anschließend wanke ich zur Küchentheke, stütze die Arme darauf und vergrabe den Kopf in den Händen.

Ich schließe die Augen und denke nach.

Darüber, was er jetzt wohl als nächsten Schritt plant. Wo er hingefahren sein könnte. Wo sie vor ihm sicher ist.

Eine Antwort finde ich nur auf die letzte Frage: da, wo ich bin. Ich werde sie heute Nacht nicht aus den Augen lassen.

Entschlossen richte ich mich auf. »Pack ein paar Sachen zusammen. Hier kannst du nicht bleiben.«

~

Ich habe beschlossen, mit ihr in einem Hotel zu übernachten, weil ich mir nicht vorstellen kann, dass wir bei mir im Atelier sicher sind. Ich weiß zwar immer noch nicht genau, was passiert ist, aber diesem Typen ist alles zuzutrauen.

Auburn nickt stumm, verschwindet in ihrem Zimmer und kommt kurz darauf mit einer gepackten Reisetasche wieder. Schweigend fahren wir zu einem Hotel in einem der Vororte. Während ich einchecke, schaut Auburn immer wieder ängstlich über die Schulter zum Eingang, als hätte sie Angst, Trey könnte uns gefolgt sein. Ich greife beruhigend nach ihrer Hand und lasse sie auf dem Weg nach oben in unser Zimmer nicht mehr los.

Als wir kurz darauf die Tür hinter uns schließen, seufzt sie erleichtert auf. Es ist, als würde die Luft in diesem Raum mehr Sauerstoff enthalten und sie könnte endlich wieder befreit durchatmen. Der Gedanke, dass Trey ihr solche Angst einjagt und gleichzeitig weiterhin solche Macht über ihr Leben hat, erfüllt mich mit maßloser Wut. Trotzdem bleibe ich ruhig – weil sie mich darum gebeten hat.

Auburn zieht ihre Schuhe aus und lässt sich erschöpft aufs Bett sinken. Ich setze mich neben sie und nehme wieder ihre Hand in meine.

»Erzählst du mir jetzt, was passiert ist?«

Sie atmet leise aus und nickt. »Er stand vorhin total unerwartet bei mir vor der Tür und wollte als Erstes ins Badezimmer. Jetzt glaube ich, dass er vielleicht noch Farbe an den Händen hatte, die er abwaschen wollte, aber in dem Moment habe ich mir nichts dabei gedacht. Während er im Bad war, habe ich deine Nachrichten entdeckt. Ich dachte, du irrst dich … dass er so etwas niemals tun würde, aber als er dann in mein Zimmer gekommen ist, konnte ich es mir auf einmal doch vorstellen. Er war irgendwie komisch. Und dann hat er nach Sparkles gefragt und ich …«

»Sparkles?« Ich unterbreche sie nur ungern, aber ich habe keine Ahnung, von wem oder was sie redet.

Sie lächelt verlegen. »Ich hab ihm erzählt, dass Owen-die-Katze Emory gehört und Sparkles heißt.«

»Okay, aber …« Ich runzle die Stirn. »Warum hat er dich denn nach der Katze gefragt?« In dem Moment, in dem ich es ausspreche, wird mir alles klar. »Er war es also wirklich«, rufe ich. »Das ist er der Beweis. Er hat die Katze bei mir im Atelier gesehen und zwei und zwei zusammengezählt.«

Auburn nickt. Ich warte darauf, dass sie weiterspricht, aber sie schweigt.

»Und dann? Wie ging es weiter?«

Sie zuckt mit den Schultern. »Er hat …«

Im nächsten Moment beginnt sie, leise zu weinen. Ich

ziehe sie an mich und gebe ihr die Zeit, Kraft zu sammeln, um weiterzureden.

»Er hat darüber gesprochen, dass er ein Haus kaufen will«, erzählt sie stockend. »Für sich und mich und AJ und dann ... dann hat er angefangen, mich zu küssen, und als ich gesagt habe, dass er aufhören soll, da ...« Sie holt tief Luft. »Er hat gesagt, er weiß, dass du und ich ... dass wir Sex hatten, und da wusste ich, dass er den Zettel gelesen hat, den ich dir geschrieben habe. Er war so wütend und ... Ich wollte nur noch weg von ihm, aber er hat mich festgehalten und hat ... Und dann ist Emory reingekommen.«

Verdammt, ich hätte nicht abwarten, sondern sofort zu ihr fahren sollen. Gott sei Dank hat Emory anscheinend gerade noch rechtzeitig eingegriffen.

»Das ist alles, was passiert ist, Owen. Er hat mich losgelassen und ist dann gegangen.«

Ich deute auf die Wunde an ihrer Lippe. »Und das da? War er das?«

Sie senkt den Blick. Es versetzt mir einen Stich, den beschämten Ausdruck auf ihrem Gesicht zu sehen. Sie ist die Letzte, die sich wegen irgendetwas schämen sollte.

»Habt ihr die Polizei gerufen? Soll ich anrufen?« Ich beuge mich zum Telefon vor, das auf dem Nachttisch steht, aber Auburn sieht mich mit geweiteten Augen an und schüttelt den Kopf.

»Nicht!«, sagt sie panisch. »Ich kann ihn nicht anzeigen, Owen.«

Ich stutze, weil ich im ersten Moment denke, dass ich sie falsch verstanden haben muss. Als mir klar wird, dass sie es genau so gemeint hat, richte ich mich auf und sehe sie verwirrt an. »Trey wird dir gegenüber in deiner eigenen Wohnung handgreiflich, und du sagst, dass du ihn nicht anzeigen kannst?«

Sie wendet den Kopf ab. »Weißt du, was passieren würde, wenn ich ihn anzeige?«, fragt sie leise. »Lydia würde behaupten, dass ich mir das alles nur ausgedacht habe, um ihn anzuschwärzen. Sie würde dafür sorgen, dass ich AJ nie mehr wiedersehe.«

»Schau mich an, Auburn.« Sie wendet mir den Kopf zu und ich nehme ihr Gesicht sanft in beide Hände. »Er hat dich angegriffen«, sage ich eindringlich. »Ich glaube dir ja, dass Lydia eine Hexe ist, aber du hast eine Zeugin. Emory hat es doch auch mitgekriegt.«

Auburn zieht meine Hände von ihren Wangen und schüttelt den Kopf. »Er weiß, dass ich mit dir geschlafen habe, Owen. Es ist doch klar, dass er ausgerastet ist, als er herausgefunden hat, dass ich ihn belogen habe.«

Ich schließe die Augen. Mein Herz hämmert gegen die Rippen, als wäre mein Brustkorb zu eng, als wäre dieses Zimmer zu eng. »Du rechtfertigst das, was er getan hat?«

Die Stille, die meiner Frage folgt, ist niederschmetternd. Ich stehe auf, gehe zum Fenster und versuche zu verstehen. Versuche Sinn in das zu bringen, was ich gerade gehört habe. Aber ich kann verdammt noch mal keinen Sinn darin erkennen.

»Du hast auch nicht bei der Polizei angerufen und gemeldet, dass er in dein Atelier eingebrochen ist. Das ist doch dasselbe.«

Ich fahre herum. »Das habe ich nur deswegen nicht getan, weil ich meine Glaubwürdigkeit sowieso schon verspielt habe, Auburn. Wenn ich Trey beschuldigen würde, sähe das aus wie ein jämmerlicher Versuch, mich dafür zu rächen, dass er mich in den Knast gebracht hat. Ich habe keine Zeugen. Niemand würde ihm so eine Aktion zutrauen. Welches Motiv sollte er auch haben? Für mich hätte ich mit einer Anzeige alles nur noch schlimmer gemacht. Aber bei dir ist das etwas anderes … Er hat dich *verletzt*, Auburn. Er hat versucht, dich zu *vergewaltigen*. Es gibt absolut keinen Grund auf der Welt, so etwas nicht anzuzeigen. Wenn du es nicht machst, wird er das als Einladung verstehen, es wieder zu tun.«

Statt zu widersprechen, steht Auburn auf und kommt zu mir. Sie schlingt die Arme um meine Hüften und legt den Kopf an meine Brust. Ich ziehe sie an mich und halte sie einfach fest. Trotz allem, was passiert ist, bin ich auf einmal ganz ruhig.

»Du hast kein Kind, Owen«, sagt sie in mein T-Shirt. »Deswegen kann ich nicht erwarten, dass du mich verstehst. Aber du musst mir einfach glauben, dass ich für mich und AJ alles noch schlimmer machen würde, wenn ich ihn anzeige. Ich kann es mir nicht leisten, irgendetwas zu tun, was die Beziehung zu meinem Sohn gefährdet. Und wenn das bedeutet, dass ich mich vielleicht sogar bei Trey für das entschuldigen muss, was zwischen mir und dir passiert ist, dann … dann bleibt mir nichts anderes übrig, als es zu tun.« Ihre Stimme ist fest, als hätte sie die Entscheidung schon getroffen. »Wie gesagt, ich kann nicht erwarten, dass du das verstehst, aber ich brauche trotzdem deine Unterstützung. Du weißt nicht, wie es ist, jemanden so zu lieben, dass man bereit ist, das eigene Leben für ihn aufzugeben.«

Was sie sagt, verletzt mich nicht nur, es macht mir in erster Linie Angst. Wie kann es sein, dass sie nach allem, was Trey getan hat, immer noch nicht erkennt, wie gefährlich dieser Mann ist?

»Wenn du deinen Sohn liebst, Auburn, dann hältst du so viel Abstand wie möglich zu Trey. Ihm die Sache durchgehen zu lassen, wäre die schlechteste Entscheidung, die du treffen kannst.«

Sie legt den Kopf zurück und sieht mich an. »Das ist keine Entscheidung, Owen«, sagt sie ruhig. »Ich hätte eine Wahl, wenn es andere Optionen gäbe. Die gibt es aber nicht. Es ist das Einzige, was mir übrig bleibt. Ich muss es tun.«

Ich nehme ihr Gesicht in meine Hände, schließe die Augen, drücke meine Stirn an ihre und stehe einfach nur stumm mit ihr da, lausche ihren Atemzügen und versuche zu verstehen. Sie glaubt, ich wäre dazu nicht in der Lage, weil ich nie in der Situation war, aus Liebe zu einem anderen Menschen mein eigenes Leben aufzugeben.

Tja. Wie soll sie auch ahnen können, dass wir uns viel ähnlicher sind, als sie denkt?

»Hör zu, Auburn«, sage ich leise. »Ich verstehe absolut, dass es für dich das Wichtigste ist, mit deinem Sohn zusammen sein zu können. Aber manchmal muss man Entscheidungen treffen, die viel Mut erfordern, um das, was einem wichtig ist, zu retten. Manchmal muss man dafür sogar eine Beziehung aufgeben.«

Sie lässt die Arme sinken und geht ein paar Schritte rückwärts. »Welche Beziehung musstest du denn schon jemals aufgeben?«

Ich hebe langsam den Kopf, sehe sie eindringlich an und lege alles, was mich ausmacht, in meinen Blick. »Unsere, Auburn. Ich musste *uns* aufgeben.«

einundzwanzigstes kapitel

AUBURN

Wir sitzen nebeneinander auf dem Bett, und ich versuche zu verarbeiten, was Owen mir gerade erzählt hat, aber es fällt mir schwer.

»Ich verstehe nur nicht …« Verwirrt schüttle ich den Kopf. »Warum hast du mir das alles nicht schon längst gesagt? Warum hast du mir nicht erzählt, dass Trey mit ziemlicher Sicherheit gewusst hat, dass diese Tabletten nicht dir gehört haben, sondern deinem Vater?«

Owen seufzt und drückt meine Hände. »Ich hätte es dir so gern gesagt, aber wir kannten uns doch kaum. Du hättest wahrscheinlich geglaubt, ich sauge mir die Geschichte aus den Fingern, um Trey bei dir schlechtzumachen. Er hat mir ziemlich deutlich gedroht, dass er dir massiven Ärger machen wird, falls ich weiterhin Kontakt mit dir habe. Ich wollte auf keinen Fall, dass du meinetwegen irgendwelche Schwierigkeiten bekommst.«

Ich bin erschüttert. Nach dem, was ich gerade über Trey erfahren habe, ist es mir absolut unmöglich, noch Verständnis für ihn aufzubringen. Ich bin endgültig fertig mit ihm. Unfassbar, dass er tatsächlich so weit gegangen ist, wissentlich einen unschuldigen Menschen zu verhaften, um ihn für ein paar Wochen aus dem Weg zu räumen. Die ganze Zeit über habe ich mich bemüht, seine guten Seiten zu sehen, aber allmählich frage ich mich, ob er überhaupt welche hat.

»Ich komme mir so dumm vor.«

Owen schüttelt den Kopf. »Sei nicht so hart zu dir selbst. Ich hätte dir das alles viel früher erzählen sollen. An dem Tag, an dem wir das Zelt aufgebaut haben, hatte ich es fest vor, aber dann kam Lydia. Und als ich mitbekommen habe, dass du einen Sohn hast, wurde mir klar, wie kompliziert dein Verhältnis zu Trey ist und wie viel für dich auf dem Spiel steht. Lydia und Trey hätten niemals zugelassen, dass du mit jemandem zusammen bist, der wegen Drogenbesitz verurteilt wurde. Aber es war auch zu spät, um einen Rückzieher zu machen und zu sagen, dass die Tabletten nicht meine waren. Außerdem … was wäre dann aus meinem Vater geworden?«

Ich lasse mich erschöpft nach hinten aufs Bett fallen und starre an die Decke. Wie soll es jetzt nur weitergehen?

»Ich traue Trey nicht mehr über den Weg«, sage ich. »Nicht nach all dem, was ich jetzt weiß. Er ist anscheinend absolut unberechenbar und bereit, über Leichen zu gehen, um zu bekommen, was er will. Am liebsten würde ich dafür sorgen, dass er gar keinen Kontakt mehr zu AJ hat, aber wenn ich ihn anzeige, gibt es Krieg. Lydia würde behaupten, ich würde lügen, um mir das Sorgerecht zu erschleichen … und dann bekomme ich AJ im schlimmsten Fall nie mehr zu sehen.«

Während ich laut über meine Situation nachdenke, wird mir selbst klar, wie ausweglos alles ist. Ich spüre das vertraute Stechen hinter den Lidern und drücke die Handballen so fest ich kann gegen meine Augen. Ich darf jetzt nicht weinen. Ich muss ruhig bleiben und überlegen, was ich tun kann.

Owen legt eine Hand an meine Wange und dreht mein Gesicht sanft zu sich. »Hör zu, Auburn«, sagt er ernst. »Wenn ich, was die Sache mit den Tabletten angeht, reinen Tisch machen und Trey vor Gericht bringen muss, um deine Glaubwürdigkeit zu stärken, werde ich es tun. Du und AJ, ihr gehört zusammen. Wenn wir uns von Trey einschüchtern lassen, wird er weiter alles unternehmen, was er kann, um uns beide und dich und AJ auseinanderzubringen. Menschen wie ihm geht es immer nur darum, Macht auszuüben. Aber sie haben diese Macht bloß, solange wir sie ihnen geben.«

Er wischt mir mit dem Daumen eine Träne aus dem Augenwinkel. »Egal, was du vorhast, ich unterstütze dich. Aber versprich mir bitte, dass du dich nicht noch einmal alleine mit Trey triffst. Ich traue ihm alles zu.«

Was er sagt, erfüllt mich mit einer Mischung aus Erleichterung und Nervosität. Es ist ein gutes Gefühl, Owen an meiner Seite zu wissen; gleichzeitig macht mir der Gedanke, Trey mit dem zu konfrontieren, was er getan hat, wahnsinnige Angst. Aber wahrscheinlich ist das tatsächlich die einzige Möglichkeit, die mir bleibt. Entweder wir reden wie erwachsene Menschen miteinander oder ich ziehe vor Gericht.

Und ich schwöre, ich werde erst aufhören zu kämpfen, wenn ich gewonnen habe.

Als Owen noch näher an mich heranrutscht und mich fest in die Arme nimmt, schließe ich die Augen und erlaube mir, einen Moment lang alle Sorgen zu vergessen.

~

Ich muss wohl eingeschlafen sein, denn irgendwann weckt mich das Prasseln von Wasser aus dem Badezimmer. Benommen setze ich mich auf und sehe mich im Zimmer um, bis mir wieder einfällt, wo ich bin und was passiert ist. Komischerweise bin ich innerlich mit einem Mal ganz ruhig. Manchmal begreift man erst, wie allein und verzweifelt man war, wenn man jemanden findet, der einem eine Schulter zum Anlehnen anbietet. Owen hat für seinen Vater ein großes Opfer gebracht, und ich staune darüber, dass er ohne jedes Zögern dasselbe für mich tun würde. Genau so jemanden habe ich mir für AJ immer als männliches Vorbild gewünscht.

Ich werfe einen Blick auf mein stumm gestelltes Handy und sehe, dass Trey schon mehrmals versucht hat, mich zu erreichen. Weil ich nicht will, dass er misstrauisch wird und womöglich noch einmal unangemeldet bei mir zu Hause auftaucht, schreibe ich ihm eine Nachricht.

Ich brauche noch etwas mehr Zeit für mich, Trey. Wir reden morgen über alles. Versprochen.

Es ist besser, ihn in dem Glauben zu lassen, dass ich ihm nichts nachtrage. So verhält er sich hoffentlich ruhig, bis ich mit Owen besprochen habe, wie wir weiter vorgehen.

Alles klar.

Als ich Treys Antwort lese, atme ich erleichtert aus und lege das Handy wieder auf den Nachttisch. An Weiterschlafen ist nicht zu denken, dazu gehen mir zu viele Dinge im Kopf herum. Ich stehe auf und wandere unruhig im Zimmer auf und ab. Vielleicht sollte ich ein bisschen fernsehen, um mich abzulenken? Die Badezimmertür steht halb offen, und ich erhasche durch den halb transparenten Duschvorhang einen Blick auf Owen, der sich unter der Dusche gerade die Haare wäscht. Wie viel lieber wäre ich jetzt bei ihm, statt allein hier herumzutigern.

Kurz entschlossen ziehe ich meine Bluse und meine Jeans aus, um ihn zu überraschen, zögere dann aber, als ich mich halb nackt im bodenlangen Spiegel sehe. Meine Wimperntusche ist vom Weinen verschmiert und ich habe blaue Flecken an den Oberarmen und an der Hüfte, wo Trey mich grob festgehalten hat. Der Gedanke daran, wie er mich bedrängt hat, lähmt mich, und plötzlich bin ich mir nicht mehr sicher, ob ich das, was ich vorhabe, wirklich tun soll. Aber dann gewinnt mein Trotz. Owen hat recht. Ich bin nicht bereit, Trey weiter Macht über mich und mein Leben zu geben. Er hat Owen und mich schon viel zu lange erfolgreich auseinandergehalten. Ich werde mich erst dann wieder mit ihm befassen, wenn ich vor ihm sitze.

Bevor ich ins Bad gehe, ziehe ich auch noch BH und Slip aus, überlege dann aber, ob ich nicht lieber das Licht ausmachen soll. Als Owen und ich miteinander geschlafen haben, war es dunkel, was bedeutet, dass er mich noch nie wirklich nackt gesehen hat. Genauso wenig wie ich ihn.

Aber nein, das wäre albern.

»Auburn, bist du das?«, fragt Owen alarmiert, als ich die Tür weiter aufstoße. Anscheinend bin ich nicht die Einzige, die übernervös ist.

»Ja, keine Sorge«, sage ich und schließe die Tür hinter mir. »Das bin nur ich.«

Er schiebt den Vorhang ein Stück zur Seite und späht lächelnd hinaus. Als er sieht, dass ich nackt bin, weicht das Lächeln einem leicht geschockten Gesichtsausdruck. Ich spüre, wie ich rot anlaufe, und greife instinktiv neben mich, um doch das Licht auszumachen. Offensichtlich habe ich mich überschätzt, als ich dachte, ich könnte mich ihm ganz locker nackt präsentieren.

Es ist stockdunkel im Raum.

»Hey, hey, Auburn, was tust du denn da«, höre ich Owens Stimme, die ein bisschen so klingt, als müsste er ein Lachen unterdrücken. »Bitte mach das Licht wieder an und komm zu mir unter die Dusche.«

Ich schüttle den Kopf, was ziemlich sinnlos ist, weil er es nicht sehen kann. »Ich komme zu dir, aber das Licht lasse ich aus.«

Ich höre, wie der Duschvorhang aufgezogen wird und nasse Füße über die Fliesen tappen. Im nächsten Moment geht das Licht wieder an. »Dann muss ich es wohl selbst anschalten.« Owen steht grinsend vor mir, hebt mich mit einem Ruck hoch und trägt mich zur Dusche. Als er mich in der Duschwanne absetzt, bedecke ich meine Brüste mit beiden Händen und komme mir dabei furchtbar dämlich vor.

Owen tritt unter den Wasserstrahl und ich bewundere ihn für sein Selbstbewusstsein. Anscheinend macht es ihm überhaupt nichts aus, komplett nackt vor mir stehen. Allerdings muss ich zugeben, dass er auch keinen Grund hat, unsicher zu sein … im Gegensatz zu mir.

Er legt den Kopf zurück und lässt das warme Wasser über sein Gesicht laufen. »Weißt du, was ich total großartig finde?«, sagt er, während er sich mit geschlossenen Augen das Shampoo aus den Haaren spült.

Ich sehe ihn fragend an. »Nein.«

»Wenn du mir die Haare wäschst«, sagt er lächelnd. »Ich kann dir gar nicht erklären, was es genau ist, was sich daran so gut anfühlt. Es ist einfach viel schöner, wenn du es machst.«

»Möchtest du, dass ich dir die Haare wasche?«

Er schüttelt den Kopf, dreht sich um und greift nach dem Duschgel. »Ich hab sie mir schon gewaschen«, sagt er ganz sachlich und beginnt, sich einzuseifen.

Ich kann nicht anders, als mit offenem Mund seinen muskulösen Rücken und Po anzustarren. Er ist *perfekt*.

Owen wendet sich mir wieder zu und lässt ungeniert seinen Blick über meinen Körper wandern. Bei dem Gedanken daran, dass ich selbst alles andere als perfekt bin, erstarre ich. Grundsätzlich bin ich mit mir schon zufrieden, so wie ich bin, aber es lässt sich nun mal nicht verleugnen, dass ich ein Kind zur Welt gebracht habe. Auf meinem Bauch zeichnen sich hauchdünne weiße Dehnungsstreifen ab und über dem Schambein ist deutlich die Narbe von meinem Kaiserschnitt zu sehen. Auch die Tatsache, dass ich AJ gestillt habe, ist nicht spurlos an meinen Brüsten vorübergegangen.

Ich schließe die Augen, weil ich mich plötzlich total unattraktiv finde.

»Es ist ein bisschen so, wie wenn einem jemand ein Sandwich macht«, sagt Owen.

Meine Augen klappen wieder auf. Owen sieht die Verwirrung auf meinem Gesicht und lacht.

»Das mit dem Haarewaschen«, erklärt er. »Irgendwie ist das vergleichbar. Ich könnte dieselben Zutaten nehmen und mir mein Sandwich genau so belegen, wie es jemand anderes macht, aber aus irgendeinem rätselhaften Grund schmeckt es tausendmal besser, wenn man es gemacht bekommt. Beim Haarewaschen ist es das Gleiche. Es fühlt sich einfach schöner an, wenn du sie mir wäschst. Übrigens sehen sie danach auch besser aus.«

Ich stehe vor Nervosität zitternd splitternackt vor ihm und er redet ganz entspannt von Sandwiches und vom Haarewaschen?

Owen zieht mich sanft zu sich unter den Wasserstrahl. »Ich würde *dir* gern die Haare waschen«, sagt er leise. Er nimmt das halb leere Fläschchen von der Ablage, drückt sich etwas daraus in die Hände, neigt meinen Kopf nach hinten und massiert das Shampoo behutsam ein. Im Gegensatz zu ihm schaffe ich es nicht, dabei die Augen offen zu halten. Nicht nur, weil ich sonst Wasser hineinbekommen würde, sondern auch, weil es sich so unglaublich gut anfühlt. Ich weiß gar nicht, welche Berührung ich mehr genieße – die seiner Finger auf meiner Kopfhaut oder des Teils von ihm, der sich gegen meinen Bauch drückt.

»Ich möchte, dass du dich völlig entspannst.« Er schiebt mich von sich weg unter den Strahl, um den Schaum auszuspülen.

Entspannen? So *kann* ich mich nicht entspannen!

Als würde er den Grund meiner Nervosität erahnen, zieht er mich wieder dicht an sich, und ich merke, dass ich ruhiger werde. Was mich nervös macht, ist die Angst davor, dass er mich begutachtet, wenn ich in einiger Entfernung von ihm stehe und er meinen nackten Körper betrachten kann. Als er nach dem Conditioner greift, um ihn in meine Haare einzuarbeiten, gebe ich mich seinen Berührungen ganz hin. Es ist nicht so, als wäre das eine völlig neue Erfahrung für mich: Während meiner Ausbildung haben wir uns oft gegenseitig die Haare gewaschen, und ich habe es immer als eine Art angenehme Kopfmassage empfunden. Aber das hier … das ist etwas ganz anderes. Owens Hände haben eine einzigartige Wirkung auf mich.

Irgendwann spüre ich weich seine Lippen auf meinen und wir beginnen, uns zärtlich zu küssen. Seine Hände gleiten zu meinen Schultern hinab und dann meine Arme entlang, die er sich um die Hüften schlingt, sodass wir ganz eng aneinandergepresst dastehen. Er kämmt mit den Fingern durch meine Haare, um den Conditioner auszuspülen, und ich öffne die Augen.

»Fühlt sich doch gut an, oder?«, fragt er mit zufriedenem Grinsen.

»Mhmmm.« Ich lächle. »Ich will mir nie mehr selbst die Haare waschen.«

Owen drückt mir einen Kuss auf die Stirn. »Wart's ab, bis du erst meine Sandwiches gegessen hast.«

Ich lache. Als ich sehe, welche Zärtlichkeit in seinem Blick liegt, spüre ich einen Stich, weil ich etwas darin erkenne, von dem ich plötzlich weiß, dass es die Grundlage jeder Beziehung sein sollte: *Selbstlosigkeit.* Wenn man jemandem wirklich wichtig ist, zieht er mehr Befriedigung daraus, *dir* etwas Gutes zu tun, als sich selbst verwöhnen zu lassen.

»Ich will, dass du etwas weißt, Auburn«, sagt Owen heiser, während er Küsse meinen Hals entlanghaucht. »Und das sage ich nicht, um dir zu schmeicheln«, er umfasst meine Brust mit einer Hand und liebkost sie sanft mit dem Daumen, »sondern weil es das ist, was ich denke.« Jetzt löst er die Lippen von meinem Hals, richtet sich auf und betrachtet mich zärtlich. »Du bist unglaublich schön, Auburn. Alles an dir. Jeder einzelne Zentimeter. Außen wie innen. Ob neben mir, über mir, unter mir oder in Farbe auf Leinwand.« Er sieht mich an, und ich muss kurz die Augen schließen, weil die Aufrichtigkeit in seinem Blick mich überwältigt. »So schön«, flüstert er.

Owen küsst sich an meiner Kehle entlang nach unten, bis ich die Wärme seines Atems auf meinen Brüsten spüre. Als er seine Lippen kosend um eine Brustwarze schließt, stöhne ich leise auf, verkralle die Hände in seinen Haaren und hoffe, dass er mich hochhebt und zum Bett trägt, bevor meine Knie unter mir nachgeben und ich ohnmächtig werde. Seine Hände gleiten zu meiner Taille und streichen meine Schenkel abwärts, seine Zunge wandert tiefer und tiefer, und als sie meinen Nabel umspielt, keuche ich laut auf. Das Gefühl ist unfassbar schön, aber gleichzeitig verkrampfe ich mich, weil ich nicht will, dass er noch weiter nach unten wandert. Ich habe zu viel Angst, er könnte die Narben meiner Schwangerschaft abstoßend finden, doch im nächsten Moment kniet er schon vor mir und umschlingt meine Schenkel. Er hat aufgehört, mich zu küssen. Ich spüre seinen Atem an meinem Bauch, öffne vorsichtig die Augen und spähe zu ihm hinunter.

Owen sieht lächelnd zu mir auf und streicht mit dem Zeigefinger zart über die Narbe, die sich quer über meinen Bauch zieht. »Und die hier«, sagt er ehrfürchtig, »ist das Schönste, was ich je an einer Frau gesehen habe.«

In meinen Augen brennen Tränen. Ich wehre mich mit aller Kraft dagegen zu weinen, aber es lässt sich nicht leugnen: Ich habe mich gerade hoffnungslos und unrettbar in diesen Mann verliebt. Owen beugt sich vor, haucht einen Kuss auf die Narbe, steht dann langsam auf und lässt seine Lippen an meinem Körper aufwärtswandern, bis er mich wieder in den Armen hält.

»Wie oft haben wir uns eigentlich getroffen?«, fragt er plötzlich.

Ich lache, weil die Frage komplett unerwartet kommt, aber genau das ist es, was ich so an ihm mag.

»Keine Ahnung.« Ich zucke mit den Schultern. »Vier-, fünfmal?«

Er schüttelt langsam den Kopf. »Wenn wir heute mitzählen, ist es das siebte Mal«, sagt er und streicht mir über die Haare. »Sag mir eins, Auburn. Wie kann es sein, dass ich mich schon in dich verliebt habe?«

Ich schnappe nach Luft. Er verschließt meinen Mund mit seinem und dann hebt er mich hoch und trägt mich aus der Dusche hinüber ins Bett.

Diesmal verliere ich mich nicht in seinen Berührungen, nicht in seinem Kuss und auch nicht in dem überwältigenden Gefühl, das mich durchströmt, als er in mich eindringt. Ich verliere mich nicht, weil ich spüre, dass ich endlich gefunden worden bin.

~

»Den Wagen parke ich besser in der Tiefgarage.« Owen hält in dem schmalen Sträßchen hinter dem Gebäude, in dem er sein Atelier hat. »Hier.« Er drückt mir einen Schlüssel in die Hand. »Der ist für die Hintertür. Geh du doch schon mal nach oben, ich komme gleich nach.«

Ich öffne die Tür und will aussteigen, aber er zieht mich am Handgelenk noch einmal zurück. Seine Lippen verschmelzen mit meinen und sein Kuss fühlt sich an wie ein Versprechen.

»Ich bin in einer Sekunde bei dir«, sagt er.

Ich haste zur Hintertür, schließe auf, schlüpfe hinein und renne die Treppe hinauf. Erst als ich oben in seinem Apartment stehe, atme ich erleichtert auf. Es beunruhigt mich, dass Trey sich nicht mehr gemeldet hat, seit ich ihm gestern geschrieben habe. Lässt er mir tatsächlich Bedenkzeit, oder ahnt er womöglich, dass ich meine Entscheidung längst getroffen habe, und schmiedet schon irgendwelche Pläne? Jedenfalls bin ich unendlich froh, dass er uns nicht hier aufgelauert hat. Zugetraut hätte ich es ihm. Mittlerweile traue ich ihm leider fast alles zu.

Owen-die-Katze empfängt mich, indem sie mir schnurrend um die Beine streicht. Ich hebe sie hoch, gehe mit ihr in die Küche, setze sie auf der Theke ab und nehme eine Flasche Weißwein aus dem Kühlschrank. Nach den Ereignissen der letzten vierundzwanzig Stunden brauche ich dringend einen Drink und Owen geht es sicher genauso. Als ich gerade dabei bin, ein Glas für ihn einzuschenken, höre ich auch schon seine Schritte hinter mir.

Ich lächle, als er von hinten die Arme um mich schlingt und mich an sich zieht, schmiege den Kopf an seine Schulter und lege meine Hände auf seine Unterarme.

Sobald ich seine Haut unter meinen Fingern spüre, erstarre ich und öffne den Mund, um zu schreien. Doch es kommt kein Laut über meine Lippen, und es läuft mir kalt über den Rücken, als Trey mir ins Ohr raunt:

»Du erkennst also nicht einmal, welcher Mann es ist, der dich umarmt?«

Der Griff um meine Taille wird fester, und ich spüre den Unterschied so deutlich, dass mir übel wird. Wie anders die Hände sind, die mich halten.

»Trey, ich …«, flüstere ich mit zitternder Stimme.

»Spar dir das Süßholzgeraspel, Auburn.« Er packt mich an den Handgelenken, dreht mich um und schiebt mich rückwärts gegen den Kühlschrank. »Wo ist er?«

Obwohl ich Angst habe, bin ich erleichtert, dass er offensichtlich nicht mitgekriegt hat, dass wir eben mit dem Auto gekommen sind. Falls Owen schon unten an der Treppe ist, hört er vielleicht, dass Trey hier ist, und kann sich in Sicherheit bringen.

Ich schüttle den Kopf. »Das weiß ich nicht.«

Treys Augen blitzen vor Wut. Sein Griff um meine Handgelenke wird härter. »Ich weiß nicht, ob ich noch eine weitere Lüge von dir ertragen kann. Also: Wo zum Teufel steckt er?«

Ich kneife die Augen zusammen und weigere mich zu antworten. Plötzlich fasst Trey mich ums Kinn und presst brutal seine Lippen auf meine. Als ich ihn wegschieben will, schlägt er mir mit dem Handrücken ins Gesicht, und ich spüre einen scharfen Schmerz, als die Wunde an meiner Lippe wieder aufplatzt.

Meine Knie geben unter mir nach, aber er hält mich an den Oberarmen fest. Sein Mund nähert sich meinem Ohr.

»Ruf nach ihm.«

Ich presse die Lippen aufeinander.

Trey legt eine Hand in meinen Nacken und drückt zu. »Du rufst jetzt seinen Namen«, verlangt er.

Ich öffne den Mund, um ihm zu sagen, dass er abhauen soll, als ich Owens Stimme höre.

»Lass sie sofort los!«

Ich öffne vorsichtig die Augen. Als ich das breite Lächeln sehe, das auf Treys Gesicht erscheint, wird mir schlecht vor Angst. Er dreht mich blitzschnell um, schiebt mich vor sich und hält meine Oberarme so fest umklammert, dass ich mich nicht rühren kann.

Owen steht ein paar Meter von uns entfernt an der Theke und hält sein Handy in der einen und den Autoschlüssel in der anderen Hand. »Hat er dich verletzt?«, fragt er mich, als wäre das im Moment unsere einzige Sorge.

Ich schüttle den Kopf, während Trey mich weiter mit stählernem Griff festhält.

»Okay, Trey«, sagt Owen mit ruhiger Stimme. »Was willst du?«

Trey lacht höhnisch und streicht langsam mit den Fingerknöcheln über meine Wange. »Was ich mal gewollt habe, hast du schon so verdreckt, dass ich es nicht mehr gebrauchen kann, Owen.«

Ich spüre, wie meine Augen sich weiten, als ich die Wut sehe, die in Owen aufsteigt. *Nicht*, denke ich und schüttle verzweifelt den Kopf. Er darf sich jetzt auf keinen Fall von Trey provozieren lassen und etwas tun, wofür er mit Sicherheit ein zweites Mal im Gefängnis landen würde – schließlich ist er nur auf Bewährung freigekommen. Bestimmt legt es Trey ganz bewusst genau darauf an.

»Owen, nicht! Er will doch nur, dass du ihn schlägst.«

Trey drückt seine Wange an meine, streicht über meinen Hals und meine Brüste zum Bauch hinunter, um seine Hand schließlich zwischen meine Schenkel zu zwängen. Owens Blick folgt der Bewegung. Er wird bleich.

In meiner Kehle steigt der bittere Geschmack von Galle auf, und ich schließe die Augen, weil ich weiß, dass Owen niemals weiter tatenlos zusehen wird.

Als er sich im nächsten Moment tatsächlich auf Trey stürzt, schleudert der mich zu Boden. Ich richte mich benommen auf und sehe, wie Owen ihm einen rechten Haken verpasst. Trey stützt sich mit einer Hand an der Theke ab, zieht mit der anderen seine Waffe aus dem Holster und zielt auf uns.

Owen, der mit dem Rücken zu Trey steht, legt mir einen Arm um die Taille und hilft mir auf die Beine. »Ist alles in Ordnung mit dir?«, fragt er besorgt. Ich will ihm sagen, dass Trey seine Waffe gezogen hat, dass er davonrennen oder sich ducken soll, aber meine Kehle ist wie zugeschnürt. Owen nimmt mein Gesicht zwischen seine Hände. »Geh nach unten, Auburn, und ruf die Polizei.«

Trey lacht laut auf. »Du willst, dass sie die Polizei ruft?«, sagt er höhnisch. »Tolle Idee, Kumpel. Was meinst du, wem die glauben werden? Dem drogensüchtigen Möchtegernkünstler, der Schlampe, die sich mit fünfzehn hat schwängern lassen … oder dem Cop?«

Owen und ich schweigen.

»Ach so, und dann solltest du an die Drogen denken, die meine Kollegen in deinem Apartment finden werden. Die sprechen natürlich auch eher gegen dich.«

Ich sehe, wie sich jeder Muskel in Owens Körper verhärtet.

Trey hat ihm eine Falle gestellt.

Als er hier eingebrochen ist, hat er anscheinend nicht nur etwas mitgenommen, sondern auch etwas dagelassen.

Ich verkralle mich in Owens T-Shirt, weil ich panische Angst habe, dass er sich jetzt, wo alles zu spät scheint, doch noch auf Trey stürzt.

»Was willst du von mir?«, fragt Owen stattdessen, und ich höre Resignation in seiner Stimme. Es scheint, als hätte er endgültig verloren.

»Ich will, dass du verschwindest«, knurrt Trey. »Du hast mich vom ersten Tag an genervt, an dem wir uns begegnet sind, und drängst dich immer wieder in mein Leben.« Er geht ein paar Schritte auf ihn zu, worauf Owen mich zurückschiebt und weiterhin mit seinem Körper schützt. »Der Junge braucht seine Mutter und er braucht mich als Vater. Dich dagegen und deine kranken Ideen, die du ihr in den Kopf setzt, braucht hier niemand.« Trey sieht mich an. »Eines Tages wirst du mir dafür dankbar sein, Auburn.«

Er zieht sein Funkgerät aus dem Gürtel und hält es sich vor den Mund. »Abschnitt sechs«, spricht er hinein, »Festnahme nach körperlichem Angriff auf Beamten.«

»Was?«, entfährt es mir voller Entsetzen. »Trey, das kannst du nicht machen. Er hat dir nichts getan!«

Trey ignoriert mich und nennt die Adresse des Ateliers. Owen dreht sich zu mir um und legt mir die Hände auf die Schultern. »Hör zu, Auburn.« Er sieht mich ernst an und wirkt sehr konzentriert. »Wenn er von dir verlangt, seine Version zu bestätigen, solltest du das tun. Für AJ. Falls er tatsächlich irgendwelche Drogen hier versteckt hat, werde ich für eine lange Zeit ins Gefängnis müssen. Sollte ich dagegen bloß eine Anzeige wegen Körperverletzung bekommen, wird es nicht ganz so lang dauern. Ich spreche morgen mit meinem Vater darüber, was ich unternehmen kann.«

»Aber du hast nichts getan, Owen!«, rufe ich verzweifelt. »Wenn ich ihnen sage, was war, kann dir nichts passieren.«

Er schließt die Augen und holt tief Luft. Als er mich wieder ansieht, ist sein Blick noch entschlossener als eben. »Trey weiß, was zwischen uns passiert ist, und er will Rache. Leider hat er recht damit, dass sie nicht uns, sondern ihm glauben werden. Durch die Sache mit den Pillen habe ich meine Glaubwürdigkeit verspielt.«

Ich versuche, so ruhig zu bleiben, wie er es ist, aber das gelingt mir nicht. Erst recht nicht, als Trey ihn im nächsten Moment von mir wegzieht. Owen legt freiwillig die Hände auf den Rücken und Trey lässt die Handschellen zuschnappen. Owen wehrt sich nicht, und ich weine viel zu sehr, als dass ich irgendetwas tun könnte.

Mir laufen die Tränen übers Gesicht, als ich hinter den beiden die Treppe hinuntergehe, durch den Ausstellungsraum vors Haus, wo Treys Streifenwagen steht. Er drückt Owen auf die Rückbank und dreht sich dann zu mir.

»Steig ein, Auburn. Du wirst jetzt deine Aussage machen und anschließend fahre ich dich nach Hause.«

Ich steige tatsächlich in den Wagen – aber nur, weil ich nicht zulassen werde, dass Owen auch nur noch einen weiteren Tag zu Unrecht im Gefängnis sitzen muss.

zweiundzwanzigstes kapitel

OWEN

Wir sitzen schweigend im Wagen. Ich hinten, Auburn vorne auf dem Beifahrersitz neben Trey.

Wahrscheinlich zerbricht sie sich genau wie ich verzweifelt den Kopf, ob es nicht doch irgendeine Möglichkeit gibt, diesen Albtraum noch zu stoppen. Verflucht, es kann nicht sein, dass Auburns einzige Chance, mit ihrem Sohn zusammenleben zu dürfen, über Trey führt. Es muss einen Weg geben, wie ich mich aus der Falle, in die er mich gelockt hat, befreien kann, ohne dass Auburn den Preis dafür zahlen muss … Nur leider fällt mir keiner ein.

Auburns Stimme reißt mich aus meinen Gedanken. »Ich hätte niemals gedacht, dass du zu so etwas fähig bist«, fährt sie Trey an. »Bildest du dir etwa ein, ich würde vergessen, dass du mich begrapscht, gedemütigt und geschlagen hast? Dass du bei Owen eingebrochen und sein Atelier verwüstet hast? Dass du ihm Drogen untergeschoben hast?«

Ich schließe kurz die Augen.

Tu das nicht, Auburn. Mach ihn nicht noch wütender.

Aber sie ist noch nicht fertig. Als Trey sich ihr zuwendet, sie aber nur stumm ansieht, schleudert sie ihm entgegen:

»Ich werde dich niemals so lieben, wie ich Adam geliebt habe.«

Trey reißt das Steuer herum, fährt an den Straßenrand und hält an. Er beugt sich zu Auburn hinüber, quetscht ihr Kinn mit der rechten Hand zusammen und zieht ihr Gesicht ganz nah zu sich heran.

»Ich bin aber nicht Adam, ich bin *Trey*. Und wenn du ein Interesse daran hast, weiterhin Kontakt mit meinem Neffen zu haben und Mutter zu spielen, empfehle ich dir, meinen Kollegen auf dem Revier gleich genau das zu erzählen, was ich von dir hören will.«

Auburn atmet schwer. Ich sehe, wie ihr eine Träne über die Wange läuft, und balle die Fäuste. Mein Bedürfnis, dieses Schwein zusammenzuschlagen, ist so überwältigend, dass ich es kaum aushalte. Aber meine Hände sind im Rücken gefesselt, und ich bin dazu verdammt, untätig zusehen zu müssen, wie er sie einschüchtert. In meiner Verzweiflung versetze ich der Rückenlehne seines Sitzes einen kräftigen Tritt. »Hände weg von ihr!«

Trey ignoriert mich und hält ihren Kiefer weiter umklammert, bis sie irgendwann nachgibt und stumm nickt. Erst dann lässt er die Hand sinken und lehnt sich zurück.

Auburn sieht mich aus dem Augenwinkel an und schluckt

trocken. Gott, ich habe mich noch nie in meinem ganzen Leben hilfloser gefühlt.

Trey strafft die Schultern, umklammert das Steuer und fährt los, ohne ein weiteres Wort zu verlieren. Auburn presst den Rücken gegen die Beifahrertür, als würde sie so viel Abstand wie möglich zwischen sich und Trey bringen wollen. Sie zieht die Knie an die Brust und beginnt fast unhörbar zu weinen. Es tut unbeschreiblich weh, sie so verängstigt und verzweifelt zu sehen und rein gar nichts tun zu können. Ich rutsche auf der Rückbank vor, so weit es geht, und fange ihren Blick auf. Sie soll wenigstens wissen, dass sie nicht allein ist, dass wir diese Sache irgendwie gemeinsam durchstehen werden. Wir sehen uns aus den Augenwinkeln an, bis Trey kurz darauf vor der Polizeistation anhält und den Motor abstellt.

»Okay, dann sage ich dir jetzt, was passiert ist, und du wirst es gleich schön brav genau so wiedergeben, auch wenn es sich so nicht abgespielt hat«, sagt er eiskalt. »Du hast mich von Owen aus angerufen und gebeten, dich abzuholen, weil ihr euch gestritten habt. Als ich kam, hat er sich auf mich gestürzt, worauf ich ihn verhaftet habe. Alles klar? Kannst du dir das merken?« Er greift nach ihrem Handgelenk. »Dieser Typ ist gefährlich, Auburn. Und wenn ich nicht mit allen Mitteln dafür sorge, dass er aus dem Verkehr gezogen wird, werde ich es mir nie verzeihen. Ich lasse nicht zu, dass er dein und damit auch AJs Leben kaputt macht. Das ist der einzige Grund, warum ich das alles getan habe. Aus Sorge um euch. Du willst doch auch das Beste für deinen Sohn, oder?«

Sie nickt, aber in ihren Augen glimmt ein Funken Trotz auf, und das macht mir Angst. Ich will nicht, dass sie Schwierigkeiten bekommt, weil sie meint, mich retten zu müssen.

»Tu, was er sagt, Auburn.«

Von außen nähern sich mit schnellen Schritten zwei Polizisten. Die Tür wird aufgerissen und ich werde aus dem Wagen gezogen. Bevor sie mich wegführen, werfe ich einen Blick über die Schulter. Auburn ballt die Faust und drückt sie sich an die Brust.

dreiundzwanzigstes kapitel

AUBURN

Ich tue nichts von dem, was Trey will. Um genau zu sein, tue ich gar nichts. Ich hocke einfach nur da und schweige.

Bei jeder Frage, die sie mir stellen, presse ich die Lippen noch fester aufeinander.

Owen möchte nicht, dass ich ihnen die Wahrheit sage, weil er denkt, dass sie uns nicht glauben und ich damit alles nur noch schlimmer mache. Okay, meinetwegen. Aber wenn Trey sich auch nur eine Sekunde lang einbildet, ich würde für ihn lügen, ist er noch viel gestörter, als ich dachte.

Nach einer Weile reicht es ihnen und sie erlauben mir zu gehen. Trey steht auf und bietet mir an, mich nach Hause zu fahren. Ich lehne dankend ab und gehe mit erhobenem Kopf an ihm vorbei nach draußen.

Jetzt stehe ich vor dem Polizeirevier und warte auf das Taxi, das ich eben bestellt habe. Ich höre Schritte hinter mir. Trey kommt die Treppe herunter und stellt sich neben mich. Seine bloße Gegenwart verursacht eine Gänsehaut auf meinen Armen. Wer hätte gedacht, dass Adams Bruder eines Tages einen solchen Widerwillen in mir auslösen würde?

»Ich gebe dir ein paar Tage, um dich zu beruhigen«, sagt er leise. »Aber dann werden wir darüber reden, wie es mit uns weitergeht.«

Ich antworte darauf nicht. Es ist mir ein totales Rätsel, wie er darauf kommt, dass er nach dem, was er getan hat, noch jemals irgendeine Rolle in meinem Leben spielen wird.

»Ich hab schon mitbekommen, dass dieser Typ offenbar solchen Eindruck auf dich gemacht hat, dass deine Urteilsfähigkeit darunter leidet«, sagt Trey. »Aber versuch die Sache trotzdem mal aus meiner Perspektive zu sehen. Der Kerl ist vorbestraft, Auburn. Du kannst mir nicht vorwerfen, dass ich an deinen Sohn – meinen Neffen – denke und möchte, dass er in sicheren und geordneten Verhältnissen aufwächst. Du kannst es mir also nicht übel nehmen, dass ich alles dafür tue, dass dieser Typ aus deinem Leben verschwindet, damit du dich wieder ganz auf AJ konzentrieren kannst.«

Ich muss mich schwer zusammenreißen, um ihn nicht anzuspucken, und starre an ihm vorbei ins Leere, ohne etwas zu sagen. Nach einer Weile seufzt Trey schwer und geht wieder hinein.

Kurz darauf hält das Taxi und ich steige ein. Als der Fahrer nach der Adresse fragt, bitte ich ihn um einen Moment Geduld. Ich ziehe mein Handy aus der Tasche, tippe etwas in die Suchmaske des Browsers und warte darauf, dass die Ergebnisse angezeigt werden.

~

Eine Viertelstunde später klingle ich an der Haustür und bin erst einmal sprachlos, als ich den Mann sehe, der mir öffnet. Ich weiß nicht, was ich erwartet hatte, aber sicher nicht, dass Callahan Gentry seinem Sohn so unglaublich ähnlich sieht. Natürlich ist er älter und seine Haare sind grau meliert, aber seine Augen sehen genau aus wie die von Owen. Nur der Blick daraus ist müder und trüber, was daran liegen kann, dass es so spät am Abend ist. Aber dann erinnere ich mich plötzlich daran, dass Owen mir erzählt hat, er hätte gesehen, wie das Leben in den Augen seines Vaters erloschen sei. Jetzt verstehe ich, was er damit gemeint hat.

»Guten Abend … Kann ich Ihnen helfen?«, fragt Mr Gentry verwundert.

Ich nicke. »Ja, das können Sie. Mir und auch Ihrem Sohn.«

Er runzelt irritiert die Stirn, dann lächelt er plötzlich. »Sind Sie etwa das Mädchen, von dem er mir erzählt hat, das mit zweitem Namen Mason heißt?«

Sobald ich nicke, lädt er mich ein, ins Haus zu kommen. Er führt mich ins Wohnzimmer, deutet auf einen Sessel und nimmt selbst auf der Couch Platz. »Bitte setzen Sie sich.«

Ich bin ziemlich nervös, als ich ihm zu erzählen beginne,

was passiert ist und was ich mir überlegt habe. Noch weiß ich nicht, ob er bereit ist, mich zu unterstützen, und ob mein Plan überhaupt funktionieren kann, aber er hört aufmerksam zu.

~

Am nächsten Morgen sitze ich mit ineinander verschränkten Fingern am Konferenztisch der Kanzlei und spüre, dass ich am ganzen Körper zittere, obwohl Owens Vater neben mir sitzt. Aber es gibt nun mal keine Garantie dafür, dass das, was ich mir ausgedacht habe, klappt. Wenn nicht, wird die Situation für Owen und mich nur noch schlimmer. Die Aufregung schnürt mir die Kehle zu, und mein Herz klopft wie wild, während wir auf sie warten.

Die letzten beiden Nächte habe ich kaum geschlafen und bin völlig übermüdet, aber das Adrenalin, das durch meine Adern pumpt, hält mich wach. Ich war mir nicht sicher, ob sie nach Mr Gentrys Anruf tatsächlich kommen würde, aber gerade hat seine Sekretärin gemeldet, dass sie da ist.

In wenigen Sekunden werde ich Lydia Auge in Auge gegenübersitzen.

Ich rechne damit, dass sie wütend sein wird, sobald sie erfährt, wieso sie hier ist. Ich rechne damit, dass uns eine harte Auseinandersetzung bevorsteht. Womit ich nicht gerechnet habe, ist, dass sie ihn mitbringt. Trey tritt hinter seiner Mutter in den Raum. Lydia schnaubt, deutet auf mich und sieht Mr Gentry empört an.

»Jetzt sagen Sie mir nicht, dass *sie* der Grund ist, warum Sie mich herbestellt haben«, sagt sie gereizt. Sie verdreht die

Augen, dann wendet sie sich an Trey. »Entschuldige, dass ich dich gebeten habe mitzukommen«, seufzt sie. »Er hat von einer dringenden Angelegenheit gesprochen, die geregelt werden müsse. Mir war nicht klar, dass das Ganze etwas mit Auburn zu tun hat.«

Trey ist bleich geworden. Angespannt sieht er von mir zu Mr Gentry. »Worum geht es?«, fragt er heiser.

»Bitte nehmen Sie doch erst einmal Platz«, sagt Owens Vater gelassen und deutet auf die beiden Stühle auf der anderen Seite des Tisches.

Trey bleibt stehen, nur Lydia setzt sich mir gegenüber. Sie runzelt kurz die Stirn, als sie meine blutverkrustete Lippe bemerkt, sagt jedoch nichts.

»Ich habe exakt eine halbe Stunde Zeit, weil ich gleich meinen Enkel aus der Vorschule abholen muss«, informiert sie Mr Gentry stattdessen kühl. »Also fassen Sie sich kurz. Weshalb bin ich hier?«

Owens Vater wirft mir einen Blick zu. Ich habe ihn vorgewarnt, dass sie ein Drache ist, aber er hat wahrscheinlich geglaubt, ich würde übertreiben. Wortlos ordnet er die Blätter in der Mappe, die vor ihm auf dem Tisch liegt, und lehnt sich zurück.

»Ich habe hier ein Dokument vorbereitet, das Sie nur noch unterschreiben müssen«, verkündet er dann und deutet auf die Mappe. »Um es, wie von Ihnen gewünscht, kurz zu machen: Auburn beantragt das Sorgerecht für ihren Sohn.«

Lydia lacht schrill auf. Dann sieht sie mich an, als hätte ich den Verstand verloren. »Wunderbar«, sagt sie und steht auf. »Das ging ja dann doch viel schneller als erwartet. Ich würde sagen, damit sind wir hier fertig.« Sie wendet sich zur Tür.

Trey rührt sich nicht von der Stelle und sieht mich an. Seiner Miene nach zu urteilen, ahnt er, dass das längst noch nicht alles gewesen ist.

»Sag deiner Mutter bitte, dass wir hier noch lange nicht fertig sind«, sage ich genau in dem Moment, in dem Lydia die Hand nach dem Türknauf ausstreckt.

Trey presst die Kiefer aufeinander und verengt die Augen. Er gibt das, was ich gesagt habe, nicht an seine Mutter weiter, aber das muss er auch gar nicht. Lydia ist stehen geblieben und dreht sich zu mir um.

»Was ist in dich gefahren, Auburn?«, fragt sie ungeduldig. »Was soll das Theater?«

Statt zu antworten, lege ich mein Handy auf den Tisch, öffne die App für Sprachmemos und starte eine Datei.

»… Bildest du dir etwa ein, ich würde vergessen, dass du mich begrapscht, gedemütigt und geschlagen hast? Dass du bei Owen eingebrochen und sein Atelier verwüstet hast? Dass du ihm Drogen untergeschoben hast?«

Ich halte die Aufnahme an und sehe, dass Trey leichenblass geworden ist. Fast bilde ich mir ein, seine Gedanken lesen zu können, so deutlich sind sie ihm ins Gesicht geschrieben. Ich bin mir sicher, dass er sich gerade verzweifelt zu erinnern versucht, was er auf der Fahrt zum Polizeirevier alles zu mir gesagt hat, weil er jetzt weiß, dass jedes Wort, das im Wagen gesprochen wurde, auf meinem Handy als Beweismittel gespeichert ist.

Er gibt sich größte Mühe, sich seine Nervosität nicht anmerken zu lassen, aber mir entgeht nicht das leichte Zucken um seinen Mundwinkel.

»Soll ich dir auch noch den Rest unserer gestrigen Unterhaltung vorspielen, Trey?«

Jetzt schließt er die Augen. Er senkt den Kopf, dann versetzt er dem Stuhl, der vor ihm steht, mit voller Wucht einen Tritt. »Fick dich!«

Lydia zuckt zusammen, sieht fragend zwischen ihrem Sohn und mir hin und her, aber er schaut sie nicht an. Trey weiß ganz genau, dass seine gesamte berufliche Zukunft in meinen Händen liegt. Und die Tatsache, dass Lydia beschließt, sich wieder an den Tisch zu setzen, beweist, dass sie es auch weiß. Von ihrer Überheblichkeit ist nichts mehr übrig geblieben. Sie sieht aus wie eine gebrochene Frau. Ich könnte jetzt sagen, dass ich Triumph empfinde, aber das tue ich nicht. Ich habe niemals gewollt, dass es so weit kommt.

»Ich werde nicht nach Portland zurückziehen, sondern in Dallas bleiben, Lydia«, erkläre ich ihr ruhig. »Das heißt, dass du AJ weiterhin sehen kannst. Du bekommst Besuchsrecht und er darf auch mal am Wochenende bei dir übernachten. Allerdings nur unter der Bedingung, dass du nicht im selben Haus wohnst wie Trey. Du musst akzeptieren, dass AJ mein Sohn ist. Ich will, dass er bei mir aufwächst. Und eins sage ich dir ganz klar: Sollte ich gezwungen sein, das, was ich über deinen Sohn weiß, als Druckmittel einzusetzen, um das Sorgerecht für meinen Sohn zurückzubekommen, werde ich nicht zögern, es zu tun.«

Owens Vater schiebt ihr wortlos die Unterlagen zu, die er vorbereitet hat. Ich lege die Hände flach vor mich auf den Tisch und sehe Lydia direkt in die Augen. Zum allerersten Mal in meinem Leben habe ich keine Angst vor ihr.

»Mit Ihrer Unterschrift erklären Sie sich bereit, das Sorgerecht an AJs Mutter abzugeben«, erläutert Mr Gentry. »Wenn Ihr Sohn die Vorwürfe gegen meinen Sohn fallen lässt, werde ich davon absehen, die Aufzeichnung der Unterhaltung, aus der Sie eben Ausschnitte gehört haben, an jeden einzelnen Beamten seiner Dienststelle zu senden.«

Ohne ihn eines Blickes zu würdigen, greift Lydia nach dem Stift, den er ihr reicht. Aber bevor sie unterschreibt, wendet sie sich noch einmal an Trey. Ihr Ton ist fast flehend. »Dieses … Gespräch mit Auburn. Hast du tatsächlich Dinge gesagt, die dazu führen könnten, dass du deinen Job verlierst?«

Trey, der im Raum auf und abgelaufen ist, bleibt abrupt stehen. Er zögert, dann nickt er langsam, bringt aber kein Wort hervor. Lydia schließt die Augen und atmet tief durch.

Die Entscheidung liegt in ihrer Hand. Entweder sie ermöglicht es mir, meinem Sohn endlich eine richtige Mutter sein zu können, oder ich werde dafür sorgen, dass ihr eigener Sohn bitter für das bezahlen wird, was er Owen angetan hat. Für das, was er mir beinahe angetan hätte.

»Dir ist bewusst, dass das Erpressung ist?«, fragt Trey mit belegter Stimme.

»Aber ja.« Ich sehe zu ihm auf und nicke gelassen. »Ich hatte einen guten Lehrer.«

Es ist absolut still im Raum. Als Lydia begreift, dass Trey mir nichts entgegenzusetzen hat, unterzeichnet sie und schiebt mir die Mappe über den Tisch zu.

Ich versuche, ruhig zu bleiben, aber meine Hände zittern, als ich das Dokument, das mein Leben verändern wird, an mich nehme und Owens Vater reiche. Lydia steht wortlos auf und geht zur Tür. Bevor sie den Raum verlässt, dreht sie sich noch einmal um. Ich sehe ihr an, dass sie sich schwer zusammenreißen muss, um nicht in Tränen auszubrechen, kann aber nicht behaupten, dass ich Mitleid mit ihr hätte.

Dazu habe ich im Laufe der Jahre ihretwegen selbst viel zu viele Tränen vergossen.

»Ich fahre jetzt zur Vorschule und bringe ihn nach Hause. Du kannst ihn in ein paar Stunden holen kommen. In der Zwischenzeit packe ich seine Sachen zusammen.«

Ich nicke stumm und bringe kein Wort hervor, weil ich Angst habe, sonst laut aufzuschluchzen, aber sobald sich die Tür hinter den beiden geschlossen hat, brechen alle Dämme.

Owens Vater legt einen Arm um meine Schulter und zieht mich an sich. »Danke«, schluchze ich an seiner Brust. »Oh Gott, Sie können sich gar nicht vorstellen, wie dankbar ich Ihnen bin.«

Er schüttelt den Kopf. »Nein, Auburn. Ich bin derjenige, der dir danken muss.«

Er sagt nicht, wofür genau, aber ich glaube zu spüren, was er meint. Ich glaube zu spüren, wie sein Wille wächst, seinem eigenen Sohn endlich wieder ein Vater zu sein.

vierundzwanzigstes kapitel

OWEN

Als ich in den Besucherraum komme und meinen Vater am Tisch sitzen sehe, steigt dumpfe Angst in mir auf. Ich bin jetzt seit vierundzwanzig Stunden in U-Haft und habe keine Ahnung, was in der Zwischenzeit passiert ist, und vor allem weiß ich nicht, wie es Auburn geht.

Ich setze mich schweigend.

»Ich soll dir Grüße von Auburn ausrichten«, beginnt er. »Sie war bei mir und hat mir alles erzählt.« Ich spüre, wie vor Erleichterung meine Knie weich werden, obwohl ich sitze. »Alle Anschuldigungen gegen dich sind fallen gelassen worden. Du bist ein freier Mann.«

Ich starre ihn ungläubig an. Hat er das eben tatsächlich gesagt oder habe ich irgendetwas falsch verstanden? Bevor ich ihn danach fragen kann, geht die Tür auf. Ein Beamter kommt in den Raum und bittet mich aufzustehen. Als ich es tue, nimmt er mir die Handschellen ab.

»Hatten Sie irgendwelche Wertgegenstände bei sich, die Sie noch abholen müssen, bevor wir Sie entlassen?«

»Ja, äh … mein Portemonnaie, meine Schlüssel und mein Handy«, sage ich benommen und reibe mir die schmerzenden Handgelenke.

»Ich warte vor der Tür. Wenn Sie hier fertig sind, begleite ich Sie zur Ausgabe, dann händigen wir Ihnen Ihre Sachen aus, und danach können Sie gehen.«

Ich sehe meinen Vater fassungslos an. Er schmunzelt. »Sie ist wirklich ein ganz besonderes Mädchen.«

Unfähig, auch nur ein Wort hervorzubringen, schüttle ich lächelnd den Kopf. *Wie hast du das nur gemacht, Auburn?*

Das Leben ist wieder in die Augen meines Vaters zurückgekehrt. Das Leben, das ich seit dem Tag, an dem ich ihm sagen musste, dass Mom und Carey tot sind, nie wieder darin gesehen habe. Mir ist absolut unerklärlich, wie Auburn es geschafft hat, aber ich bin davon überzeugt, dass sie etwas damit zu tun hat. Sie weiß es selbst nicht, aber sie ist wie ein Licht, das die dunkelsten Bereiche der Seele eines Menschen erhellen kann.

Ich verkneife mir alle weiteren Fragen, weil mein Vater sie mir nicht beantworten wird, solange das Risiko besteht, dass jemand uns hören könnte.

»Aber wie kann das sein?«, platzt es eine Viertelstunde später aus mir heraus, als das Tor hinter uns zugefallen ist. »Wo ist sie jetzt? Warum hat er die Anzeige zurückgezogen?«

Mein Vater lächelt, und erst jetzt wird mir bewusst, wie schmerzlich ich dieses Lächeln vermisst habe. Fast so sehr wie das meiner Mutter.

Er winkt ein Taxi heran, das gerade um die Ecke biegt. Als es anhält, beugt er sich zum Fahrer hinunter und nennt ihm eine Adresse.

»Ich denke, das solltest du Auburn selbst fragen.« Er breitet die Arme aus und zieht mich an sich. »Bitte verzeih mir, Owen. Es gibt so vieles, für das ich mich entschuldigen muss.« Einen Augenblick lang hält er mich ganz fest, dann lässt er mich wieder los und wuschelt mir durch die Haare, als wäre ich ein Kind.

Als wäre ich sein Sohn.

Und er mein Vater.

»Wir werden uns die nächsten Monate nicht sehen«, sagt er. »Ich werde einige Zeit fortgehen.«

In seiner Stimme liegt etwas, das ich schon viel zu lang nicht mehr gehört habe. *Stärke*. Wenn ich jetzt ein Bild von ihm malen würde, würde ich es genau in dem Grünton malen, in dem Auburns Augen strahlen. Er geht ein paar Schritte, dann dreht er sich noch einmal um und hebt die Hand. Ich hebe ebenfalls die Hand und lächle.

Zwischen Callahan Gentry und seinem Sohn wird alles wieder gut werden.

~

Nach dem Abschied von meinem Vater, der mich emotional sehr mitgenommen hat, steht mir der nächste intensive Moment bevor. Ich bin vor der Tür ihres Apartments angekommen und bereite mich innerlich darauf vor, sie gleich wiederzusehen.

Nachdem ich noch einmal tief durchgeatmet habe, klopfe ich an die Tür.

Schritte.

Mit angehaltenem Atem warte ich. Die Zeit dehnt sich bis ins Unerträgliche – als würde jede Sekunde ein ganzes Leben lang dauern. Ich habe mir gerade die Hände an der Jeans abgewischt, als die Tür sich endlich öffnet und mein Blick auf denjenigen fällt, der mir aufgemacht hat.

Es ist jemand, mit dem ich hier bei Auburn als Allerletztes gerechnet hätte, und ich beschließe spontan, dass ich diesen denkwürdigen Moment schon sehr bald für immer auf einer Leinwand verewigen werde.

Wie hast du das nur gemacht, Auburn?

»Hallo!«, ruft er und strahlt mich an. »Ich kenn dich. Du warst schon mal hier.«

Ich lächle. »Hey, AJ«, begrüße ich ihn. »Ist deine Mom auch zu Hause?«

AJ schaut über seine Schulter und gibt mir mit gekrümmtem Zeigefinger ein Zeichen, mich zu ihm herunterzubeugen. Als ich es tue, grinst er. »Weißt du was?«, flüstert er mir ins Ohr. »Ich bin innerlich schon ganz schön stark geworden. Weil ich keinem von dem Zelt erzählt hab. Wirklich keinem.« Er legt verschwörerisch die Hand als Trichter an den Mund und raunt: »Und es ist immer noch da.«

Ich lache, als er herumwirbelt, weil sich hinter ihm Schritte nähern.

»Schätzchen, du darfst nicht einfach jedem die Tür aufmachen, ohne mich zu fragen«, höre ich Auburns Stimme. AJ zieht die Tür weiter auf und ihr Blick trifft meinen.

Wie erstarrt bleibt sie stehen.

Ich hätte nicht erwartet, dass es so wehtun würde, sie wiederzusehen. Jeder Teil von mir schmerzt. Meine Arme schmerzen vor Verlangen, sie zu halten. Meine Lippen schmerzen vor Sehnsucht, sie zu küssen. Mein Herz schmerzt, weil es zum Bersten gefüllt ist mit Liebe.

»AJ, ich glaube, dein neuer Fisch hat Hunger«, sagt Auburn. »Vielleicht musst du ihm noch was geben.« Ihre Stimme ist fest und ihr Blick unverwandt auf mich gerichtet. Sie hat noch nicht gelächelt.

»Aber ich hab ihn doch eben schon gefüttert«, sagt AJ unsicher.

Sie sieht ihn an. »Ein paar Flocken kriegt er noch. Als Nachtisch, okay?«

AJ nickt und läuft in ihr Zimmer.

Ich trete unwillkürlich einen Schritt zurück, als Auburn im nächsten Augenblick auf mich zugestürmt kommt. Und dann springt sie mir mit so viel Schwung in die Arme, dass ich noch ein paar Schritte rückwärts gehen muss, um mich an der Wand abzustützen und nicht zusammen mit ihr zu Boden zu fallen. Sie klammert sich an meinem Hals fest und küsst mich … küsst mich, wie ich noch nie zuvor geküsst worden bin. Ihr Kuss schmeckt nach salzigen Tränen und Glück und Lachen und diese Kombination ist köstlich und einfach absolut unbeschreiblich.

Ich kann nicht sagen, wie lange wir so im Flur stehen und uns küssen, weil Zeit keine Dimension ist, wenn ich sie mit ihr verbringe.

Irgendwann setze ich sie wieder ab. Sie legt ihre Arme um mich, drückt ihr Gesicht schluchzend an meine Brust, und ich halte sie, wie ich sie von jetzt an jeden Tag halten werde.

Ich weiß, dass sie nicht weint, weil sie traurig ist, sondern weil sie die Gefühle, die sie überfluten, nicht anders ausdrücken kann. Mir geht es genauso. Worte reichen nicht, um diesen Moment zu beschreiben.

Also schweigen wir beide.

Meine Wange in ihre Haare gepresst, blicke ich über ihren Kopf hinweg in das Apartment auf das Bild, das über der Couch hängt. Bei der Erinnerung an den Abend, an dem ich zum ersten Mal bei ihr war und es gesehen habe, muss ich lächeln.

Ich war mir ziemlich sicher gewesen, dass sie es behalten hat, trotzdem ging es mir durch und durch, als ich es dann tatsächlich bei ihr zu Hause an der Wand entdeckte. Der Moment damals hatte etwas Surreales, und am liebsten hätte ich mich umgedreht und ihr alles erzählt. Ihr von der Verbindung erzählt, die ich dazu habe. Von der Verbindung, die ich seit all den Jahren zu ihr habe.

Aber ich habe es nicht getan und werde es auch niemals tun, weil ich dazu nicht das Recht habe.

Dieses Geständnis gehört Adam.

FÜNF JAHRE VORHER

Ich hocke mit an die Brust gezogenen Knien neben dem Zimmer meines Vaters im Flur auf dem Boden, als die beiden aus dem Nachbarzimmer kommen.

»Heißt das, du willst die Sachen einfach wegwerfen?«, fragt das Mädchen die ältere Frau.

Die Frau dreht sich um, und jetzt sehe ich, dass sie einen Karton in den Armen hält.

»Er hat doch sowieso nie etwas damit anfangen können und wird es jetzt sicher auch nicht mehr tun. Das Zeug steht nur rum und nimmt Platz weg.« Sie geht zur Infotheke und stellt den Karton darauf. »Könnten Sie den für mich entsorgen?«, bittet sie die diensthabende Schwester und dreht sich um, ohne ihre Antwort abzuwarten. Sie geht noch einmal zurück ins Zimmer und bringt dann mehrere aufgezogene, aber unbemalte Leinwände, die sie neben den Karton legt.

Ein paar Minuten später – die Frau ist wieder im Zimmer verschwunden, die Schwester gibt etwas in den Computer ein – steht das Mädchen immer noch an der Theke und schaut traurig auf den Karton und die Leinwände, als würde es ihr genauso schwerfallen, sich von diesen Dingen zu verabschieden, wie es ihr schwerfällt, von ihm Abschied zu nehmen.

Ich sehe Tränen in ihren Augen aufsteigen und dann langsam ihre Wangen hinunterlaufen. Schließlich wischt sie sich mit einer entschlossenen Geste übers Gesicht.

»Sagen Sie, müssen Sie die Sachen wegwerfen?«, fragt sie die Krankenschwester. »Ich meine, vielleicht könnten Sie sie ja auch einfach ... verschenken oder so.«

Die Schwester lächelt mitfühlend. »Natürlich, das kann ich machen.«

Das Mädchen nickt, dreht sich um und geht in das Zimmer zurück.

Ich kann sie gut verstehen. Mir wäre es auch unerträglich, wenn jemand etwas wegwerfen würde, das meinem Vater gehört.

Nach kurzem Überlegen stemme ich mich vom Boden hoch, schlendere zur Theke und werfe einen Blick in den Karton, in dem Pinsel und Tuben mit Acrylfarben liegen. Ich zeichne zwar gern und eigentlich auch ganz gut, habe bisher aber noch nie versucht, richtige Bilder auf Leinwand zu malen. »Kann ich …?«

Bevor ich meinen Satz beendet habe, hat mir die Schwester den Karton auch schon zugeschoben.

»Bitte schön«, sagt sie lächelnd. »Du kannst die Sachen gern mitnehmen.«

Ich lege die Leinwände auf den Karton, trage ihn in das Zimmer meines Vaters und stelle ihn auf der einzigen Stelle ab, die auf dem Tisch noch frei ist. Auf sämtlichen verfügbaren Flächen stehen Vasen mit Blumensträußen, die Freunde, Bekannte und Verwandte ihm in den vergangenen Wochen geschickt haben. Wahrscheinlich sollte ich sie langsam mal entsorgen, aber ich habe immer noch die Hoffnung, dass mein Vater bald aufwacht, sie sieht und sich getröstet fühlt, dass so viele Menschen an ihn gedacht haben.

Nachdem ich den Karton abgestellt habe, setze ich mich in den Sessel neben seinem Bett und sehe ihn an.

Seit Wochen tue ich nichts anderes.

Irgendwann halte ich es nicht mehr aus, stehe auf und wandere im Zimmer umher. Mein Blick fällt auf den Karton mit den Malsachen, aber ich wüsste nicht, was ich malen könnte.

Am nächsten Tag ist es dasselbe. Ich sitze stundenlang am Bett meines Vaters und warte, hocke draußen im Flur auf dem Boden, streife durch die Krankenhausflure und betrachte zwischendurch immer mal wieder die Farben und die leeren Leinwände. Aber inspiriert fühle ich mich nicht.

Ich weiß nicht, wie viele Tage ich das noch aushalten kann. Es ist, als wäre ich nicht in der Lage zu trauern, solange mein Vater im Koma liegt und nicht mit mir trauern kann. Gleichzeitig habe ich furchtbare Angst vor dem Moment, in dem er aufwacht – falls er überhaupt noch einmal aufwacht –, weil ich ihm dann jedes Detail des Unfalls erzählen muss, obwohl ich diesen schrecklichen Tag doch am liebsten für immer ganz aus meinem Gedächtnis löschen würde.

»Schau in den Rückspiegel, Owen«, hat er gesagt.

»Immer auf die Straße gucken, Idiot!«, hat mein Bruder von der Rückbank aus gerufen.

»Setz den Blinker«, hat meine Mutter gesagt.

»Beide Hände ans Lenkrad. Nein, du musst jetzt nicht das Radio anmachen.« Mein Vater.

Jeder einzelne ihrer Kommentare erinnerte mich daran, dass ich blutiger Fahranfänger war. Ich bekam von ihnen so ungefähr jeden Satz zu hören, den man zu einem Führerscheinneuling nur sagen kann, bis auf den einen, von dem ich wünschte, sie hätten ihn gesagt: »Achte auch auf andere Fahrer, die möglicherweise betrunken sind.«

Er krachte uns frontal in die Beifahrerseite, als ich bei Grün auf die Kreuzung fuhr. Der Unfall war nicht meine Schuld, aber wenn ich erfahrener gewesen wäre, hätte ich wahrscheinlich sicherheitshalber nach rechts und links geschaut, obwohl die Ampel mir die Erlaubnis zum Losfahren gegeben hatte.

Mein Bruder und meine Mutter waren sofort tot, mein Vater liegt seitdem im Koma, und obwohl ich äußerlich fast unversehrt bin, fühle ich mich, als wäre etwas in mir zerbrochen.

Jeden Tag verbringe ich von morgens bis abends im Krankenhaus und tue nichts anderes, als darauf zu warten, dass er aufwacht. Und mit jedem Tag, der vergeht, wächst meine Einsamkeit. Unsere Verwandten und Freunde kommen nicht mehr vorbei, weil sie ihr eigenes Leben haben, um das sie sich kümmern müssen. Solange mein Vater im Koma liegt, können sie ja sowieso nichts für ihn tun. Ich war seit Wochen nicht mehr in der Schule, aber das ist die geringste meiner Sorgen.

Ich verbringe meine Tage mit Warten.

Ich warte darauf, dass er sich bewegt. Ich warte darauf, dass er blinzelt. Ich warte darauf, dass er die Augen aufschlägt. Darauf, dass er wieder mit mir spricht.

Abends bin ich meistens so erschöpft vom Warten auf das, was dann doch nie passiert, dass ich dringend eine Auszeit brauche. In der Anfangsphase war es am schlimmsten, weil jeder Tag, der ohne Besserung verging, meine Hoffnung weiter in sich zusammenschrumpfen ließ. Aber mittlerweile freue ich mich auf die Abende.

Und das liegt an ihr.

Ich kann gar nicht sagen, was an ihr es genau ist, das mir Hoffnung gibt. Ist es ihr ansteckendes Lachen oder ihre warme Stimme? Keine Ahnung. Vielleicht ist es vor allem die Tatsache, dass ich spüre, wie sehr sie den Jungen liebt, den sie jeden Tag zwischen fünf und sieben Uhr abends besuchen kommt. Ich weiß von ihm nur, dass er Adam heißt und ungefähr in meinem Alter ist.

Mir ist aufgefallen, dass seine Eltern und die anderen Besucher immer sofort aus dem Zimmer gehen und die beiden allein lassen, sobald sie kommt. Es ist offensichtlich, dass sie ungestört sein wollen. Ich habe ein schlechtes Gewissen, hier im Flur zu sitzen und den Gesprächsfetzen der beiden zu lauschen, die durch die dünne Tür zu mir dringen, versuche mir aber zu sagen, dass ich ja nicht aus Neugier hier sitze, sondern weil ihre Stimme eine so tröstliche Wirkung auf mich hat. Und ich brauche gerade allen Trost, den ich bekommen kann. Adam geht es auch so. Sobald sie da ist, lacht er und macht Witze. Die beiden haben sich immer etwas zu erzählen. Wenn andere ihn besuchen, höre ich ihn kaum je etwas sagen.

Ich kann gut verstehen, dass ihm nicht nach Reden zumute ist. Durch Gespräche zwischen den Schwestern habe ich mitbekommen, dass er todkrank ist und sterben wird. Insofern ist es erstaunlich, dass er überhaupt in der Lage ist, so fröhlich zu sein, wenn sie bei ihm ist.

Es hört sich jetzt vielleicht makaber an, aber an Tagen, an denen ich mir selbst besonders leidtue, hilft es mir, mir Adams Schicksal bewusst zu machen. Ich habe zwar zwei meiner liebsten Menschen verloren, aber im Gegensatz zu Adam liegt wenigstens noch eine Zukunft vor mir.

Es gibt allerdings auch die ganz schwarzen Tage, an denen ich mir fast wünsche, an seiner Stelle zu sein, statt mit der Gewissheit weiterleben zu müssen, meine Mutter und meinen Bruder nie mehr wiederzusehen.

Aber wenn ich dann höre, wie liebevoll das Mädchen und Adam miteinander umgehen, wird mir wieder bewusst, wie viel besser ich es im Vergleich zu ihm habe. Ich habe immer noch die Chance, eines Tages jemandem zu begegnen, der mich so liebt wie sie ihn. In solchen Momenten tut Adam mir unbeschreiblich leid, weil es wahnsinnig hart für ihn sein muss, dieses Mädchen zurücklassen zu müssen.

Andererseits hatte er immerhin das Glück, sie zu finden, bevor seine Zeit um war. Vielleicht macht es ihm das ein kleines bisschen leichter.

Als ich mich aber heute im Flur neben die Tür auf den Boden setze und wie immer sehnsüchtig auf ihr fröhliches Lachen warte, bleibt es im Zimmer ungewöhnlich still. Warum ist die Stimmung heute so anders als bei ihren sonstigen Besuchen? Ist irgendetwas passiert? Hat er schlechte Nachrichten bekommen?

»Wir sind beide sauer auf dieses raffgierige Arschloch von Tod, das den Hals nicht vollkriegen kann. Aber auch auf unsere Eltern«, höre ich Adam sagen. »Warum begreifen sie nicht, wie wichtig es für uns ist, diese Zeit noch zusammen zu erleben? Warum tun sie nicht alles, um dafür zu sorgen, dass ich den einzigen Menschen hier bei mir haben kann, auf den es mir wirklich ankommt? Warum schicken sie dich fort?«

Als ich realisiere, dass das heute ihr endgültiger Abschied ist, bricht es mir fast das Herz, obwohl ich die beiden gar nicht persönlich kenne. Erschüttert bleibe ich noch eine Weile sitzen, bis ich ihn irgendwann sagen höre: »Erzähl mir was über dich, das sonst keiner weiß. Etwas, das ich für mich behalten kann.«

Das ist etwas, worum er sie öfter bittet und immer der Moment, in dem ich aufstehe und weggehe. Wenn ich mitbekommen würde, was sie ihm anvertraut, hätte er diesen Teil von ihr nicht mehr ganz für sich allein. Und ich will ihn ihm nicht nehmen.

Niedergeschlagen stehe ich auf, schleppe mich den Flur entlang und setze mich auf einen der Stühle im Wartebereich, wo ich in die Luft starre. Ein paar Minuten vergehen, als ein leises Pling ertönt und sich die Aufzugstür öffnet. Es ist Adams Bruder, der alle paar Tage kurz zu Besuch kommt. Ich muss leider sagen, dass ich ihn total unsympathisch finde. Abgesehen davon gefällt es mir nicht, wie er dem Mädchen immer hinterherschaut, wenn er ihr begegnet.

Er steigt aus dem Aufzug, wirft einen Blick auf seine Armbanduhr und geht dann eilig auf das Zimmer zu, in dem

Adam und das Mädchen gerade voneinander Abschied nehmen. Der Gedanke, dass er ihr geheimes Geständnis hören könnte und die beiden nicht mehr genug Zeit haben, sich in Ruhe voneinander zu verabschieden, nimmt mich so mit, dass ich spontan aufspringe. »Hey!«

Er ist schon fast um die Ecke gebogen, bleibt jetzt aber stehen und dreht sich langsam zu mir um.

»Was willst du?«, fragt er und sieht mich von oben bis unten abschätzig an.

»Bitte gib ihnen noch ein paar Minuten«, sage ich.

Sein aggressiver Blick zeigt deutlich, dass es ihm nicht passt, dass ich mich in seine Angelegenheiten einmische. Ich habe meine Bitte zwar ganz ruhig und höflich formuliert, aber es ist klar, dass er jemand ist, der schnell ausflippt.

»Was geht dich das an? Wer bist du überhaupt?«, fragt er so verächtlich, dass ich ihn gleich noch unsympathischer finde.

»Ich heiße Owen. Owen Gentry und bin … ein Freund von deinem Bruder«, lüge ich. »Ich hab eben …« Ich deute auf Adams Zimmer. »Ich glaube, die beiden brauchen noch ein paar Minuten, um sich zu verabschieden.«

Dem Typen ist es offensichtlich scheißegal, was die beiden brauchen. »Tja, *Owen Gentry*, da haben sie leider Pech gehabt. Das Flugzeug wartet nämlich nicht«, sagt er genervt, wendet sich ab und geht ins Zimmer. Ich höre einen kurzen Wortwechsel und dann ihr Schluchzen. Es ist das erste Mal, dass ich sie weinen höre, und es zerreißt mir fast das Herz. Mit hängenden Schultern gehe ich wieder in den Wartebereich zurück, setze mich und atme tief durch. Es ist schrecklich, ihre Verzweiflung so hautnah mitzuerleben und nichts tun zu können.

Kurz darauf höre ich, wie das Mädchen um mehr Zeit fleht und mehrmals »Ich liebe dich! Ich liebe dich!« ruft, während Adams Bruder sie am Arm Richtung Aufzug zieht.

Der Anblick ihres schmerzverzerrten Gesichts und seiner versteinerten Miene ist schwer zu ertragen. Ich glaube, ich habe noch nie ein heftigeres Bedürfnis verspürt, jemandem eine reinzuschlagen als jetzt bei diesem Typen. Wie herzlos kann man sein?

»Hey, bleib hier!«, brüllt er, als das Mädchen sich losreißt und zum Zimmer zurückrennt. Er sprintet ihr hinterher, schlingt beide Arme um ihre Taille und zieht sie zurück. »Tut mir leid, aber wir müssen los«, sagt er, führt sie zum Aufzug und drückt auf den Knopf.

Sie leistet keine Gegenwehr. Wahrscheinlich hat sie keine Kraft mehr. Ich muss mich an den Lehnen meines Stuhls festklammern, um nicht aufzuspringen und ihn von ihr wegzustoßen. Der Typ hält sie so, dass sie mit dem Rücken zu mir steht, und sieht mich über ihre Schulter hinweg mit einem kleinen triumphierenden Grinsen an. Und dann zwinkert er mir zu.

Dieses Arschloch zwinkert mir zu!

Sobald sich die Aufzugtür öffnet, lockert er seinen Griff und wartet darauf, dass sie in die Kabine tritt. Sie überlegt kurz, schaut zögernd in die Richtung, in der Adams Zimmer liegt, und ich sehe, wie es in ihr arbeitet. Sie hat Angst, weil sie weiß, dass sie ihn nie mehr wiedersehen wird, wenn sie jetzt in diesen Aufzug steigt. Sie schaut Adams Bruder an. »Bitte, Trey«, flüstert sie. »Ich möchte mich doch nur noch mal ganz kurz von ihm verabschieden. Ein allerletztes Mal.«

Trey schüttelt entschieden den Kopf. »Du hast dich schon verabschiedet. Wir müssen los.«

Dieser Typ hat echt kein Herz.

Er hält die Hand vor die Lichtschranke in der Tür, damit sie nicht zugeht, aber im nächsten Augenblick wirbelt das Mädchen herum und rennt zum Zimmer zurück. Ich juble innerlich, weil ich ihr so sehr gewünscht habe, sich noch einmal von Adam verabschieden zu können. Auch wenn es nur ein ganz kurzer Moment ist, kann ich mir vorstellen, wie viel es ihm bedeuten wird, wenn sie noch einmal in sein Zimmer stürmt und ihm einen letzten Kuss gibt. Wenn er noch ein letztes Mal sagen darf: »Ich werde dich immer lieben, selbst dann noch, wenn ich es nicht mehr kann.«

Der Typ sieht stinksauer aus. Er ist entschlossen, ihr hinterherzusetzen, aber da bin ich schon aufgesprungen und versperre ihm den Weg. Als er mich wegstößt, hole ich aus und versetze ihm, ohne nachzudenken, einen Schlag in den Magen. Ich weiß, dass ich kein Recht dazu habe, aber ich tue es trotzdem und weiß natürlich, dass er sofort zurückschlagen wird. Trotzdem bereue ich nichts, weil ich ihr dadurch Zeit gegeben habe, zum Zimmer zurückzulaufen und sich ein letztes Mal von ihrem Freund zu verabschieden.

Als seine Faust meinen Kiefer trifft, gehe ich sofort zu Boden.

Verflucht, tut das weh.

Er will über mich hinwegsteigen, um sie zurückzuholen, aber ich umklammere sein Fußgelenk und bringe ihn zu Fall. Vom Lärm aufgeschreckt, kommt eine Schwester genau in dem Augenblick um die Ecke gelaufen, in dem er mir einen Tritt versetzt und brüllt, dass ich mich verpissen soll.

Bevor ich mich aufgerappelt habe, ist er schon wieder auf den Beinen und stürmt den Flur entlang.

Als ich gerade die Tür zum Zimmer meines Vaters öffne,

um mich in Sicherheit zu bringen, höre ich, wie das Mädchen zu Adam sagt: »Ich werde dich immer lieben. Selbst dann noch, wenn ich es nicht mehr sollte.«

Und obwohl meine Lippe blutet und mein Kiefer höllisch wehtut, lächle ich.

Ich ziehe die Tür hinter mir zu und lasse mich auf den Stuhl am Tisch fallen. Verrückt. Wer hätte gedacht, dass ich die erste Prügelei meines Lebens wegen eines Mädchens beginne, das noch nicht einmal meine eigene Freundin ist? Ich höre ihr lautes Schluchzen, als Adams Bruder sie – diesmal zum wirklich letzten Mal – zum Aufzug zerrt.

Mein Blick fällt auf den Karton mit den Malsachen. Ich wühle zwischen den Pinseln herum, wähle einen aus, der mir geeignet erscheint, und lege eine der aufgezogenen Leinwände vor mich hin.

~

Es ist acht Stunden später und der Morgen graut schon, als ich mein erstes Bild vollende. Ich stelle es zum Trocknen beiseite, fahre nach Hause, lege mich ins Bett und wache erst wieder auf, als der Abend dämmert. Heute wird das Mädchen nicht zu Besuch kommen. Der Gedanke macht mich traurig – für sie und Adam und selbstsüchtigerweise ein bisschen auch für mich. Und dann fasse ich einen Entschluss.

Ich fahre zum Krankenhaus, hole das mittlerweile getrocknete Bild aus dem Zimmer meines Vaters und bleibe einen Moment lang vor der Tür des Nachbarzimmers stehen. Als ich mir sicher bin, dass Adam nicht gerade Besuch von seinem Bruder hat, klopfe ich.

»Herein«, höre ich ihn rufen. Seine Stimme ist schwach. Ich öffne die Tür und gehe zögernd ein paar Schritte ins Zimmer. Als er mich sieht, runzelt er verwirrt die Stirn und rappelt sich mühsam auf.

Es versetzt mir einen Stich zu sehen, wie jung er ist.

Natürlich wusste ich, dass er ungefähr in meinem Alter ist, aber der nahe Tod lässt ihn jünger erscheinen, als er ist. Niemand sollte so jung sterben müssen.

»Hey. Ich hoffe, ich störe nicht …« Ich sehe zur Tür, dann wieder zu ihm. »Vielleicht findest du das jetzt total daneben, aber … also, ich hab was für dich gemalt.«

Die Leinwand in den Händen haltend, komme ich mir plötzlich so idiotisch vor, dass ich mich nicht traue, sie umzudrehen, um ihn das Bild sehen zu lassen.

Er stützt sich schwer atmend auf die Ellbogen. »Echt? Zeig mal.«

Fragend deute ich auf den Stuhl neben dem Bett und Adam nickt. Ich zeige ihm das Bild nicht gleich, weil ich das Gefühl habe, dass ich ihm vorher etwas dazu erklären oder mich zumindest vorstellen sollte.

»Ich heiße Owen«, sage ich, nachdem ich mich gesetzt habe, und zeige auf die Wand zum Nachbarzimmer. »Mein Vater liegt schon seit ein paar Wochen in dem Zimmer neben dir.«

»Was hat er?«, fragt Adam.

»Er liegt im Koma. Autounfall.«

Sein Blick ist so voller Mitgefühl, dass ich sofort spüre, dass er ganz anders als sein Bruder ist.

»Ich saß am Steuer«, sage ich noch.

Ich weiß nicht, warum ich ihm das erzähle. Vielleicht will ich damit ausdrücken, dass er mich um mein Leben nicht beneiden muss, auch wenn ich im Gegensatz zu ihm nicht im Sterben liege.

»Du bist verletzt.« Er deutet auf die verkrustete Wunde an meiner Lippe und den Bluterguss, der sich auf meinem Kinn gebildet hat. »Bist du etwa der Typ, der sich gestern mit Trey geprügelt hat? Mit meinem Bruder?«

Erstaunt, dass er davon weiß, nicke ich.

Adam lacht leise. »Die Schwester hat es mir erzählt. Sie hat gesagt, du hättest dich auf ihn gestürzt, als er versucht hat, Auburn daran zu hindern, sich noch mal von mir zu verabschieden.«

Ich lächle. *Auburn*, denke ich. Seit Wochen habe ich mich gefragt, wie sie wohl heißt. Auburn also. Ich kenne niemanden, der so heißt. Der Name ist wunderschön.

»Das war echt eine coole Aktion von dir. Danke.« Adams Stimme ist ein heiseres Flüstern. Ich habe ein schlechtes Gewissen, dass er meinetwegen so viel reden muss, obwohl es ihm offensichtlich Schmerzen bereitet.

Unsicher betrachte ich das Bild in meinen Händen. »Als sie weg war«, sage ich, »kam mir die Idee zu einem Bild, das ich für dich malen wollte. Oder vielleicht auch für sie, keine Ahnung. Wahrscheinlich ist es für euch beide.« Ich sehe ihn an. »Ich hoffe, du findest das jetzt nicht total daneben von mir.«

Adam zuckt mit den Schultern. »Kommt ganz darauf an, was drauf ist.«

Ich stehe auf, drehe die Leinwand um und halte sie so, dass er das Bild sehen kann, das ich letzte Nacht gemalt habe.

Adam betrachtet es lange, ohne etwas zu sagen. Auch sein Gesicht zeigt nicht, was in ihm vorgeht. Dann streckt er die

Hände danach aus, um es sich aus der Nähe anzusehen. Ich reiche es ihm und trete einen Schritt zurück. Wahrscheinlich bringe ich ihn total in Verlegenheit, weil er mir aus Höflichkeit natürlich nicht sagen kann, dass er es schrecklich findet oder kitschig. Verdammt, wie hab ich es nur jemals für eine gute Idee halten können, ihm das Bild zu schenken?

»Nicht gerade ein Meisterwerk, ich weiß«, entschuldige ich mich. »Ehrlich gesagt war es mein erster Versuch mit Acrylfarben. Normalerweise zeichne ich nur.«

Adam sieht mich an, zieht die Augenbrauen hoch und deutet auf das Bild. »Dein erster Versuch?«, wiederholt er ungläubig. »Im Ernst jetzt?«

Ich nicke. »Ja. Wahrscheinlich auch mein letzter.«

Adam schüttelt den Kopf. »Hoffentlich nicht«, sagt er. »Das ist nämlich unglaublich. Wirklich. Wow.« Er greift nach der Fernbedienung des Betts und drückt einen Knopf, um das Kopfteil etwas höher zu stellen. Dann zeigt er auf den Tisch. »Kannst du mir bitte den Marker geben, der da liegt? Und den kleinen Notizblock bitte auch.«

Ich frage ihn nicht nach dem Grund, sondern reiche ihm beides und sehe stumm zu, wie er den Rahmen umdreht und etwas auf die Rückseite der Leinwand schreibt. Anschließend notiert er etwas auf dem Block, reißt das Blatt ab und hält es mir zusammen mit dem Bild hin.

»Würdest du mir einen Gefallen tun?«, fragt er. »Könntest du ihr das Bild bitte schicken? Als Geschenk von mir.« Er zeigt auf den Zettel, den er mir gegeben hat. »Da stehen unsere beiden Adressen drauf.«

Ich werfe einen Blick darauf und lese zum ersten Mal ihren vollen Namen.

Auburn Mason Reed.

Kann das Zufall sein?

Ungläubig streiche ich mit dem Daumen über die Buchstaben. »Sie heißt mit zweitem Namen genau wie ich.«

Adam hat wieder nach der Fernbedienung gegriffen, um das Kopfteil niedriger zu stellen. Er lächelt. »Vielleicht seid ihr ja vom Schicksal füreinander bestimmt.«

Ich schüttle den Kopf. »Sehr witzig. Das Schicksal hat sie doch schon für dich bestimmt.«

Er legt den Kopf zurück und seufzt. »Ich hoffe sehr, dass das Schicksal mehr als nur einen für sie bestimmt hat, Owen.« Dann schließt er die Augen.

Er öffnet sie nicht mehr. Womöglich ist er vor Erschöpfung eingeschlafen, vielleicht braucht er auch einfach nur eine Pause vom vielen Reden. Ich starre auf den Zettel mit ihrem Namen und höre im Kopf das Echo von dem, was er gerade gesagt hat:

Ich hoffe sehr, dass das Schicksal mehr als nur einen für sie bestimmt hat.

Wie kann es sein, dass er trotz seiner hoffnungslosen Situation die Größe hat zu akzeptieren, dass das Leben des Mädchens, das er liebt, nach seinem Tod weitergehen wird? Mir kommt es fast so vor, als würde er ihr sogar eine zweite Liebe wünschen. Aber wenn ich derjenige wäre, der ihr vorbestimmt ist, wären wir uns unter anderen Umständen begegnet, da bin ich mir sicher. Leider.

Adams Augen sind immer noch geschlossen. Als er sich zur Seite dreht und die Decke über die Schultern zieht, gehe ich mit dem Bild in der Hand leise aus dem Zimmer.

Ich werde es ihr schicken, weil er mich darum gebeten hat, aber den Zettel mit der Adresse werde ich danach wegwerfen. Genauso wie ich versuchen werde, ihren Namen zu vergessen, obwohl ich mir jetzt schon sicher bin, dass mir das nicht gelingen wird.

So traurig das alles ist, gibt es doch etwas Positives. Es sieht nämlich ganz so aus, als hätte ich mit Adams und Auburns Hilfe so etwas wie eine Berufung gefunden. Etwas, das mich erfüllt und glücklich macht.

Ich betrachte das Bild in meiner Hand, dann drehe ich es um und lese die letzte Botschaft, die Auburn jemals von Adam erhalten wird: *Ich werde dich immer lieben. Selbst dann noch, wenn ich es nicht mehr kann.*

Ich schaue das Bild noch einmal an, streiche behutsam über den leeren Raum zwischen seiner und ihrer ausgestreckten Hand und denke an das, was sie auseinanderreißt.

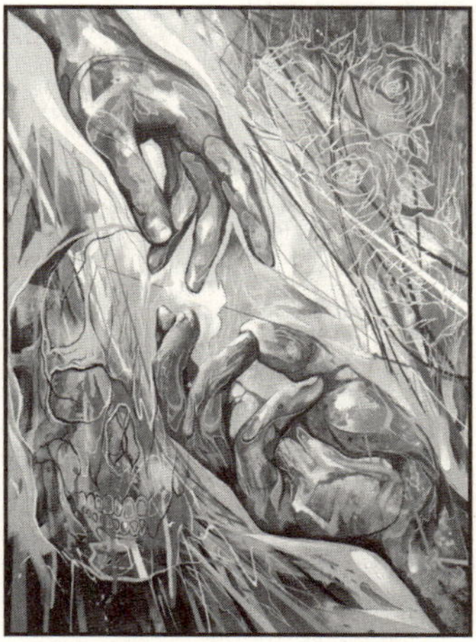

Ich wünsche ihr, dass Adam recht behält. Ich wünsche ihr, dass das Schicksal ihr mehr als einen vorbestimmt hat.

Sie hat es verdient.

Danksagung

Zuallererst möchte ich mich bei Danny O'Connor bedanken, der ›Love and Confess‹ illustriert hat. Ich habe sehr lange nach einem Künstler gesucht, der die Bilder malen könnte, zu denen Owen sich durch die anonymen Geständnisse inspirieren lässt, aber keinen gefunden, der meinen Vorstellungen entsprach. Als ich auf deine Arbeiten stieß, wusste ich, dass ich ihn endlich gefunden hatte, Danny. Du hast unglaubliches Talent, und deine Fans (zu denen ich mich jetzt auch zähle) können sich glücklich schätzen, durch deine Bilder daran teilhaben zu dürfen.

Wie immer danke ich außerdem Johanna Castillo, Ariele Fredman, Judith Curr, Kaitlyn Zafonte und dem gesamten Team bei Atria Books, meinem amerikanischen Verlag.

Auch meiner Agentin Jane Dystel und ihren Mitarbeitern bei Dystel and Goderich möchte ich danken.

Meinen treuen Fans und Unterstützern, den *WeBLiCHs* und den *CoHorts*, bin ich unendlich dankbar dafür, dass sie mich mit einem schier unerschöpflichen Strom von Fotos und Bildern von meinem geliebten Harry, mit Pepsi Light und positiver Energie versorgen und mich tagtäglich aufs Neue daran erinnern, warum ich das alles mache.

Besonderer Dank gilt auch meinen Testleserinnen, die jedes Mal – ohne zu murren – ungefähr zehn Versionen meiner Bücher in den verschiedenen Überarbeitungsstadien lesen: Kay Miles, Kathryn Perez, Chelle Northcutt, Madison Seidler, Karen Lawson, Marion Archer, Jennifer Stiltner, Kristin Phillips-Delcambre, Salie-Benwow Powers, Maryse und vielen anderen.

Danke, Murphy, du bist die beste As-*sister*-entin, die ich mir nur wünschen kann.

Dir, Stephanie, danke ich dafür, dass du von Anfang an als meine Chefin und beste Freundin in Personalunion an meiner Seite warst.

Außerdem gilt mein Dank natürlich auch meiner Mutter, meiner anderen Schwester, meinem Mann, meinen Kindern und allen anderen, die mich unermüdlich unterstützen, ohne sich jemals zu beschweren.

Bei euch, die ihr meine Bücher lest und kauft, möchte ich mich dafür bedanken, dass ihr es mir ermöglicht, meinen Traum zu leben.

Und zu guter Letzt danke ich zwei Menschen, die ich höchstwahrscheinlich niemals kennengelernt hätte, wenn ich nicht Schriftstellerin geworden wäre: Tarryn Fisher und Vilma Gonzalez. Ihr beide wart dieses Jahr meine Felsen in der Brandung.

Leseprobe

ISBN 978-3-423-21874-0

Sydney

Eben habe ich ein Mädchen geschlagen, mitten ins Gesicht. Und zwar nicht einfach irgendein Mädchen, sondern meine beste Freundin. Meine Mitbewohnerin.

Allerdings fürchte ich, dass ich sie seit fünf Minuten eher als meine *Ex*-Mitbewohnerin bezeichnen sollte.

Natürlich fing ihre Nase gleich an zu bluten und im ersten Augenblick hatte ich ein schlechtes Gewissen, weil ich sie geschlagen hatte. Doch dann fiel mir wieder ein, was für eine verlogene, hinterhältige Schlampe sie ist, und da hätte ich ihr am liebsten gleich noch mal eine geknallt. Und genau das wäre auch passiert, wenn Hunter sich nicht zwischen uns gestellt und es verhindert hätte.

Und dann habe ich stattdessen *ihm* eine reingehauen, was Hunter allerdings, ganz im Gegensatz zu meiner Hand, keinerlei Schaden zugefügt hat. Nervig.

Jemandem so richtig eine zu verpassen ist viel schmerzhafter, als ich es mir vorgestellt hätte. Nicht dass ich bislang übermäßig viel Zeit damit verbracht hätte, mir auszumalen, wie es sich anfühlen könnte, Leuten ins Gesicht zu boxen. Aber während ich auf meinem Handy die soeben eingetroffene Nachricht von Ridge anstarre, verspüre ich schon wieder das Bedürfnis danach. Mit Ridge hätte ich nämlich auch noch ein Hühnchen zu rupfen. Ich weiß zwar, dass er theoretisch nichts für meine beschissene Lage im Moment kann, aber er hätte mich etwas früher warnen können. Und deswegen würde ich auch ihm am liebsten eine scheuern.

Ridge: Alles okay bei dir? Willst du hochkommen, bis es aufhört zu regnen?

Natürlich will ich nicht. Meine Hand tut so schon weh genug und wenn ich zu Ridge in die Wohnung hochginge, würde sie noch viel mehr wehtun, nachdem ich mit ihm fertig wäre.

Ich drehe mich um und schaue zu seinem Balkon hinauf. Mit dem Telefon in der Hand lehnt er an der Glasschiebetür und beobachtet mich. Es ist schon fast dunkel, aber das Hoflicht leuchtet sein Gesicht an. Der Blick aus seinen dunklen Augen und die Art, wie sich sein Mund zu einem sanften, traurigen Lächeln verzieht, lassen mich fast vergessen, warum ich überhaupt sauer auf ihn bin. Er fährt sich mit der freien Hand durch die Haare, die ihm locker in die Stirn fallen, und zeigt damit noch mehr von seinem sorgenvollen Gesichtsausdruck. Oder vielleicht ist es auch ein reumütiger Gesichtsausdruck. Das wäre jedenfalls angemessen.

Ich beschließe, nicht zu antworten, und klicke die Nachricht weg. Er schüttelt nur den Kopf und zuckt die Schultern, als wollte er sagen: *Bitte, ich hab's versucht*, bevor er in seine Wohnung zurückgeht und die Schiebetür hinter sich zumacht.

Ich stecke das Handy in die Hosentasche, damit es nicht nass wird, und sehe mich im Innenhof des Wohnblocks um, in dem ich bereits zwei ganze Monate, gewohnt habe. Als wir hier einzogen, verleibte sich der heiße Texas-Sommer gerade die letzten Überreste des Frühlings ein, während sich dieser Innenhof noch immer an das Leben zu klammern schien. Leuchtend blaulila Hortensien säumten die Wege, die zu den verschiedenen Treppenaufgängen und dem Springbrunnen in der Mitte führten.

Inzwischen hat der Sommer seinen unschönen Höhepunkt erreicht und das Wasser im Brunnen ist längst verdunstet. Die Hortensien sind nur noch eine klägliche, verwelkte Erinnerung an die Vorfreude, die ich empfunden habe, als Tori und ich hier eingezogen sind. Der Sommer hat diesen Innenhof fertig gemacht und der Anblick spiegelt auf geradezu unheimliche Weise mein momentanes Befinden. Traurig und fertig mit der Welt.

Ich sitze auf dem Betonrand des ausgetrockneten Brunnens, die Ellbogen auf die beiden Koffer gestützt, in denen sich der Großteil meiner Habseligkeiten befindet, und warte auf ein Taxi. Ich habe zwar keine Ahnung, wohin es mich bringen soll, aber ich weiß, dass alles besser wäre als mein derzeitiger Status. Denn der ist leider: obdachlos.

Ich könnte meine Eltern anrufen, aber damit würde ich ihnen nur Munition liefern und sie würden ihr übliches *Wir haben es dir ja gleich gesagt* auf mich abfeuern.

Wir haben es dir ja gleich gesagt, dass du nicht so weit wegziehen sollst, Sydney.

Wir haben es dir ja gleich gesagt, dass du dich nicht auf diesen Typen einlassen sollst.

Wir haben es dir ja gleich gesagt, dass du dich für Jura anstelle von Musik entscheiden solltest, das hätten wir auch finanziert.

Wir haben es dir ja gleich gesagt, dass man beim Zuschlagen den Daumen lieber außerhalb der Faust halten soll.

Okay, sie haben mir nie beigebracht, wie man am besten zuschlägt, aber wenn sie schon ständig so verdammt recht haben, dann hätten sie das wenigstens auch tun können.

Ich balle die Faust, strecke dann die Finger aus und balle sie wieder zusammen. Das ist verblüffend schmerzhaft und ich bin ziemlich sicher, dass ich die Hand lieber kühlen sollte. Also mir tun Männer echt leid. Schlägereien sind scheiße.

Und außerdem ist dieser Regen scheiße. Es regnet immer in den ungünstigsten Augenblicken, so wie jetzt, wo ich obdachlos bin.

Als das Taxi endlich kommt, stehe ich auf und greife nach meinen Koffern. Ich rolle sie hinter mir her, während der Taxifahrer aussteigt und den Kofferraum öffnet. Noch bevor ich ihm das erste Stück reiche, wird mir plötzlich mit Schrecken klar, dass ich meine Handtasche nicht bei mir habe.

Mist.

Suchend blicke ich zurück zu der Stelle, wo ich mit meinen Koffern gesessen habe, und betaste meine Schulter, als würde meine Tasche plötzlich wie durch Zauberhand dort hängen. Aber ich weiß genau, wo sie jetzt ist. Ich habe sie auf den Boden fallen lassen, bevor ich Tori einen Fausthieb auf ihre überbewertete Cameron-Diaz-Nase gegeben habe.

Ich seufze. Und muss lachen. Natürlich, ich habe meine Handtasche liegen lassen. Mein erster Tag als Obdachlose wäre ja auch zu einfach gewesen, wenn ich meine Handtasche bei mir hätte.

»Tut mir leid, ich hab's mir anders überlegt«, sage ich zu dem Taxifahrer, der gerade mein zweites Gepäckstück einlädt. »Ich brauche doch kein Taxi.«

Ich weiß, dass es nicht weit von hier ein Hotel gibt. Wenn ich nur den Mut aufbrächte, nach oben zu gehen und meine Tasche zu holen, könnte ich dort hinlaufen und mir ein Zimmer nehmen, bis ich mir überlegt habe, was ich tun will. Noch nasser kann ich ja ohnehin nicht mehr werden.

Der Fahrer hebt die Koffer wieder aus dem Taxi, stellt sie vor mich auf die Straße und geht zurück zur Fahrertür, ohne mir ein einziges Mal in die Augen zu sehen. Er steigt einfach ein und fährt weg, als wäre er erleichtert über meine Absage.

Sehe ich so übel aus?

Ich nehme meine Koffer und gehe dahin zurück, wo ich gesessen habe, bevor mir klar wurde, dass ich handtaschenlos bin. Ich werfe einen Blick zu meiner Wohnung hinauf und frage mich, was wohl passieren würde, wenn ich wieder nach oben ginge, um mein Portemonnaie zu holen. Ich habe bei meinem Abmarsch ein ziemliches Chaos hinterlassen, und ich glaube, ich würde lieber weiter obdachlos im Regen sitzen, als noch einmal dort hinaufzugehen.

Also setze ich mich wieder auf meine Koffer und denke über meine Lage nach. Ich könnte jemandem Geld bieten, damit er für mich nach oben geht. Aber wem? Hier draußen ist keiner und wer weiß, ob Hunter oder Tori demjenigen überhaupt meine Handtasche geben würden?

So ein Mist. Ich weiß, dass ich letzten Endes irgendeinen von meinen Freunden anrufen muss, aber noch bin ich nicht so weit. Es ist mir einfach zu peinlich, anderen eingestehen zu müssen, wie ahnungslos ich in den vergangenen zwei Jahren gewesen bin. Das Ganze hat mich wirklich aus heiterem Himmel getroffen.

Ich finde es jetzt schon beschissen, 22 zu sein, und dabei bleiben mir noch 364 Tage!

Es ist so schlimm, dass mir tatsächlich die Tränen kommen.

Na toll. Jetzt heule ich auch noch. Ich bin handtaschenlos, verheult, gewalttätig und obdachlos. Und auch wenn ich es mir nicht eingestehen will, steht noch dazu zu befürchten, dass ich an einem gebrochenen Herzen leide.

Stimmt. Ich werde von Heulkrämpfen geschüttelt. Genau so muss es sich anfühlen, wenn einem jemand das Herz bricht.

»Mach schon. Es regnet.«

Ich blicke auf und sehe eine junge Frau, die sich über mich beugt. Sie hält sich einen Regenschirm über den Kopf und schaut nervös auf mich herab. Dabei hüpft sie von einem Fuß auf den anderen, als würde sie auf irgendeine Reaktion von mir warten. »Ich bin schon ganz nass. Beeil dich.«

Ihr genervter Tonfall legt nahe, dass sie mich für undankbar hält. Vermutlich ist sie der Meinung, sie tue mir gerade einen Gefallen. Mit hochgezogenen Augenbrauen blicke ich zu ihr empor und halte mir dabei die Hand vor die Augen, um sie vor dem Regen zu schützen. Ich weiß gar nicht, warum sie eigentlich von wegen Nasswerden rumjammern muss, wo sie doch praktisch keine Klamotten anhat, die überhaupt nass werden könnten. Sie trägt nämlich so gut wie gar nichts. Ein Blick auf ihr Shirt, dem die gesamte untere Hälfte fehlt, lässt mich erkennen, dass sie eine superknappe Hooters-Uniform anhat.

Was für ein Tag! Ich hocke hier im strömenden Regen auf meinen gesamten Habseligkeiten und lasse mich von einer zickigen Fast-Food-Bedienung herumkommandieren.

Ich starre noch immer wie gebannt auf ihr Shirt, während sie mich unwirsch bei der Hand packt und nach oben zieht.

»Ridge meinte schon, dass du so sein würdest. Ich muss zur Arbeit. Komm mit und ich zeig dir, wo die Wohnung ist.« Sie schnappt sich einen meiner Koffer, zieht den Griff raus und drückt ihn mir in die Hand. Sie selbst nimmt den anderen und marschiert schnurstracks aus dem Innenhof. Ich folge ihr, schon alleine weil sie meinen Koffer mitgenommen hat und ich ihn zurückhaben will.

Auf halbem Weg im Treppenhaus ruft sie über die Schulter zurück: »Ich weiß ja nicht, wie lange du vorhast zu bleiben, aber es gibt nur eine einzige Regel. Mein Zimmer ist absolutes No-Go! Kapiert?«

Ohne einen Blick zurück, ob ich ihr überhaupt folge, macht sie schließlich vor einer Wohnung halt und öffnet die Tür. Ich bleibe auf dem Treppenabsatz stehen und betrachte den Farn, der ungeachtet der Dürre draußen in einem Topf vor der Tür gedeiht. Die Blätter sind üppig grün, so als wollten sie mit ihrer Weigerung, sich der Hitze zu ergeben, dem Sommer den Stinkefinger zeigen. Beeindruckt lächele ich die Pflanze an, bevor ich leicht irritiert feststellen muss, dass ich jetzt schon eine Pflanze um ihre Widerstandsfähigkeit beneide.

Kopfschüttelnd wende ich den Blick ab und betrete zögernd die fremde Wohnung, deren Grundriss der von Tori und mir ähnelt. Hier scheint es allerdings vier Schlafzimmer zu geben, während unsere Wohnung nur zwei Schlafzimmer hat, aber die Wohnzimmer sind in etwa gleich groß.

Der andere auffällige Unterschied ist der, dass hier keine verlogenen, hinterhältigen Schlampen mit blutigen Nasen rumstehen. Ebenso wenig wie Toris dreckiges Geschirr oder ihre schmutzige Wäsche, die bei uns überall rumfliegt.

Das Hooters-Girl stellt die Koffer an der Tür ab, macht

einen Schritt beiseite und wartet darauf, dass ich … tja, ich habe keine Ahnung, was sie eigentlich von mir erwartet.

Sie verdreht die Augen, packt mich am Arm und zieht mich von der Tür weg in die Wohnung hinein. »Was zum Teufel ist los mit dir? Kannst du nicht sprechen?« Sie macht Anstalten, die Tür hinter mir zu schließen, bevor sie sich plötzlich mit weit aufgerissenen Augen zu mir umdreht und einen Finger in die Höhe hält. »Warte mal«, sagt sie. »Du bist doch nicht etwa …« Sie verdreht die Augen und schlägt sich mit der Hand vor die Stirn. »Oh mein Gott, du bist taub.«

Häh? Was hat die eigentlich für ein Problem? Ich schüttele den Kopf und will ihr antworten, doch sie unterbricht mich.

»Mein Gott, Bridgette«, nuschelt sie vor sich hin. Sie fährt sich übers Gesicht und stöhnt, ohne im Geringsten auf mein Kopfschütteln zu achten. »Was bist du nur manchmal für ein unsensibler Klotz.«

Wow. Die Frau scheint wirklich Probleme im Umgang mit anderen Menschen zu haben. Einerseits nervt sie rum wie sonst was, andererseits versucht sie offenbar, nett zu sein. Und weil sie jetzt glaubt, ich sei taub, weiß ich echt nicht mehr, wie ich reagieren soll. Sie murmelt etwas vor sich hin, als wäre sie von sich selbst enttäuscht, bevor sie mich direkt anschaut.

»ICH … MUSS … JETZT … IN … DIE … ARBEIT!«, brüllt sie sehr laut und übertrieben langsam. Ich verziehe das Gesicht und weiche ein Stück zurück, was ihr eigentlich klarmachen sollte, dass ich ihr Gebrüll sehr gut hören kann, aber sie nimmt keinerlei Notiz davon. Sie deutet auf eine Tür am Ende des Flures. »RIDGE … IST … IN … SEINEM … ZIMMER!«

Bevor ich Gelegenheit habe, ihr zu sagen, dass sie nicht so zu schreien braucht, ist sie schon zur Wohnungstür hinaus und lässt sie hinter sich ins Schloss fallen.

Ich habe keine Ahnung, was ich von alldem halten, und auch nicht, was ich jetzt tun soll. Ich stehe hier klatschnass mitten in einer fremden Wohnung, und der einzige Mensch, dem ich außer Hunter und Tori jetzt noch gerne eine runterhauen würde, befindet sich nur ein paar Schritte entfernt im nächsten Zimmer. Und warum zum Teufel muss Ridge eigentlich seine abgefahrene Hooters-Freundin zu mir rausschicken? Ich ziehe das Handy aus der Tasche, um ihm eine Nachricht zu schreiben, doch da geht die Tür zu seinem Zimmer auf.

Mit einem Stapel Decken und einem Kissen im Arm tritt er auf den Flur heraus und mir stockt der Atem, als sich unsere Blicke begegnen. Ich hoffe, dass man es mir nicht anmerkt, aber ich bin ihm noch nie so nahegekommen, und aus ein paar Metern Entfernung sieht er einfach noch viel besser aus als von der anderen Seite des Innenhofes.

Ich glaube, ich habe noch nie Augen gesehen, die sprechen können. Was ich damit eigentlich meine, kann ich gar nicht sagen. Es kommt mir einfach so vor, als könnte er mir mit dem kleinsten Blick aus seinen dunklen Augen genau vermitteln, was er will. Sie sind durchdringend und intensiv und – oh mein Gott, ich starre ihn an.

Seine Mundwinkel verziehen sich zu einem wissenden Lächeln, als er an mir vorbei direkt zum Sofa hinübergeht.

Trotz seinem sympathischen und geradezu naiv wirkenden Gesichtsausdruck habe ich das Bedürfnis, ihn anzuschreien. Wie konnte er mich nur so hintergehen? Er hätte nicht mehr als zwei Wochen warten dürfen, um es mir zu sagen. Dann hätte ich noch eine Chance gehabt, all das hier etwas besser zu planen. Ich verstehe nicht, wie wir ganze zwei Wochen lang intensive Gespräche führen konnten, ohne dass er es für nötig befunden hätte, mir mitzuteilen, dass mein Freund mich mit meiner besten Freundin betrügt.

Ridge wirft die Decken und das Kissen aufs Sofa.

»Ich bleibe nicht hier, Ridge«, sage ich, damit er nicht unnötig Zeit verschwendet, mir seine Gastfreundschaft anzubieten. Ich weiß, dass ich ihm leidtue, aber ich kenne ihn doch kaum und würde mich in einem Hotelzimmer sehr viel wohler fühlen, anstatt hier auf einem fremden Sofa.

Aber ein Hotelzimmer kostet Geld.

Und genau das habe ich momentan nicht bei mir.

Genau das befindet sich in meiner Handtasche auf der anderen Seite des Innenhofs, in einer Wohnung mit genau den beiden Leuten, denen ich auf der ganzen Welt momentan am allerwenigsten begegnen möchte.

Vielleicht ist das mit dem Sofa doch keine so schlechte Idee.

Er macht das Sofa zurecht und wendet sich dann zu mir, um meine klatschnassen Klamotten zu mustern. Ich blicke an mir hinab zu der kleinen Pfütze, die ich auf seinem Fußboden hinterlasse.

»Oh, sorry«, murmele ich. Die Haare kleben mir im Gesicht und mein Shirt ist ein lächerlich durchsichtiges Etwas, das nur so tut, als würde es meinen ebenso knallpinken wie auffälligen BH von den Blicken der Außenwelt abschirmen. »Wo ist hier das Bad?«

Er deutet mit dem Kopf in Richtung Badezimmertür.

Ich wende mich um, öffne einen der Koffer und krame darin herum, während Ridge in sein Zimmer zurückgeht. Ich bin froh, dass er nicht fragt, was nach unserer Unterhaltung von vorhin geschehen ist. Ich habe absolut keine Lust, darüber zu sprechen.

Ich zerre eine Sporthose und ein Tanktop hervor, schnappe mir meinen Kulturbeutel und ziehe mich dann ins Bad zurück. Es irritiert mich, dass mich mit Ausnahme einiger Kleinigkeiten alles in dieser Wohnung an meine eigene erinnert. Das Badezimmer ist identisch, mit Türen rechts und links, die in die jeweils angrenzenden Schlafzimmer führen, von denen das eine offenbar Ridge gehört. Ich wüsste gerne, wer in dem anderen Zimmer wohnt, bin aber nicht neugierig genug, die Tür zu öffnen. Das Hooters-Girl hatte nur eine einzige Regel und die war, sich von ihrem Zimmer fernzuhalten. Und ich glaube, dass man sich mit ihr lieber nicht anlegen sollte.

Nachdem ich die Tür zum Wohnzimmer zugemacht und abgeschlossen habe, kontrolliere ich, ob auch die beiden anderen Türen zu den Schlafzimmern verriegelt sind, damit keiner reinkommen kann. Ich habe keine Ahnung, ob hier außer Ridge und dem Hooters-Girl noch jemand wohnt, und will kein Risiko eingehen.

Ich ziehe die tropfenden Klamotten aus und lasse sie ins Waschbecken fallen, um nicht auch noch hier den Boden zu überschwemmen. Ich stelle die Dusche an und warte, bis das Wasser die richtige Temperatur hat, bevor ich hineinsteige. Während ich das warme Wasser über mich strömen lasse, schließe ich die Augen und bin dankbar, dass ich nicht länger draußen im Regen stehe. Und doch bin ich alles andere als glücklich darüber, nun hier zu sein.

Ich hätte nie damit gerechnet, dass ich an meinem 22. Geburtstag in einer fremden Wohnung duschen und auf einem

Sofa schlafen würde, das einem Typen gehört, den ich seit gerade mal zwei Wochen kenne. Und schuld daran sind die beiden Menschen, die mir am meisten bedeuteten und denen ich am meisten vertraut habe.